唐诗史话

金鑫 著

河南文艺出版社
·郑州·

图书在版编目(CIP)数据

唐诗史话/金鑫著. --郑州:河南文艺出版社,2024.3
ISBN 978-7-5559-1630-7

Ⅰ.①唐… Ⅱ.①金… Ⅲ.①唐诗-诗歌史 Ⅳ.①I207.209

中国国家版本馆 CIP 数据核字(2024)第 005689 号

选题策划 萧梦麟
责任编辑 肖 泓
装帧设计 刘婉君
责任校对 樊亚星

出版发行	河南文艺出版社	印　张	29.5
社　址	郑州市郑东新区祥盛街 27 号 C 座 5 楼	字　数	379 000
承印单位	郑州印之星印务有限公司	版　次	2024 年 3 月第 1 版
经销单位	新华书店	印　次	2024 年 3 月第 1 次印刷
开　本	640 毫米 × 960 毫米 1/16	定　价	57.00 元

印厂地址 郑州市高新区冬青西街 101 号
邮政编码 450000 电话 0371-63330696

宋郭忠恕（传）《临王维辋川图》局部（台北故宫博物院藏）

唐周昉《簪花仕女图》（辽宁省博物馆藏）

唐张萱《虢国夫人游春图》（辽宁省博物馆藏）

唐李思训（一作李昭道）（传）《明皇幸蜀图》（台北故宫博物院藏）

五代顾闳中《韩熙载夜宴图》（北京故宫博物院藏）

（日）狩野山雪《长恨歌图》局部（16-17世纪）爱尔兰切斯特·比替图书馆藏

目录
CONTENTS

第三章

李白的跌宕人生与月、酒、剑、仙

第四章

从“白鸥波浩荡”到“眼枯即见骨”——杜甫和他的诗史

第五章

奇崛险怪、“以文为诗”——韩愈诗与宋诗之源

第六章

“中隐”于“兼济”与“独善”间的白居易

第七章

“郊寒岛瘦”与“长吉体”

第八章

“蝴蝶梦”与“扬州梦”——小李、杜与晚唐余晖

第一章

宫体诗的『自赎』与初唐诗的变局

一、南朝诗风与宫体诗

隋唐时代开启之前，有着三百多年的魏晋南北朝乱世。不过，乱世虽然对百姓造成了深重的苦难，但对于文化的发展来说，却未尝不是良机。秦汉四百余年的大一统被打破之后，旧有传统纷纷受到冲击，文化上的新生命，在旧传统的灰烬上茁壮成长。其中，尤其以文学的发展最为迅速。如鲁迅先生所说，魏晋南北朝是"文学的自觉时代"（《魏晋风度及文章与药及酒之关系》）。在此之前，文学仅仅是儒学的附庸，诗歌与文章都被用于教化目的，是实用性的文字，很少用于对人性、对美的挖掘。直至魏晋南北朝时期，文学才得以从儒学之中独立出来，有了更为自由、更为广阔的表现空间，文人才士层出不穷，文学作品也喷薄而出。唐诗之兴，正源自魏晋南北朝文学的长期铺垫。

自晋室南渡之后，文化的中心也随之南迁，在南朝迎来了更为绚烂多彩的发展。不过，南朝诗乃至南朝文化在唐人那里，却往往带有消极的烙印。晚唐诗人杜牧的《泊秦淮》云：

烟笼寒水月笼沙，夜泊秦淮近酒家。商女不知亡国恨，隔江犹唱后庭花。

诗题中的“秦淮”即是今南京城中的秦淮河，直至今天仍是锦绣繁华之地。南京古称金陵，后又改称秣陵、建邺、建康等，在三国时的吴大帝孙权时期，开始被确立为都城。

吴国灭亡之后，天下曾短暂统一于西晋。不过很快，西晋王朝便因八王之乱、五胡乱华而濒临崩溃。晋怀帝永嘉年间（307—313年），整个中国北方混战不断，晋皇室也在动乱之中被少数民族政权所弑杀。中原士族及百姓纷纷逃到长江以南，史称“永嘉南渡”。司马懿的曾孙，时为西晋琅琊王的司马睿在士族的簇拥之下南渡至建康，建立东晋。从此持续近三百年的南北对峙正式拉开了帷幕。东晋之后，又有宋、齐、梁、陈替代而兴，这些偏安江南一隅的汉族政权始终以建康为都，加上三国时的吴国，一共六个朝代，故而又被称作“六朝”。

南北朝期间，中原地区动乱频仍，江南的汉族政权虽然偏安一隅，却因远离战乱的中心而维持了较长时间的和平，社会相对安定，文学艺术也日渐兴盛。南朝在军事上长期不如北朝，但在文化上却远胜北方。不过，南朝文化的繁盛，并没有令其国力得到增强，君臣们因对艺术享乐的沉迷而逐渐失去进取之心，以致美辞丽句、流水丝竹纷纷流为亡国之音。

杜牧诗中的“商女”，指拨弄宫商律吕的歌女，“后庭花”，指陈后主陈叔宝所创的乐曲《玉树后庭花》。陈是南朝的最后一个朝代，其实力在南朝之中也最为薄弱。实际上，南朝势力的衰弱始自梁朝的末期，公卿士大夫所沉迷的《玉树后庭花》等靡靡之音，也始自梁朝的“宫体诗”。

梁武帝萧衍爱好文学，沉迷佛教，公卿士大夫亦皆喜好文艺，不务实事，以至武备废弛。北朝降将侯景仅率八千人起兵反叛，便一举攻破建康城,俘获了梁武帝及梁简文帝父子,令梁朝几乎灭亡。此后历经六年的平叛战争,“侯景之乱”终于得到平息。然而在这期间,北朝政权趁机南侵,军事重镇襄阳、江陵相继沦丧,蜀地不保,淮河以南、长江以北的土地尽入北朝。

此后,虽有南朝将领陈霸先激流勇进,止住颓势,取代梁而建立陈朝,然而南方政权的衰弱已经不可避免了。在这样的危机之下,继任的陈后主陈叔宝,却依然效仿梁代君臣的生活作风,醉心诗文,耽于酒色,终使陈被隋所灭,成为历史上有名的亡国之君。

这样的轻薄君主,所作诗歌的格调也是卑弱的,正如《隋书·音乐志》所载:“陈后主于清乐中造《黄骊留》及《玉树后庭花》《金钗两鬓垂》等曲,与幸臣等制其歌辞,绮艳相高,极于轻薄,男女唱和,其音甚哀。”其中《玉树后庭花》诗云:

丽宇芳林对高阁,新装艳质本倾城。映户凝娇乍不进,出帷含态笑相迎。妖姬脸似花含露,玉树流光照后庭。

通篇吟咏贵妃的妩媚之态,诗意软弱轻浮,尽是沉湎于享乐的情思,以及欢乐不能长久的哀怨,全然感受不到君王的治世之志。正是在这样的轻薄之辞的吟咏声中,陈朝迅速走向灭亡,《玉树后庭花》也便成了亡国之音的代表。

《玉树后庭花》这般淫靡轻薄的诗体,又被称作“宫体”,早在陈后主之前,就已经流行在梁朝的宫廷之中。《南史·梁简文帝纪》记载:“(梁简文帝萧纲)雅好赋诗,其自序云:‘七岁有诗癖,长而不倦’,然帝文伤于轻靡,时号‘宫体’。”萧纲亦自称:“立身之道与文章异,立身先须谨重,文章且须放荡。”(《诫当阳公大心书》)

这种“放荡”之思表现在诗中,便如萧纲所作《咏内人昼眠》:“梦笑开娇靥,眠鬓压落花。簟文生玉腕,香汗浸红纱。夫婿恒相伴,莫误是倡家。”写妻子午睡时的姿态，却用语轻浮，甚至以“倡家（妓女）”类比妻子。

又如：“疏花映鬟插，细佩绕衫身。谁知日欲暮，含羞不自陈。”（《率尔为咏诗》）“粉光胜玉靓，衫薄拟蝉轻。密态随流脸，娇歌逐软声。”（《美女篇》）“何如明月夜，流风拂舞腰。朱唇随吹尽，玉钏逐弦摇。”（《夜听妓诗》）诸作总把目光放在女性的衣衫之薄、腰身之细、姿态之羞上，意在轻薄。甚至萧纲还有《娈童》诗等，不断地挑战轻薄的底线。

上有所好，下必甚焉，萧纲周围的文人词客，也纷纷创作“宫体”，轻薄香艳之辞，弥漫在整个南朝诗坛：

既荐巫山枕，又奉齐眉食。立望复横陈，忽觉非在侧。哪知神伤者，潺湲泪沾臆。（沈约《梦见美人》）

钗长逐鬟髲，袜小称腰身。夜夜言娇尽，朝朝态还新。工倾荀奉倩，能迷石季伦。上客徒留目，不见正横陈。（刘缓《敬酬刘长史咏名士悦倾城》）

独眠真自难，重衾犹觉寒。愈忆凝脂暖，弥想横陈欢。（刘孝威《郡县遇见人织率尔寄妇》）

诗意皆在于歌咏女性姿态之美，沉迷于玉体横陈的欲望中。这样的诗歌风气，正如《隋书·文学传序》所批判的那样：

梁自大同之后，雅道沦缺，渐乖典则，争驰新巧。简文、湘东，启其淫放，徐陵、庾信，分道扬镳。其意浅而繁，其文匿而彩，词尚轻险，情多哀思。格以延陵之听，盖亦亡国之音乎？

萧纲虽然说文章与立身不同,然而在频频作出“放荡”的诗歌后,立身又能好到哪里去呢?轻薄淫靡之风,早已不知不觉浸入南朝士人的骨髓,无论是文章之道还是立身之道,刚健骨鲠之气,大概已所剩无几了。在长期的太平富贵之中,亡国之音陶醉着亡国之臣与亡国之君,一旦战事袭来,宫中的繁华美艳便尽皆被打破,不习实务、只知与美女音乐做伴,平日高谈阔论、吟诗作赋的公卿们,非但不能临阵杀敌,甚至连祸事来临时上马逃亡都力有不及,只能无助地作人俘虏,成为后世的笑柄。

然而这样的诗风,直至南朝覆亡,隋唐统一天下之后,依然余风不歇。隋炀帝甚至唐太宗都曾流连其辞采之美,尝试宫体之作,也因此引来了大臣的非议,如《新唐书·虞世南传》载:“帝(唐太宗)尝作宫体诗,使虞和。世南曰:‘圣作诚工,然体非雅正,上之所好,下必有甚者。臣恐此诗一传,天下风靡,不敢奉诏。’”

由此可见,唐诗诞生的前夜,正是轻薄淫靡的宫体诗流行之时。那么,这样的宫体诗对唐诗有着怎样的影响,唐诗又是如何从这些“体非雅正”的亡国之音大行于世的境况中破茧而出的呢?

二、南北诗风的碰撞与交融

宫体诗诞生于南朝,在南北隔绝的乱世之中,南方与北方在文化上的差异也日益显著。南方的政治较为安定,风物又多柔媚,承平日久的南方人多倾心于清丽柔美的文化,这给了宫体诗诞生、繁衍的土壤;北方则动乱频仍,少数民族与汉族文化之间不断碰撞融合,以致北方人重视实用,更倾向于刚强质朴的文化,全然处于宫体诗风格的反面。这样的特点,在南北方所流行的民歌上体现得尤为明显。

如北方民歌中的山川草木是这样的:

敕勒川,阴山下。天似穹庐,笼盖四野。
天苍苍,野茫茫,风吹草低见牛羊。(《敕勒歌》)

陇头流水,流离山下。念吾一身,飘然旷野。
朝发欣城,暮宿陇头。寒不能语,舌卷入喉。
陇头流水,鸣声幽咽。遥望秦川,心肠断绝。(《陇头歌辞》)

北方的山川,是"天苍苍,野茫茫",是"旷野",是

北朝壁画（北齐时代）山西忻州九原岗出土

“秦川”，一派宏伟壮观的景象。身处其中的北方人，既可以在雄壮的景色中一展胸怀，同时也需要直面北方酷烈气候的考验，“寒不能语，舌卷入喉”，这种充满刺激感的生活体验，显然与南方人的日常迥异。故而北方文化往往刚强粗犷，北方的民歌往往不用修饰，只需白描，就足有惊骇人心的力量。

相较之下，南方风物的美则并不体现为宏伟壮观，而更多地表现在细腻悠长方面。如南方民歌中的山川草木是这样的：

春风动春心，流目瞩山林。山林多奇采，阳鸟吐清音。（《子夜四时歌·春歌二十首·其一》）

春林花多媚，春鸟意多哀。春风复多情，吹我罗裳开。（《子夜四时歌·春歌二十首·其十》）

北方人的原野中往往有着满目的牛羊,南方人的山川中则往往点缀着灵动的花鸟。如果说北方人更倾向于展现出一幅旷野的全景图,那么南方人则更偏向于截取风景中的一角构成一幅小品画。全景图震撼人心,小品画则陶醉人心,力量不同,风味也不同。

继而南北方人的情感表达也是十分不同的。如北方的女性这样歌咏爱情:

门前一株枣,岁岁不知老。阿婆不嫁女,那得孙儿抱?(《折杨柳枝歌》)

月明光光星欲堕,欲来不来早语我。(《地驱乐歌》)

对爱情的渴望,被如此直白地表达出来。与情郎约会的邀请,全无欲说还休的羞涩,用"欲来不来早语我"一句,直白无余、潇洒利落地吐露而出。语言的质朴乃至大胆,实在令人猝不及防。九曲回肠的南方女性,与之有着泾渭之别:

夜长不得眠,明月何灼灼。想闻散唤声,虚应空中诺。(《子夜歌》)

欲知相忆时,但看裙带缓几许。(《读曲歌》)

南方女儿受情感的煎熬,以致夜不能寐,然而相思之情,却始终不肯直接表露出来,非要去说那灼灼明月,去说那已经宽松的衣带。

这种南北方民歌中不同的风格与气质,恐怕各自登峰造极于《木兰辞》与《西洲曲》。

生在北方，木兰是难以享受安逸生活的，战乱是北方人生活的背景色。较之“单衫杏子红，双鬓鸦雏色”（《西洲曲》）的身着红衫、楚楚动人的南方女儿，北方的木兰却因替父从军，只能“朔气传金柝，寒光照铁衣”（《木兰辞》），蜷缩在冰冷的战甲之中度过漫漫长夜。

南方女儿的日常生活是“低头弄莲子，莲子青如水。置莲怀袖中，莲心彻底红。忆郎郎不至，仰首望飞鸿。鸿飞满西洲，望郎上青楼”（《西洲曲》），在泛舟采莲之时，偶然忆起滞留他乡的情郎，于是心头一紧，怅然若失。

北方的木兰却只能“旦辞爷娘去，暮宿黄河边，不闻爷娘唤女声，但闻黄河流水鸣溅溅。旦辞黄河去，暮至黑山头，不闻爷娘唤女声，但闻燕山胡骑鸣啾啾”（《木兰辞》），在从军途中，伴着黄河流水、燕山胡骑的萧瑟之声，无助地思念着天涯一方的爹娘。

南方女儿在梦中亦为爱情所愁，“海水梦悠悠，君愁我亦愁。南风知我意，吹梦到西洲”（《西洲曲》），渴望在梦中与情郎的相会。北方的木兰，只愿战胜之后能够返回故乡，“可汗问所欲，木兰不用尚书郎，愿驰千里足，送儿还故乡”（《木兰辞》），回归能够与爹娘相伴的平静生活。

南方与北方，人们生活习性的不同、社会文化上的差异，在这两篇作品之中被生动地展现出来。当然，这两种不同风格、不同文化本无优劣之分，如作为代表作的《木兰辞》与《西洲曲》，都极具感染人心的力量，皆是诗歌艺术的瑰宝。不过，若降及一般的作品，南北两种文化风格，各自既有所得，难免也有所失：北方艺术长于质朴却也失于质朴，其善者固能浑然天成、动人心魄，其陋者也难免质木无文、味同嚼蜡；南方艺术长于修饰却也失于修饰，其善者固能清新婉转、意美情深，其陋者也难免轻薄颓靡、空洞失实。

故而，南北方的两种风格，只有相互碰撞交融，各自取长补短，才可以达到尽善尽美。正如唐人所总结的那样：

江左宫商发越，贵于清绮，河朔词义贞刚，重乎气质。气质则理胜其词，清绮则文过其意。理深者便于时用，文华者宜于咏歌。此其南北词人得失之大较也。若能掇彼清音，简兹累句，各去所短，合其两长，则文质斌斌，尽善尽美矣。（《隋书·文学传序》）

南北双方的交流，实际上在南北朝时代，就已经在渐次进行之中。尤其随着北魏政权的建立，北方政局也得到了较长时期的稳定，南北双方开始有使者交通，南北文人也借此得到了交流的机会。不过这一时期，南方文化毕竟较之北方更为兴盛发达，故而南北文人之间的交通，大多是北人单方面地向南人学习。如北方的代表文人，被称为“北地三才”的温子昇、邢邵、魏收，实则都是南方文人的效法者，邢邵叹服南朝文人沈约，魏收则倾慕另一南朝文人任昉（见《颜氏家训·文章》）。此后北方文人更为广泛地向南方文人学习，南方文风于是开始大肆散布于北方，北方的“贞刚”之气中，也渐渐有了南方式的“清绮”之姿。

此外，到了南北朝后半期，尤其是南朝梁末期，由于“侯景之乱”的爆发，长期安定和平的南方也忽然陷入动乱之中，南朝文人为了避乱，大量逃往北方。由于南方的动乱，南北双方政治势力的平衡也逐渐被打破，北方在政治上愈发呈现出压倒南方之势。北魏日后分裂成东魏与西魏（不久后又各自演变成为北齐与北周，再之后北周灭亡北齐，统一北方，不久，隋又取代北周，灭南朝陈，统一天下），割据在关中的西魏政权趁南朝梁动乱之际，一举攻破了梁元帝临时所建都城江陵，灭亡了南梁，将大量南朝文人俘虏至关中，由此更加速了南朝文风在北朝的风靡。

与此同时，来到北方的南朝文人，一方面受到北方风物与文化的浸染，另一方面遭遇国家沦亡、朝代改易的冲击，原本的文风逐渐开

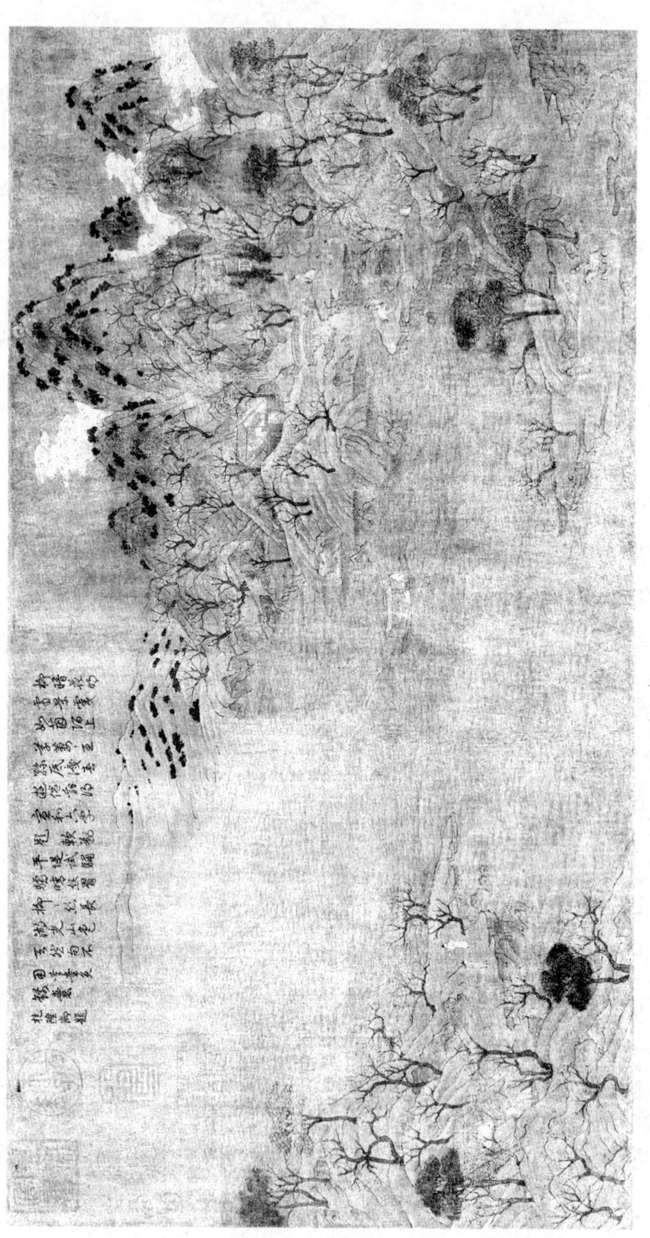

隋展子虔《游春图》（北京故宫博物院藏）

始产生变化。如出身于南朝的文人庾信，曾与徐陵并称“徐、庾”，本是宫体诗的作者、南朝文风的代表人物，然而到北方之后，却一改往日轻薄浮靡的风格，其《哀江南赋》《拟咏怀二十七首》等诗赋作品，颇具深邃刚强之气。正如唐代诗人杜甫所评价的：“庾信平生最萧瑟，暮年诗赋动江关。”（《咏怀古迹五首·其一》）“庾信文章老更成，凌云健笔意纵横。”（《戏为六绝句·其一》）入北的南人，原本的轻柔之笔竟也可以变成“凌云健笔”。

历经北方文人主动学习南方，以及南方文人寄身北方，亲自体会到北方的风物文化之后，南北方文化的碰撞与交汇逐渐蔚为大观，无论是北朝的质朴还是南朝的华美，都在这一相互交融的过程中得到了升华。由此，南北朝诗风转变以及唐诗诞生的萌芽，也就即将破土而出。

三、宫体诗的“自赎”

要革除轻艳浮薄的宫体诗风，自然需要呼唤骨气刚强的诗风。不过在引入骨气刚强的诗风之前，我们还需要承认，如果认为宫体诗是有罪的，那么犯下罪行的只不过是诗人龌龊的思想与污秽的词句而已，儿女情长、光阴易逝这些宫体诗的吟咏对象本身是无罪的。正如《诗经》中也有对“窈窕淑女”(《周南·关雎》)的追求，也有对“巧笑倩兮，美目盼兮”(《卫风·硕人》)的赞美，因“思无邪”(《论语·为政》)，《诗经》中的篇章便可以作为永恒的经典，这与南朝文人的淫靡之辞有着云泥之别。

从这个角度来讲，宫体诗所犯下的罪行，未必一定要借助另一类诗歌来挽救，在宫体诗的内部，如果能摒弃龌龊轻浮的思想，重新律以“无邪”之思，那么同样的主题与对象，也可以吟咏出全然不同的味道，这正显示出宫体诗存在着“自赎”的可能。

如“初唐四杰”之一的卢照邻有《长安古意》一首，其中不乏宫体诗中常见的艳丽描写，如“游蜂戏蝶千门侧，碧树银台万种色。复道交窗作合欢，双阙连甍垂凤翼”“妖童宝马铁连钱，娼妇盘龙金屈膝。御史府中乌夜啼，廷尉门前雀欲栖”。但也多了很多宫体诗所没有的气质，如其中的情感不再绵柔，而显得刚强笃定：“得成比目何辞死，愿作鸳鸯不羡仙。”如诗人所想不再局限于床帏之中，而多了旷远的哲思：“节物风光不相待，桑田碧海须臾改。昔时金阶白玉堂，即今惟见青松在。”

如此，卢照邻的《长安古意》与那些柔弱妩媚的宫体诗已经有了很大的区别，从中明显窥见一种峻拔的骨气。正如民国时的诗人学者闻一多先生所说，卢照邻这是在“以更有力的宫体诗来救宫体诗”（《宫体诗的自赎》）。于是在初唐人那里，宫体诗的内部似乎孕育出了自赎的可能。

这样的思路在卢照邻之后，渐渐由涓涓细流汇聚成滔滔江河。如刘希夷的《公子行》，也似乎披着宫体诗的华艳外衣：“古来容光人所羡，况复今日遥相见。愿作轻罗着细腰，愿为明镜分娇面。”而娇艳的表象之下，充盈着的却是刚强的情感：“与君相向转相亲，与君双棲共一身。愿作贞松千岁古，谁论芳槿一朝新！百年同谢西山日，千秋万古北邙尘。”这种对待爱情的坚贞态度与铿锵骨气，借着宫体诗的旧躯壳喷薄而出。

在情感的刚强之外，刘希夷也试图在思想的深度上改造宫体诗，如他的代表作《代悲白头翁》（一作《白头吟》）：

洛阳城东桃李花，飞来飞去落谁家？洛阳女儿好颜色，坐见落花长叹息。今年花落颜色改，明年花开复谁在？已见松柏摧为薪，更闻桑田变成海。古人无复洛城东，今人还对落花风。年年岁岁花相似，岁岁年年人不同。

“年年岁岁花相似，岁岁年年人不同”，道尽了物是人非、宇宙无限而人生有限的沧桑之感。这样的情感，已经与贵族士大夫们身处宫殿、床帏中无病呻吟的宫体诗迥然不同，而普遍适用于每一个看花之人，引导人们暂时跳脱于眼前现实之外，去思考浩渺宇宙中个人存在的意义。短短两句，却有着极强的穿透力。由此，以往宫体诗中横陈在床帏之侧的低俗思想，也得以焕然改过，凭借着对人生的深刻思考而有了直上云霄的力量。

据唐人所作的杂史小说，刘希夷的这两句诗受到其舅宋之问的激赏，宋之问曾请求刘希夷将这两句让给自己，刘希夷不允，竟然招致宋之问的妒恨，被用土袋压身而死（见《刘宾客嘉话录》）。小说家之言当然难以尽信，不过这两句的感染力之强，于此也可见一斑。

刘希夷的开拓，此后又在张若虚那里大放异彩。张若虚在《春江花月夜》中所表达的情感与思考也大致类似于刘希夷，却堪称青出于蓝而胜于蓝：

春江潮水连海平，海上明月共潮生。滟滟随波千万里，何处春江无月明！江流宛转绕芳甸，月照花林皆似霰；空里流霜不觉飞，汀上白沙看不见。江天一色无纤尘，皎皎空中孤月轮。江畔何人初见月？江月何年初照人？人生代代无穷已，江月年年望相似。不知江月待何人，但见长江送流水。白云一片去悠悠，青枫浦上不胜愁。谁家今夜扁舟子？何处相思明月楼？可怜楼上月徘徊，应照离人妆镜台。玉户帘中卷不去，捣衣砧上拂还来。此时相望不相闻，愿逐月华流照君。鸿雁长飞光不度，鱼龙潜跃水成文。昨夜闲潭梦落花，可怜春半不还家。江水流春去欲尽，江潭落月复西斜。斜月沉沉藏海雾，碣石潇湘无限路。不知乘月几人归，落月摇情满江树。

其中的名句“江畔何人初见月？江月何年初照人？人生代代无穷已，江月年年望相似”，明显能看到刘希夷“年年岁岁花相似，岁岁年年人不同”的影响。不过，刘希夷所寄寓的多半仍是人生苦短的悲哀:“寄言全盛红颜子,应怜半死白头翁。”(《代悲白头翁》)即便去思考个人存在的意义,其思考所得仍是无可奈何,仍是单纯的哀愁。与之相对,张若虚却显得深邃、旷达得多,对待光阴的流逝,《春江花月夜》道:“不知江月待何人,但见长江送流水。”江月待人,那么有限的人生与无限的宇宙之间,似乎不再是简单的对立关系,个人在无限的宇宙之中不再渺小无助,而与宇宙自然有了交流互动的可能。面对着浩瀚无垠的自然,诗人或许有短暂的错愕,却并没有因此陷入长久的自卑与哀怨,而是始终保持着不卑不亢、冲淡平和的态度去面对一切。

在张若虚这里,宇宙的无限并不是为了反衬人生有限,进而沉沦于无穷的悲哀之中。从无限的宇宙中,张若虚反而汲取到了一种深邃而又静谧的精神力量。他因此动了离人之思:“谁家今夜扁舟子?何处相思明月楼?可怜楼上月徘徊,应照离人妆镜台。”相思之中,始终有着明月的参与,似乎是在拜托明月代自己问候远人。不过这仍不能解心头之痒,进而要“此时相望不相闻,愿逐月华流照君”,想要与月光一道,长久地陪伴在远人身边。无限的宇宙、浩瀚的自然,由此融入诗人情感活动之中,某种程度上成为能够在现实中陪伴诗人的友人,为诗人提供了具有超越现实意义的精神力量。

诗人于是接着写道:“江水流春去欲尽,江潭落月复西斜。斜月沉沉藏海雾,碣石潇湘无限路。不知乘月几人归,落月摇情满江树。”诗人、远人、自然、宇宙进一步交织在一起,尽管人生有限,尽管有着离别与相思的苦恼,然而却没有颓废,没有哀号,诗人之心随着春水而来去,随着江月而升落,俗情也因之得到洗礼涤荡,不再焦躁不安,渐渐静谧泰然。被落月和江树所摇动的感情,已经不是此时此刻的对某一个特定个人的相思,而是无时无刻、人人皆有、人人皆能被触动的普遍的相思。由此,有限的人生似乎从无限的宇宙中获得了某种永恒的意义,显得韵味悠长。而这,才是诗歌所应有的价值。

那么宫体诗的罪孽，在张若虚《春江花月夜》横空出世之后，也便一扫而空了。可惜的是，张若虚的作品存留下来的极少，仅有区区两篇而已。不过，能有《春江花月夜》一篇巨作存世，夫复何求！清代诗论家王闿运评此诗云“孤篇横绝，竟为大家”（《湘绮楼说诗·论唐诗诸家源流（答陈完夫问）》），闻一多称之为“诗中的诗，顶峰上的顶峰”（《宫体诗的自赎》），皆非过誉之词。

有趣的是，尽管《春江花月夜》的价值得到了后人一致的认可，然而其在历史上是否真正属于宫体诗的范畴却受到质疑，宫体诗是否真的存在“自赎”的问题也成为后人议论的话题之一（见程千帆《张若虚〈春江花月夜〉的被理解和被误解》）。

不过，无论承认《春江花月夜》是宫体诗与否，都很难否认这样一个事实，《春江花月夜》与宫体诗有着十分紧密的联系，正如我们前面所说，宫体诗或许有罪，其罪过在于思想上的龌龊与词句上的污秽，而不在于儿女情长、光阴易逝这些歌咏的对象。《春江花月夜》正是通过“无邪”且深邃的思想、清丽又婉转的词句挽救了儿女情长、光阴易逝等诗歌主题，正如闻一多也曾说过，这些堪称是“自赎”的宫体诗，“所争的是有力没有力，不是宫体不宫体。甚至你说他的方法是以毒攻毒也行，反正他是胜利了。有效的方法不就是对的方法吗？”（《宫体诗的自赎》）

从结果上看，这样的方法的确是有效的。此后的唐代诗人，不乏对儿女情长、光阴易逝进行细腻描写，却大都摆脱了宫体诗的低俗颓靡之态，而是向着人事代谢、古今变迁、宇宙永恒等广阔的领域探索，诞生出无数波澜壮阔的篇章。

四、“风骨”“兴寄”

走出“宫体”之后的唐诗，风格上最重要的重塑，当属对“建安风骨”的提倡。这样的文学思想，则由陈子昂首开其先。正如中唐时韩愈所说“国朝盛文章，子昂始高蹈”（《荐士》），初唐时期的陈子昂，对于此后唐诗的发展有着极其重要的影响。陈子昂曾在他著名的《修竹篇序》中说：

文章道弊，五百年矣，汉魏风骨，晋宋莫传……仆尝暇时观齐梁间诗，彩丽竞繁，而兴寄都绝，每以永叹。

陈子昂在批评南朝诗风时，树立起“汉魏风骨”作为典范。于是他的思路，就不像卢照邻、骆宾王、张若虚等人那样，从宫体诗的内部试作革新，而是完全跳出宫体诗的范畴，另辟蹊径，提出了恢复“汉魏风骨”这样具有浓厚复古色彩的文学思想。

陈子昂的诗与南朝人风格迥异，如广为人知的《登幽州台歌》：

前不见古人，后不见来者。念天地之悠悠，独怆然而涕下！

简质古朴，意境恢宏，区区四句，却似有千钧之力，读罢难免令人升起一种万古孤寂、世无知己者的怅然哀思。清人宋长白在《柳亭诗话》中评论此诗说道：

阮步兵登广武城，叹曰："时无英雄，遂使竖子成名。"眼界胸襟，令人捉摸不定。陈拾遗会得此意，《登幽州台歌》曰："前不见古人，后不见来者。念天地之悠悠，独怆然而涕下。"假令陈、阮邂逅路岐，不知是哭是笑。

阮步兵为晋"竹林七贤"之一的阮籍，"步兵"与指代陈子昂的"拾遗"一样，都是官名。广武城在今河南省荥阳市，是楚汉相争时刘邦与项羽的对峙之处。阮籍在这一极具历史意义的地点感慨今昔，发出了"时无英雄，遂使竖子成名"这一"狂言"。所谓"竖子"，是指出身于地痞流氓的刘邦、曾被讥讽为"沐猴而冠"的项羽，这些楚汉之际的风云人物都不是真英雄吗？还是以古讽今，认为窃取曹魏天下的司马氏家族以及当下自命不凡的贤人高士们都是"竖子"，远逊于楚汉相争时的英雄人物呢？抑或是想要说楚汉也好、魏晋也罢，掌权得名者皆是"竖子"，真英雄始终湮没无闻呢？阮籍的语义，颇难明晓，故而宋长白说其"眼界胸襟，令人捉摸不定"。

至于陈子昂的诗，题中"幽州台"，是指战国时期燕昭王所设"黄金台"。燕昭王为振兴国力贫弱、屡遭欺凌的燕国，采用郭隗之计，设黄金台广招天下贤士，最终引来了诸如邹衍、乐毅等贤能之士的投奔，从而助弱燕攻下强齐的七十余城，一雪前耻。陈子昂曾于武则天时期跟随当时的建安王武攸宜征讨契丹。武攸宜出身贵戚，全然不懂军事，以致劳师远征却损兵折将。陈子昂多次进谏，却被武攸宜轻视为书生,不用其计。于是愤懑的陈子昂在途经燕国黄金台遗址时,怀古伤时,写下了这首短歌。诗中“古人”大概指能够招贤纳士的燕昭王,“来者”则指能够效仿“古人”的今人。古人已逝,今人却不可得见,天地广大,却无知己之人,满腔热血,而无用武之地,故不得不怆然涕下。

历史的深广厚重与时下的轻薄浮躁形成了鲜明的对比,身处轻薄时代的诗人,面对着厚重的历史与广博的宇宙空间,难免心情复杂,感慨幽深,这是阮籍之语与陈子昂之诗的共通之处。生活在阮籍数百年之后的陈子昂,的的确确从阮籍身上汲取了强劲的精神力量,陈子昂试图借助这种力量改革当时的诗风,掀起一股恢复“风骨”与“兴寄”的复古潮流。

那么何谓“风骨”呢?“风骨”之中,“风”起源最早,始见于《诗经·国风》。《诗大序》云:“风,风也,教也,风以动之,教以化之。”又云:“诗有六义焉,一曰风……上以风化下,下以风刺上,主文而谲谏,言之者无罪,闻之者足以戒,故曰风。”这里的“风”或指教化,或指讽喻。教化之“风”强调诗歌自上而下的功能,将王者之教通过诗歌的形式下传于百姓之中;“讽喻”之风强调诗歌自下而上的功能,将民间之情通过诗歌的形式上听于王者之耳。在这种“风”的作用之下,诗歌或者诗人便是使上下之情得以顺畅交流的媒介,是政治得以清明澄澈的重要角色。

不过将“风”与“骨”连用,指代一种艺术风格,则始自南朝梁刘勰所著《文心雕龙》。《文心雕龙》中有《风骨》一篇,虽然也将“风”的源头追溯至《诗经》之“六义”,但其所谓“风”与“骨”则更倾向于指代一种气势刚强的艺术风格,“若瘠义肥辞,繁杂失统,则无骨之征也;思不环周,索莫乏气,则无风之验也”,指明了“风骨”是繁文缛辞但柔弱浮华的南朝文风的对立面,汉魏诗人的“慷慨以任气,磊落以使才”(《文心雕龙·明诗》)等特点方是风骨之美。此后钟嵘《诗品》中所提出的“风力”“骨气”，也正与刘勰的“风骨”说相类似，号召一种劲健刚强、气韵宏大的诗风。陈子昂的“风骨”正是继承刘勰、钟嵘之说而来。刘、钟虽提倡“风骨”，却未能改变南朝以来的文风陵夷，“风骨”思想到了陈子昂那里，方才真正获得了现实的生命力，汉魏诗风也终于在陈子昂之后逐渐兴盛，进而开启了浩浩荡荡的盛唐之音。

至于“兴寄”，也源自《诗经》，孔子云“诗可以兴”，大概是说诗歌具有感化启发之意，通过读诗，获得某种道德上的启迪乃至思想上的深化。故而《诗大序》将“兴”也列为《诗经》“六义”之一，诗之所以能够感化人心，是因为诗的本质是“志之所之也，在心为志，发言为诗”，诗中所寄寓的“志”能够沟通作者与读者，令二者得以神交，在使读者得到精神上的陶冶或是启迪的同时，也令诗歌得以拥有不朽的生命力。依托于此，“兴”也可以作为一种修辞手法而存在，在具体物象中寄托深意，进而收到意在言外、言有尽而意无穷的效果。如《诗经·王风·黍离》中，描绘昔日西周的王城镐京今已“彼黍离离”，不必赘言周如何亡国、作者如何伤悲，仅这一片离离之黍的景象，就已经寄寓了足够的亡国之感与沧桑之思。这就是“兴”在创作时的具体表现。若如南朝宫体诗那样，有繁词丽句而无兴寄，那么恐怕词愈多语愈丽，则意愈薄味愈寡，这样的诗歌也就无法真正感染人心，只能沦为速朽之物。

陈子昂正是通过重新唤醒“风骨”与“兴寄”，来改革南朝宫体诗以来的颓靡诗风，如《登幽州台歌》这样短小质朴却又力量刚强、直击人心的作品，也正是“风骨”与“兴寄”思想作用下的产物。

不过，陈子昂通过“风骨”与“兴寄”建立了与汉魏诗人的精神连接，这一方面固然源于对南朝诗风的不满，另一方面也有着深刻的现实因素。陈子昂生活在武周代唐的时代，政局波谲云诡，士人们往往朝不保夕，动辄便被投入大狱，生死难测，这正与魏晋之际士人们的处境颇为近似。

从陈子昂的《登幽州台歌》中，我们已能窥见阮籍的影子。而历来被认为是陈子昂诗歌代表作的《感遇》三十八首，更是对阮籍《咏怀》八十二首(《文选》收其中十七首)的直接效仿。

“感遇”是对自身的遭遇有感而发，“咏怀”则是将胸中所怀一吐为快。二者其名虽异，其实则同，都是在境遇不如意的情况下，通过诗歌来寄托自己的志向，且又因为政治上的险恶，这种胸中志向的倾吐也不得不表现得十分隐晦。

陈子昂的《感遇》，多是对时代的控诉，以及身处其中又无可奈何的失落与无助，如“临歧泣世道，天命良悠悠”(《感遇》其十四)，“逶迤势已久，骨鲠道斯穷。岂无感激者，时俗颓此风”(《感遇》其十八)，“圣人教犹在，世运久陵夷。一绳将何系，忧醉不能持”(《感遇》其二十)，等等。

所谓“临歧泣世道”，正用了阮籍“穷途之哭”的典故，面对时势的“逶迤”，世道的“陵夷”，诗人虽能敏锐地察觉到其弊害，却无力以一绳系之，令其重回正道。从陈子昂的诗中，我们时常能够看到对亡国的感慨，如“昔日殷王子，玉马遂朝周。宝鼎沦伊谷，瑶台成古丘”(《感遇》其十四)，感叹殷、周易代，以及之后的周鼎沦丧、东周灭亡；“岂兹越乡感，忆昔楚襄王。朝云无处所，荆国亦沦亡”(《感遇》其二十七)，“昔日章华宴，荆王乐荒淫……雄图今何在，黄雀空哀吟”(《感遇》其二十八)，则是对楚国被秦国所灭的哀叹。

这种对于亡国的感慨恐怕并非单纯咏史，而是直接影射现实。陈子昂生活在武则天时期，在史书中，武则天所建立的武周虽然仍被列入唐王朝之中，然而武则天为了稳固自身的地位，对李唐宗室及旧臣几乎清扫一空，这对当时的士人造成了极大的冲击，王朝代易之感是真实存在的。

对此，陈子昂曾献表文，庆贺武氏革新，这一举动曾引来后人的猛烈批判，然而平心而论，这种上表只不过是官样文章，陈子昂的心之所向并不在武氏，他也曾亲身跟从建安王武攸宜征讨突厥，对武氏贵戚的昏庸深有感触。不过，王朝的更迭，却并不是陈子昂所能左右的，正如其所感叹“终古代兴没，豪圣莫能争”（《感遇》其十七），“豪圣”亦“莫能争”，始终官职卑微的陈子昂更是无可奈何。

在一家一姓的天下之外，陈子昂关心的更在于百姓，在于天道，他陈述自己的济世之思道：“圣人不利己，忧济在元元”（《感遇》其十九），“圣人御宇宙，闻道泰阶平”（《感遇》其二十九）。可在朝代更迭之际，人人所念大多是权力与富贵，又有谁能够真正关心百姓与天道呢？心怀大志的贤人，如果不能迎合权贵，在政治上站对位置，是根本无法一展平生所学的。出身本就不高的陈子昂，于是乎深感“世道不相容”（《感遇》其十八），甚至身怀的技艺也往往因权贵的忌惮而导致“多材信为累”（《感遇》其二十三），对此，他只能“眷然顾幽褐，白云空涕洟”（《感遇》其三十三）。个人的仕途并不是诗人所能够左右的，那么只好走出世之路，“谁见鸱夷子，扁舟去五湖”（《感遇》其十五），“去去行采芝，勿为尘所欺”（《感遇》其二十），通过道家的神仙之术来寻求慰藉与解脱。

陈子昂这样的心态与志向，与哭诉“徘徊将何见？忧思独伤心”（《咏怀》其一），“感慨怀辛酸，怨毒常苦多”（《咏怀》其十三），以致生出“布衣可终身，宠禄岂足赖”（《咏怀》其六），“焉见王子乔，乘云翔邓林。独有延年术，可以慰我心”（《咏怀》其十）等想法的阮籍，几乎如出一辙。

尽管想要通过出世来逃避当时险恶的政治环境，陈子昂却最终未能免于政治的毒手。陈子昂晚年辞官，隐居于故乡梓潼，此后不久，梓潼县令段简贪图陈子昂的家财，罗织罪名将其投入狱中，最终致其含冤而死。有关段简陷害陈子昂一事，有说法认为是受武氏当权者指使，而从陈子昂曾得罪武攸宜，以及其对当时朝政的心怀忧愤等来看，这一说法恐也未必是捕风捉影。

陈子昂的《感遇》三十八首，从艺术感染力上看，恐怕谈不上是什么崇高的成就，然而其在思想价值方面，却为文人树立了一个不朽的标杆。在深受儒家思想浸润的中国知识分子看来，文人并不应等同于吟弄风月、阿谀权贵的倡优，而应是关怀现实政治、世人以及天道之士。陈子昂《感遇》三十八首所表现出的正是这样一种志向，其人其诗也便受到当时以及后人的广泛赞誉。

于是，存留作品并不很多，诗歌类型颇为有限，艺术成就也谈不上十分高的陈子昂，正因为走的是一条以文学艺术观照政治现实的正路，其在文学史上的地位愈发被后人拔高，以致如韩愈“国朝盛文章，子昂始高蹈”（《荐士》）所称那样，被誉为引领唐代诗坛的开先之人，也成为我们讨论唐诗时不得不首先提及的重要人物。自陈子昂重提风骨、兴寄之后，盛唐张九龄的《感遇》十二首，李白的《感遇》四首、《古风》五十九首等作品，皆明显受到了陈子昂的启发。到盛唐时期，诗人的胸襟愈发深广宏大，对胸襟的吐露也愈发爽快痛切，所采取的艺术手法也愈发醇厚成熟，由此，这类吐露个人胸怀的创作由陈子昂时的筚路蓝缕，终于逐渐走向了盛唐的恢宏精微，的的确确为唐诗开辟出了一条康庄大路。

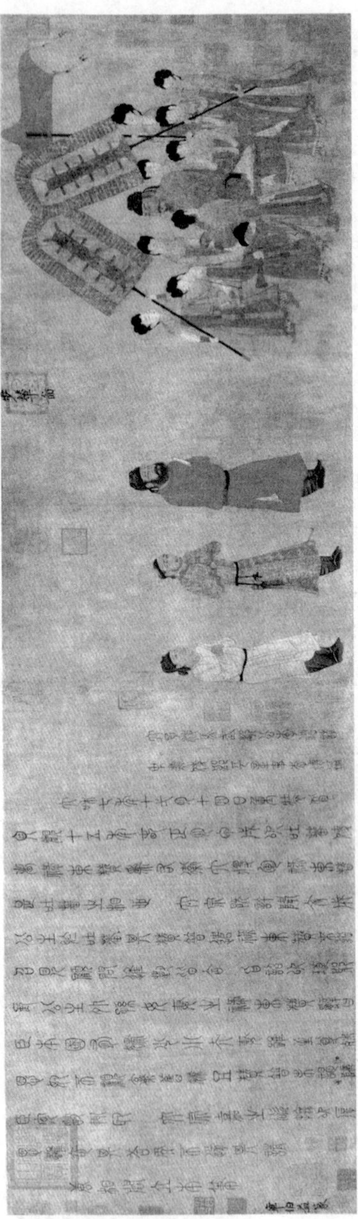

唐阎立本《步辇图》（宋摹本）（北京故宫博物院藏）

五、声律之兴

盛唐人殷璠曾编《河岳英灵集》，收集唐玄宗开元、天宝年间的名作，且以“声律风骨始备”来形容盛唐诗歌的鼎盛。“风骨”之路由陈子昂开辟，而“声律”之路又是如何呢？

中国的古典诗歌，如果从形式方面划分类别，最常见的区分方式无过于近体与古体这两类，二者的区别，在于是否采用声律。而声律的定型与近体诗的成立，也发生在初唐时期。

不过，声律意识的出现及其规则的发展，却并不是一蹴而就的，而是有着相当长时间的酝酿。若要了解近体诗的形成，就有必要稍稍追溯其源头，至少需要提及南朝齐永明年间的“四声八病”之说。

所谓“四声”，指平、上、去、入四种声调。古代汉语的四声，当然不能完全等同于现代汉语中的四声。其中平声大致可以对应为现代汉语中的一声与二声（即阴平及阳平），上声对应三声，去声对应四声。入声却大概在元、明之际逐渐消亡于北方方言之中，原本的入声之字转而流入平、上、去三声之中，即所谓“入派三声”。现代汉语以北方方言为基础，自然没有入声，而在大部分南方方言中，入声则基本得到了保留。

关于南朝时期的四声，《梁书·沈约传》中记载了这样的问答：梁武帝问周舍何为四声，周舍回答道“天子圣哲是也”。这一记载在《文镜秘府论》中，又有梁武帝问朱异何为四声，朱异答云“天子万福”的版本。“天子圣哲”“天子万福”如同现代汉语中的“妈麻马骂”，正是南朝时可以代表四声的字例。其中“天”字现代汉语为一声，古代汉语为平声（阴平）；“子”字现代汉语为三声，古代汉语为上声；“圣”与“万”字现代汉语为四声，古代汉语为去声；“福”与“哲”虽然在现代汉语中为二声，在古代汉语中却作入声。

当时的四声，具体应该怎样发音，如今已无法精准复原，而从史书记载以及当今方言中所保留的古音中，至少可以得知四声的区别。如梁代的沈约所说：“平声哀而安，上声厉而举，去声清而远，入声直而促。”（见《元和新声韵谱》）四种声调轻重缓急各有不同，那么如果能够善于在诗歌创作中编排四声，便可以令作品读起来铿锵悦耳，即便不配音乐，也可以凭借朗读获得音乐般的韵律之美。

这样的四声本是汉语中所固有的，然而长期以来，人们却日用而不知。有关四声的发现，历来多认为与当时佛教的传入以及佛经翻译活动的兴盛存在关联。如《高僧传·经师论》云：

自大教东流，乃译文者众，而传声盖寡。良由梵音重复，汉语单奇。若用梵音以咏汉语，则声繁而偈迫。若用汉曲以咏梵文，则韵短而辞长。是故金言有译，梵响无授。

所谓“大教东流”指东汉以来佛教自印度传入中国。宗教的传播，务必要借助于经书的译介。每一种语言，皆有文字和读音两种属性，翻译之时却往往仅能译出文字的意义，却无法将原本梵文佛经之中发音优美之处一并通过汉语表达出来，这即是所谓“金言有译，梵响无授”。

此外,《高僧传·鸠摩罗什传》中记载:

> 天竺国俗,甚重文制,其宫商体韵,以入弦为善。凡觐国王,必有赞德,见佛之仪,以歌叹为贵,经中偈颂,皆其式也。但改梵为秦,失其藻蔚,虽得大意,殊隔文体。

南北朝时期后秦的高僧鸠摩罗什,出生于西域龟兹国(今新疆库车市),通晓多种语言,是佛教历史上极为重要的翻译家。即便是翻译名家,也感叹道在“改梵为秦(即将梵语译成汉语)”的翻译活动中,虽能得到佛经“大意”,却失掉了原本“入弦(可如音乐般演唱)”的音乐之美。

佛经的翻译,令汉语首次系统性地和另一种性质完全不同的语言相碰撞,梵文中抑扬顿挫、高下不同的发音,以及灵活运用发音高低有别的词汇所组成的音乐美,自然而然也促使当时的中国人重新审视汉语的语音特点。汉语中四声的发现,或许正机缘于此。

四声发现之后,南北朝文人们开始为汉字的读音细为分类,划分出更为严格的韵部,并编纂韵书,作为作诗准则。至隋代陆法言汇总前人之作,编成集大成的《切韵》,唐代孙愐又在此基础上增补成《唐韵》,成为唐人作诗的依据。二书如今不存,不过后来宋人继承二书系统,修成《广韵》(《大宋重修广韵》),大致能够反映出唐人所用韵部的基本面貌。

与韵书编纂同时,人们也开始运用四声来为诗文写作增添韵律美。驾驭四声的法则,首先体现在“八病”的规则上。甚至有研究指出,“八病”规则的形成,也深受梵文诗歌的影响(见梅维恒、梅祖麟《近体诗律的梵文来源》上、下)。

所谓“八病”指平头、上尾、蜂腰、鹤膝、大韵、小韵、正纽、旁纽这

日僧空海画像（13-14 世纪）（日本奈良国立博物馆藏）

八种声律禁忌。一般认为此由南朝齐梁之际的沈约等人发明。有关“八病”的具体含义，历代虽然有所争议，然而大抵应当以《文镜秘府论》中的记载为准。《文镜秘府论》的作者日本僧人空海（又称遍照金刚、弘法大师），曾在唐代中期来华留学，在学习佛法之余，也广泛搜集有关诗歌作法的典籍，归国之后汇总这些资料，编成《文镜秘府论》一书，作为弟子们作诗的参考书。其中搜集的南朝及唐代的资料，很多在中国已经散佚，故而其书对于还原六朝、唐人的声律观念，极具参考价值。据《文镜秘府论》，“八病”各自的意义大致如下：

平头：五言诗一联之中，上下两句的前两字为头，四声不得相同。

上尾：五言诗一联之中，上下两句的最后一字为尾，四声不得相同(下句最后一字是诗歌的韵脚,如果上句最后一字押韵,则可视为特例而被允许)。

蜂腰:五言诗每一句中,又可以分为上二下三两节,两节末字,即第二字和第五字四声不得相同。否则读起来两头粗中间细,形如蜂腰。

鹤膝:五言诗每两联,可视为鹤之两腿。各自上句的最后一字,四声不得相同。否则读起来两头细中间粗,形如鹤膝。

大韵:五言诗一联之中,不得出现与韵脚字同韵部的字。

小韵:五言诗一联之中,韵脚字之外的九字之中,每字韵部都需不同,不得出现两个同韵部之字。

旁纽:五言诗一联之中,不得出现声母相同之字。

正纽:五言诗一联之中,不得出现声母韵母皆同而四声不同之字。

就以上记载看来,“八病”的禁忌可谓十分繁复。而其中又有轻重疏严的区别。上尾的要求最为严格,若不避上尾,甚至会被视为“未涉文途”,自“八病”发明以来直至初唐,文人诗作中犯上尾病的情况也极为少见。鹤膝的要求其次,如杜甫等盛唐诗人尚多顾及鹤膝,不过犯鹤膝病的情况在实际创作中已经颇不少见。而平头、蜂腰则宽松得多,甚至在发明声病之说的沈约那里,犯平头、鹤膝的情况也比比皆是。之后的“四病”,则更为宽松,已经成为只需知晓,不需遵守的规则。

这样极为复杂烦琐又没有什么定准的规则,显然在实际创作中是不便操作的。于是“八病”并未能成为后人写诗的固定法则,乃至在近体诗渐次确立之后,“八病”之说很快便被人遗忘。不过“八病”中所提供的在诗歌中运用声律的思考方向却有很大的价值,人们沿着“八病”之说对声律规则持续进行探索,去繁就简,不断提升规律性及可操作性，终于促成了近体诗规则在初唐的形成。

在探索声律这一过程中，首先值得注意的当数“四声”逐渐发展为“平仄”。“八病”规则中，往往有四声不可相同的规定，意在令四声交替出现，增强声韵的变化性。然而这样的变化过于复杂，无论从韵律呈现上还是从创作的难易度上来说，都并不十分理想，于是人们进一步简化，将四声中的上、去、入总归为仄声，四声由此二元化为平仄。原先的四声交替也转而成为平仄对应，声律运用的规则得到了大幅简化。从此以后，原初的“八病”之中，唯有“上尾”规则被延续下来，其余则大多被废弃，依托平仄对应的基本思路，更为体系化、更便于实际应用的声律规则逐渐产生。

在新的声律规则的发展过程中，有众多初唐诗人贡献了他们的巧思，最终以武则天时期的宫廷诗人沈佺期、宋之问二人为集大成者，他们的作品也被称为“沈宋体”，是近体诗或者说近体诗中五言律诗形制的肇始。如通过平仄的运用来分析二人的作品（平仄判断依《广韵》）：

沈佺期 《夜宿七盘岭》

独游千里外，高卧七盘西。（仄平平仄仄，平仄仄平平）
晓月临窗近，天河入户低。（仄仄平平仄，平平仄仄平）
芳春平仲绿，清夜子规啼。（平平平仄仄，平仄仄平平）
浮客空留听，褒城闻曙鸡。（平仄平平仄，平平仄仄平）

宋之问 《江亭晚望》

浩渺浸云根，烟岚出远村。（仄仄仄平平，平平仄仄平）
鸟归沙有迹，帆过浪无痕。（仄平平仄仄，平仄仄平平）
望水知柔性，看山欲断魂。（仄仄平平仄，平平仄仄平）
纵情犹未已，回马欲黄昏。（仄平平仄仄，平仄仄平平）

二人诗中声律规则的特点,大致可以通过句、联、篇的关系来作解析。

(1)句的规则——二四不同

每句之中偶数字被视为节奏点,节奏点的字平仄应当不同,于是五言之中二、四不同,七言之中二、四、六字不同的规则得以确立。由此近体诗的句式逐渐确定为以下四种:

(甲)仄仄平平仄

(乙)平平仄仄平

(丙)平平平仄仄

(丁)仄仄仄平平

沈佺期、宋之问诗中的句式,大致皆可以归类为这四种。

(2)联的规则——对

每联之中上下二句应该有所对应,这种对应也主要表现在节奏点的字上。既然每句中第二字与第四字已经有了联动的关系,那么可以仅以第二字作为代表,规定上下句的第二字应该平仄不同,这便是近体诗中“对”的规则。

此外,近体诗以押平声韵为主,故而下句非(乙)即(丁)。且近体诗还继承了“八病”中的“上尾”,那么上句非(甲)即(丙)。

综合以上,“对”的规则便具体体现为两种情况:上句若用(甲),则下句务必用(乙);上句若用(丙),则下句务必用(丁)。

(3)篇的规则——粘

一篇之中,上下两联亦当有所呼应。于是同样以第二字为代表,规定前后二联之中,前一联下句的第二字与后一联上句的第二字应当平仄相同,这便是近体诗中的“粘”的规则。由此则可推导出上联若为(甲)+(乙),下联务必用(丙)+(丁);上联若为(丙)+(丁),下联务必用(甲)+(乙)。

由此，五言律诗的基本形态便被勾勒出来。满足以上三种规则的组合方式，无非两种：

(1)(甲)+(乙)/(丙)+(丁)/(甲)+(乙)/(丙)+(丁)。如杜甫的《春望》：

国破山河在，城春草木深。(仄仄平平仄，平平仄仄平)
感时花溅泪，恨别鸟惊心。(仄平平仄仄，仄仄仄平平)
烽火连三月，家书抵万金。(平仄平平仄，平平仄仄平)
白头搔更短，浑欲不胜簪。(仄平平仄仄，仄仄仄平平)

(2)(丙)+(丁)/(甲)+(乙)/(丙)+(丁)/(甲)+(乙)。如上引沈佺期的《夜宿七盘岭》，再如王维的《山居秋暝》：

空山新雨后，天气晚来秋。(平平平仄仄，平仄仄平平)
明月松间照，清泉石上流。(平仄平平仄，平平仄仄平)
竹喧归浣女，莲动下渔舟。(仄平平仄仄，平仄仄平平)
随意春芳歇，王孙自可留。(平仄平平仄，平平仄仄平)

此外，诗的开篇第一句较为特殊，第一句末字可以押韵，称之为首句入韵。在这种情况下，对以上两种组合方式稍加改动，又可以得到两种：

(3)(丁)+(乙)/(丙)+(丁)/(甲)+(乙)/(丙)+(丁)。如上引宋之问的《江亭晚望》，再如李白的《访戴天山道士不遇》：

犬吠水声中，桃花带露浓。(仄仄仄平平，平平仄仄平)
树深时见鹿，溪午不闻钟。(仄平平仄仄，平仄仄平平)
野竹分青霭，飞泉挂碧峰。(仄仄平平仄，平平仄仄平)

无人知所去，愁倚两三松。（平平平仄仄，平仄仄平平）

（4）（乙）+（丁）/（甲）+（乙）/（丙）+（丁）/（甲）+（乙）。如李商隐的《晚晴》：

深居俯夹城，春去夏犹清。（平平仄仄平，平仄仄平平）
天意怜幽草，人间重晚晴。（平仄平平仄，平平仄仄平）
并添高阁迥，微注小窗明。（仄平平仄仄，平仄仄平平）
越鸟巢干后，归飞体更轻。（仄仄平平仄，平平仄仄平）

以上便是五言律诗的四种基本形式，所有的五言律诗，都可以框定在以上四种形式之内。这较之“八病”，简便易行很多，故而在沈佺期、宋之问之后，这种诗体迅速风靡诗坛。不过，“沈宋体”主要侧重五言律诗，此外五言绝句、排律，以及七言律诗、绝句、排律也在渐次兴起。绝句共两联四句，排律则是六联十二句或更多，二者的声律形式则是在律诗的基础上，或截取，或增添而已。至于七言，则可以看作是五言每句句首增添两字，即：

（甲）仄仄平平仄→平平仄仄平平仄

（乙）平平仄仄平→仄仄平平仄仄平

（丙）平平平仄仄→仄仄平平平仄仄

（丁）仄仄仄平平→平平仄仄仄平平

此外，七言近体诗的联、篇的规则一如五言。

另外，通览以上所举诗例，我们还能发现近体诗的规则中似乎存在着一些特例，如每句第一字的平仄并不严格，如沈佺期《夜宿七盘岭》的首句“独游千里外（仄平平仄仄）”，第一字当平而仄。实际上近体诗节奏点在偶数字，故而偶数字规则严格，而奇数字规则较缓和，故而也有“一三五不论，二四六分明”的说法，即五言近体诗的第

一、三字，七言近体诗的第一、三、五字平仄规则较缓，往往可以改变；而五言第二、四字，七言第二、四、六字则规则较严，不可轻易改变。

“一三五不论，二四六分明”的说法简便明了，大致符合近体诗声律规则上的融通之法。却也有两个特例不得不加以注意。

其一，是第一字务必要“论”的特例。在（乙）“平平仄仄平”句式之中，第一字绝不可改平为仄，否则句中除韵脚字仅有一个平声，这被称为孤平禁忌。如非要将第一字改为仄声不可，那么也要随之将第三字调整为平声，成“仄平平仄平”，这是（乙）句式的变格，被称为孤平拗救。如李白《夜宿山寺》：“不敢高声语，恐惊天上人”，下句“恐惊天上人（仄平平仄平）”便是（乙）句式“孤平拗救”的变格形式。

其二，是第四字不必“分明”的特例。在（丙）“平平平仄仄”句式之中。第三字与第四字时常可以调换，成为“平平仄平仄”，这是（丙）句式的变格，在唐人诗歌中极其常见。如杜甫《月夜》：“遥怜小儿女，未解忆长安”，上句“遥怜小儿女（平平仄平仄）”便是这类（丙）句式的变格形式。

此外，近体诗声律中还有其他一些变格形式，统称“拗救”（不合平仄处称为“拗”，补救之处称为“救”），在唐人近体诗中偶尔也能见到，不过并非诗律的主流。

至此，唐代近体诗在声律上的基本特点已清楚无余了。整齐的声律，令诗歌铿锵悦耳，更具音乐之美。在满足声律规则的同时又写出富有意境的诗句，如同戴着镣铐跳舞一般具有相当的难度，这种具有一定门槛的诗体，却恰恰投文人墨客所好，成为他们借以竞争创作技巧的手段之一。

近体诗定型之后，也受到了官方层面的鼓励。大约在唐玄宗开元、天宝之际，科举考试中诗歌成为固定试题之一，且被要求用五言六联（十二句）的排律来写作。从此近体诗的潮流势不可挡，泛览唐玄宗开元、天宝时期的诗作，几乎半数都是近体诗。此后又历经中、晚唐，乃至宋、元、明、清，近体诗始终长盛不衰。直到今天，我们若要学习古典诗歌的写作，近体诗的声律规则也是必修功课。

六、古体诗的新生——此“古”与彼“古”

声律之兴，既为近体诗开拓了天地，同时也对古体诗产生了重要的影响。“近体”与“古体”，从其命名方式上来看，显然应该是古体在前，近体在后。然而在近体诗诞生之前，古人作诗就是单纯作诗而已，并没有自己写的诗是“古体”的概念，因此古体诗虽存在于前，“古体”的名称却诞生在后。

且正因“古体”这一名称是伴随着“近体”而产生的，于是唐人所谓的“古体”，自觉不自觉都会受到“近体”的影响，这就与全然没有“体”的认识的古人之诗产生了差别。正因如此，明代诗论家李攀龙便提出所谓“唐无五言古诗，而有其古诗”（《选唐诗序》）这种颇有些拗口的说法。“唐无五言古诗”中的“五言古诗”，指的是汉魏诗人之作，“而有其古诗”中的“古诗”，则指唐人自己的古体诗作，这是在说唐人所写的五言古诗，在体裁上虽然被归为古体，却已经与汉魏人的作品有了本质的区别，此“古”非彼“古”，不可一概而论。这种说法虽未必完全准确，却有一定的道理。

具体而言，在近体诗产生之后，唐人所作的古体诗

从其与近体诗的关系来看,大致有了三种不同的倾向:

第一,受近体诗的影响,积极地将声律规则引入到古体诗创作之中。而这种引入,不过是部分的引入,时而用律时而又不用律,并非全然照抄近体。这种倾向在唐人古体中颇为常见,具有介于近体和古体之间的特点,能够兼收两者之长。

第二,虽也受近体诗的影响,却对声律持反对态度,认为声律之巧喧宾夺主,故而想要尽弃声律。于是此类作品往往有意与声律规则唱反调,近体向左,它必向右。实际上,即便全然没有声律意识,纯自由写作的情况下,也是会有部分诗句能够偶然符合声律的,汉魏古诗即是如此,平均每十句之中大概能有一句偶然与近体诗的律句规则相符。若尽弃声律,则是要连这十分之一偶然合律的可能也断然抛弃掉。这样的倾向,以主张诗歌复古的韩愈、孟郊等人最具代表性,与流丽的近体诗、朴素的汉魏古体诗皆不相同,而有一种险绝苦涩的特别韵味。

第三,虽产生在近体之后,却有意回避近体声律的影响,尽量不去考虑声律问题,努力回归汉魏人那样自由的创作心态。这种倾向,虽然未必能够真的返璞归真,写出原汁原味的汉魏诗歌,但至少能与汉魏诗歌的创作态度较为接近。这样的倾向,在李白《古风》等作品中往往可以窥见,相对于近体诗的精巧,有一种天然率真的古朴风味。

于此可见,声律之兴,不仅促成了近体诗的诞生,同时在古体诗领域也掀起了浩大的波澜。唐人古体,就是这样在与近体诗的不断纠葛之中持续发展。如果排除以古为尊的偏见,唐人这种与汉魏诗人不尽相同的古体诗,实际上具有更加广泛的包容性以及更加多样的可能性,从而与近体诗一道,开辟出唐诗瑰丽壮阔的世界。

本章所引南北朝、唐人诗文文献参考：

逯钦立辑校《先秦汉魏晋南北朝诗》，中华书局，2017 年

(清)彭定求等编《全唐诗》，中华书局，1960 年

第二章

『大漠孤烟』与『空山新雨』

——王维诗与盛唐气象

提到唐代诗歌，首先自然会想到李白与杜甫。而若要在李、杜之外，选择第三个人来作为唐诗代表的话，那么备选诗人中，王维（701—761 年）的排名一定不低。正如清代诗论家贺裳所说：“唐无李、杜，摩诘便应首推。”（《载酒园诗话又编》）

王维字摩诘，太原人，其父曾为汾州司马，故徙家于河东蒲州（今山西永济市附近）。王维大概生于武则天长安元年（701 年）或稍前，年略长于李白与杜甫。王维的人生，正好跨越了唐代最为鼎盛的唐玄宗开元、天宝时期，他的诗歌，自然而然可作为盛唐诗的代表。

王维诗以吟咏山水田园之作最多，尤其晚年的他一心思退，购置了辋川别业，寻山问水、弹琴参道，写出了诸如“明月松间照，清泉石上流”这样的清丽悠远之句，故而后人将他誉为山水田园诗派的代表人物。不过早年的王维也曾怀有强烈的用世之志，甚至曾短暂居于边塞，写出过“大漠孤烟直，长河落日圆”这样的雄壮浑厚之句，不逊色于任何一位边塞诗人。

王维的诗歌，对各种风格皆有涉猎，且皆留下了不少传世名作。而“大漠孤烟”与“空山新雨”或许可以视作他人生中最重要的两种要素，一者是积极进取的精神，一者是消极避世的态度，他的人生正是在这两种要素中摇摆不定。他人生中的种种迷惘与困惑，自然离不开盛唐时代的政治与社会背景。唐玄宗的开元、天宝时代，既是唐代鼎盛之时，同时朝野内外也潜伏着诸多隐患，这些潜在的危机最终在安史之乱中一齐爆发，令唐王朝陡然由盛转衰。生活在开元、天宝时代的唐代士人，一方面会因为国力的鼎盛而备受鼓舞，大多胸怀凌云壮志，另一方面又因察觉到了盛世中的危机而心忧国事，却屡屡因朝中奸臣的专权而碰壁，以致心生退意。王维的诗歌，正吟咏出了盛唐时期士人们的这种矛盾心理，展现出盛唐社会与盛唐士风的诸多侧面。

一、青年王维的桃源梦

说到山水田园诗，就不得不追溯到东晋时的陶渊明。而在陶渊明的作品中，最具理想主义色彩、最令人心驰神往的，又无过于《桃花源记》中所渲染的世外桃源。自《桃花源记》后，历代文人一旦怀有山水田园之想，就无不被这超尘脱俗的世外桃源撩动神思，陶渊明所塑造的桃花源，也成为古代文人共同的精神家园。作为唐代最擅长描绘山水田园的王维，自然也受到了桃花源的深深浸染，他的大半生涯，可以说都是在寻找、营造属于自己的桃花源中度过的。

王维十七岁时，曾作《桃源行》一篇，虽然是在模拟陶渊明的《桃花源记》，却将原先散文杂记的形式以歌行体诗歌进行呈现，其中王维式的气象风格已经颇为完备。此后王维诗所具有的清远萧散又极具画面感的特点，大多可以在这一青年之作中找到源头：

渔舟逐水爱山春，两岸桃花夹古津。坐看红树不知远，行尽青溪不见人。山口潜行始隈隩，山开旷望旋平陆。遥看一处攒云树，近入千家散花竹。樵客初传汉姓名，居人未改秦衣服。居人共住武陵源，还从物外起田园。月明松下房栊静，日出云中鸡犬喧。惊闻俗客争来集，竞引还家问都邑。平明闾巷扫花开，薄暮渔樵乘水入。初因避地去人间，及至成仙遂不还。峡里谁知有人事，世中遥望空云山。不疑灵境难闻见，尘心未尽思乡县。出洞无论隔山水，辞家终拟长游衍。自谓经过旧不迷，安知峰壑今来变。当时只记入山深，青溪几度到云林。春来遍是桃花水，不辨仙源何处寻。

众所周知，陶渊明的《桃花源记》讲述了一个武陵渔人在桃花林中迷路，误打误撞发现了一个自秦朝因逃避战乱而来的隐居者村落的故事。隐居者们在小小乡村中怡然自乐，不知世间的朝代更迭，过着无忧无虑的理想生活。渔人逗留数日后离去，途中处处做了标记，想要再次来访，却最终渺不可寻。王维用诗歌的语言再现了陶渊明所讲的故事，不过不同于陶渊明那样作为旁观者以第三人称的形式进行讲述，而是以第一人称，化身为武陵渔人，以武陵渔人的所见所感为线索，逐渐进入桃花源的世界。

正因为化身为武陵渔人，王维诗中迷惘、惊讶、欢喜、艳羡、怅然等情感表达得更为直接且热烈，与陶渊明的冷静深沉乃至压抑了个人情感的叙述风格颇为不同。陶渊明作《桃花源记》时，已然隐退许久，历经了晋、宋的朝代禅替后，早已失去了积极进取之意，《桃花源记》固然也是在寄寓一种对理想的隐士生活的幻想，然而幻想终非真实，桃花源最终的渺不可寻，恐怕也多多少少展露出了陶渊明晚年略显悲凉的心境。然而写作《桃花行》的王维，却正是翩翩少年，尚未有陶渊明那样阅尽沧桑后的悲观情绪，反倒颇有效仿陶渊明文中对桃花源"欣然规往"的"南阳刘子骥"之意。"出洞无论隔山水，辞家终拟长游衍"虽是借武陵渔人之口发出，却正是王维自身的志向所在。"安知峰壑今来变""不辨仙源何处寻"之句，又颇有责怪渔人迷失道路之意，仿佛若王维自身前去追寻，定有希望辨得仙源一般。

在陶渊明的《桃花源记》中,桃花源更多作为一种并非真实的理想世界而存在。而在王维的《桃源行》之中,理想世界却似乎未必全是虚无缥缈,靠着主观的搜寻,似乎也有睹见属于王维自己的桃花源的可能。这种区别,一方面或许源自老人与少年间心态的不同,另一方面,也或许与时代背景的差异有关,即陶渊明生活在晋、宋易代的动荡之时,人心思退,而王维则生活在唐代鼎盛之时,世风进取。

陶渊明的桃花源,似乎是一种用来逃避的想象中的港湾,既是为桃花源中的居民逃避秦时战乱而设,又是为陶渊明所处晋、宋之交的士人们逃避现实的纷争而创造。不过无论是秦时还是晋、宋之际,这种可以逃避的去处恐怕都难以存在于现实之中,故而《桃花源记》虽然给人以希望,却又颇为冰冷地将外来的世人拒之门外。与之相对的是,王维所向往的桃花源,却是一种用来追寻的理想世界,看似遥远,却也并非不可到达,于是促使着追寻者笃定意志,不至不休。故而王维的《桃源行》显得热情洋溢,即便一时"不辨仙源",也完全察觉不到诗人的消极气馁之意。这正是盛唐人积极向上的精神面貌的反映,是盛唐气象与南朝士风的不同之处。当然,当王维在人生暮年历经了天宝年间的政治堕落,乃至目睹了安史之乱的爆发、国力鼎盛的盛唐一去不复返之后,其心态的变化就另当别论了。

昂扬的精神面貌之外,王维诗中写景写人时色彩的明快、形象的鲜明,也是极为特别之处。读王维之诗,似乎如同在观赏一幅徐徐展开的画卷,溪云花树、田园鸡犬一一在画卷中登场,极其生动,极其令人印象深刻,这种形象化的描绘,极易唤起读者的共情,令人不知不觉随着王维的笔触,神游于他在诗歌中,或者说在画卷中所创造的美轮美奂的世界。

这样的特点,正如清代诗论家张谦宜对《桃源行》的评价:"比靖节(陶渊明)作,此为设色山水,骨格少降,不得不爱其渲染之工。"(《织斋诗谈》)所谓"骨格少降",大致如前文所说的那样,是因王维诗中不像陶渊明那样有着深沉的思考、压抑或者说曲折的情感,更多青年人的气质,而少古朴的风韵。这其实并非优与劣的区别,而是精神面貌的不同罢了。而“设色山水”“渲染之工”,正点出了王维诗可入画的特点。其实对这一特点的指出,最早来自宋代的苏轼:“味摩诘之诗,诗中有画;观摩诘之画,画中有诗。”(《书摩诘蓝田烟雨图》)

王维不仅是诗歌巨匠,更是作画的高手,正如他自身也曾感慨:“宿世谬词客,前身应画师。”(《偶然作六首·其六》)明代著名画家董其昌更评价道:“文人之画,自右丞(王维)始。”(《画旨》)可惜的是,王维的画作几乎没有一件可靠的真迹存留下来,其“画中有诗”难以窥知,而“诗中有画”却是实实在在可以看见的。

具体到《桃源行》而言,诗的节奏清晰明快,由静与动两部分组成,每一静,便截取出一幅风景画,每一动,则如移步换景,又将画卷继续向前展开。

诗中先写“渔舟逐水”,至桃花源的入口处,截取出“两岸桃花夹古津”的画面;接着渔人翻越“山口”,始见“平陆”,又从远处展开“遥看一处攒云树,近入千家散花竹”这样千家万户皆被桃花拥簇的绚美图景;随后渔人进一步深入,得以从近处目睹桃花源中每家每户的生活实态,于是又有了这幅“月明松下房栊静,日出云中鸡犬喧”的静谧安详的农家素描;进而渔人受到款待,又接以“平明闾巷扫花开,薄暮渔樵乘水入”这一宛如做客仙境的画面;此后渔人与桃花源中人交谈,谈及隐居之深不为世人所知之时,用一幅“世中遥望空云山”的缥缈幽深之图让人心领神会;最后写渔人辞别后,再不能寻得桃花源时,则用“春来遍是桃花水”一图,道尽了迷茫失路之意。

诗意与画意往往是共通的,如能巧妙地运用这种共通之处,令人读诗如观画,观画若读诗,抽象思维与形象思维相互交织,又相互呼应,则能极大地提升艺术感染力,寥寥数笔,便令人宛若身临其境,心

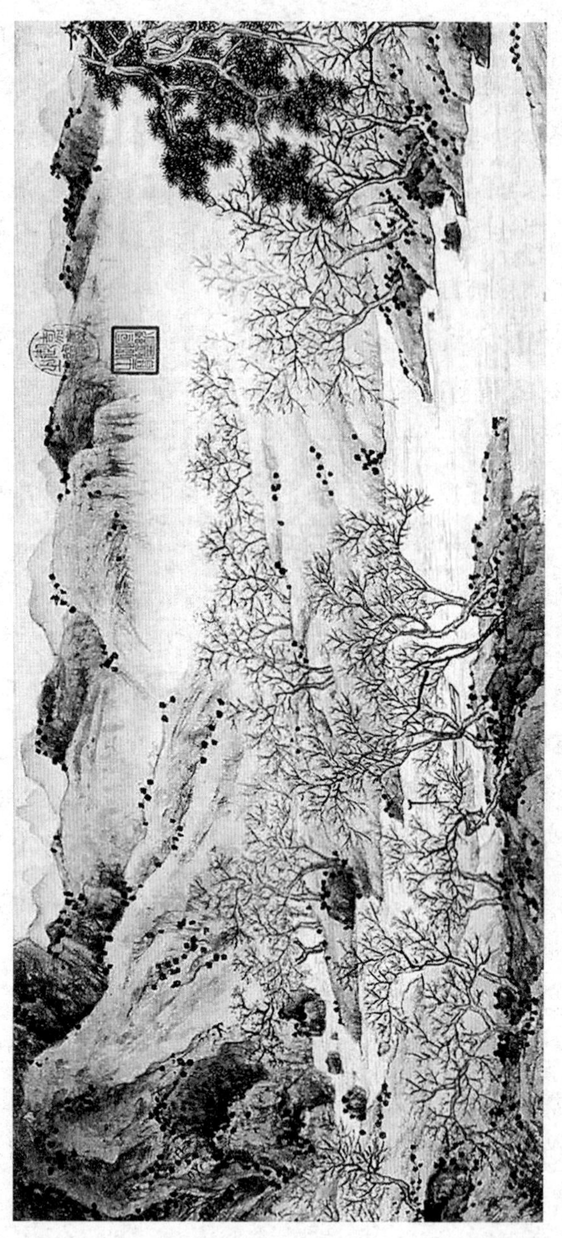

明文征明《桃源问津图》局部（辽宁省博物馆藏）

领神会，意蕴无穷。少年时的王维便已经能够悟得这种高妙的表现手法，而随着阅历的加深，他此后的诗歌则更加成熟，更加意蕴深厚。

二、三种桃花源、三个历史时空、三类时代风格

此外还需一提的是,王维的《桃源行》较之陶渊明的《桃花源记》有着精神面貌和表现手法上的不同,同时较之中唐人乃至宋人的同题材之作,也有着很明显的区别。从这些区别中,我们既能看到盛唐气象的特别之处,也能多多少少窥见中唐至宋代诗歌在写作方法以及气质风格上的转向。与王维《桃源行》题目相类,且受到较高评价的作品,还有中唐时韩愈的《桃源图》以及北宋王安石的《桃源行》。三诗虽皆负盛名,却旨味迥异。

先来看韩愈的《桃源图》,其开篇便道:

神仙有无何渺茫,桃源之说诚荒唐。

直接否定桃花源的存在。用断定的口吻将冰冷的现实在开篇予以告知,令人读后难免心生惊讶。这种可以称之为“奇崛”的写法,可谓韩愈诗以及受到韩愈影响的中唐诗人的主要特点,这与王维诗流丽婉转的风格以及对桃花源孜孜以求的积极态度大相径庭。

接着韩愈叙及此诗的写作缘由:得到友人所寄桃

源图的画作，观赏画作并读到画中题诗，令韩愈深感“文工画妙各臻极”，于是“异境恍惚移于斯”。此后，在承认桃花源并不存在于现实世界的前提下，叙写画中“异境”之瑰丽。韩愈的写景，每每以惊人为能事，如其中写桃花繁盛道：

种桃处处惟开花，川原近远蒸红霞。

“蒸红霞”三字显得极其热烈醒目。这与王维那样自然而然地在人眼前展开画卷、徐徐引人入胜的写法不同，而是刻意冲击观者的视觉感受，并不追求意蕴的悠远，而偏要以险峻的语句惊人。

此后韩愈又写渔人在桃花源中留宿时的所思所感，却并不像王维“辞家终拟长游衍”那样对桃源生活的艳羡，而显得颇为孤寂悲凉，乃至令人不适：

月明伴宿玉堂空，骨冷魂清无梦寐。夜半金鸡啁哳鸣，火轮飞出客心惊。

“骨冷魂清”“火轮飞出”皆是极具冲击性的词语，与“蒸红霞”一样险峻惊心。而身处桃花源中的渔人为何会有如此的悲凉心境呢？据韩愈的解释是因为“人间有累不可住”。所谓“人间有累”，似也不同于王维诗中的“尘心未尽思乡县”，王维的“尘心未尽”，只不过是一时的思乡而已，此后还是要“辞家终拟长游衍”，韩愈的“人间有累”，背后是一种关注于历史与现实的入世精神，实则“人间有累”者不是渔人，而是韩愈自身，因为现实中未完成的使命，而不可以长期滞留于桃花源的“异境”。他曾借渔人与桃源中隐者的对话，谈到秦以来的历史变迁：

嬴颠刘蹶了不闻，地坼天分非所恤……大蛇中断丧前王，群马南渡开新主。听终辞绝共凄然，自说经今六百年。当时万事皆眼见，不知几许犹流传。

“嬴颠刘蹶”喻指汉（刘）、秦（嬴）相继沦亡，“大蛇中断”用刘邦斩白蛇典故，喻指王朝的兴废，指西汉丧乱而东汉继起，“群马南渡”指西晋“八王之乱”后五胡乱华，晋室（司马）南渡。这些自然是《桃花源记》故事中桃源隐居之人所未曾目睹的历史进程，在陶渊明以及王维诗中皆一笔带过，而在韩愈诗中却被写得颇为详细。区区渔人，本是不可能熟读史书的，又如何能对这些历史的变迁如数家珍般地向桃源隐居之人娓娓道来？显然对历史变迁更为执着的并非故事中的渔人，而是作者韩愈，对现实没有过多牵挂的渔人或许可以长久地客居于桃源之中，而执着于历史变迁、想要参与到历史进程中的韩愈则不可。

韩愈心中浓郁的儒家入仕之思驱使着他积极地参与现实政治，他所处的安史之乱后的中唐，正是动乱刚刚平息，政局依然不稳，急需人才以匡正社稷的时代。这样的时代特点，较之动乱而颓丧的晋宋之际，以及安定且祥和的盛唐之时，皆有着明显的不同，故而桃源虽然美，却并非此时此刻的韩愈所应往之处，于是只能“船开棹进一回顾，万里苍苍烟水暮”，无奈告别这一尘外之地，而投身于历史的洪流之中。

再来看王安石的《桃源行》，其中所体现出的对历史与现实的关怀更为明显也更为积极。开篇就从历史说起：

望夷宫中鹿为马，秦人半死长城下。

虽是在叙述桃源中隐者“避秦时乱”的背景，然而流露出的不是对尘外世界的向往，而是对现实世界的观照，意在表现对历朝历代因战争而陷于流离丧乱的普通百姓的哀悯，故而在简单交代桃源中人“儿孙生长与世隔”的现状之后，笔锋一转道：

闻道长安吹战尘，春风回首一沾巾。重华一去宁复得，天下纷纷经几秦。

王安石之作在三首桃源之诗中篇幅最短，主旨也与其他二首偏离最远。与一般人往往将视角集中在桃花源中不同，王安石关注更多的却是桃源外的世界，为“长安吹战尘”而感慨，为“天下纷纷经几秦”而悲哀。其他二首皆以武陵渔人为线索，作者每每附身于武陵渔人，借渔人之眼之口，表达自身的所思所想。而王安石似乎无意去做渔人，更无意做客桃源，他的眼界更高，志向更远，并不仅仅逃避或者参与历史进程，而是有一种想要主导历史进程的意识。渔人、隐者只不过是世间百态之一，王安石则有一种调理世间百态，令秦时动乱不再出现在今世的宏伟愿望。其诗也一改桃源之作普遍关注于隐逸生活的传统，转而以反思政治为主题。我们知道，王安石于宋神宗时被拜为宰相，主导变法，掀起了巨大的波澜，甚至直接影响了北宋王朝的兴衰。变法的成败暂且不论，而其改革政治、左右历史进程的宏志，显然已经流入《桃源行》诗之中。

以上三首桃源诗，产生自三个历史时代，代表了三种不同的时代风气。题目虽然近似，主旨却各自有别，风格也各有千秋。王维作诗如作画，初看自然天成，细看则用笔精巧，即便平铺于眼前，也能沁人心脾、摄人精魄；韩愈则不用平铺直叙，专务惊奇险峻，用语高迈不凡，波折诡谲而惊动人心，且又有一种纠葛于出世与入世之间的复杂情感冲流往复，引人深思；王安石则直白如同读书，读之如览诸子史籍，议论畅快，理胜于辞。

清代诗论家王士祯在《池北偶谈》中评这三首诗道：

观退之(韩愈)、介甫(王安石)二诗，笔力意思甚可喜，及读摩诘诗，多少自在，二公便如努力挽强，不免面赤耳热。此盛唐所以高不可及。

虽也对韩愈、王安石之作不吝赞美之情，却认为二者皆不如王维，且认为盛唐诗“高不可及”。三者气质风格大不相同，对于气质风格的好尚恐怕也因读者而异，并非果真有高下之分。从客观上来讲，盛唐诗未必真的是“高不可及”的。不过王士祯此说，的的确确道出了盛唐气质的与众不同之处，在于“自在”，在于不必“努力挽强”。这种气定神闲、从容不迫的态度，恐怕为盛唐人所特有，也是形成诗中所谓“盛唐气象”的重要因素之一。

不过，或许也正因盛唐人把从容不迫的高妙之语几乎说尽了，才致使后来者需要“努力挽强”，需要别出心裁、出奇制胜才能令人耳目一新，避免跟随在盛唐人之后亦步亦趋、东施效颦。这也是盛唐以后诗风渐变，至中唐再至宋代，各自形成了全然不同的气象风格的原因所在。

贡献从容不迫的高妙之语最多的盛唐诗人，恐怕仍要首推王维。他在十七岁初出茅庐时便在《桃源行》中展示出了不凡的气韵，在此后的人生中，更是连连妙笔如花，写尽了盛唐人高迈且从容的气质。

三、王维的进与退

（一）进士及第

王维虽出生于官宦之家，其父却只不过是汾州司马这样的小官，家庭出身远远称不上高贵，其谋求出仕，也便靠不上家庭关系，只能凭借自身的真才实学。《新唐书·王维传》称王维“九岁知属辞”，同时又通晓音律，妙笔丹青，年少时便已才学出众。不过，初、盛唐之际，中国的社会结构更近似于贵族社会，名门望族把持着大多数的入仕渠道，高门出身者即便胸无点墨，亦可凭借祖上的恩荫取得高位，而寒门出身者即使有着雄才伟略，往往也难以轻易谋取到一官半职。

当时虽然已经有了科举制度，然而唐代的科举制度仍远未完备。首先取士极少，每年能够进士及第者不过二三十人。其次，考试过程也并不公平，进士试尚未引入糊名制度，应试者的姓名籍贯等信息在考官那里一览无余，请托等问题层出不穷，往往尚未考试而名次已定。于是决定举子成败的关键大都不在考试当天，而是在考试之前是否能让自己的才名为权贵或者考官所认可。再次，即便考试合格取得了进士及第的出身，却也并不意味着就能够顺利进入仕途。进士及第后还要参加吏部选官的考试，再次合格后才能授官，且一般仅仅授予校书郎、县尉等品级极低的职位，日后能否顺利升迁，更多地还要取决于朝中是否有贵胄的提携。

于是对于出身并不高的王维来说，即便少具才学，此后的人生恐怕也很难一帆风顺。不过当时的王维显然不能预知这些，而是对自己的将来满怀期待。

大约在开元八年(720年)，二十岁左右的王维为求进路而来到京城长安。当时的王维，也以进士及第作为自己的首要目标。那么在参加考试之前，首先就要让自己的才名广为长安权贵所知。凭借王维的才学，这一点自然不在话下。《旧唐书·王维传》称王维到长安之后："凡诸王驸马豪右之门，无不拂席迎之，宁王、薛王待之如师友。"《太平广记》引《集异记》也称："王维右丞，年未弱冠，文章得名。性闲音律，妙能琵琶，游历诸贵之间，尤为岐王所眷重。"

宁王是唐玄宗之兄，薛王、岐王是唐玄宗之弟。唐玄宗素有友爱兄弟之名，常常与诸王宴饮作乐，故而当时的士子，往往争相游于诸王之府，以求得到诸王的延誉。在王维的诗歌中，岐王的出现最为频繁，岐王也对王维声名的传播乃至成功进士及第提供了不小的助益。

有关王维的进士及第，《集异记》中有一段颇具细节的记载，往往被后人所关注，情节大致如下：

与王维一同在长安求进的举子之中，有一个叫作张九皋的人，名声十分出众。且有人曾经到公主那里替他请托，公主于是找来当年京兆府试的主考官，令其到时候在举荐名单上选张九皋为第一名。王维听说此事后找到岐王，也想争一争这个第一名。岐王对他说："以公主之贵，不太好和她正面硬争，我为你谋划了一个计策。你先整理一下从前写过的诗，选十篇代表作，再新谱一首琵琶曲，五天之后到我府上来。”

五天后，准备好一切的王维来到岐王府，岐王又拿出一套华美的衣裳令王维穿上，带他一同来到了公主府上。岐王与公主大摆宴席，并令乐工们入内作乐。王维趁机跟随乐工们一同来到公主面前。王维本就生得面色白皙，又穿着一身华美衣裳，更显得风流倜傥，顿时吸引了公主的注意。公主于是问岐王道：“这位是何人？”岐王答道：“懂音律之人。”于是令王维演奏他所谱写的琵琶曲。

演奏结束后，余音绕梁，满座动容，公主对王维顿生好感。这时岐王又说：“此人非但通晓音律，且论及诗歌文辞，更是无出其右。”公主不信，令王维拿出一些作品来看。王维于是从怀中取出事先誊录好的代表作，公主看后大为惊讶，说道：“这些诗我都曾有所耳闻，还以为是古人的佳作，原来竟是你的作品！”于是更加礼遇王维，令他入席居于上座。王维不仅相貌堂堂，更善于言谈，满座宾客权贵无不叹服。

岐王趁机对公主说：“如果今年京兆府试以此人为第一名，那可真称得上是国家的荣耀！”

公主连忙说：“那为何不让他前去应举？”

岐王答道：“此人自称如果得不到首荐，义不就试。可听说公主已经把第一名许给了张九皋。”

公主于是笑道：“这又不是什么大不了的事，张九皋的事只不过是受人所托罢了。”转头对王维说：“你要真想去参加考试，那我一定会助你一臂之力。”此后公主召主考官来到府上，嘱咐他将王维列为首荐。王维也因此一举登第。

《集异记》是晚唐人薛用弱所编，所收故事大都来源于前人的口耳相传，未必皆有事实依据。如其中提到的张九皋，实际上早王维十余年便已及第，并不可能与王维一起争夺首荐的名额，且以王维的气格，似乎也不会自甘于扮演乐工以求公主举荐。于是此类小说中的故事,自然不可尽信。不过,这一故事中反映出的进士及第需要仰仗权贵举荐这一情况,却大致能反映出初、盛唐时期的历史实情。

从结果上看,进士及第的王维或许得偿所愿,然而委身权贵,恐怕并非王维的初衷。可叹的是,王维此后的生涯也并未能仅凭自身的才学就在仕途上走得更远,人生的屡屡不如意,难免令王维日后的心态渐渐起了变化。

(二)济州与淇上

开元九年(721 年),进士及第后的王维被授予了太乐丞之职,负责执掌朝廷祭祀享宴时的音乐礼仪等。然而他很快就因下属弄错了乐舞的等级而遭到牵连,被贬到济州(今山东聊城市)担任司仓参军,成为管理仓库的微末小官。刚刚入仕便遭遇重大挫折,这令王维倍感沮丧。对此王维作《被出济州》诗云:

微官易得罪,谪去济川阴。执政方持法,明君无此心。
闾阎河润上,井邑海云深。纵有归来日,多愁年鬓侵。

官职卑微不受重视,因细微小过便贬官千里。王维在诗中对自己的获罪颇感悲观,都不敢想象将来是否有归来之日。此时诗人刚满二十岁不久,却似乎一眼便望见鬓发苍白后依然失意潦倒的人生。

他赴任途中的其他诗作,也一改往日的积极进取之意,满是悲观孤冷的格调。如途经河北,登楼远眺云"高城眺落日,极浦映苍山"(《登河北城楼作》),年仅二十多岁的王维,诗中竟然已经颇显暮气;又留宿郑州感慨自身"穷边徇微禄"的境地,"他乡绝俦侣,孤客亲童仆"(《宿郑州》),他乡难觅知音,虽有童仆相伴,然而童仆们未晓诗书、不解风情,恐怕会令王维心中孤寂更增一倍;又途经荥阳,遥望前路“前路白云外，孤帆安可论”（《早入荥阳界》）；离长安愈远，迷茫怅惘之情愈发浓烈，甚至尚未抵达济州，思归之情便已压抑不住：“故乡不可见，云水空如一。”（《和使君五郎西楼望远思归》）

济州之贬，使王维刚刚起步的仕宦生涯陡然陷入行将落幕的危机，他在济州做满了整整四年任期，也未能迎来“归来日”。曾经的积极进取之意，在济州任期中日渐消磨。思退之情从此渐渐成为王维诗的主题，他将注意力放到山水上，放到田园生活中，不遇的苦闷得到了部分的排解，内心得到了些许安宁之后，他的诗中也便多了一种清幽宁静的意境。

王维在济州任上，便已经开始了隐居的尝试：“虽与人境接，闭门成隐居。”（《济州过赵叟家宴》）开门与人境相接，闭门则隐逸安然。在济州任上，往往有远方客人来访，在这迎来送往的诗作中，也时常可以看到王维陶冶于山水田园的内心：“山静泉愈响，松高枝转疏。”（《赠东岳焦炼师》）诗人之心似乎也随着焦炼和尚一同奔向了东岳泰山的山水之中。又如“行人返深巷，积雪带余晖”（《喜祖三至留宿》），落日的余晖照耀着庭中积雪，在这诗情画意的深巷之中，诗人似乎找到了心灵的归处，渐渐平静冲和，不再悲哀急躁。

于是在济州司仓参军秩满卸任之后，王维便正式开始了第一次隐居。他没有返回故乡，也没有立即再赴长安，而是自济州逆黄河而上，来到淇水之畔（今河南省淇县、浚县一带），结庐而居。淇水是古黄河的支流，地理位置优越，交通方便，淇水之畔是春秋时的卫国故地，《诗经·卫风·淇奥》曾歌咏道：“瞻彼淇奥，绿竹猗猗。”这里以竹园闻名，历史文化悠久，自然景色优美，堪称理想的居住之地。

在淇上的隐居生活，进一步慰藉了王维的不遇之心，从此王维便与山水田园结下了不解之缘。此时的《淇上田园即事》，是王维集中最早吟咏山水田园的诗作：

屏居淇水上，东野旷无山。日隐桑柘外，河明闾井间。
牧童望村去，猎犬随人还。静者亦何事，荆扉乘昼关。

诗中充溢着一派宁静祥和之气，颔联的“隐”“明”二字极富画面感，一幅斜日遥照桑树、闾巷静谧夹河而筑的乡村图卷徐徐展开，明显带有“诗中有画”的特点。且诗中画卷清幽萧散，不像《桃源行》那样以色彩取胜，而更近似水墨图，平淡却韵味悠长，简约却更加传神。牧童与猎犬成为画中点缀，静中有动，生动活泼，堪称点睛之笔，显示出诗人愈发纯熟高超的技艺。

淇水之畔固然风景怡人，却依然是充满人烟之地。居住于此，与其说是隐居以避世，不如说是暂居以待时，此时的王维固然已经思退，却并未完全弃绝世俗的牵绊，思归、不遇等悲哀之情仍时有流露。如《淇上送赵仙舟》：

相逢方一笑，相送还成泣。祖帐已伤离，荒城复愁入。
天寒远山净，日暮长河急。解缆君已遥，望君犹伫立。

诗中透露着荒凉愁苦的气氛，诗人的心境似乎又回到了刚刚被贬济州之时。一边是“天寒远山净”，一边是“日暮长河急”，一边似乎已经趋于安宁，一边却似乎还在躁动焦急，诗中画卷静的部分与动的部分交织相映，其中妙处令人赞叹不已，王维那波澜不止的心境也通过画面一览无余地展现在读者面前。

这种消极的心境，时而也以更为直接的形式从王维口中吐出：“今人作人多自私，我心不说君应知。济人然后拂衣去，肯作徒尔一男儿！”（《不遇咏》）王维心中充满了对当时自私自利风气的不悦，且诗句中表露出的无私济人之志，显然也意味着此时的王维并不甘于从此老于田园，而是对显身扬名、济世安人仍有所希求。

于是大约在开元十六年(728 年),将满三十岁的王维终于离开了淇上隐居之处,再次返回了聚集着是非纷争的京城长安。

(三)重返长安

重回长安的王维,一方面与仕宦之人广泛交游,一方面仍纵情于山水之间,似乎在进与退之间摇摆不定。《青溪》诗云:

声喧乱石中,色静深松里。漾漾泛菱荇,澄澄映葭苇。

我心素已闲,清川澹如此。请留盘石上,垂钓将已矣。

怡情于山中清溪之畔的王维,又有了终老山林的意愿。不过这种隐逸之思,却似乎被身边隐者的纷纷出仕所扰动了,如《送权二》诗说自己与隐者权二(权自挹)"一见如旧识,一言知道心",然而权二却出山入仕而去:"明时当薄宦,解薜去中林。芳草空隐处,白云余故岑。"

实际上,唐人的"隐"与"仕"并不是截然对立的。古人素来有重视隐士的传统,统治者也热衷于到山林之中招揽隐居的名士,为自己营造好贤的名声。于是很多人看到了机会,投统治者所好,本来抱着入仕的目的,却先入山林隐居,博得隐士之名,从而等待朝廷的召辟。长安附近的终南山中便颇多这样的隐士,他们由"隐"而曲线求"仕"的道路,便被称作"终南捷径",这条路径甚至往往较之科举正途要更为有效。王维此时的"隐",恐怕很难说完全没有走"终南捷径"的考量。

于是在开元二十三年(735 年),逡巡于隐与仕之间多年的王维终于重返仕途,得到了右拾遗的官职。王维的再次入仕,与当时的宰相张九龄有着密切的关系,《献始兴公》诗云:

侧闻大君子，安问党与雠。所不卖公器，动为苍生谋。

贱子跪自陈，可为帐下不。感激有公议，曲私非所求。

张九龄是唐玄宗时的名相，开元盛世的缔造者之一，曾被封以“始兴伯”的爵位，故而王维称其为“始兴公”。王维的入仕，正因张九龄的提拔。此诗说虽渴望投入张九龄帐下，却并非出于结党营私的考虑，而是自有“公议”，想要跟从张九龄的脚步一同“动为苍生谋”。作为开元明相，张九龄的个人魅力是巨大的，在他的感召之下，王维年少时的积极进取之意再次被唤起，颇有为国家而成就一番事业的雄心。

（四）出使边塞

再次入仕后的几年间，因公职所需，王维时常辗转于京城与边疆。尤其在开元二十五年（737 年）秋，王维曾赴河西节度使幕府暂任监察御史兼节度判官。河西节度使治所在凉州（今甘肃武威市），东依黄河，北临沙漠，西通西域，是大唐王朝的边防重镇，常年驻兵防备吐蕃、突厥的进犯。长年游冶于山水田园中的诗人，忽然来到风物迥然不同的沙漠戈壁，当然也会孕育出别具特色的作品。《王维集》中与山水田园诗风格迥异的边塞诗作，大都是在这一时期写成。其中有脍炙人口的《使至塞上》：

单车欲问边，属国过居延。征蓬出汉塞，归雁入胡天。

大漠孤烟直，长河落日圆。萧关逢候骑，都护在燕然。

诗中“大漠孤烟直，长河落日圆”一联尤为惊艳，王维将以诗作画的巧思也带到了河西边疆之地，寥寥数笔，便勾勒出一幅雄浑壮丽的大漠图景。恐怕只有在国力强盛之时，诗人们才有足够的自信，能够以平静乃至欣赏的心态，去面对边疆的烽火与落日。

唐王朝在建立之初，本面临着突厥、吐蕃等少数民族政权的威胁，自唐太宗开始，相继用军事手段北破突厥，西通西域，于是万国来朝，奉唐太宗为“天可汗”。太宗之后，高宗又东灭高句丽，扩土千里。而随着武后掌权，为巩固自身的统治，诛杀了一大批忠于李唐王室的大臣，许多镇守边疆的名将也未能幸免于难，于是北边的突厥，东边的契丹，西边的吐蕃，又趁机滋扰边境。不过唐王朝的实力依然强盛，在对周边少数民族政权的战争中往往占有优势。至唐玄宗继位之初，对内励精图治，对外意图效仿太宗之政，十分重视边疆之事，相继在边疆设置节度使，屯兵驻防，终于使边疆获得了较为长期的安宁，至天宝四载(745 年)甚至联合回鹘可汗骨力裴罗，将突厥的残余势力一扫而空，彻底解除了突厥的威胁。

生活在开元年间太平盛世的士子们，感慨于唐王朝的赫赫武功，大多都对驰骋大漠、立功封侯的边疆生活有着热烈的想象。少年时的王维亦是如此，他二十一岁时所作《燕支行》云：

画戟雕戈白日寒，连旗大旆黄尘没。叠鼓遥翻瀚海波，鸣笳乱动天山月。麒麟锦带佩吴钩，飒沓青骊跃紫骝。拔剑已断天骄臂，归鞍共饮月支头。汉兵大呼一当百，虏骑相看哭且愁。教战须令赴汤火，终知上将先伐谋。

在王维的笔下，边疆风物雄壮惊心，军旅生活激情四射，不过诗人在年少时却根本没有到过边疆，这些只不过是他的想象而已。到了中年，王维才因公事而有了亲临边疆、体验军旅生活的机缘。这似乎令他年少时的军旅之思得到了极大满足，从他的诗作中，也能看到明显的激动与欣喜之情，如《出塞作》云：

居延城外猎天骄，白草连天野火烧。暮云空碛时驱马，秋日平原好射雕。护羌校尉朝乘障，破虏将军夜渡辽。玉靶角弓珠勒马，汉家将赐霍嫖姚。

来到边疆，亲眼目睹了边疆风物之后，王维诗中的用语已经不是《燕支行》中“白日寒”“黄尘没”“瀚海波”“天山月”这些宏大得有些失真、更多地存在于想象中的词语，而是如“白草连天野火烧”那样，用语更为真切，更具现实冲击力。诗中的王维，似乎抑制不住引弓射箭的冲动，仿佛要化身为射雕英雄，学习西汉的骠骑将军霍去病，围剿匈奴单于，立功封侯。又如《陇西行》云：

十里一走马，五里一扬鞭。都护军书至，匈奴围酒泉。关山正飞雪，烽戍断无烟。

此时的王维，又似乎已经抑制不住快马扬鞭的冲动，仿佛又要化身为在军情紧急时赶去解围的将军，冒着凛冽的风雪一往无前。

不过，这些初至边疆的快意之情似乎并不能持续很久，边疆的生活固然有激情，更多的恐怕还是失意与无奈。像西汉时卫青、霍去病那样驰骋大漠、立功封侯者毕竟是少数，多数人虽然勤勤恳恳戍边，却直至白首也无缘立功封侯。见到了这些失意的将士们，王维才体会到军旅生活那残酷无情的一面，他于是自然而然想到了“数奇”而死的西汉飞将军李广，作《老将行》云：

卫青不败由天幸，李广无功缘数奇。自从弃置便衰朽，世事蹉跎成白首。

继而又想到了北海牧羊十九年，归国后却仅仅得到微薄赏赐的苏武，作《陇头吟》云：

长安少年游侠客，夜上戍楼看太白。陇头明月迥临关，陇上行人夜吹笛。关西老将不胜愁，驻马听之双泪流。身经大小百余战，麾下偏裨万户侯。苏武才为典属国，节旄落尽海西头。

正如清代诗论家沈德潜所云："少年看太白星，欲以立边功自命也，然老将百战不侯，苏武只邀薄赏，边功岂易立哉！"（《唐诗别裁集》）如卫青、霍去病那样驰骋边疆、立功封侯的宏远志向，恐怕只能停留在理想世界中，在现实世界，边境上聚集的更多则是像李广、苏武这样虚掷了大好光阴的失意之人。当年凭借一腔热血投身军旅的少年们，渐渐在岁月侵蚀之下成为白首戍边的老将。少年们壮志凌云的激昂呼喊，也便渐渐化为了思乡怀归的慷慨悲歌。

开元年间，边疆固然相对平静，然而凭借的主要是朝廷长期的武力投入与军备积累。为了维持对少数民族政权的战略优势，唐王朝在边疆消耗了大量的国力，由此也牺牲了无数热血志士的青春时光，激情的背后、和平的背后，都少不了血与泪的挥洒。亲身体验了边塞生活实情的王维，在最初的欣喜与激动之后，也渐渐恢复了平静，能够用更为理智的眼光来审视大唐王朝在盛世之中所暗伏的这些危机。

经历了二十多年的励精图治，唐王朝的最高掌舵人唐玄宗也的确有些困倦，有些骄傲自满了。实际上，在王维出使河西之前，朝中的风向就已经渐渐变了。

(五)退意复生

唐玄宗继位初期,能够励精图治、选贤任能,开元年间也是名相辈出,前有姚崇、宋璟,后有张说、张九龄等人,皆心系社稷,辅佐玄宗,成为一时名臣。然而到了开元末年,玄宗却渐渐失掉了刚刚即位时的进取之心,正如《资治通鉴》所载,开元二十四年(736 年)时:

上在位岁久,渐肆奢欲,怠于政事。而九龄遇事无细大皆力争;林甫巧伺上意,日思所以中伤之。

"林甫"即有着"口蜜腹剑"之称的李林甫。他工于心计,为了谋求宰相之位,大肆培养自己的亲信,并使用各种手段诋毁张九龄等人。终于,在李林甫的挑拨离间之下,开元二十四年(736 年)冬,也就是王维受张九龄举荐的一年之后,张九龄被免去了宰相之职,紧接着开元二十五年(737 年)夏,张九龄又因其所举荐官员的牵连,遭到李林甫的进一步谗害,被贬为荆州长史,离开了朝廷。此后,李林甫得以大权独揽。盛唐的政治也便以张九龄的罢相与李林甫的入相为分水岭,走上了由盛转衰的不归路。

张九龄的被贬在王维出使河西稍前,对此王维有《寄荆州张丞相》一诗感慨:

所思竟何在,怅望深荆门。举世无相识,终身思旧恩。
方将与农圃,艺植老丘园。目尽南飞鸟,何由寄一言。

王维表示自己终身都会铭记张九龄的知遇之恩。受到张九龄人格魅力感召的王维,无疑会因张九龄的被贬而灰心失望,且作为受到张九龄举荐的官员，王维自身也难免有牵连之忧，故而他的河西之使，或许也是为了暂时远离争斗的中心而主动求之。

等一年后的开元二十六年(738 年)王维返回京城，一切都变了。李林甫为巩固权力，嫉贤妒能，排斥异已，朝中阿谀奉承之辈渐渐登上高位，骨鲠直谏之臣则纷纷遭遇罢免。再到开元二十八年(740 年)，在荆州贬所的张九龄因病去世，开元名相就此凋落殆尽，朝中政治似乎再也看不到重返清明的那一天了。从前想要追随张九龄“动为苍生谋”的王维，彻底失去了能够一展才能的政治舞台。理想再次落空之后，王维难免再次动起了退隐的心思，且此时的退隐之思，已经不再像淇上隐居之时仍在“退”与“进”之间摇摆，而是渐渐彻底丢弃了“进”的想法。不过这时王维的“退”，却更多的是精神层面的退，他因生计所迫，难以完全辞官，全身心地回归田园，而是身在朝堂，心在田野，过上了一种半官半隐的生活。

四、辋川别业

长安城南倚风景秀丽的终南山，若要隐居，终南山当然是首选的去处。此后王维也频频造访终南山，准备在终南山寻找自己的隐居之所。他的名作《终南山》便写于此时：

太乙近天都，连山到海隅。白云回望合，青霭入看无。分野中峰变，阴晴众壑殊。欲投人处宿，隔水问樵夫。

在王维笔下，终南山如此空灵神秀，他的心思怎能不放在这与“白云”“青霭”相伴、远离人间喧嚣的尘外生活之中呢？对于此诗，清代诗论家黄培芳甚至评论道：“神境，四十字无一字可易，昔人所谓如四十位贤人。”（《唐贤三昧集笺注》）诗中的每一个字都被作为一位贤人尊仰，激赏敬佩之情可谓无以复加。

大约也是在此时，王维又写了《终南别业》一诗：

中岁颇好道，晚家南山陲。兴来每独往，胜事空自知。行到水穷处，坐看云起时。偶然值林叟，谈笑无还期。

同样是对悠然恬淡的隐居生活的叙写，清幽之味沁人心脾。中间二联尤其妙趣横生。颔联先写每有逸兴便独自往游，一幅毫无束缚、自由任意的生活图景，然而紧接着笔锋一转，写睹见良辰美景之后，却只能独自欣赏而无人可以分享的寂寞。这种乐中有悲、自由美好中又暗含着孤单冷寂的生活才是隐者的本来面貌，区区十字，有一唱三叹之妙。颈联则更是惊艳，诗人的自在悠闲、尽情尽意跃然纸上，这样的生活态度或者说审美态度，极切合佛家“空”的意旨。放下执着，“水穷”处仍有“云起”，万事万物皆可以成为审美的对象，自由的灵魂在任何场所都可以安然恬居，一切烦恼忧愁也便消散得无影无形。两句之中，蕴含着无穷的智慧与深厚的精神力量，无怪乎成为历经千载仍传唱不止的名句。

不过，关于“行到水穷处，坐看云起时”一句的著作权，却有另一种说法。中唐人李肇在《唐国史补》中说道：

维有诗名，然好取人文章嘉句，“行到水穷处，坐看云起时”，《英华集》中诗也。

据《南史·昭明太子传》，昭明太子萧统曾选“五言诗之善者为《英华集》二十卷”，那么这所谓的《英华集》，大概是南朝人的五言诗选集，此书今已不传，《唐国史补》这种杂史之说是否可信也是众说纷纭。不过即便窃句之说为真，此二句得以通过王维之诗流传后世，也未尝不是一件幸事。

隐逸之思日盛的王维，终于正式决定在终南山脚下购置自己的别业。天宝三载(744年)左右，王维买下了位于辋川山谷(今陕西蓝田县西南)曾经为初唐诗人宋之问所有的山庄，在旧有的基础上进一步营造林泉，建造起属于王维自己的辋川别业。

宋李唐《坐石看云图》(台北故宫博物院藏)

此后整个天宝年间,王维在公事之余常常来到辋川别业吟诗作画,尽情享受着隐士生活的安然恬淡。王维曾选取辋川别业中的景致精妙之处,一一题诗,写成二十首五言绝句,编为《辋川集》。虽都是五言四句的小诗,却隽永悠长,极富画意,令人心驰神往。

如《文杏馆》写庭院中用银杏(文杏)木建造的亭阁:

文杏裁为梁,香茅结为宇。不知栋里云,去作人间雨。

馆中之云,飘向人间化作阵雨,这能够蓄云之馆,想必是神仙之境。又如《鹿柴》写山谷中所见:

空山不见人，但闻人语响。返景入深林，复照青苔上。

空山之中，偶然听见一二声人语，反而映衬得山谷更为静谧；夕阳回照，透过密林的叶隙，将原本背光而生的青苔照得熠熠生辉。平淡中有奇妙，宁静中有不平凡。

又如《木兰柴》也写山中夕阳：

秋山敛余照，飞鸟逐前侣。彩翠时分明，夕岚无处所。

夕阳之中，飞鸟前后追逐，起笔是一幅喧闹之景；继而在暮色的渲染中，明艳动人的色彩随着光线的收起，也逐渐归于暗淡。起于喧闹，收于寂静，唯有余音绕梁，令人的思绪久久回荡其中。

再如《临湖亭》将视角由山谷转向池沼：

轻舸迎上客，悠悠湖上来。当轩对樽酒，四面芙蓉开。

不写寂静，而写宴会的热闹。客人坐船而来，主人在湖边设宴款待，举杯相邀，见四面八方的荷花盛开，客人与主人仿佛进入画中一般，没有俗声的滋扰，尽是自然的款待，人之胸怀，焉得不随之而豁然洞开。

在热闹之后，《欹湖》又写湖上离别：

吹箫凌极浦，日暮送夫君。湖上一回首，青山卷白云。

又偏偏挑在日暮时分送别，王维真可谓善写暮色。以诗作画之外，将箫声也融入画中，不由得令送别更添一层悲凉。下一联转向离人视角，湖上一回首，满目尽是青山与白云，不舍之情喷涌而出，而这不舍，与其说是不舍得与人分别，不如说是不舍得与这青山白云分别。若把视角进一步拉远，站在旁观的第三者的角度，离人乘坐小舟与青山白云渐行渐远，又是何等凄美的一幅图卷。

此外，水这一在王维诗中常常充当背景的景物，有时也以动态的面貌呈现。《栾家濑》云：

飒飒秋雨中，浅浅石溜泻。跳波自相溅，白鹭惊复下。

秋雨之下，山中溪流渐涨，形容湍湍溪流冲撞汇聚，用“跳波”一语，极为活泼且形象。而溪水的“跳波”又惊动在水中捕鱼的白鹭，令其时飞时下。水流之动，引起了白鹭之动，白鹭之动，又反衬出水流之动，二者相映成趣，令观者怡然其中。

如果说这首诗是《辋川集》组诗中的写动之极，那么下一首则堪称写静之极。《竹里馆》曰：

独坐幽篁里，弹琴复长啸。深林人不知，明月来相照。

夜晚在竹林独坐，弹琴长啸以自娱，场景上就已经极为孤寂了。而王维又找来了明月这个伴侣，在无人知晓的深林之中，唯有静静的月光来访。这月光与其说是伴侣，不如说是孤寂的见证者。静谧之境，可以澄澈人心。

此外又有以动写静者，《辛夷坞》曰：

木末芙蓉花，山中发红萼。涧户寂无人，纷纷开且落。

木芙蓉开花，且所开是红花，本是颇为热闹的景致。然而山中寂寞无人，花朵盛开亦无人来赏，只能静静地开而又静静地落。花开与花落，原本都是动态的图景，然而从更远处来看，或者从更长久的时间上来看，无人的山谷中，花朵的开开落落，循环往复，是自然的本来面貌。自然的美是无情的美，于是从这“纷纷开且落”一句中，能体会到的非但不是热闹，反而是颇有些寒彻人心的冷寂。

《辋川集》中，大致皆是这样吟咏安闲恬静的山水之美的诗作。实际上，在诗歌之外，王维又曾将别业中的各个景致画入《辋川图》中。中唐人朱景玄曾经目睹此图，在《唐朝名画录》中评曰：“山谷幽盘，云水飞动，意出尘外，怪生笔端。”可惜原画并没能系统地流传下来，后人只能在后代各种摹本乃至仿作中遥瞻其妙处。即便流传后世的《辋川图》真伪难辨，也依然被文人们珍视，甚至被赋予了很多神奇的功效。如北宋词人秦观曾作《书〈辋川图〉后》，称观赏此画可以治愈疾病：

元祐丁卯，余为汝南郡学官，夏得肠澼之疾，卧直舍中。所善高符仲携摩诘《辋川图》视余，曰：“阅此可以愈疾。”余本江海人，得图喜甚，即使二儿从旁引之，阅于枕上。恍然若与摩诘入辋川，度华子冈，经孟城坳，憩辋口庄，泊文杏馆，上斤竹岭，并木兰柴，绝茱萸沜，蹑宫槐陌，窥鹿柴，返于南北垞，航欹湖，戏柳浪，濯栾家濑，酌金屑泉，过白石滩，停竹里馆，转辛夷坞，抵漆园，幅巾杖屦，棋弈茗饮，或赋诗自娱，忘其身之匏系于汝南也。数日疾良愈，而符仲亦为夏侯太冲来取图，遂题其末而归诸高氏。

辋川别业固然清丽动人，然而王维却并不能尽情地长居其中。因生计所迫，他不得不兼顾长安的官职，唯有假日才能返回心心念念的辋川别业。

宋郭忠恕（传）《临王维辋川图》局部（台北故宫博物院藏）

而此时长安的政坛,已经完全笼罩在李林甫的阴霾之中。李林甫于开元二十三年(735 年)出任宰相,直至天宝十一载(752 年)去世,为相近二十年,大权独揽,势力熏天。且李林甫并不是那种锋芒毕露的奸相,他工于心计,善于钻营,表面上待人和善,总说别人的好话,背地里却设计陷害那些可能威胁到自己地位的贤能之士,有“口蜜腹剑”之名。凭借于此,他得以讨得唐玄宗欢心,长期窃居高位。在阴险的李林甫掌权之时,开元年间政治清明的景象一去不复返,朝中局势暗流涌动,为官者人人自危。

在这样的情况下,王维既不能挂印而去,又不肯投入李林甫的阵营随波逐流,于是只能消极反抗,身居官位却不主动做事,既少与人交游,也不拒人于千里之外,收敛起自己的锋芒,事事小心翼翼。讽刺的是,少年时锐意进取的王维屡遭挫折,中年时已经毫无进取之志的王维却仕途颇为顺利。他在天宝年间先任左补阙,之后又逐步升迁至给事中(正五品上,为三省六部制中门下省要职)。或许正是因为他屡屡示人以退意,才令李林甫放下了戒备。

不过,王维却并不怎么因为自己仕途的顺利而感到喜悦,他在朝中的诗作,大都只不过是与朝中权贵们的应酬唱和,似乎仅是应付了事,很少带有什么真切的情感。唯有假日回到辋川,他才肯将心扉敞开。《辋川别业》道:

不到东山向一年,归来才及种春田。雨中草色绿堪染,水上桃花红欲燃。优娄比丘经论学,伛偻丈人乡里贤。披衣倒屣且相见,相欢语笑衡门前。

或许是因公事的牵绊,王维已经有将近一年没有回到辋川别业了。在春耕时节得以返回,面对田野间生机勃勃的春景,王维的心情也似乎被一下点燃。“雨中草色绿堪染,水上桃花红欲燃”之句,色彩是那么浓艳，情感是那么热烈，这与他从前山水田园诗中那娴静淡然的风格全然不同，似乎一跃回到了少年时写作《桃源行》那种积极热切的心态。王维此时的身心，已经深深根植在山水田园之中了，故而才能如此开颜欢笑。

这种痛快淋漓地表现欢快心情的诗歌，不仅在王维诗集中少见，甚至在整个中国古典文学中也并不常见。正如中唐人韩愈所说："欢愉之辞难工，而穷苦之言易好也。"（《荆潭唱和诗序》）这首由"欢愉之辞"连缀而成的《辋川别业》，在写作难度上恐怕远超为数众多的"穷苦之言"。而赋予王维妙笔生花能力的，正是他对山水田园生活的无限倾心。这样的心态，又可以在《积雨辋川庄作》中窥知：

积雨空林烟火迟，蒸藜炊黍饷东菑。漠漠水田飞白鹭，阴阴夏木啭黄鹂。山中习静观朝槿，松下清斋折露葵。野老与人争席罢，海鸥何事更相疑。

继春景之后，"漠漠水田飞白鹭，阴阴夏木啭黄鹂"一联又展现出了一幅欢闹的初夏之景，山中生活是如此的多姿多彩，又是如此的自由适意。

然而欢愉的生活总是短暂的，休假结束时，王维不得不重返长安去讨生活。他心中的那团火焰也似乎随着车马之动而渐渐熄灭。《别辋川别业》道：

依迟动车马，惆怅出松萝。忍别青山去，其如绿水何。

整个天宝年间的王维，几乎就是在长安与辋川别业的往返中度过的，他的心情也随着这车马的往返而一起一伏。山水就是王维的精神家园，在山水之中的王维安闲又灵动，正如《山居秋暝》所歌咏：

空山新雨后，天气晚来秋。明月松间照，清泉石上流。
竹喧归浣女，莲动下渔舟。随意春芳歇，王孙自可留。

秋天本是万物肃杀的季节，而有着松间明月与石上清泉相伴，秋天的景色也可以显得清丽可人，即便春芳落尽也全然无妨，雨后空山可以成为王维永久的归属之地。

若到了不得不与这山水相分别的时候，王维则万般不舍，无时无刻不渴望着返回之日。正如《山中送别》所叹：

山中相送罢，日暮掩柴扉。春草明年绿，王孙归不归。

“相送”或许是指王维送别他人，然而这一别离之情又何尝不是与辋川别业聚少离多的王维自身的写照，将其理解成山水来送别王维似乎也无不可。那么，前诗与此诗皆用“王孙”自指，一则“自可留”，一则“归不归”，道尽了王维对辋川山水的无限眷恋。

反之，对于朝中之事，对于自己的仕途，王维却显得漠不关心，正如《酬张少府》所述：

晚年惟好静，万事不关心。自顾无长策，空知返旧林。
松风吹解带，山月照弹琴。君问穷通理，渔歌入浦深。

在朝中为官且身居要职的王维“万事不关心”，看起来有些尸位素餐，可这恐怕是不得已的选择。“自顾无长策”看似自谦之语，然而即便有“长策”又能如何？恐怕到时非但不能被朝廷所采用，反而会招致李林甫和他的党羽们的衔恨，落得个贬斥蛮荒的下场。故而不如返回山林，在“松风”“山月”中寄托余生。张少府所问“穷通理”，若是那有关时事治乱的道理，那么即便王维洞若观火，也无心作答，不如高唱渔歌，还入江浦。

“万事不关心”的王维固然已经对朝中政治失去了兴趣，然而若逢与边事相关者，却仍能唤起他曾经在河西睹见“大漠孤烟”的记忆。他那埋在心底的入世之思，也唯有在这类作品中才时有闪现。如《送张判官赴河西》道：

单车曾出塞，报国敢邀勋。见逐张征虏，今思霍冠军。
沙平连白雪，蓬卷入黄云。慷慨倚长剑，高歌一送君。

“单车曾出塞”正对应开元时王维在河西所作《使至塞上》中的“单车欲问边”。彼时乘“单车”出塞的是自己，此时乘“单车”而去的则是张判官。送别张判官之时，王维显然又忆起了曾经亲身经历的萧瑟且雄壮的边塞风物，昔日的豪情涌上心头，故而发出“慷慨倚长剑，高歌一送君”的感叹。

又如《送刘司直赴安西》云：

绝域阳关道，胡沙与塞尘。三春时有雁，万里少行人。
苜蓿随天马，蒲桃逐汉臣。当令外国惧，不敢觅和亲。

刘司直所赴的安西都护府远在河西更西，治所在龟兹（今新疆库车市附近），统御范围一度逾越葱岭，甚至与波斯相接，真可谓万里绝域之地。路途之遥远，风景之雄浑，再次唤起了王维昔日的豪情，张骞通西域、李广利伐大宛取汗血马、陈汤诛杀北匈奴郅支单于而喊出“犯强汉者，虽远必诛”，这些两汉时在西域建功立业的英雄伟业不住地涌入王维的脑海，于是借此嘱托使者要扬大唐之威，完成自己当年所未能完成的夙愿。

著名的《送元二使安西》大约也是在这时所作：

渭城朝雨浥轻尘，客舍青青柳色新。劝君更尽一杯酒，西出阳关无故人。

这首七绝此后被谱写成曲，又名《渭城曲》《阳关三叠》。诗中饱含离别的愁苦之意、前路的艰险之思，道尽了人人共有的惜别之情，故而成为送别诗的千古绝唱。不过，这首诗中虽然寄寓了离别的愁思，却也有着一种哀而不伤的韵味，暗含了一种豪情在其中。劝君之酒，是饯别之酒，又是壮行之酒；阳关以西虽无故人，而离别时故人这深情厚谊却可以长伴离人远赴绝域；进而回看那被朝雨洗过的新鲜柳色，固然令挽留、惜别之情更为浓郁，同时又何尝不也将离人报效家国的前路映衬得更为鲜明。诗中之情已然动人心弦，诗外之意又显得韵味悠长。这首诗虽然是王维对时政失望、着意退隐之后所作，然而从更为宏观的时空背景看，却是大唐的盛世未衰，国势依然强盛时所作，诗人对自身的前途虽已不抱希望，却对国家的前途仍怀有信心，于是悲愁中仍带有一种一往无前的豪迈之气，这正展现出了盛唐人独有的胸襟气质。此诗在后世被广为传诵，其原因大概也正在此处。

然而，国家的前途却要令诗人失望了。天宝年间，奸佞弄权的李林甫与杨国忠相继为相，唐玄宗也愈发贪图享乐而不问政事，大唐的盛世越来越外强中干，终于导致了安史之乱的爆发。突然的战乱让“万事不关心”的王维也被迫卷入其中，所有盛唐诗人的梦境，都将一齐破碎。

五、安史之乱

天宝十四载(755 年)十一月,身兼范阳、卢龙、河东三地节度使,统御黄河以北广大地域的安禄山起兵反叛。而此时的唐玄宗仍对安禄山无比信任,甚至当前线战败的军报不断传来时,玄宗还一厢情愿地认为这都是谣言。当时的全国各地有近百年未经战火,地方官和百姓已经过惯了太平日子,对于战争毫无心理准备。于是烽烟一起,大家纷纷逃亡,叛军几乎没遇到什么像样的抵抗,仅用一个月就攻破了东都洛阳。

终于认清现实的唐玄宗慌了手脚,多年沉湎于享乐的生活已经让他丧失了曾经的英明果断,致使平叛之时昏招连出,唐王朝的中央军队几乎全军覆没,占领了洛阳的叛军很快攻破潼关,兵锋直逼长安。无计可施的唐玄宗只能带着后宫和近臣慌忙出逃,奔向蜀地,天宝十五载(756 年)六月,唐王朝的都城长安沦陷。

仅仅半年时间,唐王朝的盛世轰然崩溃,国土沦丧,昔日锦衣玉食的大臣们大都来不及逃走,纷纷成为叛军的俘虏,正如王维所说:“君子为投槛之猿,小臣若丧家之狗。”(《韦斌墓志铭》)在长安为官的王维也未能幸免,落入叛军手中。叛军试图强迫这些成为俘虏的昔日公卿改换门庭，出任伪职。王维为了保住自己的名节，服了能导致痢疾的药，卧疾在家以避免被叛军征召。奈何此时王维的名声太过响亮，甚至引来安禄山的亲自过问，不得已的王维被掳至洛阳菩提寺，强行被授予伪职。

相继攻破了两京的安禄山在洛阳称帝，并大摆宴席，召集所俘获的宫廷乐工们奏乐。乐工们眼看着国土沦丧、逆贼当道，无不黯然神伤。有名为雷海清的乐工不屑于为安禄山奏乐，当众将乐器扔在地上，面向唐玄宗所在的成都方向长跪痛哭，因而被叛军虐杀。事后王维听闻此事，作诗(《菩提寺禁，裴迪来相看，说逆贼等凝碧池上作音乐，供奉人等举声，便一时泪下，私成口号，诵示裴迪》)道：

万户伤心生野烟，百僚何日再朝天。秋槐叶落空宫里，凝碧池头奏管弦。

这首诗传扬甚远，甚至被当时在灵武(今宁夏银川市)即位的唐肃宗得知。正因为这首诗，在至德二载(757年)两京光复、动乱暂时得到平息之后，曾经在叛军中出任伪职的官员大都受到严厉责罚，王维却例外地得到赦免，此后相继被任命为太子中允、中书舍人，并最终升任为尚书右丞(正四品下，为实际主持尚书省政务的主要官僚)。尚书右丞是王维担任过的品级最高的官职，故而他在后世也被称作王右丞。

安史之乱的动荡，令王维的心思稍稍从山水回归到了庙堂，他在《送韦大夫东京留守》诗中感叹道："曾是巢许浅，始知尧舜深。"巢父、许由都是古代的著名隐士，本来是王维推崇效法的对象，而在经历安史之乱后，王维似乎有反思过去之意，开始认为巢父、许由的隐者生活过于浅薄，再次涌起了报效君王之心。

此后在宫廷写作的诗歌也不再如从前那样多是为了应酬，而是渐渐可以见到真情的流露，见到对王朝再兴的殷切期盼之心。如《和贾舍人早朝大明宫》：

绛帻鸡人报晓筹，尚衣方进翠云裘。九天阊阖开宫殿，万国衣冠拜冕旒。日色才临仙掌动，香烟欲傍衮龙浮。朝罢须裁五色诏，佩声归到凤池头。

诗歌作于唐肃宗乾元元年（758 年）春，此时安禄山已被其子安庆绪所杀，唐王朝的平叛军队于前一年在郭子仪、李光弼的率领之下相继收复长安与洛阳，肃宗与玄宗得以重返京城，唐王朝似乎中兴在即。故而诗中明显能看出作者的兴奋之情，尤其“九天阊阖开宫殿，万国衣冠拜冕旒”一联，写出了唐代宫廷的雍容华贵与唐代帝王的威严，俨然一幅万国来朝的盛世景象。不过，这样的句子未出现在国力强盛的唐玄宗开元、天宝之时，却写作于劫后余生的唐肃宗乾元年间，不得不说颇有一种辛酸乃至讽刺的味道。

此时的唐王朝，显然远远没有恢复到能令万国来朝的程度，甚至刚刚看到曙光后，动乱又死灰复燃。安禄山死后，其部将史思明假意投降唐王朝后再次叛变。唐肃宗不信任平叛诸将，令宦官监军，以致官军的调度指挥再次陷入混乱。战局不利，史思明的叛军很快卷土重来。一年后的乾元二年（759 年），东都洛阳再次沦陷，劫后余生的唐王朝再次面临着巨大的危机。

在官军的持续苦战之下，战局终于一点点得到了好转。上元二年（761 年），史思明被其子史朝义所杀，叛军开始从内部分崩离析。次年唐玄宗和肃宗相继去世，唐代宗继位，至代宗宝应元年（762 年）年底，唐军才终于再次收复东都洛阳。接着在宝应二年（763 年），史朝义兵败自杀，其部将纷纷归降，历时七年多的安史之乱才正式宣告结束。不过，叛军的部将们虽然归降，却仍然盘踞在河北，朝廷始终未能彻底将他们收服，而仅能靠封赏与牵制令他们暂时臣服，从名义上维持着唐王朝的统一。此后，河北的藩镇仍处于半割据状态，大大小小的叛乱时常反复，成为唐代中后期的顽疾，且逐渐成为导致唐王朝覆亡的主要因素之一。

不过这些问题，王维已经无缘目睹。在历经战乱之后，晚年的王维尽管再次升起了心忧国家、报效君王之思，然而毕竟已是风烛残年，有心无力。唐肃宗上元二年（761 年），预感到大限将至的王维上表辞去一切官职，回归田园，不久之后便与世长辞。直到逝世，王维甚至未能亲眼见到安史之乱完全平息的那一天。

六、禅思与诗意

王维的一生，出入于仕与隐之间，这样的生活态度固然与盛唐的政局以及王维的个人境遇有关，不过另一方面，也离不开王维的佛教之缘。

王维的名字首先就与佛教有着莫大的关联，他名维，字摩诘，名与字皆出自佛教经典《维摩诘经》。王维自身也一直过着佛教徒般的生活，《旧唐书・王维传》载："维弟兄俱奉佛，居常蔬食，不茹荤血，晚年长斋，不衣文彩。"

在唐代，佛教在达官贵戚之间颇为流行。佛教教义自身也逐渐发展出迎合达官贵戚的一面，不要求信众务必出家，也可以选择在家修行，成为所谓的"居士"，兼顾入世与出世两种生活态度。如王维名字所由来的《维摩诘经》，就是一个颇具世俗色彩的经书，书中的主人公维摩诘是古印度居家修行的"居士"，他主张佛教不应该脱离世间生活，得到解脱也不一定要出家，只需要主观上的修养，便可以窥见佛法的真谛。这种兼顾世俗之乐与精神追求的修行方法，显然与身居高位的文人需求十分契合，故而《维摩诘经》在文人士大夫之间颇为流行。王维对佛教的态度，也是以维摩诘的主张为基础的。

在王维的时代，佛教在中国流行的同时，也在不断地中国化。后来成为中国佛教主流尤其受文人士大夫偏爱的禅宗，正是在初盛唐之际发展壮大的。王维自身也与禅宗有着千丝万缕的联系。王维对佛教的亲近态度，最早也许与他的母亲有关。王维曾提到他母亲对于佛教的尊崇："亡母故博陵县君崔氏，师事大照禅师三十余岁，褐衣蔬食，持戒安禅，乐住山林，志求寂静。"（《请施庄为寺表》）

王维母亲所师事的大照禅师法名普寂，是禅宗北派宗师神秀的弟子。禅宗以南朝梁时期的菩提达摩为创始人，故而达摩也被尊为初祖，代代传承，至初唐传到了第五代祖师弘忍那里，弘忍又收了两个优秀的弟子——神秀与惠能。弘忍圆寂后，神秀在北方传播佛法，惠能则远赴岭南，二者皆被尊为弘忍之后的禅宗宗师。因地理上的南北之别，以神秀为北宗，惠能为南宗。

南北二宗的区别，正如《坛经》中所记载的著名故事：五祖弘忍曾令弟子作偈（类似于诗的有韵文辞，用于表达佛教道理，一般为四句），以观其心志。神秀之偈道："身是菩提树，心如明镜台，时时勤拂拭，勿使惹尘埃。"而惠能之偈道："菩提本无树，明镜亦非台，本来无一物，何处惹尘埃。"

大抵神秀之意，在于求佛法需要主观上的勤奋修行，只有不断坐禅锻炼心性，戒断外界的滋扰，通过这样的"渐悟"，才能令心灵常常保持清净，进而通达成佛。

而惠能之意，则是说佛性本就是清净的，且这样的佛性本就存于人内心之中，只要找对方向，心中的佛性就能自然而然显现出来。故而修行中最重要的是能打破执念，一旦"顿悟"，便可立即成佛，无需日复一日费力积累。

前者强调"渐悟"，后者强调"顿悟"，故而又有"南顿北渐"之说。对于本就聪明巧慧的文人士大夫来说，显然"渐悟"有些耗费精力，

"顿悟"则更为灵活巧妙,故而到了后世,强调"顿悟"的南宗逐渐成为禅宗主流。在王维之时,北宗正兴盛于两京,南宗也正处于北传的过程中。王维既受北宗影响,又与南宗有所接触,对二宗的修行方法兼有涉猎。

南北二宗尽管在修行方法上存在微妙的不同,然而核心都主张心灵的清净。禅宗既然讲"心即是佛""即心即佛",想要修炼成佛,就需要在心灵上下功夫,保持内心的空灵与平静才能从束缚中解脱,去除一切烦恼。王维自称"晚年唯好静,万事不关心"(《酬张少府》),其实正是修禅的法门。他的诗也极其擅长于表现"静",诗中出现的景物,无不静谧安然,令人读后可以涤荡心尘,得到精神的洗礼。这样的诗歌创作活动,虽然没有明言参禅之事,实则也可以看成是清净内心、追求禅理的修行方法。清人沈德潜就曾评曰:"王右丞之诗,不用禅语,时得禅理。"(《说诗晬语》)

如他的《鸟鸣涧》:

人闲桂花落,夜静春山空。月出惊山鸟,时鸣春涧中。

诗中虽然丝毫未提及佛教、禅宗之事,而这种清幽之景,这种对自然万物细致入微的观察与感触,如果不保持纯净无垢的内心,显然是不可能体会到的。故而明人胡应麟评此诗:"却入禅宗。读之身世两忘,万念皆寂。"(《诗薮》)作者王维因"万念皆寂",内心宁静,方能写出这样的诗句,读者胡应麟则因王维之诗,令内心得到涤荡,从而体会到修禅的妙处。正因为诗中这些佛家趣味,王维在后世也有"诗佛"之称。

像《鸟鸣涧》这种"却入禅宗",有涤荡人心功效的诗句,在王维集中可谓比比皆是,比如以下的摘录:

倚仗柴门外,临风听暮蝉。(《辋川闲居赠裴秀才迪》)

雨中山果落,灯下草虫鸣。(《秋夜独坐》)

坐看苍苔色,欲上人衣来。(《书事》)

涧芳袭人衣,山月映石壁。(《蓝田山石门精舍》)

隔牖风惊竹,开门雪满山。洒空深巷静,积素广庭闲。(《冬晚对雪忆胡居士家》)

古木无人径,深山何处钟。泉声咽危石,日色冷青松。(《过香积寺》)

王维诗中的美,多是宁静平和的,这种美的领悟与传达,大多来源自王维对禅宗的关心。古代士人往往在少时笃信儒家,心怀救济苍生之志,于是慷慨激昂一往无前;而到了中晚年,经历无情世事的洗礼,饱尝困顿挫折之后,又往往转向佛家寻求解脱,想要让动荡的内心重新归于平静。王维的一生便是这样的一生,在开元盛世与天宝危机的历史时空中,他出入于仕与隐之间,不断找寻着人生意义。不同的是他以卓越的艺术才能记录下心意的变化过程,从他的笔下,我们既可以惊叹于"大漠孤烟"的雄浑壮丽,也可以陶冶于"空山新雨"的静谧安恬,既可以随之激昂慷慨,也可以随之释然放怀。

本章所引王维诗文文献参考:

陈铁民校注《王维集校注》,中华书局,1997 年

第三章

李白的跌宕人生

与月、酒、剑、仙

李白(701—762年)字太白,大约生于武则天长安元年(701年),主要活动在盛唐时期的唐玄宗开元、天宝年间,与小他十余岁的杜甫并称为“李杜”,是盛唐乃至整个中国古代诗坛的代表人物。

李白的诗歌以浪漫主义气质见长,他的诗自然天成,气势宏伟博大,想象力奇拔险绝,故而又有“诗仙”之号。李白的性格也颇为放荡不羁,具有仙人般的气质。不过,李白的思想却并非如仙人那样安逸平和、无欲无求,反而有着强烈的儒家兼济天下的精神。然而他的这种功名之心却屡屡碰壁,跌宕起伏的人生令他充满忧愁,于是忧愁便成了李白诗歌中的主要情绪,排解忧愁又成为他诗歌的最常见主题。

于是李白时而以月为伴,时而以酒消忧,在对月与酒的吟咏之中,李白的诗歌具有了充沛的生命力和强烈的感染力。不过,不遇的忧愁仅凭月与酒是很难排解的,故而他的人生选择也往往随着不遇之忧而矛盾反复,时而要去做道士隐逸求仙,时而要去做侠客纵马仗剑,时而又回归儒士的理想而要入仕求进。这些因素都对李白的诗歌创作产生了巨大的影响,“诗仙”李白正是在这跌宕起伏与矛盾反复中修炼而成的。想要更好地理解李白的诗歌,自然也要追寻他的人生脚步,设身处地感受他的忧愁与苦痛,体会他的理想与追求。

一、身世疑云

李白名声虽显，可他的身世，却并不那么清楚。《旧唐书》记载李白为“山东人”，所谓“山东”，大概是指崤山、函谷关以东的地区。战国时除秦国外，其余六国皆在崤山以东，故又有山东六国之称，此后“山东”作为地名的泛称，指代如今河南、河北、山东、山西的广大地域。《旧唐书》以这样广大的地域来作为李白的籍贯，恐怕正意味着史书编纂者对李白的身世不甚了解，其说法大概源自杜甫“近来海内为长句，汝与山东李白好”（《苏端薛复筵简薛华醉歌》）之句。然而杜甫作此诗时，李白正迁居在“山东”，诗中“山东李白”恐怕并非指李白的籍贯，而是指作诗之时李白的居住地。中唐人元稹或许误读了此诗之意，于是在《唐故工部员外郎杜君（杜甫）墓系铭》中说：“时山东人李白，亦以奇文取称，时人谓之李、杜。”而《旧唐书》则又因循了元稹的误读。

实际上李白自己曾有过若干次对于自己出身的提及，他曾自称“陇西布衣”（《与韩荆州书》），又曾自称“本家陇西人，先为汉边将”（《赠张相镐二首·其二》）。所谓“陇西”，在今甘肃省东南、渭河上游一带，实际上也是李唐皇室的祖居之地。于是据此，北宋所编《新唐书》认为李白与李唐皇室同宗，进而指出李白的祖先大概在隋末获罪而到西域避难，至李白父亲时逃归到蜀地。《新唐书》的说法似乎是更有依据的，如唐人为李白所作文集序、墓志铭等（魏颢《李翰林集序》、李阳冰《草堂集序》、刘全白《唐故翰林李君碣记》、范传正《唐左拾遗翰林学士李公新墓碑并序》），大多采取李白家世是由西域迁到蜀地的说法。而具体到李白的出生地，则莫衷一是，或云李白在其父亲逃归后生于蜀地，或云李白在其父亲逃归途中生于长安，或云李白在其父亲逃归前已出生。20世纪70年代时，学者郭沫若更进一步发展此说，认为李白的出生地当在西域碎叶城（今中亚吉尔吉斯斯坦境内）。

李白果真与李唐皇室同宗吗？若确为同宗，李白应当以自己的身世为荣才对，然而在李白自身的诗文中，却将自己的身世说得颇为含混，除了出身陇西外并未透露出有关家族世系等具体信息，这似乎并不太符合与皇室同宗者的正常态度。那么为何如此呢？学者们对此问题争议不断：有人认为李白可能是在玄武门之变中被诛杀的废太子李建成之后，故而不敢明说自己的出身；还有人认为李白本就是西域平民家的子弟，或者是在古时“士农工商”体系中地位最为低下的商人之后，为求仕进而攀附皇族罢了；更甚者还有人认为李白可能是汉人与胡人的混血，或者是汉化很深的西域胡族之后，故而对自己的身世问题讳莫如深。不过这些说法大都停留在猜测的阶段，虽然在情理上各自存在一定的可能，但毕竟都缺少直接证据，难以断定到底孰是孰非。

对李白的身世问题，虽然难以获得明确的答案，不过可以确定的是，李白是在蜀地长大成人的。蜀中风物，滋养了李白天才般的文思，李白日后所心心念念的故乡，指的也正是蜀地。

二、读书蜀中

名满天下的李白，其诗歌之才当然离不开早年的积累。他自称“五岁诵六甲，十岁观百家”(《上安州裴长史书》)。“六甲”大概指用十天干和十二地支计算时日的方法，共有六十组，其中以甲起首者有甲子、甲戌、甲申、甲午、甲辰、甲寅，故称“六甲”，“百家”即是诸子百家。五岁能够牢记“六甲”已经可以称得上早慧，若十岁就能够泛览诸子百家，则堪称天才了。

当然李白这样的说法是为了自我推荐，难免有夸大的成分。不过可以确信的是，李白少时就致力于博览群书，他的诗歌之能并非单纯凭借天资的奇伟，而与少时的用功密不可分。甚至后世曾流传有李白早年受河边老妇人“铁杵磨成针”的影响，从而奋发读书的故事(出自宋人祝穆《方舆胜览·眉州·磨针溪》)，这一故事多半仅是传说，不足取信，不过若从日后的李白几乎年年外出漫游，很少潜心读书却能在诗歌中旁征博引来看，他早年必定是曾在读书上下过一番苦功夫的。

李白的读书学习也绝不仅限于儒家“六经”这样的传统经典，而是广泛涉猎奇书，甚至对侠客之事也颇有兴趣，正如他自称，“十五观奇书，作赋凌相如”(《赠张相镐》)、“十五好剑术”(《上韩荆州书》),等等。这些早年的好尚,对他诗歌中奇诡宏博的想象力,壮怀激烈、痛快爽朗的侠客之气,显然有着莫大影响。

此外,李白与求仙、道家的渊源,也来自早年。道家的始祖老子姓李名耳,于是李唐皇室便追认老子为他们的远祖,封其为太上玄元皇帝,大肆提倡道家学说。唐玄宗甚至亲自注释老子的《道德经》并颁行天下,道家学说在唐玄宗之世可谓是一时显学。而同样作为李姓子孙的李白,也难免受当时风气的影响,对道家学说产生了浓厚的兴趣。更何况李白少年时所居的蜀中之地,有着青城山、峨眉山等道家名山,蜀中浓厚的道家风气不可避免地会影响到“十岁观百家”“十五观奇书”的李白。

李白日后回忆自己的学道经历时曾说,“学道三十春,自言羲皇人”(《酬王补阙惠翼庄庙宋丞泚赠别》),“云卧三十年,好闲复爱仙”(《安陆白兆山桃花岩寄刘侍御绾》)。他在蜀中读书之时,已展现出对隐居求仙生活的向往,如早年在蜀中游览时曾作《登峨眉山》:

蜀国多仙山,峨眉邈难匹。周流试登览,绝怪安可悉?
青冥倚天开,彩错疑画出。泠然紫霞赏,果得锦囊术。
云间吟琼箫,石上弄宝瑟。平生有微尚,欢笑自此毕。
烟容如在颜,尘累忽相失。倘逢骑羊子,携手凌白日。

诗中“锦囊术”是传说中汉武帝从西王母处所得的成仙之术,“骑羊子”为传说中西周时的仙人葛由,欲远离尘世之累,与仙人“携手凌白日”而度过此生。在对仙人生活的想象中,李白诗的豪放、浪漫气质已经初见端倪。

又如他在蜀中戴天山(今四川省江油市附近)读书时所作《访戴天山道士不遇》云:

犬吠水声中，桃花带露浓。树深时见鹿，溪午不闻钟。

野竹分青霭，飞泉挂碧峰。无人知所去，愁倚两三松。

诗中写戴天山景色的幽静清丽颇为传神，笔力完全不逊以描绘山水见长的王维。假令李白早早地投身山林一心修道，而不是投身于世事洪流的话，以李白的才资，至少在山水诗方面是可以与王维并驾齐驱的。

不过，少年的李白所学驳杂，所好广泛，显然难以满足于某种单一的生活格调。道家思想固然令他向往隐居求仙的生活，而兼济天下的儒家入世情怀，以及纵横捭阖的侠客理想，则又促使李白强烈渴望在现实世界成就一番伟业。故而他在自感学业有成之时，毅然决定告别故乡，向着广阔的世界扬起了征帆。

三、“仗剑去国、辞亲远游”

正如李白在《上安州裴长史书》中所说，“知大丈夫必有四方之志，乃仗剑去国，辞亲远游”，开元十三年(725 年)，大约二十六岁的李白正式辞别故乡亲友，开启了云游四方的旅程。从四川前往中原腹地，需要乘船沿长江东下。泛舟江上，面对一路所经历的山山水水，李白心中或激动，或忐忑，于是每每以诗纪行。从中我们可以窥见青年李白对前路的无限憧憬，以及对故乡的日益眷恋。

在征帆即将远离峨眉山之时，望向陪伴自己二十余年的故乡山月，李白写下了著名的《峨眉山月歌》：

峨眉山月半轮秋，影入平羌江水流。夜发清溪向三峡，思君不见下渝州。

天上的明月映在静静流淌的平羌江水(岷江支流)之中，随着江水与李白所乘的小舟一同流向未知的远方。在静谧的月色与江景之中，飘荡着一丝淡淡的离别的忧伤。李白大概还没有意识到，自此一别后自己几乎再无缘重返故乡，昔日长伴李白左右的峨眉山月，从此以后只能化作诗人的回忆，时时抚慰着在异乡漂泊时那寂寞的诗人之心。

告别了故乡的山水，首先迎接李白的是长江中游的荆楚之地。李白行船途经荆门山，向西回望渺然于云雾之中的故乡，顿时升起了无限愁思，于是写下《渡荆门送别》：

渡远荆门外，来从楚国游。山随平野尽，江入大荒流。

月下飞天镜，云生结海楼。仍怜故乡水，万里送行舟。

长江从险峻的三峡流出之后，来到了壮阔的江汉平原，诗人的笔触似乎也随之变得更为开阔雄壮，“山随平野尽，江入大荒流”一联，形象地描绘出了这一地势与风景的变化，勾勒出一幅壮丽的楚国江山图。望着倒映在江水中的明月，顿起伴随月光一同飞天之思；远眺天边的繁云，又生出了海市蜃楼的幻想。遐想之时，身边滔滔不绝的是从故乡流出的长江之水，又难免惹起故乡之思。

此后李白沿着长江继续东下，不久来到了位于今江西省九江市的庐山脚下，写下了著名的《望庐山瀑布二首》。其二道：

日照香炉生紫烟，遥看瀑布挂前川。飞流直下三千尺，疑是银河落九天。

李白的诗，极爱用夸张的语言，让瀑布从巍峨的山峰上跌落却仍嫌不足，非要将它置于九天之上，如同银河坠入凡间。短短四句，仿佛拥有千钧之力，令读者不免深受震撼。李白诗中恢宏的想象力，自此已经可见一斑。

随后李白又辞别庐山，继续东下，来到了今安徽省当涂县的天门山脚下，作《望天门山》：

天门中断楚江开，碧水东流至此回。两岸青山相对出，孤帆一片日边来。

江水化作将天门山一劈两段的巨斧，江流之滔滔，山势之险峻，在“天门中断楚江开”一句中展露无遗。而在这宏伟浩大的山水之中，又有自己所乘的一片孤舟自天边缓缓漂荡而来，堪称点睛妙笔，以己之小衬彼之大，又以彼之雄壮热烈衬己之孤单寂寞，将青山与孤帆双双写活了。

然后李白的征帆终于抵达了长江下游的重镇金陵。作为六朝古都，金陵之繁华自然无须赘言。在唐代，随着政治中心的北移，金陵的地位已经不及六朝时期，然而作为东南重镇，依然汇聚了众多达官显贵以及文化名流。李白远行至此，固然是为了游历四方以增长见识，更重要的还是要结识四方名流，以求被引荐于朝廷。然而权贵之门却并不容易走通，即便才高如李白也是屡屡碰壁，始终未能得到赏识。失望的李白只能纵情于山水酒肆之中，暂时慰藉壮志难酬的失落内心。回首来时之路，李白心中的乡愁日盛，多重愁思，都化作了诗的语言，融入了此时的诗作之中。其中仿古乐府而作的《长干行》（三首其一）展露出李白此时的凄凉愁苦之思：

妾发初覆额，折花门前剧。郎骑竹马来，绕床弄青梅。
同居长干里，两小无嫌猜。十四为君妇，羞颜未尝开。
低头向暗壁，千唤不一回。十五始展眉，愿同尘与灰。
常存抱柱信，岂上望夫台。十六君远行，瞿塘滟滪堆。
五月不可触，猿声天上哀。门前迟行迹，一一生绿苔。
苔深不能扫，落叶秋风早。八月蝴蝶来，双飞西园草。
感此伤妾心，坐愁红颜老。早晚下三巴，预将书报家。

相迎不道远，直至长风沙。

《长干行》本是六朝时期金陵一带的民歌，“长干”是地名，指船家聚集的长干里，位于金陵秦淮河南岸一带。李白之诗，便是在金陵民歌的基础上再创作而成。诗中描绘了里巷中一对恋人的故事，“青梅竹马”“两小无猜”这后人习用的成语，皆出于此诗。诗中的恋人虽然早结良缘，然而婚后丈夫却因生计所迫，需要往返于金陵与蜀地，长期分别，聚少离多，于是诗歌的后半大都是在借凄冷寂寞之景，将妻子对夫君的思念之情婉转缠绵地抒发出来。

有趣的是，诗中的夫君是自金陵西向巴蜀远行，而诗的作者李白则是自巴蜀而东来金陵远游，一来一去，方向虽不同，背井离乡却是一致的。这对年轻恋人的故事，是李白亲耳所闻，还是以自身的经历为蓝本杜撰而出已经不可确知，不过夫君的跋山涉水与妻子的伤心哀愁，却分明都投射出李白自身的情感。年轻丈夫的奔波劳碌可以维持家庭的生计，年轻妻子的相思之情，也可以通过终有一天丈夫会返回金陵、彼时自当远远前去迎接这一想法而稍稍得到缓解。与之相比，行走了大半个中国却失意落魄的李白，却无颜返回故土，流浪般的生活不知将要延续到何年何月，其中愁苦，显然比这对年轻的夫妇要深沉得多。

在金陵不得志的李白，又继续北上扬州、南下苏杭，然而依然未能得到赏识。出路难寻之下，只能无奈地向西重返荆襄。

四、“蹉跎十年”

（一）“吾爱孟夫子”

西行的李白先来到了历史名城襄阳，与孟浩然结识。孟浩然是襄阳人，长李白十余岁，同样郁郁不得志，于是在襄阳附近的鹿门山隐居。二人一见如故，此后李白屡屡前来拜访孟浩然，孟浩然也频频前往李白居处与其相聚。二人的交往，留下了许多流传千古的诗篇。如孟浩然远游扬州途中，李白曾在江夏的黄鹤楼与其相聚，并作送别诗《黄鹤楼送孟浩然之广陵》：

故人西辞黄鹤楼，烟花三月下扬州。孤帆远影碧空尽，唯见长江天际流。

“烟花三月下扬州”一句，令自古繁华的扬州也因之增华。最后两句，更是送别诗中的经典，用一个在江上远眺离人征帆的图景，令惜别之情绵远悠长，有意在言外之妙，正如明人唐汝询《唐诗解》所评：“帆影尽，则目力已极；江水长，则离思无涯。怅望之情，俱在言外。”

唐李思训《江帆楼阁图》（台北故宫博物院藏）

在李白对孟浩然的诸多赠诗之中,还有一首《赠孟浩然》:

吾爱孟夫子,风流天下闻。红颜弃轩冕,白首卧松云。
醉月频中圣,迷花不事君。高山安可仰,徒此揖清芬。

诗中用《诗经·小雅·车辖》中"高山仰止"之句,表达对孟浩然的敬仰之情。又称赞孟浩然能够"红颜弃轩冕""迷花不事君",自在逍遥地去做隐士。然而孟浩然虽早早便有隐逸之志,却并非真的全无仕宦之情。

孟浩然与李白一样,也曾频频交游公卿以求举荐,张说、张九龄等宰相府邸,都曾留下过他前往拜谒的足迹。孟浩然甚至曾多次赴长安参加科举考试,却始终未能及第。据《新唐书·孟浩然传》记载,孟浩然在长安时,曾因王维之缘得到了面见唐玄宗的机会,然而他在向唐玄宗吟诵自己所作之诗时,诵到"不才明主弃"一句(出自《岁暮归南山》),令玄宗觉得是在讽刺自己不识才俊,于是大为不悦,将其放还襄阳。由此,孟浩然的入仕之志遭遇了彻底的失败,只能将余生寄于山水之间,无奈去做隐士。

李白与孟浩然对功名的追求之心相同,不遇的命运也相近,或许正因如此,二人才得以心意相通,结下深厚的友谊。只不过在孟浩然的仕途早早宣告终结之时,李白的求进之路却仍来日方长。而李白在迎来他的得意之日前,仍有相当一段崎岖长路在等待着他。

(二)成家安陆

离开了襄阳,李白南下准备进一步寻求进路。在途经江汉一带的安州安陆(今湖北省安陆市)时,受到世居安陆的名门许氏青睐,想要招李白为婿。于是在开元十五年(727 年),二十七岁的李白接受了许氏的好意，与唐高宗时宰相许圉师的孙女喜结良缘。

自此，李白的生活终于稍稍安顿下来，暂时寄居在安陆许氏庄园中。此后李白的生活以安陆为中心，时而游览山水，时而纵情诗酒，时而远寻故友，时而又远赴长安、洛阳继续寻求进路。不过这一段生活正如李白日后所说"酒隐安陆，蹉跎十年"（《秋于敬亭送从侄游庐山序》），固然时有安逸之感，可长达十余年间，依然未能达成入仕的夙愿。对此李白深深感慨时光的荒废，郁郁而不得志。

开元十七年（729 年），新婚不久的李白向安州长史裴宽上书（《上安州裴长史书》）以求举荐，在上书中李白回顾了自己"五岁诵六甲，十岁观百家。轩辕以来，颇得闻矣"的求学历程，以及"仗剑去国，辞亲远游。南穷苍梧，东涉溟海"的云游生活，历叙自身的为人秉性，乞求得到裴长史的重用。书中用语，极能凸显李白的骨鲠豪情，如书信的结尾这样写道：

愿君侯惠以大遇，洞天心颜，终乎前恩，再辱英眄。白必能使精诚动天，长虹贯日，直度易水，不以为寒。若赫然作威，加以大怒，不许门下，逐之长途，白既膝行于前，再拜而去，西入秦海，一观国风，永辞君侯，黄鹄举矣。何王公大人之门，不可以弹长剑乎？

"长虹贯日""直度易水，不以为寒"分别用战国时刺客聂政与荆轲的典故，意在如果裴长史能够重用自己，自己便将如聂政与荆轲那般为裴长史肝脑涂地，这一段自然是客套常语。然而下一段却显得锋芒毕露，意在如果裴长史不能任用自己，便毫不留恋，从此拂袖而去，"何王公大人之门，不可以弹长剑乎"，兼用汉代邹阳《上书吴王》"何王之门不可曳长裾乎"，及战国时孟尝君食客冯谖"倚柱弹其剑"来抱怨孟尝君对自己待遇太薄这两个典故，极具古时豪侠的气质。然而李白虽有古人之情，裴长史却未能报以古人之意，这样锋芒毕露的态度在当时恐怕并不讨喜，于是李白的上书如石沉大海，入仕之志再次遇阻。

碰壁的李白返回安陆，在山水之中慰藉内心的不平之气，曾作《山中问答》一诗以明志：

问余何意棲碧山，笑而不答心自闲。桃花流水窅然去，别有天地非人间。

题云“山中问答”，然而山林之中知己难觅，所谓“问答”更有可能只是自问自答。对于隐居山林的原因，李白虽云“笑而不答心自闲”，仿佛眼前这桃花流水的美丽景色就已经将缘由说得明明白白，无须自己再来作答。然而这一“别有天地”的山水景色，实际上只能暂时安慰诗人受挫的内心，却并不能让他的心志完全地沉静下来。

（三）两京之游

果然，不久后的开元十八年（730 年），李白收拾行装，准备前往京城长安继续寻求进路。然而抵达长安后的李白，依旧重复着从前的境遇，无人引荐，入仕无门。已经成家却未能立业的李白，在客居长安之时更多了家的牵绊，每到夜深人静，既要忍耐着豪门冷眼对自己求进之心的摧残，又不住地回想起远方妻子的殷殷期盼，于是写下了摧人心肝的《长相思》三首。其一如下：

长相思，在长安。络纬秋啼金井阑，微霜凄凄簟色寒。
孤灯不明思欲绝，卷帷望月空长叹。美人如花隔云端。
上有青冥之长天，下有渌水之波澜。
天长路远魂飞苦，梦魂不到关山难。长相思，摧心肝。

较之客居金陵时所作的《长干行》,《长相思》显然更加直接地流露出李白的情绪,不必再假托金陵长干里“青梅竹马”的年轻夫妇,而是直述自身的所见所想。然而所谓的“青冥之长天”“渌水之波澜”,所谓的“天长路远”,说的固然是与妻子在地理上的悬隔,可这种分离其实并非令李白痛苦的直接源头,令他每每“望月空长叹”的,主要仍然是自身的不遇之悲,成家却未能立业的无奈。青年时背井离乡的旅途屡屡无果,中年时舍弃妻子的追寻依旧一事无成,纵使是有着万千豪情的李白,也似乎要被磨平了棱角。他此后的诗歌中,越发可见对于前途的失望与哀愁。

在长安期间,有友人离京入蜀,李白送行时作《送友人入蜀》云:

见说蚕丛路,崎岖不易行。山从人面起,云傍马头生。
芳树笼秦栈,春流绕蜀城。升沉应已定,不必问君平。

李白生长于蜀地,自然对蜀地山川的险峻无比熟悉。诗中将蜀道的崎岖之貌描绘得极为传神,人面之上,可见峰峦耸峙,马头之侧,顿觉层云迭起,“山从人面起,云傍马头生”两句可谓将行路之艰险展露无遗。而尽管有此雄奇之句,全诗的思想感情似乎仍是偏向于消极的。尾联“升沉应已定,不必问君平”中,严君平是西汉时隐居成都的贤士,以善卜而闻名。不必去向严君平打探前程,而升沉之前途已有定分的说法,流露出了浓厚的认命情绪,既然已经远赴蜀中,那么“升沉”一语恐怕是更加侧重“沉”而不是“升”。

或许是在创作此诗时,李白余兴未尽,于是又继续挥洒,写出了代表作之一的《蜀道难》:

噫吁嚱,危乎高哉!蜀道之难,难于上青天!蚕丛及鱼凫,开国何茫然！尔来四万八千岁，不与秦塞通人烟。西当太白有鸟道，可以横绝峨眉巅。地崩山摧壮士死，然后天梯石栈相钩连。上有六龙回日之高标，下有冲波逆折之回川。黄鹤之飞尚不得过，猿猱欲度愁攀援。青泥何盘盘，百步九折萦岩峦。扪参历井仰胁息，以手抚膺坐长叹。问君西游何时还？畏途巉岩不可攀。但见悲鸟号古木，雄飞雌从绕林间。又闻子规啼夜月，愁空山。蜀道之难，难于上青天，使人听此凋朱颜！连峰去天不盈尺，枯松倒挂倚绝壁。飞湍瀑流争喧豗，砯崖转石万壑雷。其险也如此，嗟尔远道之人胡为乎来哉！剑阁峥嵘而崔嵬，一夫当关，万夫莫开。所守或匪亲，化为狼与豺。朝避猛虎，夕避长蛇；磨牙吮血，杀人如麻。锦城虽云乐，不如早还家。蜀道之难，难于上青天，侧身西望长咨嗟！

《蜀道难》用极具气势的语言，极其夸张的想象力，将“山从人面起，云傍马头生”的蜀道之艰险作了更为酣畅淋漓的描绘。诗中艰难的蜀道，似乎已经不单单是行人来往所走的蜀道，更像是李白那怎么走也走不通的入仕之途。李白本就是蜀人，并无必要翻越崎岖的蜀道前去成都，也没有理由发出“锦城虽云乐，不如早还家”的感慨。那么诗中的锦城，或许更是在喻指皇帝所居的长安；对于蜀道“百步九折”“难于上青天”的感叹，实际是对自身入仕无门、四处碰壁的哭诉；而“所守或匪亲，化为狼与豺。朝避猛虎，夕避长蛇”这一段奇诡的描述，或许正是在暗指郁郁不得志的自身在干谒途中所遭到的谗毁与嫉恨。诗人那满腹的失意与忧愁，都融入有着千钧之力的诗语之中，喷薄直下，摄人心魄。

不过，历来关于《蜀道难》的创作意图，却存在一些异说。有人认为此诗意在劝谏安史之乱后逃奔蜀地的唐玄宗早日还京，有人认为此诗是在讽喻朝廷重视蜀地地方官的选任，又有人认为这可能是对安史之乱后寄居剑南节度使严武幕府的杜甫、房琯等友人有劝喻之意。然而这些说法恐怕大都失于臆测。考察唐代的历史文献,在安史之乱爆发前的天宝十二载(753 年),殷璠曾编成《河岳英灵集》,广收时人诗作,其中就已经收入了李白的这首《蜀道难》;进而唐人孟棨所著《本事诗》、五代人王定保所著《唐摭言》中都记载有天宝初年贺知章曾读到李白《蜀道难》之事。那么《蜀道难》显然与安史之乱以后的事件全无关联。

此外,《蜀道难》意旨虽深,感慨之中也似乎含有一些讽喻的味道,却似乎没有必要非去考究其具体针对的是哪一个人、哪一件事。李白在创作之初,似乎也只是针对世道艰难而泛抒感想而已,若硬要将这首诗理解为是为了某一具体人物、具体时事而发,反倒令其寓意显得浅薄,其诗味显得寡淡,其感染力也显得贫弱了。这一点,正如明代诗论家胡震亨在《唐音癸签》中所说:“惟其海说事理,故苞括大,而有合乐府讽世立教本旨。若第取一时一人事实之,反失之细而不足味矣。”

在长安倍感世路艰辛的李白,于是转头向东,前往东都洛阳一试运气。然而不出意外,洛阳城中依然没有李白的一席之地。屡次碰壁的经历,又催生出了李白的另一首代表作《行路难》(三首其一):

金樽清酒斗十千,玉盘珍羞直万钱。停杯投箸不能食,拔剑四顾心茫然。欲渡黄河冰塞川,将登太行雪满山。闲来垂钓碧溪上,忽复乘舟梦日边。行路难!行路难!多歧路,今安在?长风破浪会有时,直挂云帆济沧海。

“欲渡黄河冰塞川,将登太行雪满山”正道出了此行在长安与洛阳接连碰壁的苦境。不过心绪茫然的李白似乎仍然没有放弃希望,“垂钓碧溪上”用姜太公在渭水垂钓,终获周文王知遇的典故,“乘舟梦日边”用伊尹曾梦见乘舟自日月边而过，最终为商汤任用的典故。孤傲的李白以姜太公、伊尹这样不世出的大才自比，仍然相信自己有被赏识的那一天。故而结尾的“长风破浪会有时，直挂云帆济沧海”昂扬激烈，在屡屡失意之后，依然秉持着乐观向上的态度。

纵使李白仍然不放弃入仕的希望，可此次前往长安、洛阳寻求进路的旅程却不得不画上了一个遗憾的句点。开元十九年（731 年）春，滞留在洛阳的李白听到城中若隐若现的吹笛之声，顿起故园之情，作《春夜洛城闻笛》：

谁家玉笛暗飞声，散入春风满洛城。此夜曲中闻折柳，何人不起故园情。

思乡之情始终伴随着远游的李白左右，然而此次的思乡之情再也难以抑制。远在安陆的妻子正对夫君的归来翘首以盼，李白自然也懂得妻子的哀愁，于是模拟妻子给自己写信的口吻，代妻子抒发哀愁而作了《自代内赠》一诗，开篇便道：

宝刀裁流水，无有断绝时。妾意逐君行，缠绵亦如之。
别来门前草，秋巷春转碧。扫尽更还生，萋萋满行迹。

愁思如流水，刀断还流；愁思又如门前野草，扫尽还生，无有尽时。进而又云：

妾似井底桃，开花向谁笑？君如天上月，不肯一回照。
窥镜不自识，别多憔悴深。安得秦吉了，为人道寸心。

没有夫君在身边，即便妆容再美也无人赏识，在外求进的夫君却冷漠如月,从不主动关心自己。于是因思念而日渐憔悴,乃至照镜自惊。如能化作秦地所特有的“吉了”之鸟,向着滞留两京的夫君亲自诉说自己的一片痴心,那该有多好。在外示人以万丈豪情的李白,对内也有着柔情似水的一面。此后不久,李白便收拾行囊,踏上南下安陆与家人团聚的行程。

(四)桃花岩之隐

回到安陆之后,李白悲伤地得知自己的岳父许员外已于前一年辞世。料理完后事之后,李白携妻子搬离许氏庄园,在安陆桃花岩的风景秀丽之处构筑石室,开始了一段种田读书的生活。此时李白曾有《安陆白兆山桃花岩寄刘侍御绾》一诗,对友人刘绾提及自己隐居生活的惬意:

云卧三十年,好闲复爱仙。蓬壶虽冥绝,鸾凤心悠然。
归来桃花岩,得憩云窗眠。对岭人共语,饮潭猿相连。
……

仕进之路难以走通,李白便将精力倾注于求仙生活之中。山中景色,也似安慰了屡屡受挫的李白的内心。诗的结尾进一步道:“永辞霜台客,千载方来旋”。“霜台”是司职弹劾百官的御史台的别称,“霜台客”便是指时任御史台监察御史的友人刘绾。“千载方来旋”则用了《搜神后记》中“丁令威”的典故,丁令威在山中学道千年,最终化作仙鹤返回故乡,却不被故乡人所识。李白之意,显然要效仿丁令威,将余生都付与求仙生活。

在桃花岩的幽居生活中,有一首小诗别有一番风味,《山中与幽人对酌》云:

两人对酌山花开，一杯一杯复一杯。我醉欲眠卿且去，明朝有意抱琴来。

“一杯一杯复一杯”这样极端质朴的语句竟然也可以入诗，且在李白手中显得放荡不羁、超凡脱俗，真可谓大巧不工。“我醉欲眠卿且去”更是直用口语，本自《宋书·陶渊明传》中“贵贱造之者，有酒辄设。潜（陶渊明）若先醉，便语客：‘我醉欲眠，卿可去’，其真率如此”之典，将陶渊明的洒脱拿来己用，塑造出了一个全然不顾世俗常礼、天真烂漫的隐者形象，这正是李白的潇洒且可爱之处。

然而李白毕竟是不甘寂寞的，在桃花岩安住不久，又开始了云游之行。一开始李白的脚步主要限于安陆附近，北游襄阳、嵩山，南游江夏。在襄阳时，李白听说荆州刺史韩朝宗有赏识人才之名，甚至当时流传有“生不用封万户侯，但愿一识韩荆州”这样的传言，于是内心的仕进之心再次被唤起，作了《与韩荆州书》献上，书中云：

白，陇西布衣，流落楚汉。十五好剑术，遍干诸侯。三十成文章，历抵卿相。虽长不满七尺，而心雄万夫。王公大人许与气义。此畴曩心迹，安敢不尽于君侯哉！

君侯制作侔神明，德行动天地，笔参造化，学究天人。幸愿开张心颜，不以长揖见拒。必若接之以高宴，纵之以清谈，请日试万言，倚马可待。今天下以君侯为文章之司命，人物之权衡，一经品题，便作佳士。而君侯何惜阶前盈尺之地，不使白扬眉吐气，激昂青云耶？

……

李白再次回顾了自己平生的抱负与才情，若韩荆州肯赐予自己机会，即便“日试万言”，也可以如《世说新语·文学》所载南朝才子袁宏那样，“倚马可待”，无需苦思便可立于马前援笔便成。

这封上书与早前的《上安州裴长史书》同为求举，书中所展现出的态度却已经有了微妙的变化，至少李白的语气已经不再那么锋芒毕露，对于上书的对象韩荆州，李白不吝溢美之词，一副要向韩荆州请教的态度。进而在书信的结尾，李白又说道：“且人非尧舜，谁能尽善？白谟猷筹画，安能自矜？至于制作，积成卷轴，则欲尘秽视听。恐雕虫小技，不合大人。”将自己的作品称为“雕虫小技”，将献上自身作品的行为称为“欲尘秽视听”，谦逊得有些不像李白的作风，尤其较之早前《上安州裴长史书》那样，赏识我便为你披心沥胆，不赏识我便与你永不相见的决绝态度，显得成熟或者说世俗了很多，这或许是因为此前的屡屡碰壁改变了李白的作风，令他暂时选择与世俗合作。然而即便如此，李白的这封上书仍如石沉大海，不遇的生活依然如旧。

也许是为了宣泄心中愤懑，开元二十三年(735年)，隐居安陆桃花岩约两年之后，李白应朋友元演之邀，再次准备远行，此次的目的地是唐朝的北都太原。对于这一段行程，李白日后所作《忆旧游寄谯郡元参军》中有如下记载：

琼杯绮食青玉案，使我醉饱无归心。时时出向城西曲，晋祠流水如碧玉。浮舟弄水箫鼓鸣，微波龙鳞莎草绿。兴来携妓恣经过，其若杨花似雪何……

李白与元演在太原携手同游，或醉饱于宴席之中，或恣意于郊野之外，度过了一段堪称是狂欢的日子。此后李白又北上雁门以观长城遗迹，南游嵩山与道士元丹丘共修神仙之术。这一段云游时光不再为了求举，只是在山水古迹中纵情游赏，由此李白心中的忧愁终于获得了很大程度的缓解。

从太原归来之后，李白也开始酝酿着谋求一些生活上的改变了。

既然在安陆附近周游许久也始终未能打开入仕的门径,那么想必安陆并非自己的福地,故而他萌生出了搬家的打算。

五、移家任城

大约在开元二十四年(736年),已经"蹉跎十年",年届三十六的李白终于正式离开了安陆,搬家到任城(今山东省济宁市)。之所以选择任城,恐怕还是出于入仕求进的考虑。此时李白的六叔正在任城做县令,且李氏族中又有多人在山东为官。借亲友之力,或许可以摆脱四处碰壁的生活。此后直至安史之乱爆发的天宝十四载(755年),近二十年间,任城是李白的活动中心,堪称他的第二故乡。

任城位于东鲁,在这孔子故里、儒家思想浓郁的地方,入仕之思更无时无刻不在刺激着不遇的李白。李白固然也赞许儒学,甚至自称"我志在删述,垂辉映千春。希圣如有立,绝笔于获麟"(《古风五十九首·其一》),意欲追寻孔子之道,然而当时鲁地所盛行的儒学,却似乎与孔子原初的教诲偏离甚远。

当时的儒生们往往以背诵经文、解释经书中的语句为业,将儒学发展成了编纂辞典一般的学问,而对治国大道却是一问而三不知。李白对这样的儒学当然嗤之以鼻,于是作《嘲鲁儒》讽刺道:"鲁叟谈五经,白发死章句。问以经济策,茫如坠烟雾。"李白感兴趣的是经国济世的大道，与鲁地的儒生们喜好“章句（分章析句以解释经文意义的方法）”的小道大为相左；更兼李白的生活一向豪爽放荡，与死板的儒生们迥异，于是可想而知，在鲁地的李白恐怕很难为世俗认可。

李白在鲁地依然难觅进路，入仕不成，而隐逸山林的修仙之途又半道而废，眼看着自己的年龄已经不小，于是作《长歌行》感慨道：

大力运天地，羲和无停鞭。功名不早著，竹帛将何宣。
桃李务青春，谁能贯白日。富贵与神仙，蹉跎成两失。
……

富贵之途与修仙之路皆无成就，令李白深为苦恼。于是才搬家不久的李白又起了漫游之思，仿佛只有不断漫游才能够排解自己的忧愁。他南游至长江，来到曾经留下“天门中断楚江开”诗句的当涂，然而此时的心境已经不复从前那样雄壮，只是在当涂的牛渚边怀古伤今，作《夜泊牛渚怀古》：

牛渚西江夜，青天无片云。登舟望秋月，空忆谢将军。
余亦能高咏，斯人不可闻。明朝挂帆席，枫叶落纷纷。

“谢将军”用晋代谢尚识袁宏的典故。这个袁宏，正是《与韩荆州书》中自称“日试万言，倚马可待”所用典故的主人公。而袁宏的入仕之始，正与牛渚有关。当时镇西将军谢尚正在牛渚一带戍守，某日月夜，谢尚微服出游，泛舟江上，听见有人高声吟诗，语调清丽，辞藻峻拔，不禁为之陶醉。打听到吟诗者乃是袁宏，于是立刻邀请袁宏来到自己船中，与之彻夜谈论，继而将袁宏选入自己的幕府中任职。同样是在牛渚，同样是月夜泛舟，同样是吟诗，同样有着“日试万言，倚马可待”的才能，李白却并不像袁宏那样能遇到谢尚这样的伯乐。“余亦能高咏，斯人不可闻”一句，蕴含着多少知音难觅的悲哀。

继而李白又西向襄阳，与旧友相会，作了《忆襄阳旧游赠马少府巨》一诗，忆起曾经“高冠佩雄剑，长揖韩荆州”的豪情，而最终年华空逝却功名不就：

朱颜君未老，白发我先秋。壮志恐蹉跎，功名若云浮。
归心结远梦，落日悬春愁。空思羊叔子，堕泪岘山头。

“羊叔子”用西晋名将羊祜之典，羊祜曾镇守襄阳，献伐吴之策，然而未及灭吴便因病辞世。襄阳百姓感其德政，为他在岘山建碑立庙。人们每次来到碑前悼念羊祜，无不感慨流泪，于是此碑便被羊祜的继任者杜预称为堕泪碑。若今日镇守襄阳的是羊祜而不是徒有其名的所谓“韩荆州”，那么李白也不会依然“壮志蹉跎”“功名云浮”。

李白的前半生，屡屡满怀希望地干谒交游，却屡屡失望地四处碰壁；屡屡为排解忧愁而云游四方，却屡屡在旅途结束之后忧愁反而更增一重，于是只能借山水中的隐逸生活来治愈内心。初出四川时如是，成家安陆时如是，移家任城时亦如是。开元二十八年(740 年)，结束漫游回到任城的李白，很快与鲁地的知名隐士韩准、裴政、孔巢父、张叔明、陶沔等人结伴隐居于徂徕山(今山东泰安)，诗酒为乐，同修神仙之术，他们几人也因此赢得了“竹溪六逸”的名称。

徂徕山的隐逸生活大概持续了两年多，至天宝元年(742 年)，四十二岁的李白终于迎来了他的转机。在这一年，李白的友人元丹丘以道家之术受诏入朝，担任“道门威仪”，为当时崇尚道家的唐玄宗主持道教活动相关的礼仪。李白于是向元丹丘赠诗，其中有“投分三十载，荣枯同所欢。长吁望青云，镊白坐相看”(《秋日炼药院镊白发赠元六兄林宗》)等语，回忆自己与元丹丘近三十年的交情，如今元丹丘奔向青云，为皇帝所亲信，自己却只能在江湖之远，默默地用镊子拔出斑斑而生的白发，虚度华年。诗中流露出直白的希求引荐之意。

大概正是因为元丹丘的进言，不久之后玄宗下诏征李白入京。经历了近二十年求进无门的李白，终于一跃而登龙门，看到了大展宏图的希望。难掩兴奋的李白当即作《南陵别儿童入京》一诗，一扫此前诗作的阴霾之气，而尽是得偿所愿的喜悦之情：

白酒新熟山中归，黄鸡啄黍秋正肥。呼童烹鸡酌白酒，儿女嬉笑牵人衣。高歌取醉欲自慰，起舞落日争光辉。游说万乘苦不早，著鞭跨马涉远道。会稽愚妇轻买臣，余亦辞家西入秦。仰天大笑出门去，我辈岂是蓬蒿人。

李白在诗中以西汉名臣朱买臣自比。朱买臣虽然博学多能，却落魄贫困，甚至其妻子也忍受不了生活的贫困而弃他而去，直至五十岁时方才受到汉武帝的征召入朝为官，由此博得富贵，乃至位列九卿。高呼着“仰天大笑出门去，我辈岂是蓬蒿人”的李白，似乎已经迫不及待地要飞向长安，向天子一吐平生所学了。不过，天宝年间沉迷于杨贵妃的美色，早已失去了进取之心的唐玄宗，真的能赋予李白大展宏图的机会吗？

六、谪仙人与翰林供奉

受诏来到长安城的李白,终于不再被权贵名流拒之门外。首先对李白的才能大加延誉的,当推当时任职太子宾客的著名诗人贺知章。

孟棨《本事诗·高逸》载李白到京师时造访贺知章,贺知章见李白仪表非常,心中已经暗自惊异,又求李白所作之文,读到《蜀道难》一诗时,再三感慨,大呼李白简直不是世间之人,而是由天界被贬凡间的"谪仙人"。于是大摆宴席款待李白,甚至将朝廷赐予他的标志着身份品级的金龟也解下换酒。此时的贺知章已经八十有余,却丝毫没有长辈的架子,很快与李白结成了忘年之交。李白对此深为感动,在贺知章去世后常常满怀感激地回忆起此事:"长安一相见,呼我谪仙人。昔好杯中物,翻为松下尘。金龟换酒处,却忆泪沾巾。"(《对酒忆贺监二首·其一》)在贺知章的延誉之下,李白的名声迅速在长安传播。大概也是因为贺知章的鼎力推荐,李白受到了唐玄宗的优遇,很快被任命为翰林供奉。

所谓翰林供奉,是供职于翰林院、作为皇帝文学侍从的官职。翰林院由唐玄宗首设,不过最初的翰林院,与后世鼎鼎大名、一入翰林便等同位极人臣的翰林院有本质区别。唐玄宗之所以设置翰林院，最初只不过是为了选拔一批擅长琴、棋、书、画、艺术、天文、僧道、文学等才能的人士来侍奉自己，以备顾问咨询，或者用以满足宴会享乐时的需要，本非正式的官职，甚至没有品级，虽然能够亲近皇帝，却相当于弄臣乃至俳优。只不过渐渐地，其中擅长文辞之士受到了特别对待，开始被赋予了参与机密、草拟诏书、撰写军国辞令的重任，才渐由侍奉之臣转而成为皇帝的专用秘书，扮演起重要的角色。这些翰林院中的官职，在唐玄宗之时又有翰林待诏、翰林供奉、翰林学士等多种称呼，实则大同小异，在最开始，都并不是什么正式的职位，在凭借自己的一技之长受到皇帝赏识，且被赋予真正实权的官职之前，地位都不很高。

李白所任职的翰林供奉，正是以文学才能服务皇帝，满足皇帝宴会时吟诗作乐需要的御用文人。不过，此时的李白仍是有一番雄心壮志的，如他在《驾去温泉后赠杨山人》中所表露的：

少年落魄楚汉间，风尘萧瑟多苦颜。自言管葛竟谁许，长吁莫错还闭关。一朝君王垂拂拭，剖心输丹雪胸臆。忽蒙白日回景光，直上青云生羽翼。幸陪鸾辇出鸿都，身骑飞龙天马驹。王公大人借颜色，金章紫绶来相趋。当时结交何纷纷，片言道合唯有君。待吾尽节报明主，然后相携卧白云。

诗中对君王能够赏识自己流露出无限感激之情，进而想要“尽节报明主”，然后功成身退，归卧白云之中。然而，尽管李白想要像管仲、诸葛亮（管葛）那样“剖心输丹”倾其所有来报答君王，唐玄宗却仅仅以俳优待之，唐玄宗所需要的，只不过是时不时让李白创作几首新词供自己和杨贵妃赏花听曲而已。

李白在这一期间所作的《宫中行乐词》八首、《清平调》三首等，皆不过是描绘宫中享乐、歌颂妃子美貌的应诏之作。而即便是这样俗不可耐的题材，李白也能以他的天才之思，写得超凡脱俗。其《清平调》三首云：

其一

云想衣裳花想容，春风拂槛露华浓。若非群玉山头见，会向瑶台月下逢。

其二

一枝秾艳露凝香，云雨巫山枉断肠。借问汉宫谁得似，可怜飞燕倚新妆。

其三

名花倾国两相欢，长得君王带笑看。解释春风无限恨，沉香亭北倚阑干。

第一首中，起句"云想衣裳花想容"就极其不凡，将衣服比作云、将容貌比作花本是平平无奇的比喻，然而连用两个"想"字却出人意料之外。见到云与花，便想到贵妃的衣裳与妆容；或者是见到贵妃的衣裳与妆容，便能想到云与花；抑或是云见了贵妃都想要去化作她的衣裳，花见了贵妃都想去化作她的妆容，这样的多重意义因这两个"想"字而交织在一起，人与物融汇为一，虽是比喻，却自然天成，全无匠气。对此，明人蒋一葵不禁感叹"'想''想'，妙，难以形容也"，明人梅鼎祚在其所编《李杜二家诗钞评林》也曾评论"'想'字妙，得恍惚之致"，说的正是这两个"想"字所带来的无穷妙处。

继而诗语又从云与花，转向群玉、瑶台这些传说中西王母所居住的仙境，如此美貌的妃子，当然不可能是人间所有，必是从那西王母所居的仙境而来，衔接得如此顺畅，将杨贵妃比作仙女之意看似平平，所用手法却了无雕琢痕迹，浑然天成。

唐周昉《簪花仕女图》局部（辽宁省博物馆藏）

接着第二首、第三首在鲜花、仙女(宋玉《高唐赋序》中令楚王朝思暮想的巫山神女)之外,又加入了汉宫美女来作比拟,令汉成帝神魂颠倒的赵飞燕,能够“一顾倾人城,再顾倾人国”的汉武帝时的李夫人,都成为杨贵妃的比拟对象,以汉家宫廷来喻李唐,在气质的雍容华贵上正可相应,巧思的同时,又不失宫廷诗的贵气,正如明代诗论家唐汝询所谓:“声响调高,神彩焕发,喉间有寒酸气者读不得。”

更令人惊叹的是,这三首构思精巧、用语奇妙的诗作,却只不过是李白即兴创作而出的,全不用劳心苦思。据晚唐人李濬所编《松窗杂录》载,这三首诗作于唐玄宗和杨贵妃在沉香亭赏牡丹之时。当时正值牡丹盛开,唐玄宗趁着月色前来赏花,随行有众多梨园子弟,其中以李龟年最善歌唱,本欲高歌助兴,唐玄宗却说:“赏名花,对妃子,为何还要唱旧歌词?”于是令李龟年手持金花笺纸赐予李白,令其作《清平调》三首献上。李白欣然答应,虽然正处于宿醉未解的状态,却提笔便书,很快便成此三首。李龟年将诗进上,在梨园众乐工的伴奏下高歌此诗,杨贵妃听到歌词流丽婉转,且都是赞美自己之词,于是欢乐无比。唐玄宗也是兴致满满,甚至亲自吹笛伴奏,博杨贵妃一笑。日后李龟年回忆此事,每每激动难平,认为这是自己在宫中歌唱生涯的巅峰。而众人这一夜欢乐,全拜李白这三首歌词所赐,由此李白在唐玄宗心中留下了十分深刻的印象,所受宠幸也骤然超出同列众学士之上。

然而成也此诗,败也此诗。《松窗杂录》又载,几天后杨贵妃余味未尽,再次朗诵起这三首歌词,在一旁的宦官高力士却趁机进谗:“我本以为贵妃会因这三首歌词而怨恨李白深入骨髓,怎么还对他的歌词念念不忘?”贵妃惊讶,问起原因,高力士道:“用汉代祸乱宫闱最终被废为庶人的赵飞燕来比喻贵妃您,没有比这更看不起您的了。”杨贵妃于是深以为然,转而对李白大为怨恨,从此绝口不再提起这三首《清平调》。而日后唐玄宗屡屡想对李白委以重任,却都因杨贵妃的阻止而作罢。

高力士之所以如此谗害李白,据说是因为曾遭李白命脱靴之辱。中唐人李肇在《唐国史补》中记载:“李白在翰林多沉饮,玄宗令撰乐词,醉不可待,以水沃之,白稍能动,索笔一挥十数章,文不加点。后对御,引足令高力士脱靴,上命小阉排出之。”高力士虽是唐玄宗身旁的宦官,却地位非常,曾协助唐玄宗平定韦皇后及太平公主之乱,助其登上帝位,在天宝初年就已经被任命为冠军大将军、右监门卫大将军,且被赐予渤海郡公的爵位,王公宰相在其面前尚需退让三分,而李白直接将其视作仆役一般,当然会令他倍感侮辱。

据李肇的记述,唐玄宗最终令其他小宦官(小阉)将狂妄的李白架出宫外,高力士并未真的为李白脱靴。而在晚唐人段成式的《酉阳杂俎》中,则有着更为夸张的记述:“李白名播海内。玄宗于便殿召见。神气高朗,轩轩然若霞举。上不觉忘万乘之尊。因命纳履。白遂展足与高力士曰:去靴。力士失势,遽为脱之。”李白斥令高力士脱靴的故事被移到了唐玄宗初次召见李白之时,而高力士也灰溜溜地去给李白脱了靴。

此后,这一故事又不断衍生出其他的版本,且愈发突出李白行为的狂傲不羁,而唐玄宗、杨贵妃、高力士则各自被认领了一段曾经侍奉过李白的经历。如宋人刘斧在《青琐高议》中载李白日后离开长安,云游至华阴县,因醉酒骑驴误闯县衙,县令斥责道:“尔是何人,安敢无礼?”李白求供状,在状上不书姓名,只写道:“曾龙巾拭吐,御手调羹,力士抹靴,贵妃捧砚,天子门前尚容吾走马,华阴县里不许我骑驴?”

不过无论是《松窗杂录》《唐国史补》《酉阳杂俎》还是《青琐高议》,都不过是小说之言,可信度存疑。或许“力士脱靴”的情节的确存在,然而围绕于此,后世文人不断添油加醋,令原本的故事原委都显得模糊不清了,正如清代曾为李白文集作注的王琦所说:“后人深快其事(力士脱靴),而多为溢美之言以称之。然核其事,太白亦安能如论者之期许哉。”(《李太白文集跋》)这样的观点,或许更能接近实际情况。

对于李白遭遇谗害之事,固然有可能如《松窗杂录》所载是因高力士之言,而李白的狂傲态度,所得罪的恐怕不止高力士一人。李白这一时期的诗作,也曾流露出与身边之人不甚相合的意味,如其《翰林读书言怀呈集贤诸学士》所说:

晨趋紫禁中,夕待金门诏。观书散遗帙,探古穷至妙。
片言苟会心,掩卷忽而笑。青蝇易相点,白雪难同调。
本是疏散人,屡贻褊促诮。云天属清朗,林壑忆游眺。
或时清风来,闲倚栏下啸。严光桐庐溪,谢客临海峤。
功成谢人间,从此一投钓。

诗的前一半还在歌咏翰林院读书之乐,然而至“青蝇易相点,白雪难同调”一句,气氛却陡然发生转折。“青蝇”化用初唐诗人陈子昂诗“青蝇一相点,白璧遂成冤”,喻小人谗害君子;而“白雪”则出自宋玉《对楚王问》中“阳春白雪”与“下里巴人”的著名典故,指高雅的音乐因其曲高和寡,难以为俗人所理解。这两个典故,讽刺的味道皆极为浓郁。此时的李白或许可以说是天真烂漫,也可以说是不谙世事,竟然将心中的不忿直白坦率地表露出来,甚至还要呈给“集贤诸学士”,让大家一同窥见自己的心迹。

这样的诗句自然成为佞臣进谗言的极好把柄,谁是“青蝇”?谁是“白雪”?谁与谁“不同调”?在英明的君主治下,怎么会有“青蝇”位列朝中,怎么还会有与“白雪”“不同调”之人?李白这是在讽刺哪位大臣?或者说是在直接讽刺皇帝不能分辨黑白?面对这些质问,李白恐怕都会是吃不消的。而唐玄宗也并不是什么心胸大度的君王，前文曾经提到，孟浩然因一句“不才明主弃”便引得唐玄宗不快，落了个赐还归山的结果，李白这些暗含讽刺的句子一旦被别有用心的人拿给唐玄宗，其下场可想而知。

很快李白便切身感受到了谗言的凶险，作《惧谗》一诗道：

二桃杀三士，讵假剑如霜？众女妒蛾眉，双花竞春芳。
魏姝信郑袖，掩袂对怀王。一惑巧言子，朱颜成死伤。
行将泣团扇，戚戚愁人肠。

诗中分别用了《晏子春秋》中齐景公以二桃杀三士之典、屈原《离骚》“众女嫉余之蛾眉兮”之典、《战国策》中郑袖进谗言杀美人之典。谗言伤人，较之刀剑亦有过之而无不及。进而李白以汉成帝时受到赵飞燕诬陷而失宠的班婕妤自比，抒发被君王疏远的哀愁。进献谗言的，恐怕不只有高力士以及杨贵妃，从“众女妒蛾眉”一句可见，与李白同列于翰林院中的众学士，恐怕都有可能是谗言的源头。唐人魏颢在《李翰林集序》中更直言李白因“张垍谗逐”。张垍是唐玄宗开元时期的宰相张说之子，是唐玄宗的女婿，极受宠幸，当时以中书舍人的身份供奉翰林院中，很有可能是首犯之一。

谗言汹涌而来，最终令李白不堪招架，于是在天宝三载（744 年）初，入京不满两年的李白主动上书求归。而唐玄宗也全无挽留之意，顺畅地同意了李白的请求。李白日后在《答高山人诗》中回忆此事时说：“谗惑英主心，恩疏佞臣计。”又在《为宋中丞自荐表》中说：“为贱臣诈诡，遂放归山。”可见归山并不是李白的本意，而是在谗害之下无可奈何之举。两年前高歌“仰天大笑出门去，我辈岂是蓬蒿人”的李白恐怕怎么也没有想到，自己的长安之旅竟然会这样草草收场。

即将踏上归途的李白作了《东武吟》一诗，回顾这短暂的长安之旅，并与京中知己辞别：

好古笑流俗，素闻贤达风。方希佐明主，长揖辞成功。
白日在高天，回光烛微躬。恭承凤凰诏，欻起云萝中。
清切紫霄迥，优游丹禁通。君王赐颜色，声价凌烟虹。
乘舆拥翠盖，扈从金城东。宝马丽绝景，锦衣入新丰。
依岩望松雪，对酒鸣丝桐。因学扬子云，献赋甘泉宫。
天书美片善，清芬播无穷。归来入咸阳，谈笑皆王公。
一朝去金马，飘落成飞蓬。宾客日疏散，玉樽亦已空。
才力犹可倚，不惭世上雄。闲作《东武》吟，曲尽情未终。
书此谢知己，吾寻黄绮翁。

“君王赐颜色，声价凌烟虹”的经历令李白余生都久久不能忘怀。在朝中受到“天书”赞誉之时，身边“谈笑皆王公”，实在是热闹非凡；然而一旦被放还归山，便“宾客日疏散，玉樽亦已空”，可谓是人走茶凉，长安城中人情冷漠，尽是势利之徒的情况可见一斑。从此以后，李白“佐明主”的志向正式宣告破产，于是只能将他的“才力”，由宫中再次带回世间。

七、李杜之交

天宝三载(744年)夏秋之际,四十四岁的李白辞别长安一路东行,准备返回任城与妻子团聚。大概在途经洛阳之时,李白结识了初露头角、正欲一展宏图的杜甫,此时李白四十四岁,杜甫三十二岁,中国历史上两大著名诗人由此相会。关于这二人的会面,闻一多先生在《唐诗杂论》中将其比作"太阳与月亮的相遇",并感慨道:"四千年的历史里,除了孔子见老子,没有比这两人的会面更重大,更神圣,更可纪念的了。"二人相逢,的确留下了一段友谊的佳话。

或许缘于杜甫的邀请,返回任城的李白并未久留,便再次踏上旅途,前往洛阳与杜甫相会。二人结伴沿黄河东下,在河南一带寻山问水,遍访古迹。他们到达汴州(今河南开封市)之时,又遇到了诗人高适,于是三人同行,在战国时魏国都城大梁遗址(今河南开封市西北)悼念战国四君子之一的信陵君;又在汉武帝时梁王刘武所造梁园遗址(今河南商丘市),怀念曾经寓居于梁园的邹阳、枚乘、司马相如等汉代文人;接着又东行至单父(今山东单县),登单父台,游孟渚泽。李白曾在单父留诗《秋猎孟诸夜归置酒单父东楼

观妓》:

倾晖速短炬,走海无停川。冀餐圆丘草,欲以还颓年。
此事不可得,微生若浮烟。骏发跨名驹,雕弓控鸣弦。
鹰豪鲁草白,狐兔多肥鲜。邀遮相驰逐,遂出城东田。
一扫四野空,喧呼鞍马前。归来献所获,炮炙宜霜天。
出舞两美人,飘飖若云仙。留欢不知疲,清晓方来旋。

时光之流永不停驻,短暂的人生如同浮烟,既然长生之术只是虚妄,便只能及时行乐以解哀愁。于是三人在孟渚泽纵马驰骋,引雕弓射狐兔,在寒冷的秋天烤肉饮酒,观歌伎舞蹈,极尽欢愉。单父之游已近深秋,到了年末,三人这历时数月的梁、宋之游不得不暂告一段落,杜甫西归巩洛,高适南游荆楚,李白则返回任城。

或许余兴未尽,第二年也就是天宝四载(745 年)的春夏之际,三人再次聚首,相约同赴齐州(山东济南)拜访当时以招揽名士而闻名的北海太守李邕。在李邕的陪同下,三人又在古齐国的首都临淄城遗址漫游咏诗,相互间的友谊进一步加深。

齐州之游结束后,当年秋天,杜甫亲自来到任城拜访李白,二人继续结伴赴曲阜、兖州、东蒙等地寻访古迹,拜访隐士,吟诗作乐,又度过了一段相当愉悦的时光。从杜甫此时所作《与李十二白同寻范十隐居》一诗中,我们可以窥见二人的亲密无间:

李侯有佳句,往往似阴铿。余亦东蒙客,怜君如弟兄。
醉眠秋共被,携手日同行。更想幽期处,还寻北郭生。
……

诗中将李白的诗才与南朝著名诗人阴铿相比,从诗语高峻清雅

五代赵嵒《八达游春图》(台北故宫博物院藏)

的角度上来说,这样的比较确实颇具慧眼。杜甫此时也羡慕隐者生活(东蒙客),与李白情同兄弟,夜晚同被而寝,白天携手同行,关系亲密得无以复加。

不过,欢乐的时光总有结束的一天,二人在游遍了鲁中山水之后,终于在鲁郡分别。分别之时,李白作《鲁郡东石门送杜二甫》:

醉别复几日，登临遍池台。何时石门路，重有金樽开。

秋波落泗水，海色明徂徕。飞蓬各自远，且尽手中杯。

分别后不久，寓居沙丘（今山东济宁市）的李白愈发按捺不住对杜甫的思念，于是又作了《沙丘城下寄杜甫》一诗：

我来竟何事，高卧沙丘城。城边有古树，日夕连秋声。

鲁酒不可醉，齐歌空复情。思君若汶水，浩荡寄南征。

城边古树、秋风、落日勾起了李白对杜甫的回忆，饮尽杯中的美酒仍感受不到醉意，耳边响起的齐地歌曲所唤起的尽是绵绵不绝的思念之情，于是只能以诗抒怀，寄给此时在南行途中的杜甫。

与李白分别之后，杜甫更是对这一段经历念念不忘。李白赠杜甫之诗，如今留下来的仅有两三首（以上两首之外，还见有《戏赠杜甫》"饭颗山头逢杜甫，顶戴笠子日卓午。借问别来太瘦生，总为从前作诗苦"一首，不过后人颇怀疑其为晚唐人伪作），而杜甫为李白所作之诗，则有多达十余首存留。其中如：

寂寞书斋里，终朝独尔思。（《冬日有怀李白》）

故人入我梦，明我长相忆。（《梦李白二首·其一》）

三夜频梦君，情亲见君意。（《梦李白二首·其二》）

凉风起天末，君子意如何。（《天末怀李白》）

南寻禹穴见李白，道甫问讯今何如。（《送孔巢父谢病归游江东兼呈李白》）

昔年有狂客，号尔谪仙人。笔落惊风雨，诗成泣鬼神。（《寄李十二白二十韵》）

白也诗无敌，飘然思不群……何时一樽酒，重与细论文。（《春日

忆李白》)

等等,无不流露出对李白的敬佩与思念之情。然而可惜的是,结下了深情厚谊的二人,或许是命运的捉弄,此后竟然再也没有得到重逢的机会,只能通过书信的往来表露彼此的心意,只能通过梦中的相会来慰藉彼此的相思。“太阳与月亮的相遇”是那么热烈,却又是那么短暂。

八、南去北往

（一）吴越之游

与杜甫分别后的李白，仍徘徊在鲁地，交友漫游。不过或许因故友皆已远离，也或许因鲁中的山水已经快游遍，李白渐有南游吴越、与旧友相聚之心。南游的想法日盛一日，乃至连日的梦中也尽是吴越的山水，为记录这梦中之游，李白作了《梦游天姥吟留别》一诗。此诗堪称是凝聚了李白奇崛想象力的巅峰之作：

海客谈瀛洲，烟涛微茫信难求。越人语天姥，云霞明灭或可睹。天姥连天向天横，势拔五岳掩赤城。天台四万八千丈，对此欲倒东南倾。我欲因之梦吴越，一夜飞度镜湖月。湖月照我影，送我至剡溪。谢公宿处今尚在，渌水荡漾清猿啼。脚著谢公屐，身登青云梯。半壁见海日，空中闻天鸡。千岩万转路不定，迷花倚石忽已暝。熊咆龙吟殷岩泉，慄深林兮惊层巅。云青青兮欲雨，水澹澹兮生烟。列缺霹雳，丘峦崩摧。洞天石扉，訇然中开。青冥浩荡不见底，日月照耀金银台。霓为衣兮风为马，云之君兮纷纷而来下。虎鼓瑟兮鸾回车，仙之人兮列如麻。忽魂悸以魄动，恍惊起而长嗟。惟觉时之枕席，失向来之烟霞。世间行乐亦如此，古来万事东流水。别君去兮何时还？且放白鹿青崖间，须行即骑访名山。安能摧眉折腰事权贵，使我不得开心颜！

天姥山远在越中，据说登山的人能够听见仙女的歌唱，因而被称作“天姥”。晋宋之际的诗人谢灵运曾有“暝投剡中宿，明登天姥岑，高高入云霓，还期那可寻？”（《登临海峤初发彊中作与从弟惠连见羊何共和之》）之句，而因谢灵运的鼎鼎大名，天姥山此后便成为文人墨客到了越中所必去的名胜之一。李白也心慕谢灵运之游，故而对天姥山魂牵梦绕。然而李白却并未亲临天姥山，只凭借梦境所想，便能把天姥山之游写得如此奇幻绚丽，甚至即便亲身登临，天姥山的景色恐怕也未必能比得上诗中所写。正如明人郭濬对此诗的评价：“恍恍惚惚，奇奇幻幻，非满肚皮烟霞，决挥洒不出。”而李白这满肚皮的烟霞，甚至还要胜过飘荡在天姥山中的真实的烟霞。

此时的李白，之所以让烟霞充满肚皮，显然是要慰藉此前功名之心所遭遇的挫折，正如诗中最后所高呼的：“安能摧眉折腰事权贵，使我不得开心颜！”从此以后，李白似乎决意要与往日的功名之思一刀两断，将全部精力投入对“烟霞”的追寻之上。

天宝六载（747年），再也压抑不住南游之思的李白正式启程南下，前往令他朝思暮想的越中，寻觅谢灵运曾经游历过的山山水水。从任城到越中，务必要经过金陵，李白的一生已经多次拜访金陵，在金陵也结交了很多友人。他对金陵颇有好感，或许此时已经暗自下定决心，在吴越之游后，就要搬来金陵久住。

大约是在此次途经金陵之时，李白作了《登金陵凤凰台》一诗，有关此诗的创作原委，别有意趣。后人传说李白早年曾游武昌黄鹤楼，本欲赋诗歌咏,而读到壁上所题崔颢的《黄鹤楼》之后,深感难以胜过,于是放弃了赋诗的打算,并感慨道:“眼前有景道不得,崔颢题诗在上头。”(元辛文房《唐才子传》)从此以后,败于崔颢之事便成为李白的心头憾事而久久不能忘怀,一直暗自计划作出一首能胜过崔颢《黄鹤楼》的诗。而在十数年之后,李白在登临金陵凤凰台之时,终于了却了夙愿。李白的《登金陵凤凰台》与崔颢的《黄鹤楼》题材类似,用韵相同,所写之景、所抒发“使人愁”之情皆颇为相近,似乎的确有着与崔颢一较短长的意思,二诗如下:

李白 《登金陵凤凰台》

凤凰台上凤凰游,凤去台空江自流。吴宫花草埋幽径,晋代衣冠成古丘。三山半落青天外,二水中分白鹭洲。总为浮云能蔽日,长安不见使人愁。

崔颢 《黄鹤楼》

昔人已乘黄鹤去,此地空余黄鹤楼。黄鹤一去不复返,白云千载空悠悠。晴川历历汉阳树,芳草萋萋鹦鹉洲。日暮乡关何处是?烟波江上使人愁。

李白之作侧重感慨今昔,在曾经的六朝古都金陵北望长江,自然而然地涌起一种历史浪潮滚滚而去的浩荡哀愁,时空之感强烈,写景视角宏大。尾联所忧“浮云蔽日”与“长安不见”,似乎在喻指朝中奸邪当政,既表明自己心系君王、担忧政治,又有着借六朝的相继败亡以讽谏时政的意味,诗意可谓既广且深。

崔颢之作则从黄鹤楼的仙人传说写起,仙人驾鹤去后千年不返,在人间唯独留下寂寞空荡,这难免会引起后来者对于宇宙无限和人生有限的思考。所写景色都带有一种深邃的哲思,显得空灵而又绵长。尾联同样是哀愁，却因“日暮乡关”“烟波江上”而发，既是在思乡，又蕴含着对人生意义的思索，诗意可谓既密且深。

二诗在具体的主题和思想上虽有微妙的区别，却都是极为优秀之作，恐怕难分高下。然而后之评论者往往以评论短长为能事，对这二首孰优孰劣聚讼纷纷，各执一词。不过若没有崔颢之诗的刺激，恐怕李白也很难写出如此之作；而没有李白的念念不忘，崔颢之诗的大名恐怕也要减却一分，二诗可谓相辅相成，留下一段诗坛嘉话。而若非要从一词一句上比较二诗长短，恐怕就落入腐儒解诗的俗套而了无意趣了。

在金陵短暂停留之后，李白接着南下，经吴郡（今江苏苏州市），到越中，与曾经引荐自己入京的道士元丹丘相聚，一同游镜湖、访兰亭、探禹穴、泛剡溪、登天台，陶醉山水以慰藉愁思，其中情思正如《越中秋怀》所咏：

越水绕碧山，周回数千里。乃是天镜中，分明画相似。
爱此从冥搜，永怀临湍游。一为沧波客，十见红蕖秋。
观涛壮天险，望海令人愁。路遐迫西照，岁晚悲东流。
何必探禹穴，逝将归蓬丘。不然五湖上，亦可乘扁舟。

“一为沧波客，十见红蕖秋”正道出了李白这些年漂泊漫游、处处做客的生活常态。“不然五湖上，亦可乘扁舟”是要效仿春秋时越国大夫范蠡功成身退之后，在五湖泛舟隐逸的生活。越中之游后，李白北返金陵，却并不着急返回任城，而是在金陵与友人们宴饮作乐，一住就是两年有余。在此期间李白“朝沽金陵酒，歌吹孙楚楼”（《玩月金陵城西孙楚酒楼》），“谢公正要东山妓，携手林泉处处行”（《示金陵子》），过着沉湎于声色美酒之中的放荡生活。

然而李白此次吴越之游却仅仅是孤身南下，并未携带家眷。他的结发妻子许氏在搬家到任城后不久就已经去世，此后李白在任城曾经再娶，却又很快离异，他尚未成年的子女只能交与家仆或者族人故旧代为照顾。在南游途中，李白路过河南梁园一带时，又续娶了武则天时宰相宗楚客的孙女宗氏。不过续弦之后，李白也未在梁园久留，而是舍下新婚妻子继续孤身远行。如此在金陵一带漂泊了近三年的李白，固然暂时排解了不遇的哀愁，也留下了许多壮美的诗篇，却并不能称得上是一个称职的父亲，更无法算是一个称职的丈夫。

远游的李白也渐渐认识到了这一点，随着离别日久，他愈发思念起年幼的子女，于是渐渐有了返乡之意。在返程之前，李白作了《寄鲁东二稚子》一诗寄给远方的子女。作为父亲，李白固然是不称职的，然而作为伟大的诗人，这首家书式的诗歌却是显得如此情真意切：

吴地桑叶绿，吴蚕已三眠。我家寄东鲁，谁种龟阴田？
春事已不及，江行复茫然。南风吹归心，飞堕酒楼前。
楼东一株桃，枝叶拂青烟。此树我所种，别来向三年。
桃今与楼齐，我行尚未旋。娇女字平阳，折花倚桃边。
折花不见我，泪下如流泉。小儿名伯禽，与姊亦齐肩。
双行桃树下，抚背复谁怜？念此失次第，肝肠日忧煎。
裂素写远意，因之汶阳川。

“南风吹归心，飞堕酒楼前”，大概是在酒楼酣饮之时，忽然一阵凉风吹得李白酒醒，令他想起自己还有一双三年未曾谋面的子女。思念与愧疚之情愈演愈烈，在任城家中桃树之下嬉戏的儿女的面庞愈发清晰地浮现在眼前，他们呼唤父亲的哭声也愈发回荡在耳际，于是金陵的美酒顿时不再香甜了，“念此失次第，肝肠日忧煎”，每一杯酒下肚，得到的不再是忧愁的消解，反而是肝肠寸断，返乡之情似乎一刻也按捺不住。

天宝九载(750 年),李白终于启程回乡,途经秋浦(今安徽池州市附近),见到燕子南飞越冬时向寓居处的主人依依不舍告别的样子,顿时联想到久游不归的自己,又想到刚刚续娶却因自己的远游被迫经历三年离别的夫人宗氏,于是痛感连续三年滞留他乡的自己连这年年知道返回的燕子都不如,作《秋浦感主人归燕寄内》一诗寄给夫人宗氏,诗的最后两联说道:"我不及此鸟,远行岁已淹。寄书道中叹,泪下不能缄。"似乎流露出浪子回头之意。

继而途经嵩山,拜访在嵩山之阳隐居的友人元丹丘时,李白又有了将续娶的妻子与任城的儿女一并接到嵩山,一家人共享炼丹求仙的静谧生活的想法:"拙妻好乘鸾,娇女爱飞鹤。提携访神仙,从此炼金药。"(《题嵩山逸人元丹丘山居》)在频繁远游之后,家中余财是否能够负担得起这样的搬家尚不得而知,不过满怀对未来憧憬的李白,加快了返程的脚步,终于在这一年的冬天回到了任城,见到了阔别已久的儿女。

(二)北探虎穴

李白在任城与儿女共享了几个月天伦之乐后,也许是为了进一步考察移家嵩山的想法,于是次年秋天来到嵩山再访元丹丘,虽然与元丹丘的相聚十分快乐,饮酒炼丹的生活也颇为惬意,然而这种隐居深山的生活或许终究是难以养活全家的,于是移家嵩山的想法最终被放弃。而正当李白准备返程回家之时,却遇到了范阳节度使判官何昌浩的来访,邀请李白一同前往幽州安禄山的幕府做客。

这时的安禄山深得唐玄宗的宠信,被授予平卢、范阳、河东三大军事重镇的节度使之职,掌管着河北、山西、山东的广大地域,其麾下的兵马总数甚至达到了整个大唐兵力的一半,且都是平素镇守边关的精兵强将,可谓权势滔天。安禄山见唐王朝承平日久、武备松弛,又见宠信自己的唐玄宗日渐衰老昏聩,于是渐渐有了不轨之心。当时的社会上也一直有安禄山终将造反的传言,然而唐玄宗却对安禄山宠信不移,完全不做任何防备。

曾经登过龙门的李白自然是不屑于在安禄山手下谋得一官半职的,可社会上所流传的安禄山将要造反的传言,却令李白颇为忧心,于是想要去一探究竟。况且,漫游足迹遍布整个中原和江南的李白,还没有造访过那在春秋战国时期就以侠客之风闻名的幽州、并州之地。于是李白对何昌浩的邀请欣然应允,于天宝十一载(752 年)秋冬北渡黄河,踏上了前往幽州的旅程。

他在路上寄诗给友人说"且探虎穴向沙漠,鸣鞭走马凌黄河"(《留别于十一兄逖裴十三游塞垣》),这所谓的"虎穴",指的正是蠢蠢欲动的安禄山。

刚刚来到河北大地时,李白心中尚满是激动,如"我把两赤羽,来游燕赵间。天狼正可射,感激无时闲"(《登邯郸洪波台置酒观发兵》),"单于一平荡,种落自奔亡。收功报天子,行歌归咸阳"(《出自蓟北门行》)等诗句,可见李白年少时的游侠之思被唤醒,大有一番在边疆为将、立功封侯的豪情。

然而随着北行的深入,边疆的实情一览无余地展现在李白面前。唐玄宗天宝时期,边塞战事本不多,居于东北的奚人和契丹人大都早就臣服于唐王朝。而若边塞平静无事,安禄山又凭借什么向朝廷邀功呢?于是狡猾的安禄山多次诱骗奚人和契丹人,假意宴请他们的酋长,却趁机下毒将他们全部杀掉,以诛杀叛乱之名向朝廷谎报邀功。如此三番五次扰乱边疆的少数民族,诱发他们的叛乱,继而派兵前去滥杀无辜再一次邀功。于是明明安定祥和的边塞,被安禄山搅得鸡犬不宁。且少数民族叛乱的频发,又令安禄山有了很好的借口向朝廷讨要兵器粮草,为他自己的叛乱积蓄实力。

目睹了安禄山治下的边疆实情,李白曾经那些扫荡"单于"、建立边功的想法荡然无存,转而为安禄山有意挑起边患而深感不安,并哀怜起无辜受难的幽州军民,他所作的《北风行》正揭示出了这一情况:

烛龙栖寒门,光曜犹旦开。日月照之何不及此?惟有北风号怒天上来。燕山雪花大如席,片片吹落轩辕台。幽州思妇十二月,停歌罢笑双蛾摧。倚门望行人,念君长城苦寒良可哀。别时提剑救边去,遗此虎文金鞞靫。中有一双白羽箭,蜘蛛结网生尘埃。箭空在,人今战死不复回。不忍见此物,焚之已成灰。黄河捧土尚可塞,北风雨雪恨难裁。

"大如席"的燕山之雪,正映衬出幽州军民的深重苦难,多少少年志士本为"提剑救边"而去,却最终被狡黠的安禄山所利用,"人今战死不复回",不仅难以成就功业、报效国家,反而成为安禄山谋求一己私利乃至祸乱天下的帮凶。结尾的"北风雨雪"表面上是在写北方边塞的苦寒之景,实则在用《诗经·邶风·北风》的典故,写春秋时卫国百姓在"北风其凉,雨雪其雱"之下,不堪卫国国君的暴虐相继逃亡的场景,一直以来被用以喻指祸乱将至。李白似乎已经察觉到祸乱迫在眉睫了,而安禄山所要掀起的祸乱,显然远比春秋时的卫国要严峻且暴虐得多。

得知了幽州实情,倍感时势凶险的李白很快告辞南下。据部分学者的考证,离开幽州之后李白曾忧心忡忡地奔赴长安,想要将自己在幽州的见闻告知朝廷,以早做防备。然而此次长安之行却毫无收获,唐玄宗自然是不会再次召见李白的,长安城中的权贵也对李白的谏言置若罔闻。一片赤胆忠心却无处报效的李白只能无奈离去,作《远别离》一诗,悲愤道:"日惨惨兮云冥冥,猩猩啼烟兮鬼啸雨。我纵言之将何补?皇穹窃恐不照余之忠诚,雷凭凭兮欲吼怒。尧舜当之亦禅禹。君失臣兮龙为鱼,权归臣兮鼠变虎。"此时已经是天宝十二载(753 年),距安史之乱的爆发仅余两年。若唐玄宗能够采纳李白的忠言,恐怕尚能不至于发生“龙为鱼”“鼠变虎”的惨剧。

(三)宣城酣歌

经历了一段忧国的奔走之后,李白返回任城看望子女,又到河南梁园与妻子宗氏相聚。对家国的担忧令李白无所适从,正逢在宣城(安徽宣城)任长史的从弟李昭来信相邀,李白于是再次辞别妻子儿女而南下。

在宣城,李白与族叔李云相遇,饯别宴上,作《宣州谢朓楼饯别校书叔云》,将此前胸中所积累的愤懑之情喷薄倾吐:

弃我去者,昨日之日不可留;乱我心者,今日之日多烦忧。长风万里送秋雁,对此可以酣高楼。蓬莱文章建安骨,中间小谢又清发。俱怀逸兴壮思飞,欲上青天揽明月。抽刀断水水更流,举杯销愁愁更愁。人生在世不称意,明朝散发弄扁舟。

如果说年少时的忧愁尚仅仅是个人的不遇之悲,那么亲眼目睹朝廷对幽州乱象充耳不闻的李白,心中更增添了一份对于国家前途的悲哀。在世间“不称意”,便想要凭借“散发弄扁舟”来消解忧愁。

然而江海泛舟,恐怕也未必能够真的消解忧愁,从李白再次漫游到秋浦时所作的《秋浦歌》十七首中可见,越是漫游,愁思越增,其中的第二首与第十五首如下:

其二

秋浦猿夜愁,黄山堪白头。青溪非陇水,翻作断肠流。
欲去不得去,薄游成久游。何年是归日,雨泪下孤舟。

其十五

白发三千丈，缘愁似个长。不知明镜里，何处得秋霜。

旅途中入耳的尽是哀切的猿鸣；清澈的溪水，竟也越流淌越令人断肠。久客他乡的李白，不住地在孤独的小舟中默默泪流。虽要"散发弄扁舟"，所散之发，却是"白发三千丈"，此时年届五十三的李白，再不复青年时的昂昂生气与勃勃兴致，只能默默对着明镜中已经老去的自己黯然神伤。

"薄游成久游"的李白于是愈发思念起妻子宗氏，在收到妻子寄来的书信后，李白作诗回信道："我自入秋浦，三年北信疏。红颜愁落尽，白发不能除。有客自梁苑，手携五色鱼。开鱼得锦字，归问我何如？江山虽道阻，意合不为殊。"（《秋浦寄内》）尽管长年分居两地，尽管白发丛生、红颜不再，二人仍两心相悦、矢志不渝。

转眼宣州之游也已近三年，未等李白谋划返程，却已听闻安禄山在幽州掀起叛乱的消息，幽州大军迅速南下，直指东都洛阳，位于幽州至洛阳途中的任城以及梁园无不成为险地。心急如焚的李白迅速北上，令门人前往任城去接子女南下，自己则亲自返回梁园去接妻子宗氏。

九、安史之乱与永王的谋反

幸得李白行动迅速，天宝十五载(756 年)春，正当安禄山的叛军席卷中原之时，李白成功与宗氏及子女会合，经当涂奔赴越中避难。而在逃难途中噩耗连连，春天听闻东都洛阳陷落，夏天又闻潼关被破长安失陷，唐王朝风雨飘摇。奔亡道中的李白悲叹道：

> 函谷如玉关，几时可生还？洛川为易水，嵩岳是燕山。俗变羌胡语，人多沙塞颜。申包惟恸哭，七日鬓毛斑。(《奔亡道中五首·其四》)

历经了百余年歌舞升平的长安与洛阳相继沦为战场，生灵涂炭；戍卫长安的函谷关，沦落到与远在西域的玉门关一样的命运；拱卫洛阳的洛水和嵩山，竟如同幽州的易水与燕山，皆沦陷于胡人叛军之手。中原百姓为胡人所蹂躏，不得不屈从胡人的语言风俗，忍受国破家亡的悲哀。

李白将逃亡途中的自己比作春秋时楚国大夫申包胥，因国都被破而痛哭连日，须发尽白。只不过，当吴国军队攻破楚国都城之时，申包胥却并非一味逃亡，而是赶到秦国请求救兵。他在秦国七日七夜为国痛哭，终于感动了秦王，得到秦国援兵，令楚国的复国成为可能。相较之下，南下避难的李白却并没有申包胥这样为国奔走的机会，只不过是被乱兵所迫，四处流转而已。

仓皇南奔的李白一路逃至越中，听闻北方的郭子仪、李光弼率军取得大胜，似乎平定叛乱有望，于是又稍稍北返；继而又听闻玄宗幸蜀，李白似乎有意投奔，于是沿长江西上，到了九江后，在庐山稍稍安顿下来。

此时唐王朝一片混乱，士族大姓也好，寻常百姓也好，纷纷逃亡，形势已经与西晋时五胡乱华、永嘉南渡的情形颇为相近，似乎南北朝的窘境又要降临中华大地。唐玄宗逃往蜀地之后，太子李亨则北上灵武（今宁夏银川市），收拾残兵，并在将领们的拥护之下，自立为帝，成为唐肃宗，尊唐玄宗为太上皇。唐玄宗得知消息后虽然有不悦之意，却也无可奈何，只能令大臣捧玉玺和册书前往灵武传位，至少令唐王朝维持表面上的统一。

而唐肃宗的自行即位，却令此时的唐王朝出现了两个权力中枢。在唐肃宗在北方收拾残兵，准备向叛军发起反击的同时，唐玄宗又下令任命诸皇子为天下诸道节度使，共同领兵平叛。诸皇子中，除了太子李亨（即肃宗）之外，其实唯有永王李璘年长可用，实际上真正被派遣去地方统领兵马的也只有李璘而已，其余皇子只是挂名，仍陪伴在唐玄宗的身边。大概唐玄宗的意思，是想让太子李亨留在北方，统领北方兵马收复黄河流域；让永王李璘前往江南，统领南方兵马稳定长江流域。黄河流域如能收复，那么天下便可重归一统，自然是最善之策；而若不行，也可保住长江流域徐图进取，再不济也可以效仿东晋，偏安江南，再行南北朝之事。

然而因唐玄宗的胡乱指挥，整个北方已经乱作一团，精锐之师丧失殆尽，却需要直面安禄山叛军的主力，李亨的任务显然是万般艰难的。江南兵力却未曾受损，且钱粮富足，正是用武之地。如此说来，唐玄宗的这个策略，似乎有点难为李亨而便宜李璘了。更为重要的是，此时已经称帝的李亨，在做太子之时就曾屡屡遭到权臣李林甫、杨国忠的诋毁，若非安史之乱爆发，太子之位能不能保得住还是问题，父子间的关系本就十分紧张。在李亨终于继承大统后，唐玄宗的这一策略令皇权的稳定性产生了动摇。如此下去，天下的大半兵马钱粮乃至土地都掌握在永王手里，肃宗的这个天子之位，又如何能坐得安稳呢？于是，兄弟之间的矛盾已经深深埋下，时刻都有爆发的危险。

被委以重任的永王李璘意气风发，从蜀地来到荆州，招募了数万将士，沿长江进一步东下。而在途经九江之时，因听闻李白大名，于是派人再三邀请李白出山。离开朝廷已久，全然不了解朝中局势的李白完全没有察觉到永王东下隐藏的政治危机，还以为是自己终于有了东山再起的机会，于是欣然应允，加入永王的大军之中。他所作的《永王东巡歌》十一首清晰地表露出了他那激动的心情，略引其中的三首如下：

其一

永王正月东出师，天子遥分龙虎旗。楼船一举风波静，江汉翻为燕鹜池。

其二

三川北虏乱如麻，四海南奔似永嘉。但用东山谢安石，为君谈笑净胡沙。

其十一

试借君王玉马鞭，指麾戎虏坐琼筵。南风一扫胡尘静，西入长安到日边。

在军中的李白以东晋时挽狂澜于既倒的名臣谢安自比,以为跟随永王的大军,能够"一举风波静",能够"净胡沙",能够"一扫胡尘静",在自己的晚年成就不朽功名。然而激动的李白却怎么也没想到,这次跟随永王出征,非但一事无成,反而令自己很快成为皇权斗争的牺牲品。

永王的大军并没有立刻北上去收复两京,而是径直向唐王朝的赋税重地江淮一带进发。听闻唐肃宗已经继任天子之位的江淮地方官们,自然有着远远高于李白的政治敏感度,如果迎接永王的大军,那么必然会遭到肃宗的猜忌,弄不好会被视为怂恿永王篡逆的乱臣贼子,于是他们并不积极与永王合作。此时的吴郡采访使李希言首先向永王发难,他写了一封措辞严正的公文,询问永王东下的用意。而永王立刻被公文中毫不客气的言辞激怒了,或许是年少轻狂,也或许是的确心怀割据一方乃至篡位的野心,永王竟然下令让军队向李希言展开攻击。两京尚未恢复,唐玄宗与唐肃宗两位天子皆蒙尘在外,唐王朝的军队却稀里糊涂地打起了内战。

面对这一情况,永王军中的将领也并不与永王同心同德,许多人并不想背上谋反的恶名,于是永王的军队逃亡的逃亡,背叛的背叛,转瞬之间便被江淮的地方守军打得大败,永王也在慌乱之中逃亡,最终被地方官所擒杀。

听闻永王叛乱的消息之后,唐肃宗也迅速派出将领前来平叛,然而这些平叛的军队尚未抵达,战事便很快结束了,于是只能来追击一些逃散杂兵,并追捕参与叛乱之人。名声在外的李白,自然也在追捕的名单之中。

值得一提的是,此次平叛军队的统帅正是曾经在梁宋一带与李白有同游之谊的高适。不过此时的高适却似乎并不打算放过李白。在永王败走之后,李白感到走投无路,被迫向朝廷自首。至德二载(757 年)春,李白因附逆之罪被投入狱中。在狱中的李白大感冤屈,自己明明怀着一腔报国热情，竟然不明不白地得了个谋反的罪名，他“呼天而啼”“泪血地而成泥”（《万愤词投魏郎中》），又“万愤结缉，忧从中催。金瑟玉壶，尽为愁媒。举酒太息，泣血盈杯”（《上崔相百忧章》），毫无政治敏感度的李白，为他的单纯直率付出了惨重的代价。

曾经的诗友高适作壁上观，令李白的处境颇为不妙。不过当时还是有怜惜李白之人的，如杜甫写诗哀悯道：“不见李生久，佯狂真可哀。世人皆欲杀，吾意独怜才。”（《不见》）不过此时的杜甫人微言轻，他的意见自然无足轻重。令李白免于一死的，是江南宣慰使崔涣与御史中丞宋若思的说情。李白暂时摆脱了牢狱之灾，甚至还被惜才的宋若思礼聘到自己的幕府中任职。

然而谋反的罪名却并不是那么容易就能洗刷掉的，半年之后的至德二载（757 年）九月，北方的唐军在郭子仪的统领之下终于收复了两京，唐玄宗与唐肃宗相继返回长安。在这普天同庆之时，李白却迎来了噩耗，朝廷终于还是要追究永王叛乱的责任，判李白有罪，虽不至于处死，却要被流放到西南边陲的夜郎（今贵州西部）。

十、“大鹏飞兮振八裔，中天摧兮力不济”

乾元元年(758年)初,在国家中兴在即的同时,五十八岁的李白却哭诉着“愿结九江流,添成万行泪”(《流夜郎永华寺寄寻阳群官》),告别辗转而来看望自己的妻子,告别曾经为营救自己费尽心力的友人,无奈地踏上了流放夜郎的旅程。他从浔阳出发,逆长江而上,过江夏(今湖北武汉市),经岳州(今湖南岳阳市),到江陵(今湖北荆州市),越三峡,于乾元二年(759年)三月抵达白帝(今四川奉节市),接着就要离开长江而南下,前往那荒僻的夜郎了。

李白曾经哭盼道:“我愁远谪夜郎去,何日金鸡放赦回。”(《流夜郎赠辛判官》)而在白帝,令李白朝思暮想的赦命,竟然真的降下了。这一年因为关内大旱,唐肃宗颁下赦令,天下死罪者改为流放,流放及以下的罪名皆可免除。李白幸运地列于免罪者的名单中。经历了“江行几千里,海月十五圆”(《自巴东舟行经瞿唐峡登巫山最高峰晚还题壁》)的流放旅途的李白,欣喜之情无以复加,于是立刻掉头东下,写出了著名的《早发白帝城》:

朝辞白帝彩云间，千里江陵一日还。

两岸猿声啼不住，轻舟已过万重山。

来时几千里的江路，足足经历了十五次月的圆缺，而返回之时，却仅仅需一日便可。这不仅仅是江路上下难易程度的不同，更分明是心情由低落之极到高亢之极的转变。这一激动的心情，甚至久久未能停息，他在《自汉阳病酒归》中说道："去岁左迁夜郎道，琉璃砚水长枯槁。今年敕放巫山阳，蛟龙笔翰生辉光。"去岁流放夜郎，砚台中的墨水似乎都为之枯槁，如今遇赦返回，似乎有蛟龙盘绕在笔端，下笔生光。

经历如此巨变的李白，不禁又幻想起朝廷是不是仍怜惜自己的才能，那么自己恐怕还会有被朝廷召回的可能。他在对江夏太守的赠诗中说道："传闻赦书至，却放夜郎回。暖气变寒谷，炎烟生死灰。君登凤池去，勿弃贾生才。"（《经乱离后天恩流夜郎忆旧游书怀赠江夏韦太守良宰》）以汉代的贾谊自比，希望也能够像贾谊那样被召回朝中面见天子，为时局出一分力。

然而这样的想法当然还是太天真了。肃宗即位之后，朝中局势并没有变得清明，虽然没有了奸相李林甫和杨国忠的掌权，然而肃宗所宠信的宦官李辅国、鱼朝恩等也不是什么善类，他们排除异己，专掌朝政，甚至干涉军权。在这些奸丑的干政之下，明明形势日渐好转的战局也横生枝节，占有兵力优势的唐军却因指挥不力而遭到大败，甚至刚收复不久的洛阳，又重新被安史叛军所占领。且即位后的肃宗为了巩固自己的天子之位，又在暗地里排斥忠于唐玄宗的旧臣，曾经为李白求情的崔涣、宋若思等人也正在此列，他们尚且自身难保，朝中又怎么会有李白的一席之地呢？

于是晚年的李白，只能无奈地在长江下游一带漫游，尽管仍然胸怀壮志，却再难觅用武之地。直到上元二年（761年）秋，李光弼将率

唐李思训（一作李昭道）（传）《明皇幸蜀图》（台北故宫博物院藏）

大军征讨史思明之子史朝义时，六十一岁的李白仍壮心不已，请求随军出征，他作《闻李太尉大举秦兵百万出征东南懦夫请缨冀申一割之用半道病还留别金陵崔侍御十九韵》，表达“拂剑照严霜，雕戈鬘胡缨。愿雪会稽耻，将期报恩荣”的意愿。所谓“会稽耻”，正是指自己误从永王叛军的经历，虽然李光弼似乎有意接纳李白，然而李白的壮心却无奈因病受阻：“半道谢病还，无因东南征。亚夫未见顾，剧孟阻先行。天夺壮士心，长吁别吴京。”

“谢病”还归的李白，所剩的时光已经不多了。代宗宝应元年（762 年），李白寄宿在自己的从叔、当涂县令李阳冰之处，疾病愈重，自知复起无望，于是将自身的诗稿全部托付给了李阳冰。李阳冰也不负李白的期望，将诗稿编次成集，作《草堂集序》云：“草稿万卷，手集未修。枕上授简，俾余为序……自中原有事，公避地八年；当时著述，十丧其九，今所存者，皆得之他人焉。时宝应元年十一月乙酉也。”

幸亏李阳冰的保存，令李白的诗歌得以保存下来。李白的诗歌在当时就因战乱而“十丧其九”，李阳冰所编次的这些草稿，在后世又多有散佚。现存李白诗歌千余首，恐怕只是李阳冰所见“草稿万卷”进一步“十丧其九”后的结果。

《草堂集序》著后不久，李白便迎来了他人生的终点。李华《故翰林学士李君墓志》载李白“赋《临终歌》而卒”，这首《临终歌》（又作《临路歌》）被保留了下来：

大鹏飞兮振八裔，中天摧兮力不济。
余风激兮万世，游扶桑兮挂左袂。
后人得之传此，仲尼亡兮谁为出涕。

在临终时李白仍以大鹏自比，豪迈之心始终不渝。尽管一生跌宕起伏，尽管最终中天而摧，但李白的万丈豪情与他的诗歌中所蕴含的千钧之力，显然是配得上这一大鹏之喻的。

十一、“月”与“酒”
——李白诗歌的生命力来源

李白的一生,是跌宕起伏的一生,而“起”不过是短短的一瞬,更多时候则是沉于下僚,满怀忧愁。在忧愁之中,能与李白相伴的,一则为月,一则为酒。月与酒每每为李白提供安慰,同时又进入李白的诗中,参与构成了清丽雄壮的诗篇。

月与李白的友谊,在青少年时便已经开始了。李白在《古朗月行》中说:“小时不识月,呼作白玉盘。又疑瑶台镜,飞在青云端。”这“白玉盘”与“瑶台镜”,曾照耀在蜀中读书求学的李白,又最终化作“峨眉山月”,投入“平羌江水”中,静静地送别离开蜀中、辞亲远游的李白。

离开家乡之后,李白无时无刻不在怀念着家乡的明月,而在他望月思乡的作品中,最著名的莫过于那首传唱千古的《静夜思》:

床前看月光,疑是地上霜。举头望山月,低头思故乡。

有趣的是,这首诗在流传过程中,字句却屡屡有所变动，衍生出了几个不同的版本，到了清代所编的《唐诗三百首》，则成为“床前明月光，疑是地上霜。举头望明月，低头思故乡”，第一句的“看”与第三句的“山”都被改为“明”，而这一被后人改动过的版本似乎更广为人知。第一句若用“看”，是诗人主动去观看，若改为“明”，则为无意去看而月光自然而然映入眼帘，似乎改动后的版本更有韵味；而第三句的“明月”与“山月”，“明月”并无场景限制，是人人随处可见之月，而“山月”是山中所见，场景有所限制，或许作此诗时李白正居于山中。后人将“山月”改作“明月”，似乎有将专属于李白个人的故乡之月与所有读者共享的意味，虽未必符合李白诗的原貌，却令读者更易参与其中，反而使这首诗的感染力更增一分。

不过，若不考虑与读者的共鸣，仅看李白自身心境的话，每到深夜倍感寂寞的李白，恐怕并非是在无意之中瞥见月光的，而应当是热切地主动去寻觅月光，直至“看”到月光方才感到安心；李白心中的月，恐怕也并不是简单的“明月”，而更是少时便陪伴自己的峨眉山之月，“山月”才是李白记忆中的故乡之月。故而未经改动的版本恐怕才更加符合李白当时的心境。

在李白心中，月既照耀着故乡，同时也照耀着更为广阔的历史时空，对故乡心心所念的李白，同时也对这广阔的历史时空心潮汹涌。《关山月》诗云：“明月出天山，苍茫云海间。长风几万里，吹度玉门关。”《望月有怀》诗云：“清泉映疏松，不知几千古。寒月摇清波，流光入窗户。”《把酒问月》诗又云：“今人不见古时月，今月曾经照古人。古人今人若流水，共看明月皆如此。”

然而天地之广却每每没有李白的容身之处，在外屡经挫折时，能够给李白最大安慰的，也是这明月，《月下独酌四首・其一》云：

花间一壶酒，独酌无相亲。举杯邀明月，对影成三人。
月既不解饮，影徒随我身。暂伴月将影，行乐须及春。

我歌月徘徊，我舞影零乱。醒时相交欢，醉后各分散。

永结无情游，相期邈云汉。

李白尽管有家室，有子女，却屡屡舍下妻子与子女远游，远游的李白是孤单寂寞的，于是只能邀请明月与自己相伴而饮。月才是最常陪伴李白的友人，陪着少年的他读书，陪着青年的他远游，陪着失意的他醉酒。

对明月倾心的李白，甚至给自己的儿子起小名作“明月奴”，别人或以金玉传家，或以诗礼传家，而在李白这里，却想要以明月传家，似乎明月才是李白最大的财富。

李白对明月的执着，也在后世引起了一些美好的传说。五代人王定保在《唐摭言》记载李白之死时说：

李白着宫锦袍，游采石江中，傲然自得，旁若无人，因醉入水中捉月而死。

李白在生命中的最后时刻本已经卧床不起，是因病而终。然而后世之人不满于传奇人物的平凡死法，于是凭借想象也要让李白死得浪漫。而最浪漫的方法无过于让李白与他平生最为珍视的明月一同走向生命的终点，因而才有了这“捉月而死”的传说。

不过，李白虽然不太可能如小说家所想象的那样“捉月而死”，他的死却的确与小说家所说的“醉”有关。晚唐诗人皮日休论及李白之死时说“竟遭腐胁疾，醉魄归八极”（《七爱诗·李翰林》），这一“腐胁疾”，大概是因长期饮酒而引起的病症，据郭沫若《李白与杜甫》中的说法，这也许是因酒精中毒引起的脓胸症。李白虽未能死于月，却死于他平生另一珍视之物——酒。

酒是李白生命中催化剂一般的存在，甚至他与月的友情，也往往借助酒来实现,他屡屡"把酒问月",又屡屡在"月下独酌",酒与月,相辅相成般成为李白诗歌中的重要角色。

李白曾被贺知章赋予"谪仙人"的称号,这自然是因他诗歌想象力超越常人而言。而在这诗中之仙外,李白还有"酒中仙"的名号。正如杜甫《饮中八仙歌》中所形容的:

李白一斗诗百篇,长安市上酒家眠,天子呼来不上船,自称臣是酒中仙。

在长安的李白,曾经与贺知章、李适之、李琎、崔宗之、苏晋、张旭、焦遂等人结成"饮中八仙"之游,对此皮日休也曾说道:"吾爱李太白,身是酒星魄。口吐天上文,迹作人间客。"(《七爱诗·李翰林》)李白或许先是"酒中仙"与"酒星魂",只有在畅饮之后才能作"诗百篇",才能吐出"天上文",从这一点来看,"酒中仙"成了"谪仙人"的必要条件。

而李白自身也将爱酒视为上天赋予自己的使命一般,如"天若不爱酒,酒星不在天。地若不爱酒,地应无酒泉。天地既爱酒,爱酒不愧天"(《月下独酌四首·其二》),李白将自己的爱酒赋予了效天法地一般的正当性,既然天上有酒星照耀,地上有酒泉腾涌,那么人世间爱酒的角色,自己就责无旁贷了,于是乎日日豪饮:"百年三万六千日,一日须倾三百杯。"(《襄阳歌》)

酒激发了李白的诗才,也是李白聊以自慰的最重要方式。屡屡碰壁的李白,又能屡屡奋起,恐怕少不了酒在其中的调剂作用。李白形容饮酒之乐道:"醉后失天地,兀然就孤枕。不知有吾身,此乐最为甚。"(《月下独酌四首·其三》)醉后忘却天地,甚至忘却自身的存在,一切功名之心、一切尘世烦恼,都因醉酒而可以暂时抛在脑后。进而李白又在著名的《将进酒》中,道出了酒在自己人生中无与伦比的重要意义：

君不见黄河之水天上来，奔流到海不复回。君不见高堂明镜悲白发，朝如青丝暮成雪。

人生得意须尽欢，莫使金樽空对月。天生我材必有用，千金散尽还复来。烹羊宰牛且为乐，会须一饮三百杯。岑夫子，丹丘生，将进酒，君莫停。与君歌一曲，请君为我倾耳听。钟鼓馔玉不足贵，但愿长醉不复醒。古来圣贤皆寂寞，惟有饮者留其名。陈王昔时宴平乐，斗酒十千恣欢谑。主人何为言少钱，径须沽取对君酌。五花马、千金裘，呼儿将出换美酒，与尔同销万古愁。

创作此诗时，李白大概已经被放还归山，历经了人生的忽然得意与忽然失意，对将来何去何从茫然无措，于是不再想对世间功名孜孜以求，而想要在醉乡之中消解满腹的不平之气。明人徐增称："太白此歌，最为豪放，才气千古无双。"（《而庵说唐诗》）李白之诗往往以豪放见长，这首《将进酒》又是豪放篇章中最为豪放者。可以说李白诗歌中的豪放气格，很大程度上是因酒才得以成立的。

不过，酒毕竟只能暂时麻痹人的感知，不可能从根本上消除李白的忧愁。醉酒之时豪放无双的李白，在酒醒之后则不得不去做一些现实的考虑。在众多人生道路之间，李白总要选上那么一条。然而李白在选择之时却往往是痛苦的，他的人生选择充满了矛盾，充满了变数，时而称"大雅久不作，吾衰竟谁陈""希圣如有立，绝笔于获麟"（《古风五十九首·其一》），要去做儒者以继承孔子；时而却又高呼"我本楚狂人，凤歌笑孔丘""五岳寻仙不辞远，一生好入名山游"（《庐山谣寄卢侍御虚舟》），沉浸于道家之术而嘲笑孔子，要去追寻仙人的脚步；时而又感慨着"羞作济南生，九十诵古文。不然拂剑起，沙漠收奇勋"（《赠何七判官昌浩》），羞为儒生，而要效法古之侠客，拂剑而起，建功大漠。

这些矛盾伴随着李白的少年、中年乃至晚年，他人生的跌宕起伏往往促成了矛盾的进一步加剧，而矛盾的加剧，有时又令他的人生跌宕得更甚。

十二、"剑"与"仙"——李白往复于侠、道与儒之间的矛盾人生

李白曾自言"十五好剑术",又言"学道三十春",早早便与侠客的剑术以及道家的求仙术结缘。不过青少年的李白,其思想主干仍然是想要为世所用的儒学之术。他的"仗剑去国,辞亲远游",最主要目的是为了能够得到王公贵人的举荐,而实现"达则兼济天下"的理想。

不过,李白的出身,似乎就已经决定了这种用世之志的不易实现。如前所述,李白的家世虽然颇多疑云,然而无论是罪人之后,还是商人之子,其身份都不是高贵的,甚至难说是清白的。"罪人之后"自不必说,在"士农工商"的传统社会中,商人的地位最为轻贱,若是商人之子,恐怕是很难得到做官资格的。

即便不是罪人之后或者商人之子,盛唐的社会极其看重门第出身,如果出身于崔、卢、李、郑这些当时的士族大姓,即便才能平庸也不难入仕,如果出自寂寂无名的寒门,再有才能往往也没有入仕的机会。李白家来自西域,虽然攀附李唐皇室出身的陇西李氏,然而对士族谱牒了然于心的唐人显然都明白这是怎么一回事。

进而观李白的诗文，动辄“曩昔东游维扬，不逾一年，散金三十余万”(《上安州裴长史书》)，“千金散尽还复来”(《将进酒》)，其少时家产必定是富足的。而他不事产业，身无官职，却几乎年年在外漫游，若仅靠亲友的接济显然是不足够的，这种生活状态，很难不令人怀疑李白家的确曾是富商大贾。若果真如此，商人的家世会给李白带来很多先天的壁垒，这很有可能是李白无法参加科举，只能遍干诸侯以求举荐的原因，也同样是连年云游却全然得不到权贵重视的原因。那么，儒家的用世之路对于李白来说，原本就是崎岖难行的。

于是在追求儒家所倡导的功名之外，李白也兼怀游侠之志与修道求仙之志。这一方面是李白自少便有的爱好，是儒家的功名之心屡屡碰壁后，能够排解忧愁的方法；而另一方面，李白似乎也怀有以侠客或者隐士的特立独行，来吸引权贵乃至朝廷的注意，从而“曲线救国”，实现入仕理想的考虑。

如在安陆时期，李白在《上安州裴长史书》中曾经以自己的侠义事迹来兜售自己：

又昔与蜀中友人吴指南同游于楚，指南死于洞庭之上，白禫服恸哭，若丧天伦。炎月伏尸，泣尽而继之以血。行路间者，悉皆伤心。猛虎前临，坚守不动。遂权殡于湖侧，便之金陵。数年来观，筋肉尚在。白雪泣持刃，躬申洗削。裹骨徒步，负之而趋。寝兴携持，无辍身手。遂丐贷营葬于鄂城之东。故乡路遥，魂魄无主，礼以迁窆，式昭朋情。此则是白存交重义也。

自己的朋友吴指南死在漫游途中，李白在夏日炎炎之时依然背负尸体而行，将其暂时掩埋在湖边。多年之后，待其遗体腐烂殆尽之时，前来挖出遗骨，削肉洗骨，再次为其安葬。从他历时数年仍不忘为死去的友人安葬来看，的确称得上是“存交重义”，然而这一“义”，与儒家的仁义或礼义之“义”似乎有所不同，而更近似于侠义之“义”。

甚至对于这一安葬方式，李白虽说是“礼以迁窆”，而有学者考证，这种看起来很不寻常的“剔骨”葬法并非汉人传统，更多地与西域胡族的文化习惯有关，很可能是因为李白家世出自西域，耳濡目染而受到了胡族的影响。那么这样的“礼”、这样的“存交重义”，恐怕非但不能让出身于中原望族、谨守儒家礼法的士人感同身受，反而会令人感到匪夷所思。于是这种较之仁义、礼义更加近似于侠义的事迹，恐怕很难作为李白入仕的阶梯。

相较之下，李白与道家、道教的关系，却对他被召入京做翰林学士有着很大的助益。李白云游各地时，屡屡与道士、隐者交游，诸如道士元丹丘、吴筠等都成了他的好友。而唐玄宗也喜好道术，往往征召天下知名的道士入宫以备咨询。元丹丘、吴筠都曾被征召入宫，而李白之所以被征召，一般认为与道士元丹丘或者吴筠的引荐有着很大的关系。也许因为这一点，李白此后对于道家、道教的痴迷更进一步。

在被放逐归山后，失去了人生目标的李白竟然选择去做道士。他在安陵（今河南鄢陵县）得到了成为道士所必需的“真箓”（入道者所必受的符箓），又在北海（今山东济南市）找到道士高如贵，在老子庙里举行了为自己授予“真箓”的仪式，而在仪式结束后，李白就正式入了道士籍，成了为官方所认可的名副其实的道士。从此求仙成为李白的主业，他追求“安得生羽毛，千春卧蓬阙”（《天台晓望》），他羡慕“仙人借彩凤，志在穷遐荒”（《留别曹南群官之江南》），他想要“吾将营丹砂，永与世人别”（《古风五十九首·其五》）。

然而道士的生活是寂寞的，仙人的追求又是虚渺的，看似摒弃了儒与侠的李白，也并非真的安心去做道士，并非一味地去求仙。他的人生选择大多随性而发，未必有着长远且坚定的想法。对前途厌倦无望时去做道士，而若有朝一日儒士与侠客更能令他看到希望，他又会转头兴致勃勃地去做儒士与侠客。

天宝年间，当李白北行幽州，刚刚体会到边疆风貌之时，顿时又起了侠客之心，《行行且游猎篇》云："儒生不及游侠人，白首下帷复何益！"直斥"白首下帷"的汉代大儒董仲舒为无益，而要去做"游侠人"。他著名的《侠客行》更是直接表露出对"侠客"快意恩仇生活的向往：

赵客缦胡缨，吴钩霜雪明。银鞍照白马，飒沓如流星。
十步杀一人，千里不留行。事了拂衣去，深藏身与名。
闲过信陵饮，脱剑膝前横。将炙啖朱亥，持觞劝侯嬴。
三杯吐然诺，五岳倒为轻。眼花耳热后，意气素霓生。
救赵挥金槌，邯郸先震惊。千秋二壮士，烜赫大梁城。
纵死侠骨香，不惭世上英。谁能书阁下，白首《太玄经》。

"十步杀一人，千里不留行"，快则快矣，然而若在儒家看来，简直是罔顾礼法，离经叛道。人人如此，社会恐怕就要立即大乱了。而李白这么写，只不过是为了抒发对"白首《太玄经》"的汉代大儒扬雄即便学识通博却始终不能如意的愤慨而已。

然而这种重侠轻儒的观点，在李白离开以侠客之风闻名的燕赵，来到以文学儒术见长的江南之后，却又很快发生了变化，他在《留别广陵诸公》这样写：

忆昔作少年，结交赵与燕。金羁络骏马，锦带横龙泉。
寸心无疑事，所向非徒然。晚节觉此疏，猎精草《太玄》。
……

临近暮年，又觉得少年时“金羁络骏马，锦带横龙泉”的侠客生活不妥了，反而“白首《太玄经》”的扬雄又成了人生榜样，要去“猎精草《太玄》”。

李白的诗歌往往想到什么说什么，不仅在情感的抒发上显得畅快淋漓，在人生志向的树立上也是极其随性而发。而儒家的诗学观念，讲究“发乎情止乎礼义”，以此来看李白的诗，似乎有些发乎情而又自忘于情，从情而来到情而去，缺乏一些儒家式的对于“礼义”的孜孜以求。故而有人喜欢李白的快意，也就必定有人不太喜欢他的随性。这是李白的特点，也似乎是李白之诗与以杜甫为代表的忧国忧民之诗的重要不同之处。

有关儒、侠、道三种人生选择与人生态度，在李白的诗歌中不断冲突变化，境遇不同、情感不同，便时而儒，时而侠，时而道，几无定准。这种冲突变换，令李白的诗歌总有一种不羁之气，不被任何思想所束缚，无论是诗歌还是人生，“我”永远是核心，“我”的快意与否最为重要，儒也好、侠也好、道也好，都不过是为“我”服务的，故而当然没必要非忠于哪一家哪一派不可，打破这些“使我不得开心颜”的枷锁，似乎是李白诗歌的感染力所在。

不过李白的儒、侠、道，一方面是相互冲突的，另一方面，又渐渐有融汇为一的倾向，尤其在安史之乱爆发后，天地为之一变，平定叛乱、中兴大唐忽然成为时代的主题。而甘于做时代弄潮儿的李白，当然也立刻把他的精力投入于此。从他在避乱吴越之时所作的《扶风豪士歌》中，我们似乎能看到儒、侠、道三种人生选择相统一的倾向：

洛阳三月飞胡沙，洛阳城中人怨嗟。天津流水波赤血，白骨相撑如乱麻。我亦东奔向吴国，浮云四塞道路赊。东方日出啼早鸦，城门人开扫落花。梧桐杨柳拂金井，来醉扶风豪士家。扶风豪士天下奇，意气相倾山可移。作人不倚将军势，饮酒岂顾尚书期。雕盘绮食会众客，吴歌赵舞香风吹。原尝春陵六国时，开心写意君所知。堂中各有三千士，明日报恩知是谁？抚长剑，一扬眉，清水白石何离离。脱吾帽，向君笑；饮君酒，为君吟。张良未逐赤松去，桥边黄石知我心。

在动乱的时势中，儒与侠首先有了更多的一致之处，可以提长剑、上战场以报君王之恩，去做坦坦荡荡的儒之大侠，不必去做"十步杀一人，千里不留行"的扰乱社会秩序的小侠。而在末句，李白又引汉之张良自比，将道与儒统一起来，张良得黄石公之助而修得兵法，"运筹帷幄之中"辅佐汉高祖成就帝业，在功成名就之后，又追随仙人赤松子修道而去。这种功成身退的人生选择，正与此时李白所处安史之乱时的时势相合，儒、道、侠三者于此暂时得到了统一。

诗中的扶风豪士不知何许人也，大概是出身于京畿扶风县而南来避难的权贵之类。然而纵然李白称其"豪士"，"豪"恐怕仅仅存于口中而已。在天下动乱的情境下，"扶风豪士"们依然"雕盘绮食会众客，吴歌赵舞香风吹"，这不正是在隋军兵临城下依然与歌女唱《玉树后庭花》的陈后主的翻版吗？指望这些"豪士"能够上阵杀敌，挽狂澜于既倒显然是不现实的。为这些"豪士"大唱赞歌，暂时明确了自己人生追求的李白，自然也更多的是逞口舌之快，而很难将自己美好的理想落到实处。

李白毕竟仅是诗中仙、酒中仙，在波谲云诡的政坛，他仅仅是行外之人，甚至是有些幼稚的理想主义者。急着实践自己人生追求的李白，却选错了实现理想的舞台。误入永王李璘的叛军之后，他的儒也好，侠也好，道也好，皆付诸枉然。即便我们对诗人李白不抱政治家的期待，也不得不对他的命运不济而喟然长叹。

晚年的李白，暂时脱离了人生选择的矛盾，而在洗脱罪名中无奈地虚度时日。直至六十多岁时，终于盼来了随李光弼的平叛大军一雪前耻的机会，却因天命所限未能如愿。一切的矛盾，终未能在有生之年得到消解，而是陪伴着李白走向了他的人生终点。

在各种矛盾裹挟下的李白，虽然处处碰壁，总不如意，但这跌宕的人生经历，反倒成为他创作的源泉，激发出了无数壮丽的诗篇。中唐时的韩愈曾经对柳宗元（字子厚）的经历深为感慨，认为他正得益于人生中的挫折而铸就了不朽的文学辞章，若“子厚得所愿，为将相于一时，以彼易此，孰得孰失，必有能辨之者”（《柳子厚墓志铭》），这样的观点，移之于李白的人生与诗歌，显然也是十分耐人回味之论。

本章所引李白诗文文献参考：

瞿蜕园、朱金城校注《李白集校注》，上海古籍出版社，2013年

第四章

从『白鸥波浩荡』到『眼枯即见骨』

——杜甫和他的诗史

杜甫(712-770年),字子美,又往往被称作“老杜”,这大概源于他的作品中“沉郁顿挫”的风格极具长者气质。实际上,早年的杜甫也是颇为快意豪情的,他曾经以海上自由翱翔的白鸥自诩,高唱“白鸥波浩荡,万里谁能驯”(《奉赠韦左丞丈二十二韵》),超拔旷达之气未必逊色于李白。然而时不我与,杜甫锐意求进之时已经是唐玄宗天宝末期,耽于享乐的唐玄宗早已昏聩不堪,任凭奸相李林甫、杨国忠相继掌权。政治形势的黑暗并没有给杜甫一个可以凭借自己的才能纵横驰骋的机会。

在现实的摧残之下,杜甫收敛起自己的锋芒,不惜折腰权贵,终于收获了一官半职。可是在杜甫释褐入仕的当年,却正逢安史之乱爆发。连年兵祸之下,自我保全甚至都成为问题,青云之志只好一再隐没。不能登庙堂之高以佐国匡世、救济百姓,于是杜甫只能沉沦在江湖之间,代百姓发声,通过自己的诗歌将民间疾苦上达天听。现今所流传下来的杜甫作品,大部分都作于安史之乱以后,充斥着国破家亡的悲凉之情与忧国忧民的赤诚之心,“莫自使眼枯,收汝泪纵横。眼枯即见骨,天地终无情”(《新安吏》),这样历经苦难后痛彻心扉的呼喊,更能够刺痛读者的神经。

国家的盛衰荣辱深刻影响着杜甫的一生,时而为国忧,时而为国喜。个人的命运与国家的盛衰紧密联系在一起,这令杜甫的诗歌宛如一幅刻画当时历史时空的长卷,上自王侯将相的兴衰沉浮,下至乡邻里巷中的民生百态,中及杜甫这样无权无位的读书人的悲欢离合,都详尽描绘,于是杜甫的诗被后人拿来与史书媲美,有着“诗史”之誉。

在诗歌题材的广博与深刻之外,杜甫作诗的技巧也是独树一帜的。杜诗虽然以“沉郁顿挫”著称,其面貌却远不止“沉郁顿挫”这一种,而是各种风格、各种诗体兼收并蓄,无所不能。凭借着“读书破万卷,下笔如有神”(《奉赠韦左丞丈二十二韵》)的苦心积累,怀揣着“语不惊人死不休”(《江上值水如海势聊短述》)的豪迈志向,秉承着“转益多师是吾师”(《戏为六绝句·其六》)的谦逊态度,杜甫将他一生的心血都放到了诗歌创作的钻研之中,取得了崇高的成就,如中唐人元稹所评价的:“尽得古今之体势,而兼人人之所独专矣……诗人以来,未有如子美者。”(《唐故工部员外郎杜君墓系铭》)正因为如此,杜甫又被后人誉为“诗圣”,在诗歌领域有着如同孔子一般的崇高地位。

“诗圣”杜甫固然与“诗仙”李白并称为“李、杜”,但在后世人口,对杜甫的评价甚至常常凌驾于李白之上。究其原因,一方面,李白之“仙”更多源于天资,往往不需劳心苦思便倾吐成章,这样的创作才能令后人很难效仿;而杜甫之“圣”则更多来自后天的技巧锤炼,其作诗的匠心可以令后人窥得门径,于是杜甫的作品在日后成了诗人学诗时教科书一般的存在,有着为数众多的追随者。另一方面,杜甫诗歌的关注焦点大都不只在个人,而有着更为明显的家国情怀,这较之李白往往用于“销忧”、更关注个人境遇的诗作而言,显然更符合儒家士人“兼济天下”的理想追求。

尽管取得了崇高的诗歌成就,杜甫的人生却是异常曲折辛酸的。而苦难的生活却并没有给杜甫的诗歌带来哪怕一点寒酸之气,反而是历经的苦难愈多,诗中的骨格愈健,愈挫愈勇,老而弥坚。较之后世一经困苦便声气萧索、哀怨连连的落魄文人们,杜甫在人格上的伟大光明显得异常耀眼。于是从诗格与人格两方面,杜甫都无愧于“诗圣”之称。

一、名门之后

杜甫生前的名声虽远不如李白，他的出身却比李白要高。杜甫也常常自豪于自己的出身，他曾为姑母作墓志铭说道："其先系统于伊祁，分姓于唐杜，吾祖也，吾知之。远自周室，迄于圣代，传之以仁义礼智信，列之以公侯伯子男。"(《唐故万年县君京兆杜氏墓碑》)

杜甫的家族为"京兆杜氏"，"京兆"即长安，是杜氏家族的"郡望"。所谓"郡望"，指郡中望族，因世居某郡而被当地人所仰望。唐代的名门望族皆有郡望，如李唐皇室郡望为陇西，其家族称"陇西李氏"。此外隋唐时期著名的大家族还有范阳的卢氏、清河以及博陵的崔氏、太原的王氏、荥阳的郑氏、赵郡的李氏，等等。而这些名门望族的后代们也往往会迁离祖居之地，如杜甫的祖先就曾迁居到河南巩县，杜甫也在河南巩县出生。不过郡望之号却不随后人的迁徙而改变，故而并未生活在京兆的杜甫依然自称"京兆杜氏"。

杜氏是尧的后代，《史记》载："尧生伊祁。"故而杜甫说："其先系统于伊祁。"尧原居住在山东定陶，后迁居河北唐县，故而又号称"陶唐氏"，舜曾封尧的后人为唐侯，是唐姓的起源。至西周，周成王灭唐，将唐公迁移到杜地，由此又产生了杜姓。而在汉武帝时期，曾下令将各地豪族迁往长安一带以便统一管理，杜氏族人因此而迁居到京兆，久而久之便发展成了“京兆杜氏”这一名门望族。

自汉至唐，“京兆杜氏”名人辈出，其中最为著名的当数西晋时的杜预(222—284年)。杜预曾作为西晋的镇南大将军，参与灭吴之战，为天下的统一立下了不世之功；同时又以儒学见长，他所注释的《左传》考释严密，被历代儒士所尊崇，可谓是文武双全的一代儒将。而杜甫的家世正可直接追溯到杜预，杜甫曾作《祭远祖当阳君文》，“当阳君”即杜预的封号，在祭文中杜甫自称是杜预的“十三叶孙”。

杜甫每每以这位远祖为荣，如他曾在进献给唐玄宗的《进雕赋表》中说“自先君恕、预(杜恕、杜预，杜恕为杜预之父)以降，奉儒守官，未坠素业”；又曾在《惜别行》中说“尚书勋业超千古，雄镇荆州继吾祖”，“尚书”为当时的荆州刺史卫伯玉，“吾祖”即作为镇南大将军镇守荆州的杜预；继而又在《回棹》中说“清思汉水上，凉忆岘山巅……吾家碑不昧，王氏井依然”，“岘山巅”上的“吾家碑”即是杜预在岘山为怀念羊祜所立之碑。

在杜预这位远祖之外，杜甫也有他引以为傲的近祖。元稹所作《唐故工部员外郎杜君墓系铭》追溯杜预之后的杜甫家系时说：“晋当阳成侯姓杜氏，下十世而生依艺，令家于巩。依艺生审言，善诗，官至膳部员外郎。审言生闲，闲生甫。”杜甫的祖父为杜审言，杜审言是初唐时的著名诗人，曾与李峤、苏味道、崔融并称为“文章四友”。据杜甫《唐故万年县君京兆杜氏墓碑》所载，杜审言曾任“修文馆学士、尚书膳部员外郎”，而“天下之人，谓之才子”，这一“才子”之称并非杜甫自夸，如初唐著名诗人陈子昂便曾评价道：“杜司户(杜审言)炳灵翰林，研机策府，有重名于天下，而独秀于朝端。”(《送吉州杜司户审言序》)

杜审言对于自己的才能也是颇为自负的，甚至可以说自负得有些狂傲。据《新唐书·杜审言传》载，与杜审言齐名的苏味道曾作为天官侍郎主持判文考试，杜审言交上自己所作的判文后对旁人说："苏味道必死。"旁人大惊失色，忙问原因，杜审言答道："他见到了我作的判文，一定会自叹不如，羞愧而死。"此外，杜审言还曾经自称"吾文章当得屈、宋作衙官，吾笔当得王羲之北面"，意思是说自己的文章之高，连屈原、宋玉也只配给自己做下属，自己的书法之美，连王羲之也要俯首称臣。

杜甫在诗歌方面的才能与自负，很大程度上继承自祖父杜审言。他曾称"吾祖诗冠古"（《赠蜀僧闾丘师兄》），又称"诗是吾家事"（《宗武生日》）。正因祖先的赫赫才名，杜甫在作诗方面也当仁不让。这与祖先默默无闻的李白形成了鲜明的对照。

正因是名门之后，杜甫往往怀着一种矜持，一种自重身份的意识，故而不太可能像李白一样沉浸于自由放荡的生活，悠游于儒、道、侠之间，如杜甫自己所说，"奉儒守官，未坠素业"，更倾向去走儒家的正路。这种人生选择的不同，或许是导致李白与杜甫虽然齐名，却一为浪漫主义，一为现实主义，形成了两种截然不同的诗风的重要因素。

二、“忆昔开元全盛日”

杜甫生于唐玄宗先天元年(712年),他的早年正成长于唐玄宗前期的开元盛世之中。据杜甫日后所回忆:“忆昔开元全盛日,小邑犹藏万家室。稻米流脂粟米白,公私仓廪俱丰实。”(《忆昔二首·其二》)开元时期唐王朝国力鼎盛,百姓生活安定富足,作为名门望族之后,杜甫早年的生活至少是衣食无忧的。家境的优渥,令杜甫早年接受过良好的教育,早早地就在文坛崭露头角。晚年的杜甫曾作《壮游》一诗回忆自己的一生,对自己的早年如此说道:

往昔十四五,出游翰墨场。斯文崔魏徒,以我似班扬。七龄思即壮,开口咏凤凰。九龄书大字,有作成一囊。

十四五岁时,杜甫便已经投身于翰墨场中,且被当时人所称赏,甚至被拿来与汉代辞赋家班固、扬雄相类比。不过,尽管早早就具备了文学上的才能,杜甫却并不急着去寻求仕进之路。二十岁到三十岁之间,杜甫将大部分的时间都用于到各地漫游,且他的漫游似乎不像李白那样主要是为了干谒权贵得到赏识，而仅仅是为了增长见闻、结交豪杰而已。年轻的杜甫性格豪爽，有着刚正不阿的侠义之气，且似乎继承了祖父杜审言的狂傲性格，颇为自命不凡，不屑与俗辈为伍，只热衷于结交年纪较长的饱学之士：

性豪业嗜酒，嫉恶怀刚肠。脱落小时辈，结交皆老苍。
饮酣视八极，俗物多茫茫。

杜甫的漫游足迹远至吴越，甚至如果人力所及，他还有远去扶桑、拜访传说中东海异国的打算：

东下姑苏台，已具浮海航。到今有遗恨，不得穷扶桑。

继而又前往华北大地，在齐、赵之间纵马驰骋，饮酒狂歌：

放荡齐赵间，裘马颇清狂。春歌丛台上，冬猎青丘旁。

正是在齐、赵漫游期间，杜甫路过泰山，写下了著名的《望岳》：

岱宗夫如何？齐鲁青未了。造化钟神秀，阴阳割昏晓。
荡胸生曾云，决眦入归鸟。会当凌绝顶，一览众山小。

尾联的“会当凌绝顶，一览众山小”，既是在写有朝一日定要登上泰山绝顶，又明显是在寓指将来必要登临人生的绝顶。实际上，大概在结束吴越之游、开启齐赵之游前的开元二十三年(735年)左右，二十三岁的杜甫曾前往洛阳参加科举考试，可惜未能及第。这首《望岳》，或许多少也是为了抒发科举考试未能如意的不平，进而勉励自已将来必能不辜负胸中的才识。不过此时的杜甫毕竟青春年少,科举的落第并没有给他造成太大的精神困扰,此后数年间,杜甫仍过着前往各地漫游的生活,快意不减。

尤其值得一提的是在天宝三载(744 年),“裘马颇清狂”的杜甫,在洛阳遇到了刚刚结束了翰林供奉之职被放还归山的李白。二人一见如故,在之后的两三年内携手同游,结下了深厚的友谊(详见上一章)。

不知道是因为这次与李白的相聚影响了杜甫的人生志向,还是因为已届而立之年的杜甫忽然感到需要在世间有所建树。在与李白分别之后,杜甫毅然结束了近十年的漫游生活,奔赴长安,正如他在《壮游》中所述:“快意八九年,西归到咸阳。”接下来的十年,杜甫为了谋求一官半职而在长安卖力奔走,开启了完全不同的另外一种人生。

三、长安十年

据《资治通鉴》所载，天宝六载(747年)，唐玄宗想要广求天下人才，下诏令天下人"通一艺以上皆诣京师"。杜甫感到自己的机会来临，于是欣然应诏。然而唐玄宗的这次下诏求士，实际上并不是真要从民间招揽才学之士，只不过是为了粉饰太平，显示自己求贤若渴的名声罢了。

此时独掌大权的奸相李林甫，担心有举子在唐玄宗面前揭发自己的奸邪，竟然连这种有名无实的求贤政策也要横加阻挠。他边向唐玄宗吹耳旁风说"举人多卑贱愚瞶，恐有俚言污浊圣听"，一边动用自己的威权，指使主考官们以最严苛的标准来考察举子。在李林甫的淫威之下，这次考试竟然没有一个人及第。而对于这样的结果，李林甫竟然上表向唐玄宗庆贺说"野无遗贤"，也即全天下的人才早已经被朝廷采用尽了，所以才没有人及第。对这种明显的奸佞之言，昏庸的唐玄宗竟毫不怀疑地加以采信。杜甫的求进之路，就这样不明不白地被阻断了。

无法通过科举考试正大光明地获得入仕的资格，杜甫倍感困扰。只能跟从时人的风气，四处干谒权贵，希望能够得到权贵的赏识，进而窥见入仕的门径。当时的朝中权贵诸如韦济、韦见素、鲜于仲通、哥舒翰、张均、张垍兄弟等，无论贤愚如何、名声好坏，杜甫皆不吝折腰，登门拜访。可独揽大权的李林甫唯恐有后来者居上，威胁到自己的位置，于是不遗余力地阻挠对新人的引荐。《新唐书·李林甫传》有这样的记载：

林甫居相位凡十九年，固宠市权，蔽欺天子耳目。谏官皆持禄养资，无敢正言者。补阙杜琎再上书言政事，斥为下邽令。因以语动其余曰："明主在上，群臣将顺不暇，亦何所论？君等独不见立仗马乎？终日无声，而饫三品刍豆；一鸣，则黜之矣。后虽欲不鸣，得乎？"由是谏争路绝。

李林甫公然以"立仗马（皇宫中仪仗队所用之马）"之事来威胁朝中大臣，平日默默无声者可以享受高等级的草料，一旦敢擅自出声，便被逐出朝廷，想要后悔也再没有机会。在这种情况下，朝中大臣人人噤声，杜甫的干谒活动，自然也是很难有结果的。

没有官职，又不肯离开百物皆贵的长安，杜甫生活的艰辛可想而知，他也曾自叹长安生活的凄苦"长安苦寒谁独悲，杜陵野老骨欲折"（《投简咸华两县诸子》）；又曾感慨干谒权贵的耻辱"苦摇求食尾，常暴报恩腮"（《秋日荆南述怀》）。在功名利禄至上的长安，贫困成为杜甫的原罪，在贫困之中，杜甫也越发能理解世态的炎凉和人情的冷漠，他在《贫交行》诗中说道：

翻手作云覆手雨，纷纷轻薄何须数。君不见管鲍贫时交，此道今人弃如土。

长安的势利之徒们，在你得意之时便来趋炎附势，在你失意之时便将你弃若敝屣，翻手覆手之间，时而如云般聚合，时而如雨般分散。春秋时期管仲、鲍叔牙那样患难见真情的友谊，在今天早已轻贱如土。

关于这一段不堪的生活，杜甫又在干谒尚书左丞韦济时所作的《奉赠韦左丞丈二十二韵》中有更为详尽的吐露：

纨绔不饿死，儒冠多误身。丈人试静听，贱子请具陈。
甫昔少年日，早充观国宾。读书破万卷，下笔如有神。
赋料扬雄敌，诗看子建亲。李邕求识面，王翰愿为邻。
自谓颇挺出，立登要路津。致君尧舜上，再使风俗淳。
此意竟萧条，行歌非隐沦。骑驴十三载，旅食京华春。
朝扣富儿门，暮随肥马尘。残杯与冷炙，到处潜悲辛。
主上顷见征，欻然欲求伸。青冥却垂翅，蹭蹬无纵鳞。
甚愧丈人厚，甚知丈人真。每于百僚上，猥颂佳句新。
窃效贡公喜，难甘原宪贫。焉能心怏怏，只是走踆踆。
今欲东入海，即将西去秦。尚怜终南山，回首清渭滨。
常拟报一饭，况怀辞大臣。白鸥波浩荡，万里谁能驯？

开篇便以“纨绔”与“儒冠”相对比，纨绔子弟游手好闲而锦衣玉食，头戴儒冠、身效儒行的自己却几乎沦落到“饿死”的窘境，以此看来，朝廷在名义上所崇尚的“儒冠”岂不成了误身之术！这一令人触目惊心的对比揭示出了世道的荒唐。

接着杜甫回忆了自己少时奋发读书的经历以及报效君王的志向。“读书破万卷，下笔如有神”之句已然家喻户晓，这其实也正是杜甫作诗的真实写照，并不依靠天分或者灵感，而唯独依靠勤奋的读书，才终于获得如神的妙笔。学成之后，杜甫又曾云游四方以增长见识，此后本着“致君尧舜上，再使风俗淳”的志向来到长安，以求为国家尽一份绵薄之力。

然而自以为“颇挺出”的杜甫，却遭遇到了意想不到的挫折，长安生活非但没能让他“立登要路津”，反而令他陷入贫困，只能骑驴四处乞食，“朝扣富儿门，暮随肥马尘。残杯与冷炙，到处潜悲辛”。自许有鲲鹏之志的杜甫，却要在潦倒之中度过毫无意义的日日夜夜。于是将最后的希望放在韦济的身上，如果再不能得到举荐，就只能离开长安，将自己的才能投向他处。

全诗口吻颇为谦逊退让，到了最后一联的“白鸥波浩荡，万里谁能驯”，却陡然一转，超拔刚健，骨气铿然。朝中若没有自己的容身之地，再不济还有那浩荡的东海，必能容纳得下自己高飞的羽翼。

对于“波浩荡”，又存在“没浩荡”的版本，对此处到底应该作“波”还是作“没”，后人聚讼纷纷。如苏轼就曾主张作“没”，认为此句是说白鸥“灭没于烟波间”(《东坡志林》)，即在烟波之中若隐若现。不过，杜甫诗集中时代最早的宋版(《续古逸丛书》所收《宋本杜工部集》)却作“波”。后世之所以有作“没”的争议，大都因为“波”与“浩荡”的搭配不太符合语法常规，故而怀疑是因字形相近而导致的讹误。然而诗歌的语言本就是不必拘于语法常规的，“波”有超越语言的妙处，正如南宋时王楙反驳苏轼之论所说：“仆谓善为诗者，但形容浑涵气象，初不露圭角。玩味‘白鸥波浩荡’之语，有以见沧浪不尽之意；且沧浪之中，见一白鸥，其浩荡之意可想，又何待言其出没邪？改此一字，反觉意局。”(《野客丛书》)如此，“波”不仅在版本上最古，且更能尽诗歌的言外之意，故似无须像苏轼所说非改成“没”不可。

此诗献上之后，韦济到底还是没能给杜甫什么有实际意义的帮助，杜甫也并没有真的就此离开长安前往东海隐居，而是寄希望于最后的一搏：既然干谒公卿贵戚始终没有结果，那不如直接向皇帝上书。

天宝九载(750年)，杜甫向唐玄宗献《雕赋》，却没有下文；天宝十载(751年)，趁着朝廷举行三大礼(指皇帝亲自享太清宫、太庙、合祭天地于南郊这三项祭祀活动）之际，杜甫献上《朝献太清宫赋》《朝享太庙赋》《有事于南郊赋》这“三大礼赋”，终于得到了唐玄宗的注意，令他到集贤院等待进一步任命，第二年又让他去相关部门考试文章，列入选官的序列。不过，在李林甫仍把持朝政的情况下，杜甫虽然得以被列入选官之序，但这一选官的程序不断地拖延，正式授职之日遥遥无期。

天宝十一年（752年），李林甫去世，朝中局势随之发生了剧烈的震荡，不过政治仍然没有迎来清明的一天。继李林甫成为宰相的杨国忠，仗着唐玄宗对杨贵妃的宠爱而胡作非为，继续党同伐异，败坏朝政。在长安苦等授官的杜甫依旧被无视，于是在天宝十三年（754年），杜甫又献上《封西岳赋》想引起玄宗的注意，却还是没有盼来结果。

杜甫深感在这长安城中，英杰之士只能穷困潦倒，贵戚们却挥霍无度，他不禁悲愤交加，曾作《丽人行》，以讽刺天宝年间权势熏天的杨贵妃兄妹：

三月三日天气新，长安水边多丽人。态浓意远淑且真，肌理细腻骨肉匀。绣罗衣裳照暮春，蹙金孔雀银麒麟。头上何所有？翠微匐叶垂鬓唇。背后何所见？珠压腰衱稳称身。就中云幕椒房亲，赐名大国虢与秦。紫驼之峰出翠釜，水精之盘行素鳞。犀箸厌饫久未下，鸾刀缕切空纷纶。黄门飞鞚不动尘，御厨络绎送八珍。箫管哀吟感鬼神，宾从杂遝实要津。后来鞍马何逡巡，当轩下马入锦茵。杨花雪落覆白苹，青鸟飞去衔红巾。炙手可热势绝伦，慎莫近前丞相嗔。

三月三日是上巳节，每到此日，人们纷纷前往长安城南的曲江池边洗濯尘垢，消去不祥，这一习俗又被称为“祓禊”。杨氏兄妹们更是在这一天乘坐华丽的车马，来到曲江池边大摆宴席。他们身着绫罗，

唐张萱《虢国夫人游春图》（辽宁省博物馆藏）

头戴珠玉,富贵之气令路旁的观者赞叹连连。所谓的“赐名大国虢与秦”,指的是杨贵妃的姐妹,唐玄宗曾赐封杨贵妃的大姐为韩国夫人、三姐为虢国夫人、八姐为秦国夫人。杨贵妃得势之后,家族中人雨露均沾,鸡犬升天。

他们吃的是罕见的“紫驼之峰”,他们用的是精美的“水精之盘”,即便如此,每天饱食山珍海味的他们也没有什么食欲,于是“犀箸厌饫久未下”。而皇宫里的御厨们还在继续为他们烹制美味佳肴,不停地从宫中送到他们的宴席之上。

原本想要效仿古之贤臣“立登要路津”以“致君尧舜上,再使风俗淳”的杜甫,却发现如今在“要路津”上熙熙攘攘的仅是杨贵妃的“宾从杂遝”而已,哪里还有什么贤臣。末尾“炙手可热势绝伦”也在后世成为熟语,专指如杨氏一族那样令人不敢近前的势力滔天之人。

朝廷之中已经昏暗如此,郊野之外更好不到哪里去。唐玄宗于内贪图享乐,于外仍追求开疆扩土的功绩,百姓们为了供应杨氏家族的珍馐美味已倾家荡产,继而还要为了唐玄宗的穷兵黩武搭上自己的性命。感慨于此,杜甫作《兵车行》道:

车辚辚,马萧萧,行人弓箭各在腰。耶娘妻子走相送,尘埃不见咸阳桥。牵衣顿足拦道哭,哭声直上干云霄。道旁过者问行人,行人但云点行频。或从十五北防河,便至四十西营田。去时里正与裹头,归来头白还戍边。边庭流血成海水,武皇开边意未已。君不闻汉家山东二百州,千村万落生荆杞。纵有健妇把锄犁,禾生陇亩无东西。况复秦兵耐苦战,被驱不异犬与鸡。长者虽有问,役夫敢伸恨?且如今年冬,未休关西卒。县官急索租,租税从何出?信知生男恶,反是生女好。生女犹得嫁比邻,生男埋没随百草。君不见,青海头,古来白骨无人收。新鬼烦冤旧鬼哭,天阴雨湿声啾啾!

唐玄宗时屡屡在吐蕃一带用兵,频繁征调关中青壮年。天宝十载(751 年),又出兵讨伐新崛起于西南的南诏政权(在今云南一带),杨国忠曾力荐自己的心腹鲜于仲通为主将,想借机收获军功,巩固自己的地位,不想却遭遇惨败。据《资治通鉴》载:“时仲通将兵八万……军大败,士卒死者六万人,仲通仅以身免。杨国忠掩其败状,仍叙其战功……制大募两京及河南北兵以击南诏。人闻云南多瘴疠,未战,士卒死者什八九,莫肯应募。杨国忠遣御史分道捕人,连枷送诣军所……于是行者愁怨,父母妻子送之,所在哭声振野。”杜甫之诗,大概就是在描绘这一“父母妻子送之,所在哭声振野”的惨状。

一方面是“武皇开边”的勃勃之意,一方面是天下田地荒芜,“千村万落生荆杞”的萧条之状,两相对比之下,天宝末年的唐王朝在歌舞升平的掩盖之下,似乎已经显露出了亡国的征兆。君王的晦暗不明导致的是百姓们的苦难,与丽人相伴、高卧宫殿深处的唐玄宗,能否听到父老们“直上干云霄”的哭声呢?在乐舞之中情迷意乱的唐玄宗,能否被青海头那啾啾的鬼哭之声所惊醒呢?诗中用来喻指唐玄宗的汉武帝固然也曾穷兵黩武,却在晚年幡然醒悟,下《轮台罪己诏》反省自己的过失,而唐王朝的百姓们,又是否能够盼来唐玄宗的幡然醒悟之时呢?

朝政堕落如此,像杜甫这样的有志之士虽然痛心疾首,却也无可奈何。在长安城中苦苦等待的杜甫,终于在天宝十四载(755 年)的十月盼来了结果,他先是被任命为河西尉,之后又被改任为太子右卫率府兵曹。由此,年届四十三的杜甫终于正式步入仕途。

滞留在百物皆贵的长安近十年,杜甫的经济情况无法支持全家人的生活,于是早在数年之前,他就将家眷安置于长安附近的奉先县(陕西渭南市蒲城县),孤身留在长安奔走,以此缓解经济上的压力。终于迎来授官之后,杜甫暂时离开长安前往奉先县省亲。可这一路上,杜甫心中却并没有多少欣喜,反而充满了对十年滞京生活的愤懑，充满了对国家前途的忧虑。路上的见闻更令他的心情愈发沉重，朝中歌舞升平，粉饰出太平盛世的景象；郊野之外则饥民遍布，处处都是凄惨的哀嚎。大唐的盛世早已经千疮百孔、危机四伏。痛感于此，杜甫作了《自京赴奉先县咏怀五百字》一首长诗，详细记录下天宝末年的社会图景，这是他"诗史"中最早的鸿篇巨制，清代诗论家浦起龙甚至在《读杜心解》中称此诗为"集中开头大文章，老杜平生大本领"。《自京赴奉先县咏怀五百字》的开头从杜甫自身境遇写起：

杜陵有布衣，老大意转拙。许身一何愚，窃比稷与契。
居然成濩落，白首甘契阔。盖棺事则已，此志常觊豁。
穷年忧黎元，叹息肠内热。取笑同学翁，浩歌弥激烈。
非无江海志，萧洒送日月。生逢尧舜君，不忍便永诀。
当今廊庙具，构厦岂云缺。葵藿倾太阳，物性固莫夺。
顾惟蝼蚁辈，但自求其穴。胡为慕大鲸，辄拟偃溟渤。
以兹悟生理，独耻事干谒。兀兀遂至今，忍为尘埃没。
终愧巢与由，未能易其节。沉饮聊自遣，放歌破愁绝。

人到中年忽起济世之心，想要去学古代贤臣"稷与契"，于是"穷年忧黎元，叹息肠内热"。这种有些过于宏大、过于正直的志向，惹得同辈之人纷纷嘲笑，而杜甫的心意却愈发坚定。早年的杜甫，也是有着"江海志"的，他曾泛舟吴、越，纵马齐、赵，也曾与李白等人一同过着"萧洒送日月"的生活，然而心底那辅佐君王的志向却始终难以磨灭。所谓"生逢尧舜君，不忍便永诀"，将唐玄宗比作"尧舜君"虽然夸张得过分了，然而唐玄宗治下曾经的开元盛世仍令杜甫记忆犹新，能够做缔造盛世的肱股之臣，可比去做尘外隐士要有意义得多。于是一向以儒学传家，祖上名臣辈出的杜甫便树立起这样的宏伟志向。此后再去看世间那些谋求一己私利的碌碌凡士，杜甫将他们视为"但自求其穴”的“蝼蚁辈”，自己偏要去做那“偃溟渤”的“大鲸”。

然而如此宏伟的志向却是很不容易实现的，尤其在天宝以后，耽于享乐的唐玄宗不断地进用奸臣，朝中政局愈发黑暗，已经难有肱股之臣的一席之地了。凌云之志遇阻，反而谋生成了现实的问题。为了生存不得不折腰去“事干谒”的杜甫深感耻辱，愧对古时不易其节、隐居不仕的巢父与许由。奔走近十年终于得到了微末的官职，非但不能欣喜，反而“放歌破愁绝”。

诗歌的中段，写得官之后前往奉先县的旅途见闻：

岁暮百草零，疾风高冈裂。天衢阴峥嵘，客子中夜发。
霜严衣带断，指直不得结。凌晨过骊山，御榻在嵽嵲。
蚩尤塞寒空，蹴蹋崖谷滑。瑶池气郁律，羽林相摩戛。
君臣留欢娱，乐动殷胶葛。赐浴皆长缨，与宴非短褐。
彤庭所分帛，本自寒女出。鞭挞其夫家，聚敛贡城阙。

杜甫启程时已是十月，接近年末，百草凋零，北风呼啸。寒冷的空气甚至令人“指直不得结”，冻得手指都不能弯曲了。途中经过骊山，此时唐玄宗也移驾到了骊山，在骊山的温泉之中越冬。想象着骊山之上温泉腾涌着的热气，卫士们摩肩接踵，君臣们宴饮欢歌，杜甫不禁感慨在这宴会中作乐的皆是权贵，全无普通百姓的一席之地。然而在宴会上轻易便赏赐给臣下的那些布帛丝绸，却都是平民百姓们所织就的，靠着“鞭挞其夫家”才“聚敛贡城阙”。君臣们尽情挥霍，百姓们却忍受饥寒，山上山下，简直是两种人间。

对此杜甫进一步展开了他的议论：

圣人筐篚恩，实愿邦国活。臣如忽至理，君岂弃此物。
多士盈朝廷，仁者宜战栗。况闻内金盘，尽在卫霍室。

中堂有神仙，烟雾蒙玉质。煖客貂鼠裘，悲管逐清瑟。
劝客驼蹄羹，霜橙压香橘。朱门酒肉臭，路有冻死骨。
荣枯咫尺异，惆怅难再述。

在圣人那里，赏赐之事是行政的一环，本来是为了能够鼓励臣下秉公行政，令邦国更加富裕强盛，可如今的赏赐已经完全偏离了圣人之道。杜甫似乎尽力不把批判的矛头直接指向唐玄宗，“臣如忽至理，君岂弃此物。多士盈朝廷，仁者宜战栗”，好像偏离了圣人之理的都是臣下，是臣下不能理解君王的苦心。在“多士”的朝廷之中，如果有“仁者”在其中能够理解君王的苦心，应当深感自身所背负的责任而战栗不安。

进而又说“况闻内金盘，尽在卫霍室”，用汉武帝时卫青、霍去病的典故，二人皆为外戚，以此来喻指权势熏天的杨贵妃兄妹，仿佛这些挥霍之风，这些朝政的昏暗都是杨贵妃兄妹一手造成的。实际上杜甫自身也清楚，若非唐玄宗的昏聩，朝廷上下怎么可能腐败如此呢？他虽然不肯直言唐玄宗之过，可唐玄宗的过失，于此已经暴露无遗了。全诗的批判之意一步步达到顶点，骊山之上的歌舞丝竹、锦绣貂裘、珍馐玉馔与骊山之下百姓的悲苦形成了鲜明的对比，“朱门酒肉臭，路有冻死骨”，只此一句，似乎便可宣告唐王朝的盛世已经正式告终了。

惆怅的杜甫不忍多言，此后诗的视角重回到了旅途之中：

北辕就泾渭，官渡又改辙。群冰从西下，极目高崒兀。
疑是崆峒来，恐触天柱折。河梁幸未坼，枝撑声窸窣。
行李相攀援，川广不可越。老妻寄异县，十口隔风雪。
谁能久不顾，庶往共饥渴。入门闻号咷，幼子饿已卒。
吾宁舍一哀，里巷亦呜咽。所愧为人父，无食致夭折。

岂知秋禾登，贫窭有仓卒。生常免租税，名不隶征伐。

抚迹犹酸辛，平人固骚屑。默思失业徒，因念远戍卒。

忧端齐终南，澒洞不可掇。

泾渭之水夹杂着“群冰”自西而来，要令“天柱”摧折的水势似乎饱含着愤怒。诗人心中对朝政的愤懑与担忧，也融入了对自然河川的描绘之中。路途辗转，终于将要见到寄居在异县的“老妻”，然而在这本应共享重逢的喜悦之时，首先听到的却是一阵催人心肝的号哭之声：“入门闻号咷，幼子饿已卒。”在这所谓的盛世，杜甫的幼子竟然活活饿死。深感愧为人父的杜甫泪流不止，在哀痛之后却有更令人心惊胆寒的一句：“岂知秋禾登，贫窭有仓卒。”此时正是十月，刚刚秋收之后，秋收之后本是粮食储备最为丰富之时，尚且有人饿死，那么接下来的一年又该怎么度过？现实的残酷不止于此，杜甫已经得到了官职，居官之人有免除税收、徭役的特权，正所谓“生常免租税，名不隶征伐。抚迹犹酸辛，平人固骚屑”，不需要负担税收、徭役的官吏之家生活都是如此的艰难，那么那些寻常百姓、那些失去土地没有产业之人、那些戍守边疆的征夫，其惨状更是不忍细想。

杜甫通过这首长诗，彻底撕去了唐王朝盛世的伪装，将唐玄宗天宝末年政治的黑暗、百姓生活的凄苦一一暴露无疑。在这样的情形下，社会恐怕距离崩溃仅有一步之遥。在社会矛盾即将不可调和之前，唐玄宗的昏聩造成的另一祸患却抢先一步爆发了。几乎在杜甫回到奉先县写成此诗的同时，天宝十四载(755 年)十一月初九，安禄山在范阳(今河北涿州市一带)竖起了反叛的大旗，带着近二十万叛军向两京席卷而来。

四、杜甫诗歌记录下的安史之乱

安禄山叛变之后，战事发展之快完全超出了唐玄宗的预料，洛阳陷落、潼关陷落，长安以东门户洞开，陷落也只是时间问题。唐玄宗自感回天无术，抛下群臣，仅仅带着杨贵妃和侧近之人连夜出京，向蜀地逃亡。途经马嵬驿时，军士们的不满之情再也无法压抑，于是联合诛杀杨国忠，并向唐玄宗发难，要追究战事不利的责任。为了安定人心，唐玄宗只能无奈地赐死杨贵妃，这才勉强带领众人逃到了成都。而被抛弃在长安的群臣，逃亡的逃亡、被杀的被杀、投降的投降，哀鸿遍野。

杜甫在得知叛军逼近之后，也随即携带家眷避难，辗转来到了鄜州（今陕西延安市富县），暂时安顿下来。至德元载（756年），听闻唐肃宗在灵武（今宁夏银川市）即位，并招揽军队试图收复两京，心系国事的杜甫于是将妻子儿女留在鄜州，孤身前去投奔肃宗的朝廷。可惜时运不济，途中竟然遇到了叛军，于是被俘虏到长安，成为阶下之囚。

(一)长安之囚

成为囚徒的杜甫无疑是痛苦的。不过或许是因为官职太小,叛军并没有对杜甫严加看管,他在长安的囚居生活相对自由,甚至可以在城中四处游荡。时值阳春,然而在叛军的摧残之下,昔日长安城中贵戚百姓春游的热闹景象一去不复返。杜甫潜行到城南胜地曲江池,数年前写《丽人行》之时,杨氏兄妹大摆宴席的场景犹在眼前,如今纵使花仍红柳仍绿,却已宫门紧锁,行人寥寥,萧索冷寂,于是杜甫作《哀江头》一诗哭诉道:

少陵野老吞声哭,春日潜行曲江曲。江头宫殿锁千门,细柳新蒲为谁绿?忆昔霓旌下南苑,苑中万物生颜色。昭阳殿里第一人,同辇随君侍君侧。辇前才人带弓箭,白马嚼啮黄金勒。翻身向天仰射云,一笑正坠双飞翼。明眸皓齿今何在?血污游魂归不得。清渭东流剑阁深,去住彼此无消息。人生有情泪沾臆,江草江花岂终极!黄昏胡骑尘满城,欲往城南望城北。

用"哭"开篇,却不能放声大哭,只敢"吞声"而暗自哭泣。宫殿大门紧锁,宫中的皇帝及贵人们已纷纷逃亡,"细柳新蒲"失去了主人,纵使再"绿"也无人欣赏。接着杜甫回忆起往日唐玄宗与杨贵妃在曲江池边宴会的欢乐场景,往日有多么欢乐,今朝就有多么的悲痛。一年以前,杨贵妃已经在马嵬驿化作了"血污游魂",再也不可能返回,唐玄宗则逃到了剑阁以南的成都,与杨贵妃生死相别。人生有情,而江水江花却是没有情感的,没有情感的江水江花在悲不胜悲的诗人面前越是明媚绚烂,就越惹得诗人潸然泪下。迷茫无措的杜甫方寸已乱,家住城南,却莫名地向着城北而行。不过在城中胡骑遍布的当下，哪里都不是久居之地。

继而面对这不合时宜的满城春色，杜甫又作了著名的《春望》一诗：

国破山河在，城春草木深。感时花溅泪，恨别鸟惊心。
烽火连三月，家书抵万金。白头搔更短，浑欲不胜簪。

诗歌采用了五言律诗的诗体，通篇声律铿锵，中间二联对仗精研。而形式的整齐并未让诗歌的内容落入俗套，意境极深、字字传神，将国破之悲表现得深沉凝重。宋元之际诗论家方回赞道："此第一等好诗。想天宝、至德以至大历之乱，不忍读也。"（《瀛奎律髓》）

此诗妙处，又在于意在言外，宋代司马光曾经评论道："古人为诗，贵于意在言外，使人思而得之，故言之者无罪，闻之者足以耐也。近世诗人，唯杜子美最得诗人之体，如'国破山河在，城春草木深。感时花溅泪，恨别鸟惊心'。山河在，明无余物矣；草木深，明无人矣；花鸟，平时可娱之物，见之而泣，闻之而悲，则时可知矣。"（《迂叟诗话》）言用"山河在"之语，说明国破之后除了山河之外再无一物存留；用"草木深"之语，说明已经无人在此才令草木凌乱生长。进而"花""鸟"本是令人欣喜之物，此处却见之而"溅泪""惊心"，那么时势所导致的哀愁也就不言自明了。诗的每一用语都别有深意，作者的感情深深地寄托在诗语之中，初读可大致领略其神韵，读后细思又是别有一番风味，此诗的妙处正在于这种层次感。

令杜甫"白头搔更短"的，既有国破之悲，又有对妻子儿女的思念。囚居长安，又逢四方战乱，自然是不太可能收到妻子寄来的家书的。白天望着萧索长安暗自哭泣，夜晚明月升起之时，又忆起远在鄜州的妻子儿女，于是又作《月夜》诗道：

今夜鄜州月，闺中只独看。遥怜小儿女，未解忆长安。
香雾云鬟湿，清辉玉臂寒。何时倚虚幌，双照泪痕干。

仰望着明月的杜甫，想象着远在鄜州的妻子也在仰望明月的场景，并不直接叙写自己对妻子的思念，而反过来写妻子对自己的担忧。在写妻子情感之时，又以儿女的“未解忆长安”来衬托，儿女尚且幼小，还没到能够理解大人情思的年纪，于是痛切的相思之情，只能由妻子一个人来承担。月光之下，妻子孤单冷寂，而自己何时能够摆脱困境，与妻子相互依靠在薄幕之下，让月光尽情地照耀着双双的泪眼呢？这样的描写，正如清人浦起龙所论：“心已驰神到彼，诗从对面飞来，悲婉微至，精丽绝伦，又妙在无一字不从月色照出也。”（《读杜心解》）

令杜甫感到悲愁的不止于此。长安城中，时时传来各地的战报，官军屡屡失败，叛军的气焰愈发嚣张。在城中叛军的庆贺声中，杜甫心中的苦闷哀愁日甚一日。

至德元载（756年）十月，唐肃宗曾任命房琯为兵马大元帅，率领唐王朝临时征召的四五万军队试图收复两京。房琯虽然富有才学名声，却只不过是纸上谈兵的书生而已，根本没有实战经验。在他的指挥之下，唐军在长安西北的陈陶泽与叛军相遇，几乎一触即溃。狼狈逃走的房琯本想退守坚城，唐肃宗派来的监军宦官却屡屡督促房琯出兵，无奈的房琯率领残兵与叛军再次战于咸阳以东的青坂，不出意外再次遭遇惨败，可怜四万多将士，无辜化作孤魂野鬼。听闻如此，杜甫作《悲陈陶》与《悲青坂》诗感慨道：

《悲陈陶》

孟冬十郡良家子，血作陈陶泽中水。野旷天清无战声，四万义军同日死。群胡归来雪洗箭，仍唱夷歌饮都市。都人回面向北啼，日夜更望官军至。

《悲青坂》

我军青坂在东门，天寒饮马太白窟。黄头奚儿日向西，数骑弯弓敢驰突。山雪河冰晚萧瑟，青是烽烟白是骨。焉得附书与我军，忍待明年莫仓卒。

秦中十郡的四万良家子弟，几乎同日战死，鲜血遍染陈陶泽中之水。得胜而归的叛军在长安城中饮酒高歌，长安城中的百姓们只能闻声哭泣。青坂的雪山冰河之中，散落着阵亡将士的苍苍白骨，令人肝肠寸断。杜甫认为敌人气势正盛，官军屡败之下应当避其锋芒，休养生息，择机再起。

正愁着无人为官军传书、告知敌军实情之时，杜甫自身却迎来了逃脱的机会。

（二）投奔肃宗与房琯案

至德二载（757 年）四月，朔方节度使郭子仪前来支援肃宗，他带领麾下部众逼近长安城北，形成对峙之势。趁着叛军准备迎战而看守不足之际，杜甫冒险从长安西门逃出，一路直奔肃宗所在。同年五月，杜甫成功找到了肃宗一行，肃宗感慨杜甫的忠勇，于是授予他左拾遗之职。左拾遗虽然品级不算很高，却有可以直接向皇帝进言以匡正得失的权责，是颇具清名声望的官职。从此杜甫终于看到了实现他“致君尧舜上，再使风俗淳”夙愿的希望。

然而身为谏官的杜甫，初次履行职责便为他造成了莫大的祸患。此次风波，与前一年在陈陶和青坂接连遭遇惨败的房琯有关。

房琯在开元、天宝之时凭借文学之才而崭露头角，天宝末年在朝中担任刑部侍郎。安史之乱爆发后，唐玄宗抛下百官逃亡蜀地，群臣很多都投降了叛军，而房琯却连夜追赶玄宗，终于跟随玄宗一同抵达成都。感慨于房琯的忠心，唐玄宗当即任命他为宰相。在唐肃宗于灵武即位之后，唐玄宗又令房琯奉传位诏书和玉玺前往唐肃宗处，补行册立的仪式。作为两朝肱股之臣，房琯的地位十分显赫。肃宗也对他的才学十分敬佩，倾心待之。

可房琯虽有宰相之才，却没有作为将领的经验，如上文所述，刚要一展才能却接连遭遇惨败。在战败之后，唐肃宗对房琯也并不苛责，一如既往地信任他，令他前去收拾残兵以再图进取。不过，这种如同鱼水相欢的君臣关系，却也因为谗言而渐生嫌隙。

至德二载(757年)，北海太守贺兰进明入朝觐见肃宗。贺兰进明本就与房琯不和，于是趁机说房琯的不是，他说房琯生性虚浮，没有宰相之才，这样的谗言或许并没有什么，然而关键的是下面一段话：

> 琯昨于南朝为圣皇制置天下，乃以永王为江南节度，颍王为剑南节度，盛王为淮南节度……琯乃以枝庶悉领大藩，皇储反居边鄙，此虽于圣皇似忠，于陛下非忠也。琯立此意，以为圣皇诸子，但一人得天下，即不失恩宠。(《旧唐书·房琯传》)

之前在李白与永王之乱的章节中曾经介绍过，唐玄宗(圣皇)在成都时(即所谓"南朝")曾经下令让当时作为太子的肃宗统领北方兵马收复两京，却又令其他诸侯王(枝庶)分掌天下兵权，尤其令永王专掌江南富庶的地区。这样的安排令肃宗陷于十分尴尬的位置，弄不好自己的天子之位也会受到其他诸侯王的威胁。此事对肃宗大不利，甚至在后来也招致了玄宗、肃宗父子间的嫌隙。贺兰进明竟然说玄宗的这一安排是出自房琯的建议，是他四处下注、为了让自己"不失恩宠”的自私计策。这一点,显然触及了肃宗的大忌,从此房琯在肃宗心中的地位一落千丈。

不再信任房琯的肃宗于是开始清算他的罪过,以他的门客不守规矩等微末之事为借口,罢免了他的宰相之职。身为谏官的杜甫,或许并不知晓其中的关节,于是毅然履行自己作为谏官的职责,上书称按照礼法,门客之事本是细小的过失,不应该因此就罢免房琯的宰相之职。

肃宗看到了杜甫的上书大动肝火,当即以为杜甫是房琯的同党,召集朝臣想要治杜甫的罪过。在朝臣的营救之下,杜甫之罪才暂时被搁置。肃宗准许他暂时停职去鄜州省亲,实际上是变相将杜甫贬出了朝廷。

刚刚获得官职不久的杜甫,尚未一展才能,就遭遇了这种几乎葬送政治生涯的重大挫折。不过,此时的杜甫与鄜州的妻子儿女已经阔别近两年,其中又经历了被叛军俘虏等重大变故,能得到与妻子儿女重逢的机会,也未尝不是令人激动之事。于是一方面带着对朝廷的眷恋,一方面带着对家人的思念,心情复杂的杜甫踏上了前往鄜州省亲的旅途。对这次旅途,杜甫作了《北征》这首长诗详加记述。此诗是他的作品中可以与《自京赴奉先县咏怀五百字》并列的又一篇“大文章”,历来备受赞誉。宋人叶梦得甚至称“老杜《述怀》《北征》诸篇,穷极笔力,如太史公纪传,此固古今绝唱也”(《石林诗话》),认为这两首长篇古诗可与司马迁的《史记》相媲美。

诗以年月日开头,仿佛史书一般的行文语气,完全超乎寻常的诗歌语言形式,给人以历史的严肃与沧桑之感:

皇帝二载秋,闰八月初吉。杜子将北征,苍茫问家室。

“皇帝”即是新登基的唐肃宗,“二载”为至德二载(757年),安史之乱爆发后的第二年,唐肃宗的临时朝廷驻扎在凤翔(今陕西宝鸡市),统筹反攻叛军、收复长安和洛阳的事宜。杜甫妻儿所在的鄜州在凤翔的东北方向,故而说“北征”。接着杜甫谈及自己离开朝廷前去省亲的缘由:

维时遭艰虞,朝野少暇日。顾惭恩私被,诏许归蓬荜。
拜辞诣阙下,怵惕久未出。虽乏谏诤姿,恐君有遗失。
君诚中兴主,经纬固密勿。东胡反未已,臣甫愤所切。
挥涕恋行在,道途犹恍惚。乾坤含疮痍,忧虞何时毕?

所谓“顾惭恩私被,诏许归蓬荜”,仿佛省亲是肃宗授予的恩典。然而如上文所述,本次省亲实则是因房琯案的牵连而迫不得已。杜甫当然不敢直述其中原委,从“拜辞诣阙下,怵惕久未出”“挥涕恋行在,道途犹恍惚”这些语句中,明显可以窥知杜甫并不想在此时离开朝廷。当时官军已经临近长安,收复京城的机会近在眼前,在这即将建功立业之时,怎么可能主动去告假省亲呢?于是杜甫在“虽乏谏诤姿,恐君有遗失”中用了曲笔,委婉地透露出自己因进谏而遭逐的信息。接下来诗笔由“阙下”来到“乾坤”,写北征途中的见闻与感想:

靡靡逾阡陌,人烟眇萧瑟。所遇多被伤,呻吟更流血。
回首凤翔县,旌旗晚明灭。前登寒山重,屡得饮马窟。
邠郊入地底,泾水中荡潏。猛虎立我前,苍崖吼时裂。
菊垂今秋花,石带古车辙。青云动高兴,幽事亦可悦。
山果多琐细,罗生杂橡栗。或红如丹砂,或黑如点漆。
雨露之所濡,甘苦齐结实。缅思桃源内,益叹身世拙。
坡陀望鄜畤,岩谷互出没。我行已水滨,我仆犹木末。

持续两年的战乱，令农田荒芜，即便是京畿地区也人烟稀少。一路的萧瑟景象，再加上自己境遇的不平，令杜甫“呻吟更流血”。离天子所在的凤翔越来越远，飘扬的旌旗也随着暮色渐渐消失在天际。前路山川万重，又有“猛虎”“苍崖”之险，本应是令人忧愁万分的，然而杜甫的心情却在旅途之中渐渐变得明朗了起来，甚至有兴致去观赏秋菊，去观察石头上印下的车辙的痕迹。自然的景物化作可以愉悦内心的“幽事”，有“红如丹砂”的“山果”，有“黑如点漆”的“橡栗”，它们在雨露的滋润之下饱满喜人。在这如世外桃源一般的景色映衬之下，尘世之内的自己和世人都显得那么可悲可叹。在这些山中“幽事”的陪伴之下，杜甫的心情暂时还是愉悦的，他的脚步也轻快起来，自己已经抵达山下溪水畔，而跟随自己的仆人却还在身后的山巅，从下往上看，仆人仿佛立于树梢（木末）一般，这样的描写显得俏皮可爱。杜甫的脚步之所以如此轻快，显然是迫不及待想要与妻儿重逢。

不过，在离开山路，步入平原之后，愉悦内心的山中“幽事”不见了，映入眼帘的是一片可怖的战场景象：

鸱鸟鸣黄桑，野鼠拱乱穴。夜深经战场，寒月照白骨。
潼关百万师，往者散何卒？遂令半秦民，残害为异物。

原野之上，不见人影，唯有鸱鸟呼号，野鼠奔窜。夜晚的明月高悬，照亮的竟然是战场中散落的森森白骨。两年之前，当安禄山的叛军向长安袭来之时，本有哥舒翰所统率的“百万师（实则约三十万人）”镇守潼关。如果指挥得当，凭借潼关的天险，即便不能击溃叛军，至少能够守住关隘，令长安的天子高枕无忧。然而晚年的唐玄宗昏聩无能，竟然听信杨国忠的愚蠢建议，拒绝了哥舒翰的固守之策，命令他放弃坚固的关隘，主动出关与叛军决一死战。且为了防止哥舒翰不听调遣,唐玄宗甚至派了宦官前来做督军催促。被逼无奈之下,哥舒翰只能强行出关,最终果然落入了叛军的圈套而全军覆没。回忆及此,杜甫只能痛心疾首。然而过去的事情已经无法改变,只能将目光投向将来。对杜甫来说,眼前事中,最重要的无过于与妻儿的团聚:

况我堕胡尘,及归尽华发。经年至茅屋,妻子衣百结。
恸哭松声回,悲泉共幽咽。平生所娇儿,颜色白胜雪。
见耶背面啼,垢腻脚不袜。床前两小女,补缀才过膝。
海图坼波涛,旧绣移曲折。天吴及紫凤,颠倒在裋褐。
老夫情怀恶,呕泄卧数日。那无囊中帛,救汝寒凛慄。
粉黛亦解苞,衾裯稍罗列。瘦妻面复光,痴女头自栉。
学母无不为,晓妆随手抹。移时施朱铅,狼藉画眉阔。
生还对童稚,似欲忘饥渴。问事竞挽须,谁能即嗔喝?
翻思在贼愁,甘受杂乱聒。新归且慰意,生理焉得说?

久别重逢,令杜甫悲喜交加。经历了这两年间的沧桑巨变,才四十五岁的杜甫已经是满头白发。而滞留在鄜州的妻子儿女日子也很不好过。战火之中,百业凋敝,妻子所穿的衣服满是补丁,儿子光着脚没有袜子穿,女儿们的衣服也是补了又补,却只能勉强垂过膝盖而已。能够生还见到妻女,虽令杜甫暂时忘却饥饿,然而一贫如洗的杜甫却全无改善家计的能力,相逢的喜悦只持续了短短的一瞬,生计的艰辛所带来的是长久的悲哀。不过,杜甫所忧心的永远都不止于自己一家而已,而是时时关注着时局发展:

至尊尚蒙尘,几日休练卒?仰观天色改,坐觉妖氛豁。
阴风西北来,惨淡随回纥。其王愿助顺,其俗善驰突。

送兵五千人，驱马一万匹。此辈少为贵，四方服勇决。
所用皆鹰腾，破敌过箭疾。圣心颇虚伫，时议气欲夺。
伊洛指掌收，西京不足拔。官军请深入，蓄锐可俱发。
此举开青徐，旋瞻略恒碣。昊天积霜露，正气有肃杀。
祸转亡胡岁，势成擒胡月。胡命其能久？皇纲未宜绝。

此时玄宗仍在成都，肃宗驻扎在凤翔，长安与洛阳仍沦陷敌手，故而说“至尊尚蒙尘”。不过各地的勤王之师纷纷前来支援，战局似乎有转好的迹象，远在鄜州的杜甫，也无时无刻不在企盼着“妖氛豁”的那一天。当时的肃宗朝廷中，正议论着向回纥借兵一事，杜甫对此颇有耳闻。

回纥本是在突厥统治下的部族，随着唐太宗、唐高宗时对突厥的征讨，令突厥日益虚弱沦亡，回纥在唐王朝的帮助之下，逐渐占据突厥故地，在唐玄宗天宝三载（744 年），正式建立汗国，并与唐王朝交好。安史之乱发生后，回纥也主动请求派兵帮助唐王朝平叛。不过，回纥的帮助并不是无偿的。安禄山的叛军固然无恶不作，而打着支援唐王朝旗号的回纥军队也并不比叛军好多少，他们未必能够完全服从唐王朝的指挥，且习俗凶狠残暴，一旦他们攻破城池，恐怕也少不了对城中百姓的烧杀抢掠。对此杜甫似乎有先见之明，“阴风西北来，惨淡随回纥”之句，已经认识到了回纥的可忧之处。他们虽然“送兵五千人，驱马一万匹”，虽然“勇决”，能够“破敌过箭疾”，对平叛很有助益，然而破敌之后，对沦陷于敌手的百姓而言，这些“勇决”的回纥军队，恐怕不会是仁义之师。

事实上也的确如此，《旧唐书 · 回纥传》载：“及收东京，回纥遂入府库收财帛，于市井村坊剽掠三日而止。”回纥人虽然帮助唐王朝收复了洛阳，然而他们的烧杀抢掠却也对洛阳的百姓造成了深重的苦难。

不过，致使时局转喜的主要因素，恐怕并非朝廷的举措有多么得当，而是因为叛军的内乱。僭号为大燕皇帝的安禄山本患有眼疾，到了晚年又各种疾病缠身，于是变得暴躁喜怒无常，这引起了其子安庆绪的恐惧，为了避免被安禄山诛杀，安庆绪选择先下手为强。至德二载(757 年)初，安庆绪弑杀了安禄山，继任大燕皇帝。因此叛军的阵营发生了很大动荡，许多忠于安禄山的旧部起了退缩之心，或带兵逃回，或转头归降了朝廷。其中就有安禄山手下的大将史思明，他得知安禄山的死讯后，带领手下兵马返回河北，有了脱离安庆绪节制的想法。进而在安庆绪兵势不利之时，史思明转头接受了朝廷的招安。当然史思明并不打算真心实意归顺朝廷，然而他与安庆绪之间的裂痕，给了朝廷绝好的平叛机会。正因如此，才有了杜甫所谓"胡命其能久？皇纲未宜绝"的可能。看到了平定叛乱的曙光之后，杜甫的思虑又更进一步，他希望朝廷今后能够从祸乱之中吸取足够的教训，以史为鉴，弃恶扬善，从而中兴大唐，恢复太宗时的荣光：

忆昨狼狈初，事与古先别。奸臣竟菹醢，同恶随荡析。
不闻夏殷衰，中自诛褒妲。周汉获再兴，宣光果明哲。
桓桓陈将军，仗钺奋忠烈。微尔人尽非，于今国犹活。
凄凉大同殿，寂寞白兽闼。都人望翠华，佳气向金阙。
园陵固有神，洒扫数不缺。煌煌太宗业，树立甚宏达。

乱起之初，唐玄宗听从了军士们的建议，"奸臣竟菹醢，同恶随荡析"，杨国忠被诛杀，杨贵妃也被赐死。于是唐王朝没有像夏、商那样，因为褒姒、妲己之祸而衰亡(褒姒乃周幽王宠姬，非夏朝事，此处或为误用，或泛指亡国之女)，而像周、汉一样，因周宣王、汉光武帝的努力而得到中兴。杜甫对在马嵬驿支持兵谏，格杀杨国忠的左龙武大将军陈玄礼评价甚高，认为正是由于他们的努力才能令唐王朝重新获得人心。从此以后，长安的宫殿与陵寝都在默默等待天子的回归，长安的百姓们也都对王师翘首以盼。杜甫坚信官军胜利的捷报不久应当到来，太宗所创立的宏伟功业，也必有恢复的一天。

全诗以对朝政的忧心开篇，历叙战乱中国家、百姓以及个人所面临的窘迫境遇，最终以对大唐中兴的期许收束全篇，叙述细密而有条理，情感深切而不怨靡，令读者随着诗人视角的转移、随着诗人思虑的深入，设身处地了解安史之乱的历史情景与社会现实。这一鸿篇巨制，历来备受推崇，清代所编《唐宋诗醇》甚至将其誉为自古至今五言诗中的翘楚："以排天斡地之力，行属词比事之法，具备方物，横绝太空，前无古人，后无来者，自有五言，不得不以此为大文字也……严羽谓李、杜之诗如金鳷擘海，香象渡河，下视郊、岛辈，有类虫吟草间者，岂不然哉！"其中引宋代诗论家严羽之语，将杜甫之诗比作"金鳷擘海，香象渡河"，同样是在窘迫的境遇之中，杜甫的气度宏大广博，较之中晚唐时孟郊、贾岛那些如同虫吟草间般的哀怨之语，简直有天壤之别。

此后形势的发展果然如杜甫所期盼那样，当年十月，长安与洛阳皆得到光复，安庆绪的叛军逃回河北。肃宗与玄宗也相继回到长安。长安光复之后，杜甫也结束了省亲之旅，再次奔赴朝廷。

至德三载(758年)初，回到了长安的杜甫继续担任左拾遗的职务。而在暂时击退了叛军后，长安的朝廷内却又暗流涌动。尤其随着太上皇唐玄宗重新回到长安，朝中追随唐玄宗的旧臣与被唐肃宗提拔的新贵之间，不可避免地产生了矛盾，唐肃宗也为自己天子之位的安稳担忧，难免对唐玄宗的旧臣起了疑忌之心。于是前一年的房琯之案被旧事重提，房琯被贬为邠州(今陕西彬州市)刺史，与房琯交好的大臣们也纷纷被贬逐出京，曾经为房琯出头的杜甫也难免受到牵连，被贬到华州(今陕西渭南市)担任司功参军。

（三）九节度使之败与“三吏”“三别”

乾元元年（758年）七月，杜甫来到华州就任，同年年底又前往刚被朝廷收复不久的洛阳。在这一期间，洛阳以北的相州（今河南安阳市）一带，一场堪称安史之乱爆发以来最为激烈的战事正在酝酿之中。

这年九月，唐肃宗集中了朔方节度使郭子仪、河东节度使李光弼、关内潞州节度使王思礼、淮西襄阳节度使鲁炅、兴平节度使李奂、滑濮节度使许叔冀、平卢兵马使董秦、镇西北庭行营节度使李嗣业、郑蔡节度使季广琛，这九个节度使带领近二十万精兵强将进逼相州，对外号称六十万人，准备毕其功于一役，彻底歼灭盘踞在相州一带的安庆绪叛军。

这二十万大军几乎是当时朝廷的全部家底，又都是屡经沙场的精兵强将。不过，对于如何统一指挥这九个节度使军队的问题，唐肃宗采取的策略却令人摸不着头脑。或许是因为九节度使中为首的郭子仪、李光弼功勋都过于卓著，互不相服，难以让他们有职务高下的区别，也或许肃宗忌惮他们本就功高难制，再立大功恐怕赏无可赏，于是这二十万大军竟然没有设置一个掌握全局的统帅，反倒丝毫不懂军事的宦官鱼朝恩被派来做监军，打着皇帝的旗号成为大军的实质领袖。于是官军尽管在兵力上已经有了很大的优势，却仍潜藏着不小的危机。

不过，毕竟九节度使中的主心骨郭子仪、李光弼都是才能卓著的名将，在他们的指挥下，乾元元年的下半年，官军捷报连连。安庆绪的势力不断被缩小，最终被重重围困在邺城之中，作困兽之斗。

感到大势已去的安庆绪不断往河北发去求援之信，想要让已经回到河北、正在养精蓄锐的史思明派兵来救，甚至不惜让出自己篡夺的大燕皇帝之位。史思明既垂涎帝位,又担心一旦安庆绪被剿灭,自己也会唇亡齿寒。于是在这一年的十二月,带领十三万人马南下,占据魏州(今河北邯郸市),与朝廷围困邺城的军队遥相观望。此时邺城的围城之战已经进行了数月,即便城中粮食已尽,出现了人相食的惨状,安庆绪仍然在拼死抵抗。城外的官军久攻不下,人困马乏,士气也渐渐低迷下去。

对战局有着敏锐察觉的李光弼忧心忡忡,他建议先集合精兵强将进逼魏州,至少逼退了史思明,然后再强攻邺城,以免除遭遇安庆绪和史思明内外夹攻的危险。然而大军毕竟缺乏统帅,最有话语权的是丝毫不懂军事的宦官鱼朝恩。鱼朝恩只看到了官军进展顺利,还想着尽快攻破邺城,带着安庆绪的脑袋前去向肃宗邀功,哪能对战局有什么准确的判断?于是邺城的攻城战一直绵延到了乾元二年(759年)的三月,官军的士气一再低迷,这给了驻扎在魏州的史思明坐收渔翁之利的机会。

史思明看准时机,派遣精兵乔装成探路的小股部队,一波波逼近官军的阵地。官军没能反应过来,被瞬间的偷袭打乱了阵脚。位于前线的李光弼部队遭遇了惨重的损失,后方郭子仪的部队正要支援,然而天公作怪,瞬间狂风大起,飞沙走石,难辨敌我,这令郭子仪的增援部队陷入混乱,失去了战斗能力。于是二十万大军无法相互配合,很快便土崩瓦解。郭子仪与李光弼虽然带领着残兵逃出,大军的粮草辎重全部沦丧在史思明和安庆绪的手中,缺食少粮的叛军因此得到了极大的补充,战场的优劣之势瞬间被逆转。成功救援了安庆绪的史思明趁机兼并了安庆绪的部众,并找了个借口处死安庆绪,僭位为大燕皇帝。从此唐王朝的主要对手由安禄山父子转而成为史思明,前一年刚刚被收复的洛阳,在相州之战后面临着极大的威胁。重新夺回优势的叛军,很快便向着洛阳再次杀来。

乾元二年(759年)初,正滞留在洛阳的杜甫听闻官军溃败的消息，立刻启程向西返回华州。战事的迅速恶化，给中原的百姓带来了沉重的苦难。二十万精锐一朝损失殆尽，朝廷不得不四处招募壮丁。杜甫一路上对此耳闻目睹，写下了最能代表他“诗史”意义的组诗“三吏”“三别”。乃至如宋人刘克庄所说：“新旧唐史不载者，略见杜诗。”（《后村诗话》）较之于《旧唐书》《新唐书》这些官修史书对于战况的冷峻介绍，杜甫的组诗能进一步反映出战争中百姓们所遭受的摧残，为后人了解安史之乱下的民生百态提供了第一手的资料。

“三吏”分别指《新安吏》《石壕吏》《潼关吏》，“三别”分别指《新婚别》《无家别》《垂老别》。首先来看《新安吏》：

客行新安道，喧呼闻点兵。借问新安吏：县小更无丁？
府帖昨夜下，次选中男行。中男绝短小，何以守王城？
肥男有母送，瘦男独伶俜。白水暮东流，青山犹哭声。
莫自使眼枯，收汝泪纵横。眼枯即见骨，天地终无情！
我军取相州，日夕望其平。岂意贼难料，归军星散营。
就粮近故垒，练卒依旧京。掘壕不到水，牧马役亦轻。
况乃王师顺，抚养甚分明。送行勿泣血，仆射如父兄。

新安县位于洛阳西部，杜甫离开洛阳，首先经过此县，正好撞见官吏们招募兵丁的情形。新安县小，人口不多，朝廷为了平叛早已经将县中男丁招募尽了。如今前线军队覆没，还要强行征兵以保卫洛阳，那就不得不将县中的“中男”（指十八岁以上，二十二岁以下，尚未达到服役年龄的男子）也全部招募而去。这些发育尚不完全的“中男”，怎么可能是久经沙场的叛军的对手。他们跟随官吏去后，想必没有几个人能活着回来。思虑及此，如何不让人肝肠寸断，于是“白水暮东流，青山犹哭声”，白水东流、风过青山的声音入了离人之耳，似乎都化作阵阵哭声。更令人绝望的是，哭泣又有什么用呢，即便哭得眼枯见骨,天地也不会因此而对人怜悯半分!战乱之下,百姓们的苦难是无解的。唯一的解决办法,还是要不惜一切代价赢得战争。于是杜甫只能对离别之人强加勉励,幸得在前线主持洛阳防务的是名将郭子仪("仆射"),他统兵有方,深得士兵爱戴。在郭子仪的统帅之下,这些新招募的"中男"至少不会枉死沙场。

离开新安县,杜甫继续向西,途经石壕镇(今河南三门峡东南)时投宿在镇中一对老夫妇家中。夜晚忽然有征兵的官吏闯入,新安县招募县中"中男"时还算是正大光明,而石壕镇的征兵却已经变成了"捉人"。对此杜甫作《石壕吏》记录道:

暮投石壕村,有吏夜捉人。老翁逾墙走,老妇出门看。
吏呼一何怒!妇啼一何苦!听妇前致词:三男邺城戍。
一男附书至,二男新战死。存者且偷生,死者长已矣!
室中更无人,惟有乳下孙,有孙母未去,出入无完裙。
老妪力虽衰,请从吏夜归,急应河阳役,犹得备晨炊。
夜久语声绝,如闻泣幽咽。天明登前途,独与老翁别。

听闻官吏"夜捉人"的动静,老翁翻墙而走,显然是早有准备,看来官吏前来招募兵丁已经不止一次,这次恐怕是最后通牒了。新安县不放过"中男",石壕镇不放过老翁,能够补充前线的兵丁非老即弱,官军的战斗力可想而知。壮年男丁们此前早就被招募一空,且在相州惨败中恐怕是九死一生。老妇家本有三名男丁,全都被招募到了邺城前线,从他们辗转寄来的家书中可以得知,两名男丁已经战死,仅有一人还在坚持戍守。这样的军属之家本应受到朝廷的特别抚恤,然而在无可用之兵的情况下,朝廷非但无力抚恤,反倒要把老翁也一并招去前线。老翁是家里仅存的劳动力,若是他也被招募去了,家中田地恐怕无人能够料理,尚未断奶的孙儿恐怕只能被饿死。

于是老妇人毅然决定牺牲自己，到了前线即便不能参与战斗，至少还有能力为士兵们准备饭食。官吏似乎被老妇人的一番话说动了，真的就带着她离去。官职卑微的杜甫无力阻拦，只能无奈地看着这一切发生。随着老妇人的离去，长夜渐渐陷入了可怕的寂静之中，随后隐隐地又似乎传出哭泣之声，想必是逃回家的老翁得知这一切后的悲鸣。第二天早晨，心情沉重的杜甫只能与老翁一人告别。不知此后老妇人的命运如何，也不知老翁那已经残破不堪的家庭又是否能够得到保全。

离开石壕镇，越过潼关，就可以抵达华州地界了。潼关是拱卫长安最为重要的关塞，两年多以前，正是因为镇守潼关的大将哥舒翰被迫弃关迎敌，才遭遇惨败，导致长安陷落、天子出逃。潼关防务之重要不言而喻，为了避免悲剧的重现，潼关的守吏们都在专心地修葺城池。对此杜甫在《潼关吏》中记录道：

士卒何草草，筑城潼关道。大城铁不如，小城万丈余。
借问潼关吏：修关还备胡？要我下马行，为我指山隅：
连云列战格，飞鸟不能逾。胡来但自守，岂复忧西都。
丈人视要处，窄狭容单车。艰难奋长戟，万古用一夫。
哀哉桃林战，百万化为鱼。请嘱防关将，慎勿学哥舒！

潼关的坚固，连守城备战的士卒们都是十分引以为傲的，甚至亲自为杜甫指点介绍周边险要的地势以及他们精心修筑的工事，且满怀自信地说出“胡来但自守，岂复忧西都”之语。最险要的地方仅可以容纳一辆车的出入，正是所谓“一夫当关，万夫莫开”，有这样坚固的要塞和这样士气高昂的士卒在，西京长安的天子本来是可以高枕无忧的。可最重要的防御却永远不是地势，而是人的指挥。杜甫与士卒们都自然而然联想到了两年多前令哥舒翰全军覆没的桃林之战,如果没有朝廷的胡乱指挥以及哥舒翰对朝廷命令的屈从,也就不至于导致"百万化为鱼"的惨剧。"请嘱防关将,慎勿学哥舒"正道出了底层士卒们的担忧,士卒们身份低微无法与守将直接对话,于是希望有官职在身的杜甫能够帮着传话。只不过,真正拥有战争指挥权的也并不是哥舒翰这样的守将,而是天子。刚刚的相州惨败,也明显与天子不为九节度使设立统帅,却派了个不懂军事的宦官前去做监军有直接的干系。士卒的担忧在于边关守将,想让他们不要重蹈哥舒翰的覆辙;杜甫的担忧则在天子,想让肃宗吸取当初玄宗昏庸决策,以及今日的相州惨败这双重的教训。只不过官职低微又遭遇嫌忌的杜甫也无法直接向天子进言,只能通过诗歌来委婉劝谏。

"三吏"之后,杜甫又作了"三别",对此行的所见所闻进行了更加详细的描绘。《新婚别》写刚刚结婚的新人不得不因战事离别的苦楚:

菟丝附蓬麻,引蔓故不长。嫁女与征夫,不如弃路旁。
结发为君妻,席不暖君床。暮婚晨告别,无乃太匆忙!
君行虽不远,守边赴河阳。妾身未分明,何以拜姑嫜?
父母养我时,日夜令我藏。生女有所归,鸡狗亦得将。
君今往死地,沉痛迫中肠。誓欲随君去,形势反苍黄。
勿为新婚念,努力事戎行!妇人在军中,兵气恐不扬。
自嗟贫家女,久致罗襦裳。罗襦不复施,对君洗红妆。
仰视百鸟飞,大小必双翔。人事多错迕,与君永相望!

全诗通过女子的视角展开,好不容易盼来了与心上人新婚的那一天,结果却是"暮婚晨告别",在成亲的第二天早上,新婚妻子甚至还没有将家中亲戚认全,丈夫便被招募去了前线。前线虽然离家不远,然而敌人来势汹汹,战事想必也会惨烈异常。这样想下去,丈夫所赴之地简直就是“死地”，心情沉痛的妻子想要随着夫君而去，同生共死，然而军中自有规矩，这样的想法是难以实现的。于是只能强忍着心中的不舍与忧虑，勉励从军的丈夫要努力奋战，早日击退敌人好返回家乡。辞别丈夫之后，妻子将好不容易得来结婚的丝绸衣裳收起，洗去脸上红妆。决心等待丈夫返回的那一天，再穿上这漂亮衣服，重新画上美丽的妆容给丈夫看。可是这一天真的会到来吗？惆怅不已的妻子看到天上结伴双飞的鸟儿，不由自主地向着丈夫远去的方向长久地望去。

之后的《无家别》则换了一个角度，通过好不容易从前线生还的战士的视线，描绘出战争对他家乡的摧残：

寂寞天宝后，园庐但蒿藜。我里百余家，世乱各东西。
存者无消息，死者为尘泥。贱子因阵败，归来寻旧蹊。
久行见空巷，日瘦气惨凄。但对狐与狸，竖毛怒我啼。
四邻何所有？一二老寡妻。宿鸟恋本枝，安辞且穷栖。
方春独荷锄，日暮还灌畦。县吏知我至，召令习鼓鞞。
虽从本州役，内顾无所携。近行止一身，远去终转迷。
家乡既荡尽，远近理亦齐。永痛长病母，五年委沟溪。
生我不得力，终身两酸嘶。人生无家别，何以为蒸黎！

安史之乱爆发后，人们纷纷逃亡，原本炊烟袅袅的中原大地，如今却是处处狼藉。战士的运气还算好，没有在相州的惨败中丢掉性命。然而等他逃回故乡时却发现，本来有着百余户人家的村落已破败不堪，明明是白天，光线却暗淡得惊人，仿佛太阳也瘦削了一般，以往只在夜间出没的狐狸竟然大白天就在巷间乱窜，甚至竖起毛来对人嚎叫。左邻右舍，除了几个跑不动的老寡妇还在苟延残喘以外，跑的跑，死的死，一片萧索。为了生计，他只能一个人荷锄春耕，县中的官吏见到了久违的男丁,竟然又把他招去修习军事。从前被招募从军之时,还指望着能够快点回来看望家人,可如今返乡之后,家乡却已经“荡尽”了,辛苦把自己拉扯大的母亲没有享到半点清福便已去世,草草埋在了山野之中。失去了家乡的自己如同行尸走肉一般,服役就服役吧,甚至去远处服役去近处服役都无所谓,连家乡都没有了,正常的生活又怎么可能进行得下去呢?

接下来的《垂老别》又从送别子孙出征的老者角度进行叙述:

四郊未宁静,垂老不得安。子孙阵亡尽,焉用身独完?
投杖出门去,同行为辛酸。幸有牙齿存,所悲骨髓干。
男儿既介胄,长揖别上官。老妻卧路啼,岁暮衣裳单。
孰知是死别?且复伤其寒。此去必不归,还闻劝加餐。
土门壁甚坚,杏园度亦难。势异邺城下,纵死时犹宽。
人生有离合,岂择衰老端。忆昔少壮日,迟回竟长叹。
万国尽征戍,烽火被冈峦。积尸草木腥,流血川原丹。
何乡为乐土?安敢尚盘桓?弃绝蓬室居,塌然摧肺肝。

子孙皆被征召上了前线,家中只留下老翁和老妇,虽然身子骨还算硬朗,牙齿也还没掉光,可是毕竟已风烛残年,难以进行繁重的农事劳动了,如果子孙都在前线阵亡,老翁老妇也必不能久存。忍痛送别子孙出征,一想到这次离别很有可能是生死之别,就不禁悲从中来。不过这次出征,应该会与攻打邺城时遭遇惨败不同吧!前线官军修筑的土门要塞听说还算坚固,杏园的黄河渡口也屯有重兵,敌军大概很难轻易从那里渡过黄河。老翁只能靠着这些听来的消息聊且安慰自己。人生都是要面临离别的,区别只是或早或晚而已,可惜自己青春不再,不能与儿孙同赴战场。如今全天下都燃烧着战火,甚至于“积尸草木腥,流血川原丹”,这实在不像是人间,而是地狱一般的景象。既然天下无处可以安居,不舍得离别又有什么用呢,不是今天在前线阵亡,就是明天在家乡受摧残而死,也只是早与晚的差别而已。这混账的世道,如何不让人肝肠寸断。

一路上耳闻目睹中原百姓遭遇的苦难,杜甫的心情自然无比沉痛。而已经被肃宗所抛弃的自己,无法将这民间的疾苦上达天听,只能通过手中的笔将其记录下来,以求口耳相传,能被执政者辗转闻知,从而多少助益于国计民生。只不过杜甫的诗,在他生前流传极其有限,这些百姓的哀鸣,想必无法传入肃宗耳中,却有幸作为"史诗"流传到了后世,让后人们为安史之乱中备受摧残的百姓潸然泪下。而后来的执政者能否真的从中吸取到教训,却又成为一个复杂到难以言说的话题。

乾元二年(759 年)夏,历经了沉痛旅程的杜甫回到华州任上。接下来的夏天,注定也是一段并不愉快的时光。这年夏天酷热异常,加上连年的战乱,天灾与人祸并行,令杜甫看不到希望。他一方面痛斥上天的不雨,致使生灵涂炭:"上苍久无雷,无乃号令乖。雨降不濡物,良田起黄埃。飞鸟苦热死,池鱼涸其泥。万人尚流冗,举目唯蒿莱。"一方面又对唐王朝的统治者感到悲观失望,从前的贞观之治恐怕没有再现的那一天:"至今大河北,化作虎与豺。浩荡想幽蓟,王师安在哉。对食不能餐,我心殊未谐。眇然贞观初,难与数子偕。"(《夏日叹》)在这种苦闷的心情之下,杜甫不再执着于当初入仕的想法,更何况作为华州功曹参军这样的微末小吏,又能于世何补?于是在当年七月,杜甫毅然弃官而去,携带家眷去投奔亲友,辗转向西,流寓于秦州(今甘肃天水市)、同谷(今甘肃成县)。

客居同谷的杜甫贫病交加,想到各自飘零在天涯的兄弟姐妹,想到跟随自己挨饿受冻的妻子儿女,又想到自己不甘平庸却终究一事无成,不禁悲从中来。为了排解心中沉重的哀愁,杜甫写下了七首哀歌(《乾元中寓居同谷县作歌七首》),胸中块垒倾吐而出,略举其三首如下：

其一

有客有客字子美，白头乱发垂过耳。岁拾橡栗随狙公，天寒日暮山谷里。中原无书归不得，手脚冻皴皮肉死。呜呼一歌兮歌已哀，悲风为我从天来！

其五

四山多风溪水急，寒雨飒飒枯树湿。黄蒿古城云不开，白狐跳梁黄狐立。我生何为在穷谷？中夜起坐万感集！呜呼五歌兮歌正长，魂招不来归故乡！

其七

男儿生不成名身已老，三年饥走荒山道。长安卿相多少年，富贵应须致身早。山中儒生旧相识，但话宿昔伤怀抱。呜呼七歌兮悄终曲，仰视皇天白日速！

客居同谷的时光，大概是杜甫一生的困窘之极。中原的家乡如今成为战争的前线，有家难归的自己寄居在同谷这穷乡僻壤，在北风之中全家人忍受着“手脚冻皴皮肉死”。曾经的志向有多么宏大，如今的生活就有多么卑微，于是“中夜起坐万感集”，感慨着“男儿生不成名身已老”。每每与旧识们谈起年少时事，不禁黯然神伤，仰天长叹。七首悲歌步步推进，环环相扣，顿挫淋漓，一唱三叹。明末清初的王嗣奭将这组诗与屈原的《离骚》相类比，甚至认为杜甫的悲歌在情感的充沛方面甚至要超过《离骚》：“原不仿《离骚》，而哀实过之。读《骚》未必堕泪，而读此不能终篇。”（《杜臆》）

同谷的荒僻，无法让全家人久居。为了家人的温饱，杜甫只能再次踏上征程,“忡忡去绝境,杳杳更远适”(《发同谷县》),这次的目的地,是尚未经战火摧残,且素有天府之国美称的成都。

五、成都草堂

上元元年(760年)初春,翻越了“难于上青天”的蜀道,杜甫一家终于抵达成都。与破败的中原都市不同,未经战火摧残的成都仍然保持着她富丽堂皇的一面。在这繁华的都市之中,杜甫又回想起沦于战火之中的故乡,不禁感慨万千,于是将自己心中复杂的情感都融于《成都府》一诗之中:

翳翳桑榆日,照我征衣裳。我行山川异,忽在天一方。但逢新人民,未卜见故乡。大江东流去,游子日月长。曾城填华屋,季冬树木苍。喧然名都会,吹箫间笙簧。信美无与适,侧身望川梁。鸟雀夜各归,中原杳茫茫。初月出不高,众星尚争光。自古有羁旅,我何苦哀伤。

去年春天还在东都洛阳,秋天则奔去了长安以西的秦州,今年春天又来到成都,两年之间,真是“忽在天一方”。然而屡屡的行役,却又是身不由己,不然谁会愿意终日去做游子呢?成都不愧被称作“锦城”,华美的房屋鳞次栉比,巷间时时传来笙箫演奏的声音。

然而与这一片美丽的情景相对照，自己远在中原的家乡却在一片茫茫战火之中，令人不敢去回想。此情此景，不禁令人想起王粲《登楼赋》中“虽信美而非吾土兮，曾何足以少留”之句。羁旅之悲，自古有之，苦闷的杜甫只能引古人为知己，聊以销忧。

（一）草堂初创

富庶的成都毕竟与贫寒的同谷不同，居住在此，至少能够在很大程度上缓解饥寒之忧。在友人的帮助下，杜甫在成都城外美丽的浣花溪畔构筑起了自己的草堂，一家人终于有了相对稳定的住所。杜甫对这草堂也是十分满意，居住惯了，也每每能收获到隐于尘外之乐。于是沉重的心情暂时得到了缓解，曾经满是愁苦的诗风，也在成都草堂期间有所转折，清新之作时时可见，让我们得以见到“老杜”的另一面，如他的《卜居》：

浣花溪水水西头，主人为卜林塘幽。已知出郭少尘事，更有澄江销客愁。无数蜻蜓齐上下，一双鸂鶒对沉浮。东行万里堪乘兴，须向山阴入小舟。

所谓“主人”，或许是指上元元年（760 年）初担任成都尹的裴冕，也或许是指上元元年三月起继任成都尹的李若幽，总之在成都的杜甫得到了身居高位的友人的接济，至少衣食无忧，乃至可以远离尘世，在“澄江”之畔悠闲地去欣赏蜻蜓与鸂鶒，去泛舟游览，“客愁”得到了很大程度的缓解。

草堂之中，时时有客来访，这更令杜甫感到喜悦，《客至》诗道：

舍南舍北皆春水，但见群鸥日日来。花径不曾缘客扫，蓬门今始为君开。盘飧市远无兼味，樽酒家贫只旧醅。肯与邻翁相对饮，隔篱呼取尽余杯。

诗题下本有注作："喜崔明府相过。"这个崔明府或许是杜甫舅氏，因曾任县令，按照唐人的习惯称其为"明府"。迎候着客人来访的草堂，南北皆有春水环绕，群鸥时时前来嬉戏，落花积满了庭前小径，一幅世外仙境的景象。此时的杜甫虽自称"家贫"，或许在物质上的确贫乏，在精神上却是无比丰富的。如此恬淡美好的生活，在杜甫一生之中都是极其难得的。

安逸的生活滋养杜甫的巧思，令他写出更多传神的作品，如这首《春夜喜雨》：

好雨知时节，当春乃发生。随风潜入夜，润物细无声。
野径云俱黑，江船火独明。晓看红湿处，花重锦官城。

写春雨的随风入夜、润物无声，笔触细腻得仿佛也被春雨浸染一般，于是成为历代咏春雨诗中的最为经典之作。春天本是万物复苏的季节，然而战乱令杜甫的春天接连在凄风冷雨中度过，草堂的安居，终于给了杜甫细细体会美好春天的机会。草堂地理位置的优越，又让这春景更添了一番趣味，如杜甫在《绝句三首·其三》中所歌咏的：

两个黄鹂鸣翠柳，一行白鹭上青天。窗含西岭千秋雪，门泊东吴万里船。

院中有黄鹂翠柳，屋上有白鹭高飞。从草堂的窗户向西远眺，成都平原西部耸立着的雪山映入眼帘，院门口的浣花溪水中，停泊着即将沿着浣花溪、岷江、长江东下吴越的客船。身在草堂高卧，心可神游四方，这如何不让人兴致勃发。

而若漫步于草堂之外，沿着浣花溪水，怡人的风景同样是应接不暇，如《江畔独步寻花七首·其六》：

黄四娘家花满蹊，千朵万朵压枝低。留连戏蝶时时舞，自在娇莺恰恰啼。

黄四娘大概是杜甫的邻居，她家院子里的花朵繁盛无比，蝶舞莺飞的场景，引得杜甫驻足来观，流连忘返。江畔的人家自有胜景，而江中的景色也不逞多让，如《绝句二首》所写：

其一

迟日江山丽，春风花草香。泥融飞燕子，沙暖睡鸳鸯。

其二

江碧鸟逾白，山青花欲燃。今春看又过，何日是归年？

第一首中“迟日”即是“春日迟迟”（《诗经·豳风·七月》）的春日，“春风花草香”一语，看似不加修饰、平平无奇，却能令杜甫所嗅到的香气萦绕在读者面前，极其生动可感，继而写燕子飞来飞去、鸳鸯高卧沙洲的景色，将春天的生机与活力一展无遗。

第二首则显得热烈很多，以江之“碧”衬托鸟之“白”，以山之“青”衬托花之“燃”。两句之中，四种颜色，交织成一派热烈的春景。不过热烈之中又忽然引起了一丝忧愁，季节的变换固然带来了美丽的风景，然而离乡的日子却又增添了一年。羁旅之思仍然埋藏在杜甫的心底，忽然之间便会被悄然唤起。

不过美丽的景色大多数时候给予杜甫的都是慰藉，如《水槛遣心二首·其一》所描绘的：

去郭轩楹敞，无村眺望赊。澄江平少岸，幽树晚多花。
细雨鱼儿出，微风燕子斜。城中十万户，此地两三家。

在江边水亭眺望江景，所见是“细雨鱼儿出，微风燕子斜”，内心自然也会随着鱼儿上下，随着燕子翻飞。即便春天过去，夏天来临，也同样是充满幽事的，如《江村》所写：

清江一曲抱村流，长夏江村事事幽。自去自来梁上燕，相亲相近水中鸥。老妻画纸为棋局，稚子敲针作钓钩。但有故人供禄米，微躯此外更何求？

清江环抱的村落，夏天自然清爽而惬意，可以与梁上之燕、水中之鸥相嬉戏。老妻在纸上画上棋盘，夫妻二人便可对弈一局，稚子用母亲的绣花针折成了鱼钩，跑到江边自娱自乐。在成都草堂安居之后，得益于友人接济，杜甫暂时摆脱了衣食之忧，才能把更多的精力放到生活中来，与妻子儿女享受了一段难得的天伦之乐。

得到友人接济的杜甫，时而也会到锦城参与应酬宴会。上元二年（761 年），成都尹换成了崔光远，杜甫参加官府的宴会时，向崔光远部下的将军花敬定赠诗道：

锦城丝管日纷纷，半入江风半入云。此曲只应天上有，人间能得几回闻？（《赠花卿》）

诗歌赞颂宴会中的音乐，时而随着江风传向远方，时而又逍遥直

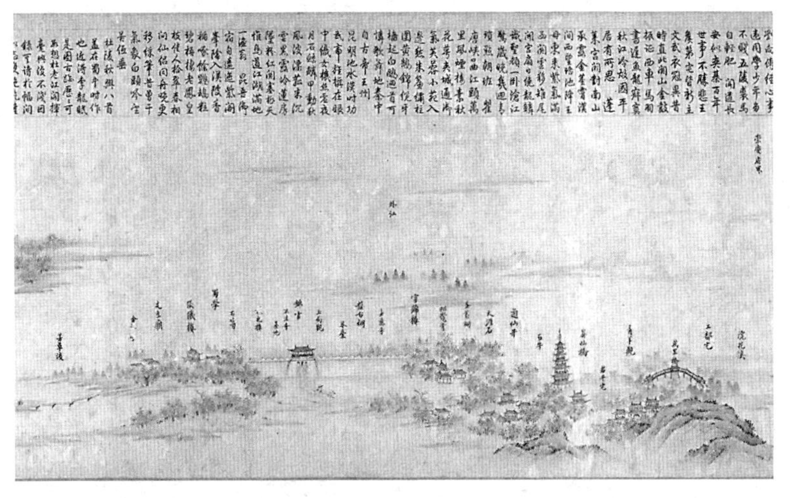

宋李公麟《蜀川胜概图》局部（美国华盛顿特区弗利尔美术馆藏）

上穿越云天。最后两句“此曲只应天上有，人间能得几回闻”极具巧思，把音乐的超凡脱俗形容到极致。不过对于这首诗的意旨，也有这样的说法，明代杨慎在《升庵诗话》中评论道：“（花卿）蜀之勇将也，恃功骄恣。杜公此诗讥其僭用天子礼乐也，时含蓄不露。有风人言之无罪、闻之者足以戒之旨。”如此，最后两句说的也就不是音乐的美妙，而是在讽刺作为臣下的花卿竟然越级去欣赏天子的音乐。这两句诗是否真的意在讽刺，在后世也有不小的争论，杨慎所说未必准确。不过从这一段历史背景中可以看出，尽管成都较之中原要安宁得多，官场之中还是蕴藏着不少是非与纷争的，正如这两年间，成都尹竟然已经换了三届人选，成都政局的不稳定可想而知。这些政坛上的纷争，当然也会影响到杜甫。

想要持续得到长官的接济，就不得不仰人鼻息，正如杜甫所感叹“强将笑语供主人，悲见生涯百忧集”（《百忧集行》），年届五十的自己，仍然过着强行用笑语取悦长官的生活，又如何不令百重忧愁汇聚于心呢？贫寒的家境，又让杜甫身不由己，得不到接济，温饱且成问题,便如《草堂即事》所说,“蜀酒禁愁得,无钱何处赊”,更无从顾得上买酒销忧之事。

贫困之家,又屡屡受到琐事的摧残,如著名的《茅屋为秋风所破歌》大概就作于安家成都草堂后的当年秋天。从“八月秋高风怒号,卷我屋上三重茅。茅飞渡江洒江郊,高者挂罥长林梢,下者飘转沉塘坳”的句子中我们可以知道,杜甫的“草堂”是名副其实的茅草屋,一到大风天,房顶往往被吹破,令一家人在连绵的秋雨中忍受饥寒:“布衾多年冷似铁,娇儿恶卧踏里裂。床头屋漏无干处,雨脚如麻未断绝。自经丧乱少睡眠,长夜沾湿何由彻。”尽管不得不屡屡忍受饥寒,杜甫心中所忧的却不止自己一家,而仍不忘济世之志:“安得广厦千万间,大庇天下寒士俱欢颜,风雨不动安如山!呜呼!何时眼前突兀见此屋,吾庐独破受冻死亦足!”不过,此时无官无职还要仰人鼻息的杜甫却是有心无力的,在丧乱之中摇摇欲坠的朝廷更不可能有余力去改善民生,接济寒士。

到了上元二年(761 年)的年底,杜甫却迎来了一个好消息,昔日的好友严武将要来到成都出任成都尹、剑南节度使。严武是玄宗开元时期的名臣严挺之之子,在肃宗即位灵武之后,曾因房琯的推荐而入朝任给事中。或许是因房琯的这层关系,二人曾在肃宗的朝廷中结下了友谊。

杜甫为严武的到来感到欣喜,严武也没有忘记昔日的友情,甚至时时亲自来到草堂拜访杜甫,这令杜甫无论在物质上还是精神上的境遇都得到了很大改善。杜甫曾作《严中丞枉驾见过》记录道:

元戎小队出郊坰,问柳寻花到野亭。川合东西瞻使节,地分南北任流萍。扁舟不独如张翰,皂帽还应似管宁。寂寞江天云雾里,何人道有少微星。

蜀中本有东西二川的行政区域划分，此时朝廷将东西二川并在一起，统归剑南节度使严武管辖，得以主持东西两川军政的严武所握权力极大，故曰“川合东西瞻使节”。此时的杜甫却不过是一介平民，因战乱而奔走，常常居无定所，宛如水中浮萍。二人身份地位差距可谓悬殊。身居高位的严武亲自前来拜访一介平民杜甫所居的草堂，这对寻常人来说，可真称得上是蓬荜生辉了。不过杜甫却不逞多让，不仅自比魏晋时著名隐士张翰与管宁，甚至还以闪烁在江天云雾之中的“少微星”（一名处士星，喻指隐士）自况，态度可谓不卑不亢。

不过，严武的这次成都之任却并未持续太久。第二年的宝应元年（762 年）四月，朝中变故连连，玄宗和肃宗相继去世，经过一番惊险的宫廷斗争后，代宗继承皇帝之位。七月，严武被代宗调回长安，主持监修玄宗、肃宗陵墓的事宜。

杜甫好不容易盼来知己，可仅仅半年之后，就要与知己离别，心中自然是万分不舍。于是出城送别严武，甚至一路送到了绵州才依依分别。临别之时作了《奉济驿重送严公四韵》道：“列郡讴歌惜，三朝出入荣。江村独归处，寂寞养残生。”严武历仕玄宗、肃宗，此次又得以去辅佐代宗，可谓三朝元老，此次回京之旅荣耀无比。与之相对的，失去了知己的自己只能独自返回草堂，面对着寂寞空虚的残生，可谓凄凉之至。

然而现实往往更加令人悲哀无助。严武走后，新的剑南节度使尚未上任，在这短暂的权力真空之时，剑南兵马使徐知道发动叛乱，篡夺剑南节度使之位，为了巩固权力在成都城内大开杀戒，“谈笑行杀戮，溅血满长衢”（《草堂》），长年未经战火的成都城顿时大乱，于是刚刚与知己分别的杜甫，连“江村独归处，寂寞养残生”的愿想也不得不断绝了。

（二）梓州滞留

成都的动乱令杜甫无处可归，于是只能掉头前往梓州暂时避难，并在之后寻找机会把妻子儿女也从成都草堂接了出来，全家人从此寄居在梓州。

第二年的宝应二年（763 年）春天，滞留在梓州的杜甫却收到了从中原传来的好消息，前年末，朝廷在中原和河北用兵，终于取得了久违的大捷，绵延了近八年的安史之乱正式告终，自己的故乡终于盼来了摆脱战火的日子。

三年之前，当杜甫前往成都避难之时，正是唐王朝面临安史之乱中第二次大危机之际。乾元二年（759 年）初，史思明在相州大破九节度使联军之后，杀掉安庆绪，兼并其残党，僭位成为大燕皇帝。此后不断向朝廷的中原守军发起攻击，之前郭子仪、李光弼收复的中原失地，大部分又再次沦落敌手，甚至东都洛阳也于同年九月再次陷落。肃宗想要追究战败的责任，又不肯承认自己的失误，于是把责任推到郭子仪的头上，罢免了他的指挥权，将他调到京城出任闲职。前线可以倚仗的将领就只剩下了李光弼。

幸亏李光弼有先见之明，提前将洛阳的军民撤到潼关，又在河阳修筑了坚固的工事抵御史思明的叛军，才没有让形势进一步恶化。于是叛军与官军在河阳一带陷入了长久的拉锯战。

战争持续到上元二年（761 年）的时候，朝中以鱼朝恩为首的宦官听信传言，认为史思明的军队在长久对峙之后已经人心思归，正是强弩之末，如果官军大举反击必能收复东都洛阳。肃宗听信了鱼朝恩的建议，下令李光弼反击，李光弼明知不可，却又无可奈何，只能硬着头皮向洛阳进军。这一情形，与安史之乱刚刚爆发时玄宗强令镇守潼关的大将哥舒翰弃关出击简直如出一辙。迫于肃宗命令不得已而为之的主动出击，也果然没有好结果。官军在洛阳城郊遭遇到史思明叛军的伏击，大败而回，大批的粮草辎重再次沦于敌手，幸亏李光弼率领残军逃出生天，扼守陕州，才没有令叛军再次攻陷长安。

朝廷的昏招屡屡令官军陷入窘境，而令形势好转的因素却大多都源自叛军的内乱。安禄山得势时如此，史思明得势时也是如此。当史思明的叛军在陕州一带和官军鏖战之时，其子史朝义所率的部众屡屡出师不利，受到史思明的苛责。史朝义虽是长子，可史思明却更加疼爱自己的小儿子史朝清，甚至屡屡流露出废长立幼的想法，甚至在史朝义进攻不利之时，史思明还气急败坏地当面说出了"俟克陕州，终斩此贼"这样的话。这令史朝义愈发恐惧不安，终于决定先下手为强，伺机弑杀了史思明。

史思明一死，威望不足的史朝义无法掌控全局，叛军各部纷纷有了二心。官军趁机一方面进一步分化叛军阵营，一方面集中兵力攻击史朝义。于是史思明的旧部纷纷倒戈，史朝义自感大势已去，最终在走投无路、众叛亲离之下，于代宗宝应二年(763 年)正月自杀而死。

当然，史朝义的死并不代表动乱彻底结束。河北史思明的旧部虽然在名义上归顺了唐王朝，却依然拥兵自重，不完全遵从唐王朝号令，致使藩镇割据的局面形成，一直持续到唐朝的灭亡为止。不过，毕竟祸乱之首安禄山父子及史思明父子都已经伏诛，中原大地的战事基本结束，绵延八年的安史之乱得以在名义上正式告终，这样的消息，也是足以大快人心的。

远在梓州的杜甫听到史朝义伏诛的消息后，心情无比激动，挥笔作了《闻官军收河南河北》一诗：

剑外忽传收蓟北，初闻涕泪满衣裳。却看妻子愁何在，漫卷诗书喜欲狂。白日放歌须纵酒，青春作伴好还乡。即从巴峡穿巫峡，便下襄阳向洛阳。

期盼了多年，战乱终于告终，这几年积累的愁苦之思几乎一扫而空，难得想要放歌纵酒，尽情地欢乐一回。继而立刻又想要收拾行李向洛阳进发，返回那阔别已久的故乡。可是，正在杜甫收拾行装、准备踏上返回中原之途时，变数又起。

在平定安史之乱的战斗中，铁勒族出身的将领仆固怀恩曾经起到至关重要的作用。他在祸起之初曾经在郭子仪的麾下效力，屡立功勋，全家为唐王朝战死者就多达四十六人，可谓满门忠烈。在郭子仪相州惨败被解除兵权之后，他接替郭子仪统领朔方节度使麾下的部队，与李光弼并列成为平叛的主力。而且仆固怀恩与回纥联系紧密，他曾将两个女儿嫁给回纥可汗，替国家和亲，唐王朝能够得到回纥骑兵的鼎力支持，仆固怀恩在其中厥功至伟。史朝义穷途末路之时，曾经派使者前往回纥，企图引诱回纥袭击长安，这时又是仆固怀恩挺身而出，亲自前往回纥游说可汗，终于巩固了与回纥的联盟，相约夹击史朝义。安史之乱得以平定，仆固怀恩的功劳并不在郭子仪、李光弼之下。

然而，屡屡经历将领叛变的唐王朝，对在外统兵的将领越发多了猜忌之心。又加上唐肃宗、唐代宗相继重用宦官，宦官们怕大臣得势会威胁到自己的权威，于是屡屡在皇帝面前进谗言。仆固怀恩与回纥的亲密关系，在战争之时是国家的倚仗，在和平之时反而成了小人们攻击的把柄。果然在安史之乱平定后，有关仆固怀恩勾结回纥谋反的谣言纷至沓来，仆固怀恩无比委屈，却无处倾诉。当时的唐王朝又刻薄寡恩，如为平叛立下汗马功劳的李光弼最终被处以闲职，参与收复两京的将领来瑱甚至因宦官的谗言而被诛杀。在这样的形势之下，委屈、失望乃至愤怒的仆固怀恩担心不能自保，于广德元年（763年）七月，也就是安史之乱结束仅仅七个月后，竟然真的被逼反了。

仆固怀恩的反叛有着巨大的能量，他很快便联合了回纥与吐蕃的军队，直逼长安。因宦官的挑拨与唐代宗的猜忌，久经战场的将领大多遭到冷遇，长安守军士气低落，并非叛军之敌。于是当年十月，在朝中庆贺安史之乱平息仅仅十个月之后，唐代宗再次逃离长安，任这座屡经战乱摧残的都城沦陷于吐蕃军队的手中。

年初因战乱的平息而欣喜的杜甫，年末却不得不为天子的再次蒙尘而哭泣，滞留在梓州的他见到东川节度使检阅兵马准备出击吐蕃之时，怀着复杂的心情写下《冬狩行》，其中说道："飘然时危一老翁，十年厌见旌旗红。喜君士卒甚整肃，为我回辔擒西戎。草中狐兔尽何益，天子不在咸阳宫。朝廷虽无幽王祸，得不哀痛尘再蒙。呜呼，得不哀痛尘再蒙。"喜见士卒的整肃，又厌见旌旗屡红，战争竟然绵延了这么久，叛军刚被平定不久天子竟然再次被逼出京，昔日强盛的唐王朝如今竟衰落到此等境地，实在让人悲不胜悲。

经历如此变故的唐代宗终于回心转意，重新起用名将郭子仪。因郭子仪在朔方军中的威望仍在，仆固怀恩的部下纷纷倒戈，唐王朝的颓势也终于被止住，数月之后长安得到了收复。仆固怀恩逃去了吐蕃，屡屡挑起吐蕃与唐王朝之间的战火，成都平原也因临近吐蕃而渐染烽火。鉴于这些形势变化，杜甫不打算返回成都草堂，而准备东出四川，沿长江前往吴楚，进而实施他"便下襄阳向洛阳"的计划。

(三)重返成都

不过，正当杜甫将要乘船东下之时，却收到了故友严武的来信。原来朝廷鉴于吐蕃的威胁以及严武在成都军中的威望，已经任命严武再次担任剑南节度使，重返成都。严武刚一得到任命，便写信盛情邀请杜甫返回成都。感慨于严武的深情厚谊，杜甫答诗道"欲辞巴徼啼莺合，远下荆门去鹢催。身老时危思会面，一生襟抱向谁开"(《奉待严大夫》），于是掉头向西，准备重回成都。

广德二年（764年）春，担忧着“昔去为忧乱兵入，今来已恐邻人非”（《将赴成都草堂途中有作先寄严郑公五首·其五》）的杜甫，终于回到了心心念念的成都草堂。而映入眼帘的，却是“避贼今始归，春草满空堂”（《四松》），“开门野鼠走，散帙壁鱼干”（《归来》），同样的春光，同样的草堂，在经历了战乱与离别之后，由当初的幽谧恬静之处，变成了荒凉凄冷之所。

此时此刻，唯有故人的深情厚谊能够暂时给杜甫以慰藉。杜甫归来之后，严武立刻表奏朝廷，任杜甫为节度使参谋、检校工部员外郎。工部员外郎成为杜甫平生任过的品级最高的官职，其在后世被称为“杜工部”也正缘于严武的此次表奏。

重回成都后的杜甫尽管有了正式的官职，他的心情却再也无法像初来成都时那样轻松。朝廷面临的内忧与外患令杜甫时时感到不安。尤其在仆固怀恩被逼谋反之后，朝廷的心腹大患由河北的安史叛军，转而成了在地理上离长安和成都都更近的吐蕃。自宝应二年（763年）起，吐蕃频频进犯，不仅长安近郊多次遭遇烧杀抢掠，成都附近也屡见烽烟。善于用兵的严武虽多次率军击败吐蕃，可边疆形势的险恶却没有太大改观。这一时期杜甫的诗作，满是对国家的忧愁，如《登楼》诗道：

花近高楼伤客心，万方多难此登临。锦江春色来天地，玉垒浮云变古今。北极朝廷终不改，西山寇盗莫相侵。可怜后主还祠庙，日暮聊为梁甫吟。

杜甫早在安史之乱时所写“感时花溅泪”（《春望》）一句，就曾用花来反衬国难之悲，此诗也用了同样的手法，“花近高楼”“锦江春色”这样的怡人之景，反倒成了加剧忧愁的因素，“万方多难”的当下，哪里有心思去观赏这春景。“北极朝廷”历经磨难气息尚存，“西山寇盗”的吐蕃却仍频频袭扰。对此杜甫不禁想到三国时的蜀国，当今天子可不能重蹈后主刘禅的覆辙，然而今时今世，又有谁是能够力挽狂澜的诸葛亮呢？

同样是诸葛亮，杜甫又有著名的《蜀相》一诗：

丞相祠堂何处寻，锦官城外柏森森。映阶碧草自春色，隔叶黄鹂空好音。三顾频繁天下计，两朝开济老臣心。出师未捷身先死，长使英雄泪满襟。

天下愈乱便愈令人怀念诸葛亮这样的名臣。与杜甫交好的严武掌握着蜀中军政大权，有类似于诸葛亮的地位，却未必有诸葛亮那样的才能。《新唐书·严武传》载：“武在蜀颇放肆，用度无艺，或一言之悦，赏至百万。蜀虽号富饶，而峻掊亟敛，闾里为空，然虏亦不敢近境。”严武虽然有作为将领指挥军队的能力，却没有作为宰相治理国家的才德。对于这一点，杜甫恐怕也是心知肚明的。

《新唐书·严武传》又记载了严武的“放肆”，甚至曾要杀杜甫：“最厚杜甫，然欲杀甫数矣。李白为《蜀道难》者，乃为房与杜危之也。”李白《蜀道难》的写作时间与思想内容在上一章中已经有所分辨，显然与杜甫、严武之事无关。所谓“欲杀甫数矣”的说法，大概来源于野史小说之言，如宋人王谠《唐语林》等的记载：

（严武）拥旌西蜀，累于饮筵对客骋其笔札。杜甫拾遗乘醉而言曰：“不谓严挺之乃有此儿也！”武恚目久之，曰：“杜审言孙子拟捋虎须耶？”合坐皆笑以弥缝之。武曰：“与公等饮馔，所以谋欢，何至于祖考耶？”

严武因为杜甫一段直称自己父亲名讳的醉酒之语，就对其“恚目久之”，甚至动了杀心。严武固然有些乖张，不过是否真的像小说中所描绘的那样对待杜甫都如此喜怒无常，却很值得怀疑。至少杜甫诗作中所展现的，更多的还是与严武的深厚友谊。在严武逝后，杜甫仍时时忆起严武，不吝赞美道，“郑公瑚琏器，华岳金天晶”，“公来雪山重，公去雪山轻”（《八哀诗·赠左仆射郑国公严公武》）。那么二人间的友谊，恐怕并不像野史小说中说的那样脆弱不堪。

严武的逝世，对杜甫有着很大的影响。永泰元年（765年）四月，年仅四十岁的严武突然离世，这距离他再次镇蜀并邀请杜甫重返成都，仅仅过去了一年而已。他的英年早逝，令杜甫顿失依托。且此时的成都，外有吐蕃的威胁，内有严武帐下的众将领对节度使之位虎视眈眈，形势十分不妙。鉴于上次严武离任后成都所发生的徐知道之乱，杜甫预感此次祸乱也将不远，于是不敢久留，很快便携家带口毅然离开了成都。事实也证明杜甫的预感是灵敏的，严武死后，他手下的将领为了争夺节度使之位分成了两派，日渐势不两立，以致兵戈相加，蜀中再次大乱。

离开成都后，杜甫南下至戎州（今四川眉山市），又往渝州（今重庆市）、忠州（今重庆忠县）、云安（今重庆云阳县）一带寻找落脚之处，再次过上了流离失所的日子。或许正是在这次旅途中，杜甫作了《旅夜书怀》一诗：

细草微风岸，危樯独夜舟。星垂平野阔，月涌大江流。

名岂文章著，官应老病休。飘飘何所似，天地一沙鸥。

同样面对大江，李白诗曰“山随平野阔，江入大荒流”（《渡荆门送别》），杜甫诗曰“星垂平野阔，月涌大江流”，皆是雄浑壮阔之语，明人胡应麟认为较之李白的“壮语”，杜甫的诗句“骨力过之”。李白之诗毕竟作于"辞亲远游"伊始,壮则壮矣,尚未能将此后曲折的人生阅历融会其中,故而显得景重于情;杜甫此时已经五十四岁,早就备尝世事辛酸,诗中所写既是江景,其实也是人生,情与景的结合更为成熟。明明壮志当胸却无处挥洒的种种不平,幻化在旅夜中晦暗的天地之间,成为涌动的星、月,成为壮阔的平野与浩瀚的大江。这种雄奇景象背后折射出的浩然之气,才是杜甫所向往的人生状态。然而老病交加之下,一切都宛如泡影。笔下的景色越雄浑壮阔,眼前的人生就越凄清冷寂。在博大无极的天地之间,如今蜷缩在舟中吐出雄壮诗篇的杜甫,如同一只很难引人注意的沙鸥。

而老病的杜甫,又将飘荡到何处呢?

六、"夔府孤城"

永泰二年(766年)春,杜甫自云安移居到夔州(今重庆奉节县),所谓"伏枕云安县,迁居白帝城"(《移居夔州郭》),夔州即是曾经的白帝城。当时的夔州都督柏贞节待杜甫不薄,于是杜甫选择在夔州暂住下来。

杜甫在夔州住了近两年,短短两年,却留下来三百多首诗歌,几乎以两天一首的速度在作诗。且此时的诗歌不仅数量多,质量亦高,夔州时期也往往被认为是杜甫创作生涯的高峰,集平生创作之大成。

然而在夔州的杜甫,生活却远远谈不上惬意,已经五十六岁的他,步入了人生的暮年,百病交加。他先是得了疟疾和肺病:"峡中一卧病,疟疠终冬春。春复加肺气,此病盖有因。"(《寄薛三郎中璩》)继而又如汉代辞赋家司马相如(长卿)一样患上了消渴病(糖尿病):"我多长卿病,日夕思朝庭。肺枯渴太甚,漂泊公孙城。"(《同元使君春陵行》)再之后耳朵和眼睛也变得不太灵光:"眼复几时暗,耳从前月聋。"(《耳聋》)甚至还得了"风疾(风痹、中风)":"卷耳况疗风,童儿且时摘。"(《驱竖子摘苍耳》)在各种病患的摧残之下,显然是不太可能有什么诗情诗兴的。不过,此时的杜甫已经把写诗作为了自己持之以恒的事业，“文章千古事，得失寸心知”（《偶题》），“他乡阅迟暮，不敢废诗篇”（《归》），或许在诗歌的创作中，才能感受到自己生命的意义，才能暂时摆脱病痛的折磨，故而此时的杜甫，几乎将自己的全部心力都投入到了诗歌创作之中。

在这些夔州之作中，杜甫一方面回忆过往，作了《壮游》《昔游》《遣怀》等类似回忆录的诗歌。

《壮游》已如本章开篇所引，从“往昔十四五”开始，叙述早年的壮游，继而又叙及安史之乱后的“哭庙灰烬中，鼻酸朝未央”，以及如今的自己“郁郁苦不展，羽翮困低昂”。

《昔游》和《遣怀》则主要回忆与高适、李白在梁、宋、单父一带的游冶。李白已经于四年前的宝应元年（762 年）辞世，一年前的永泰元年（765 年），杜甫又收到了高适去世的噩耗。昔日挚友纷纷离世，令杜甫倍感孤独。忆起“昔者与高李，晚登单父台……桑柘叶如雨，飞藿去徘徊。清霜大泽冻，禽兽有馀哀”（《昔游》），“白刃雠不义，黄金倾有无。杀人红尘里，报答在斯须。忆与高李辈，论交入酒垆。两公壮藻思，得我色敷腴”（《遣怀》）的快意生活，而审视当下，却是“隔河忆长眺，青岁已摧颓。不及少年日，无复故人杯”（《昔游》），“乱离朋友尽，合沓岁月徂。吾衰将焉托，存殁再呜呼。萧条益堪愧，独在天一隅。乘黄已去矣，凡马徒区区”（《遣怀》），这如何不令人黯然神伤。

“乱离”不仅令“朋友尽”，甚至兄弟姐妹也与自己山川相隔，难以聚首。故而另一部分的夔州之作，则寄寓对亲人的思念。如《九日五首·其一》“弟妹萧条各何在？干戈衰谢两相催”，往年因干戈而离别，或许还可以期盼将来总有扫平叛逆、骨肉团圆的那一天，然而如今动乱几乎已经成为唐王朝的常态，自己却老病交加、时日无多，于是越发思念至亲。

杜甫有四个弟弟，分别是杜颖、杜观、杜丰和杜占，又有一个妹妹，名字不详。除了杜占一路跟随杜甫以外，其他的弟妹各自分散在一方。杜甫屡屡打探他们的消息,想要与他们取得联系。如杜丰,杜甫得知其在江南避乱,于是找人向他寄诗,诗题也是序言道“第五弟丰独在江左,近三四载寂无消息,觅使寄此二首”,其一云:

乱后嗟吾在,羁栖见汝难……十年朝夕泪,衣袖不曾干。

近十年未曾相见,尤其这三四年间甚至全然音信断绝。日日夜夜为弟弟担忧,致使相思之泪频频沾湿衣袖。

可喜的是,在夔州时,杜甫终于与另一个弟弟杜观取得了联系,听说他即将带着妻子去往江陵(今湖北荆州市),并要继续溯长江而上,前来与自己相聚。杜甫喜不自禁,作《舍弟观赴蓝田取妻子到江陵喜寄三首》,“汝迎妻子达荆州,消息真传解我忧”(《其一》),“欢剧提携如意舞,喜多行坐《白头吟》”(《其二》),“比年病酒开涓滴,弟劝兄酬何怨嗟”(《其三》)。

当杜观果真前来,即将抵达夔州之时,杜甫更是急迫不已,连连作诗吐露相思之意。其中《喜观即到复题短篇二首·其一》云,“巫峡千山暗,终南万里春”,自己所在的巫峡“千山暗”,喻生活不如意,而从终南山而来的弟弟带来了“万里春”,令生活中的暗淡一扫而空;又云“江阁嫌津柳,风帆数驿亭”,自己在江边的高阁上向弟弟前来的方向远眺,渡口的柳树,原本是美好的存在,如今却因为遮挡自己远眺弟弟的视线,也变得讨人厌了,继而杜甫想象着乘舟而来的弟弟,他大概正在兴奋地数着岸边所经过的驿亭,盘算着何时能够抵达夔州与我团聚吧!

骨肉的团聚,很大程度上慰藉了杜甫的内心,不过时局的艰危,自身的老病,令他很难看到生活的曙光。曲折的生平所积累的复杂情感,令“晚节渐于诗律细”(《遣闷戏呈路十九曹长》),艺术水准随着年龄增长而不断成熟,化作诗的语言倾泻而出。这种对于怀抱的

抒发,是杜甫夔州诗歌的另一主要题材。比如被明人胡应麟誉为"古今七律第一"的《登高》便是其中的代表:

风急天高猿啸哀,渚清沙白鸟飞回。无边落木萧萧下,不尽长江滚滚来。万里悲秋常作客,百年多病独登台。艰难苦恨繁霜鬓,潦倒新停浊酒杯。

七言律诗原本只要求中间二联对仗,而此诗几乎每联皆对仗,却全无人工雕琢之感,反而极尽凄清壮阔之能事。首联以"风""天""猿"对"渚""沙""鸟",连用六个意象,构成了一幅凄清的秋日巫峡的图景,在极富画面感的同时,又极有层次,墨色的或浓或淡、构图的上下远近,皆井井有条,切实可感。首联的意象既然已经如此繁密,颔联便要稍稍舒缓,于是仅写"落木"与"长江",并用"萧萧""滚滚"这样的叠词,使语势缓和了下来。而缓和的同时气势却丝毫不减,无边的落木与不尽的长江又从诗意的绵长悠远上着力:落木缘于季节的变换,代表着时间的流逝,这不禁令人联想到人生的有限;而长江却永无尽头,滚滚向前,这又不禁令人联想到自然时空的无限。秋日巫峡的图景,涂上了苍凉且浓重的底色。

在前两联的构图完成之后,诗人自身终于在颈联中出现。"万里""百年"这样气象宏大的词汇是杜甫诗中常见之语,不过诗人自身辗转流寓的脚步早已不止万里,曲折丰富的人生也近半百,完全能够与这宏大的词汇相衬。"常作客"是过往的经历,"独登台"是今日的举止,过往始终在漂泊,今日又是孑然一身,于是一"常"一"独"间,悲秋的情绪不消多说便倾泻而出。

尾联是全诗的总结,"艰难苦恨"四个字正是杜甫一生的写照,更兼两鬓如霜,年岁之秋与自然之秋交相呼应。潦倒如此,本欲以酒消愁,却因病而不能多饮,于是只能无奈停杯,任愁绪冲荡往复。

全诗皆是悲的情调，却悲得壮丽高浑，悲得骨力铿锵。暮年的杜甫百般不甘却又无可奈何的复杂情绪，在这首诗中得到了充分的凝练，极易引起后人的共情，且经历越多对杜甫此诗的感受越深，“古今七律第一”的评价是当之无愧的。

七言律诗的艺术形式，虽然在杜甫以前就已经出现，然而并没有在此前的唐人中流行开来，初盛唐人所作律诗，绝大多数都是五言，大概因为七言字数较多，在重视留白、重视言外之意的诗歌语言中，字数越多越不易驾驭，容易造成说得太尽、节奏太缓以致诗味寡淡的弊病。

唯独杜甫致力于开拓七言律诗的表现手法，他的七言律诗并不是简单地在五言律诗的基础上加字而已，而是通过精巧的意象安排，令诗歌的节奏更加紧凑，内涵更加繁密广博，风格更加奇拔雄健，意境更加深邃悠远，于是七言律诗这个诗歌体裁的成熟，往往归功于杜甫。而杜甫的七言律诗，也正是在夔州时期登上了最高峰，尤其在抒发怀抱的作品中，涌现出很多脍炙人口之作。

比如借古讽今的《咏怀古迹五首》，分别吟咏曾经在夔州一带留下足迹的庾信、宋玉、王昭君、刘备、诸葛亮等历史人物，将自己的身世之悲融会到历史时空之中，一唱三叹，韵味悠长。举其中咏宋玉的《其二》和咏王昭君的《其三》为例：

其二

摇落深知宋玉悲，风流儒雅亦吾师。怅望千秋一洒泪，萧条异代不同时。江山故宅空文藻，云雨荒台岂梦思。最是楚宫俱泯灭，舟人指点到今疑。

其三

群山万壑赴荆门，生长明妃尚有村。一去紫台连朔漠，独留青冢向黄昏。画图省识春风面，环佩空归月夜魂。千载琵琶作胡语，分明怨恨曲中论。

《其二》开篇援用了宋玉《九辨》中“悲哉，秋之为气也，萧瑟兮，草木摇落而变衰”的名句，虽然自己与宋玉相隔近千年，悲哀的情绪却是一致的。此后诗歌笔锋一转，为宋玉留下的身后之名感叹。作为辞赋名家，宋玉辞藻之美一直备受延誉，而又有几人真的了解宋玉的胸怀与志向呢？他在《高唐赋》中所述楚王与巫山神女的故事，原本是为了讽谏君主的荒淫，后人却只截取艳遇的情节，以致高唐云雨的故事被人们反复传讲，讽谏的本义却被弃置无闻，这种对宋玉的曲解不禁让人叹息。随着历史的长河滚滚向前，楚国宫殿的遗迹已经泯灭，历史的真相更是无人关心。此时此刻，与宋玉有着同样怀抱的杜甫，在千载之下，又将受到人们怎样的评价呢？于是宋玉、杜甫以及后世的读者被悄然连接在一起，感慨之意有着跨越时空的厚重感。

《其三》曾被明代周珽誉为“古今咏昭君无出其右”。王昭君是秭归(今湖北宜昌市)人，自夔州沿着长江向东望去，群山的尽头便是秭归。首句“群山万壑赴荆门”便是在形容秭归的地理位置，造语极具力量，正如清人李锳在《诗法易简录》中所评：“起笔亦有千岩竞秀、万壑争辉之势。”不凡之地生不凡之人，王昭君的出众，从首句对秭归的描绘便可见一斑。然而美貌的王昭君却未能伴在君王之侧，而被选去与匈奴和亲。颔联的“紫台”指汉皇，“朔漠”指匈奴，一去和亲，至死也未能返回故土。死后的青冢独对黄昏黯然神伤，其中寄寓的是对家乡的无限眷恋。进而颈联暗含批判汉元帝之意，只凭画工的图画来选妃，给了小人从中作梗的空间，是无法识得妃子们真正的容貌的。这样一个失误，便害得王昭君终生沦于异域，只能寄希望于死后自己的魂魄能够返回。这一句既是在说王昭君，实际上何尝不是就自身的经历而感慨，如王嗣奭《杜臆》所论：“昭君有国色，而入宫见妒;公亦国士,而入朝见嫉。正相似也。”于是千载之下,每当听到琵琶的声音,就不禁令人为那独自在异域黯然神伤的王昭君而悲叹。

在杜甫的笔下,古与今往往交织在一起,怀古的同时也意在讽今,虽然没有直接的议论、说理之语,却似乎处处都能引发读者的思考。对千载时空的描绘令诗歌的气象极其宏大,而将自身身世的融入又令诗歌的意旨极其精深。

此外,杜甫在直抒怀抱方面还有《秋兴八首》,堪称是他七律组诗作品中的最高峰,在后世备受赞誉。如明人李攀龙《唐诗训解》云:“《秋兴八首》是杜律中最有力量者,其声响自别。”清人黄生《杜诗说》云:“杜公七律,当以《秋兴》为衮领,乃公一生心神结聚之所作也。”现代学者叶嘉莹《杜甫〈秋兴八首〉集说》亦云:“盖唐人七律之作,至杜甫而境界始大,情意始深,而此一体之功能变化,亦始发展而臻于极致。至于七律连章之作,则更为杜甫之所独擅,而《秋兴八首》则杜甫七律连章之作中之翘楚冠冕也。”

对《秋兴八首》这组鸿篇巨制,我们略举其中四首试做分析。《其一》云:

玉露凋伤枫树林,巫山巫峡气萧森。江间波浪兼天涌,塞上风云接地阴。丛菊两开他日泪,孤舟一系故园心。寒衣处处催刀尺,白帝城高急暮砧。

第一首是整组诗的引起之作,从秋意浓浓的巫山巫峡写起,奠定了悲秋的基调。“江间波浪”与“塞上风云”二句营造出雄浑壮阔的图景,在此地登高四望,唤起了故国之思。“丛菊两开”,一说指两见菊花开放,即指由成都迁居夔州这两年;一说指两地菊花一同开放,即一为夔州,一为心心念念的“故园”。若是前者,当是在说时光飞逝而客居生活仍没有改变;若是后者,则是在说同对菊花,却与“故园”天涯两隔。“他日”即往日,自离开故园起,就无时无刻不在流泪,“孤舟一系”则表明时时刻刻都有回归故园之心,却在种种因素之下始终未能成行。尾联言秋风渐紧,人们为此加紧时间赶制冬衣。捣衣之声历来最能唤起作客他乡的愁思,正如李白《子夜吴歌·愁歌》所咏:“长安一片月,万户捣衣声。秋风吹不尽,总是玉关情。”而冷峻高耸的白帝城、惨淡寒冷的暮色,又令这愁思显得更加汹涌浓烈。

《其二》则进一步写远眺长安时所思所想:

夔府孤城落日斜,每依北斗望京华。听猿实下三声泪,奉使虚随八月槎。画省香炉违伏枕,山楼粉堞隐悲笳。请看石上藤萝月,已映洲前芦荻花。

日暮时分登城远眺,直到北斗星升起时都在城上痴坐,久久不舍离去,且似乎每晚都是如此。“望京华”又是全诗的诗眼,正因为心系长安,才总是深情远眺。颔联之中,夔州邻近长江三峡,三峡又以猿声哀切而闻名,正如《水经注》引渔歌曰:“巴东三峡巫峡长,猿鸣三声泪沾裳。”于是痴坐在夔州城楼上的杜甫,每每在这凄切猿声的伴奏之下,黯然落泪。颔联下句用汉武帝命张骞出使西域,和晋张华《博物志》所载:“近世有人居海上,每年八月见槎(即木筏)来,不失期。”《博物志》中乘槎者本无名姓,后世之人多附会说张骞曾经在八月乘槎抵达天河。杜甫此诗正因循后人之说,意思是说听闻每年八月都有槎前来接人前往天河,如今也已到了八月,我却未见槎来,无从返回京华,那么乘槎的传说,到底只是虚妄罢了。这正与庾信《哀江南赋序》中“星汉非乘槎可上”的意义相近。此处颔联的句法也十分特别,“三声”似乎不应该用来修饰“泪”,“八月”也似乎不应该用来修饰“槎”,实际上这两句都用了倒装,若是正常的语序或许应该作:"听猿三声实下泪,奉使八月虚随槎。"这种句法的变幻,似乱而实不乱,似无逻辑而实有逻辑,打破常规方令语句更加醒目,诗意更加浓烈,这颇能代表杜甫晚年"语不惊人死不休"(《江上值水如海势聊短述》)的巧思。

接下来的颈联,进一步表达对"京华"的怀念。"画省香炉"指朝廷,"伏枕"指卧病的自身,二者相隔天涯;"山楼粉堞"指夔州城,在城中听闻笳声四起,笼罩在暮色之中的夔州城似乎随之渐渐隐去,留下的只是一片悲凉。前三联大抵写杜甫因眺望京华而陷入沉思,尾联则似乎从深思中惊醒,回望四周,以写景作结。"藤萝月"与"芦荻花"的解释,大概有两种说法:一说"藤萝月"是夏月,"芦荻花"是秋花,两句云自夏至秋,时节变幻迅速;另一说杜甫远眺沉思之时尚且是"落日斜",从沉思中惊醒则已经日落尽而月已出,且月光才攀石上,又映洲前,以一夜之间的日月交替来指光阴的流转。无论是哪种说法,尾联都将诗笔由空间转向了时间,将对京华的思念之情进一步深化。

《其四》则将视角主要集中在长安:

闻道长安似弈棋,百年世事不胜悲。王侯第宅皆新主,文武衣冠异昔时。直北关山金鼓震,征西车马羽书驰。鱼龙寂寞秋江冷,故国平居有所思。

长安大道纵横交错,布局本就与棋盘类似,而安史之乱以来,长安城屡遭战火,几次沦陷于敌手。各种势力的此消彼长,仿佛有两只巨手在长安上空弈棋一般,孰胜孰负颇不能料。然而在对弈之中,作为棋子的长安城百姓却备尝辛酸苦难,故而云"百年世事不胜悲"。继而颔联详细言可悲之事,即便王侯将相、衣冠豪族的家业也不能长久保存,那么普通百姓的惨状更是可想而知。长安城内情形如此,长安城外也同样危机四伏,北方兵革未息,西面又有吐蕃蠢蠢欲动,形势十分不乐观。尾联则将视角由长安回归到夔州,“鱼龙寂寞”大概是用《水经注》之典:“鱼龙以秋日为夜。龙秋分而降,蛰寝于渊,故以秋日为夜也。”指秋日之中,鱼龙蛰伏安寝,故而“秋江”一片冷寂。而正因秋江冷寂,人之愁思不受打扰,使杜甫的思绪不断地在故国旧事之中回荡反复。

《其八》为组诗的总结之作,追忆故事以收束全章:

昆吾御宿自逶迤,紫阁峰阴入渼陂。香稻啄余鹦鹉粒,碧梧栖老凤凰枝。佳人拾翠春相问,仙侣同舟晚更移。彩笔昔曾干气象,白头吟望苦低垂。

首联回忆京中胜地,昔日漫游之地依然历历在目,而今日已无从复往。颔联与《其二》的颔联一样采用了倒装的手法,依照语义当理解为“鹦鹉啄余香稻粒,凤凰栖老碧梧枝”,如依正常语序则显得平平无奇,如此倒装,便顿生奇崛之感。此一联也是在追溯往昔,曾经开元盛世,物阜民丰,连喂食鹦鹉的饵料都可以用“香稻”,凤凰是祥瑞之鸟,本性高洁,“非梧桐不止”(《庄子·惠子相梁》),凤凰可以在“碧梧枝”上“栖老”,喻指当时政治调和,贤人各得其宜。颈联则回忆往日游人之盛,人们乐在其中,流连忘返。往昔有多么繁华热闹,如今就有多么孤单冷寂,于是尾联陡然转入今昔的对比,昔日的我也曾操笔其中,气象凌云,而如今的我却老病颓然,只能顶着满头白发远眺苦吟。

暂住在夔州的杜甫,或许赶不上住在成都草堂时富足,但在夔州都督柏贞节的关照之下,生活得也算是平定安稳。而一年之后的大历二年(767年),因柏贞节的离任,杜甫也有了离开夔州之意。且此时杜甫的弟弟杜观已定居在江陵,屡屡寄来书信邀请杜甫前去。于是大历三年(768 年)正月,五十八岁的杜甫正式启程,沿着长江东下,开启了他人生中最后一段漂泊的旅程。

七、陨落湘潭

抵达江陵后，杜甫虽然得以与弟弟杜观重聚，但想必弟弟家的生活也不宽裕，以致他在江陵“饥籍家家米，愁征处处杯”（《秋日荆南述怀三十韵》）。杜甫离开夔州，既是想要与弟弟相聚，同时也意在取道江陵重回长安，“冯唐虽晚达，终觊在皇都。”（《续得观书迎就当阳居止正月中旬定出三峡》）不过，穷困潦倒的生活，令他难以立刻北归，而是被迫在江南一带流寓，以筹集足够的路资。

大历三年（768 年）冬，杜甫离开江陵，继续沿长江东下，他感叹“百年同弃物，万国尽穷途”（《舟出江陵南浦奉寄郑少尹》），却又不得不向着“穷途”无奈前行。他的小舟冒着晚冬的风雪，一路上经历了“岁云暮兮多北风，潇湘洞庭白雪中”（《岁晏行》），“岸风翻夕浪，舟雪洒寒灯”（《泊岳阳城下》），才终于抵达岳阳（今湖南岳阳市）。在岳阳城中，杜甫曾登临城内名胜岳阳楼，留下了著名的《登岳阳楼》：

昔闻洞庭水，今上岳阳楼。吴楚东南坼，乾坤日夜浮。亲朋无一字，老病有孤舟。戎马关山北，凭轩涕泗流。

元夏永《岳阳楼图》(北京故宫博物院藏)

从“昔闻洞庭水”一句可知,杜甫对岳阳楼的景色向往已久,然而亲自登临之后,却并无喜色。“吴楚东南坼,乾坤日夜浮”勾勒出壮阔无垠的洞庭湖景色,反而唤起了诗人深切的悲情。晚年的自己,亲旧已经凋零殆尽,没有哪怕一封慰问自己的书信,且拖着老病之身,还要四处飘零,居无定所。甚至自己心心念念的国家也仍然干戈未定,听闻北方幽州兵马使与节度使互戕,叛乱之事又起,西北的吐蕃又屡屡进犯长安。身世的凄凉与国家的患难,令诗人不禁涕泪横流。历来咏岳阳楼与洞庭湖之作极多,不过正如宋人刘克庄所说:“岳阳城赋咏多矣,须推此篇独步。”(《后村诗话》)继而清人黄生也评论道:“前半写景,如此阔大;五、六自叙,如此落寞,诗境阔狭顿异。结语凑泊极难，转出‘戎马关山北’五字。胸襟气象，一等相称，宜使后人搁笔也。”（《杜诗说》）晚年的杜甫尽管穷困潦倒，却胸襟依旧博大，气象从来不减，这不由得令人肃然起敬。

杜甫在岳阳城中滞留数月，想要干谒当地官绅以求资助，不过所得十分有限。大历四年（769 年）春，杜甫非但未能北上，反而转头南下，前往潭州（今湖南长沙市）、衡阳（今湖南衡阳市），继续着漂泊的生活。如他所歌咏的，“一纪出西蜀，于今向南斗。孤舟乱春华，暮齿依蒲柳”（《上水遣怀》），漂泊数年，囊中却依然空空，乃至“侧闻夜来寇，幸喜囊中净”（《早发》），在夜间听闻有盗贼前来，却庆幸囊中空空如也，没有任何可以被盗之物。虽云“幸喜”，实则是多么的悲哀！

南行半年，杜甫终于无论如何都要北返，他计划取道汉阳（今湖北武汉市）向长安进发，于是在当年暮秋告别在湖南所结识的友人，谋划着北归之行：“春宅弃汝去，秋帆催客归。”（《登舟将适汉阳》）“北归冲雨雪，谁悯敝貂裘。”（《暮秋将归秦留别湖南幕府亲友》）

可惜天不遂人愿，大历五年（770 年）四月，湖南都团练使崔環为兵马使臧玠所杀，继而臧玠占据潭州作乱，如杜甫所记录的：“元恶迷是似，聚谋泄康庄。竟流帐下血，大降湖南殃。烈火发中夜，高烟焦上苍。至今分粟帛，杀气吹沅湘。”（《入衡州》）湖南大乱，杜甫的北归之路遇阻，且为了避免战乱波及，杜甫不得已南下到衡州，再次放缓了北归长安的行程。

到衡州不久，杜甫收到舅氏崔伟的来信，崔伟当时正在郴州（今湖南郴州市）做官，邀请杜甫前去。杜甫于是再次调转船头，向郴州进发，然而老病之身却经不起这反复的折腾了。途经耒阳（今湖南耒阳市）时，五十九岁的杜甫在舟中溘然长逝，结束了他那光芒万丈却备尝辛酸的一生。

弥留之际，在摇荡的小舟之中，不知杜甫是否曾忆起昔日“白鸥波浩荡”的豪情，然而行路万里，处处悲辛，恐怕早已是“眼枯即见骨”。幸而还有千余篇灿若星辰的诗篇并未随着杜甫的辞世而隐没，不过杜甫这些伟大的作品，却并不像李白那样在生前就为他博得赫赫诗名。

杜甫创作的巅峰在后半生，此时的他一直在南方飘荡，虽然也得到当地执政长官的赏识，可是毕竟远离当时的政治文化中心，故而他的作品流传并不广。在杜甫去世之后，他的家人迫于贫困，甚至都不能将杜甫的灵柩运回故乡安葬。杜甫的诗歌，或许得到了一定程度的整理结集，却在很长一段时间内都只是在长江以南的小范围地区内传播，正如大历时期的樊晃为杜甫集作序云：“文集六十卷，行于江汉之南。常蓄东游之志，竟不就。属时方用武，斯文将坠，故不为东人所知。”（《杜工部小集序》）甚至连长江下游的士人都一直未能目睹杜甫的诗集，更遑论中原士人。

关于杜甫去世后的情况，中唐人元稹在《唐故工部员外郎杜君墓系铭》中有所记录：

嗣子曰宗武，病不克葬，殁命其子嗣业。嗣业以家贫无以给丧，收拾乞丐，焦劳昼夜，去子美殁后余四十年，然后卒先人之志，亦足为难矣。

杜甫的嗣子杜宗武似乎也继承了杜甫的贫困与多病，依然滞留在江南一带，未能实现父亲返回中原的夙愿。直至杜甫之孙杜嗣业，正如其名字所示的，誓要继承先人的志业，哪怕为此要去乞讨，于是终于在杜甫去世的四十余年后，才将其灵柩运抵祖坟所在的偃师（今属河南洛阳市）安葬。

杜甫诗名的传播，也与元稹有着密切的关系。元稹与白居易并称“元、白”，是中唐时期执文坛牛耳般的人物。正是元稹较早对杜甫的诗歌给予崇高的评价：“予读诗至杜子美，而知古人之才有所总萃焉。”“至于子美，盖所谓上薄风骚，下该沈、宋（沈佺期、宋之问），言夺苏、李（苏武、李陵），气吞曹、刘（曹植、刘祯），掩颜、谢（颜延之、谢灵运）之孤高，杂徐、庾（徐陵、庾信）之流丽，尽得古今之体势，而兼昔人之所独专矣。”（《唐故工部员外郎杜君墓系铭》）几乎将杜甫誉为古今诗坛的第一人。

中晚唐以后，士人对杜甫的尊崇日盛。进而到了北宋，杜甫的地位正式确立，论诗者无不推杜甫为独步，作诗之人也几乎人人学杜。为了满足人们学习的热情，杜诗注本也如雨后春笋般涌现，呈现出“千家注杜”的景象，令杜诗进一步成为经典中的经典。

滚滚而来的身后崇高之名，与默默无闻的生前寂寞之状，两相对照，判若天渊，真不知应为杜甫喜，还是应为杜甫悲。

本章所引杜甫诗文文献参考：

（清）仇兆鳌注《杜诗详注》，中华书局，1979 年

谢思炜校注《杜甫集校注》，上海古籍出版社，2017 年

第五章

奇崛险怪、『以文为诗』

——韩愈诗与宋诗之源

韩愈(768—824 年),字退之,河南河阳人,郡望昌黎,故又被称为“韩昌黎”“昌黎先生”。他在文章领域内声名显赫,是“古文”的缔造者,位居“唐宋八大家”之首,引领了此后千余年的文章写作风气。他的诗歌也同样极具革新意义,正如清人叶燮《原诗》所说,“韩愈为唐诗之一大变”,韩愈的诗歌与盛唐人迥然不同,为中晚唐人开辟了另一个方向,进而促成了唐宋诗歌的转型,在唐代诗歌史乃至整个中国古典文学史中都是不可忽视的存在。

唐诗与宋诗的区别,如宋代严羽所说:“盛唐诸人惟在兴趣……言有尽而意无穷。近代诸公作奇特解会,遂以文字为诗,以才学为诗。”(《沧浪诗话》)又如钱钟书论:“唐诗、宋诗,亦非仅朝代之别,乃体格性分之殊……唐诗多以丰神情韵见长,宋诗多以筋骨理思见胜。”(《谈艺录·诗分唐宋》)而宋诗区别于唐诗尤其是盛唐诗的这些特点,大多都能在韩愈的诗中找到先声。韩愈的诗歌,概括起来主要有两个特别之处,一在对于奇崛险怪风格的追求,一在“以文为诗”手法的运用。

韩愈为人生性好“奇”,他曾自述道,“少小好奇伟”(《县斋有怀》),“搜奇日有富”(《答张彻》),奇异的字句,奇诡的题材,奇怪的典故,奇幻的想象,都在他的诗歌中层出不穷。读他的诗,不像读盛唐人的诗那样顺畅无碍,而需要时时停下来咀嚼字句以跟上他的奇思。这种奇崛险怪的风格给韩愈的诗带来了丰富的层次性,令他的诗十分醇厚,如陈年之酒,未必适合初学者,却往往深得老饕的钟爱。

所谓“以文为诗”，指在诗歌中引入散文式的字法、句法乃至章法，从而变换诗歌的节奏，丰富诗歌的内涵。清人赵翼云：“以文为诗，自昌黎始。”(《瓯北诗话》)实际上，这样的特点未必完全始于韩愈，如杜甫在其诗歌中已有尝试，正如宋人陈师道所论，“韩以文为诗，杜以诗为文”(《后山诗话》)，韩愈的诗中其实有很多取效杜甫之处，只不过较之杜甫，韩愈诗的棱角更为锋利，特点更为鲜明。

韩愈之所以主张这样的诗风，实则是他的“复古”文学主张的产物。他在文章领域主张“古文”，在诗歌方面也曾被元稹称作“韩古调”(《见人咏韩舍人新律诗因有戏赠》)。他的“复古”是为了改革当时卑俗柔弱的文学风气，更多是在精神意态上的复古而非对古人的作品亦步亦趋。正如他在散文上主张“惟陈言之务去”“古者为文必己出”，在诗歌上也是同样。这种“复古”思想下所创作的文章和诗歌，很多都是古无前例的，高举着复古的大旗，实践着创新性的写法，是他文章与诗歌的共同特点。

韩愈在思想上也极具特色，与初、盛唐文人往往游离于儒、道、释三者之间不同，韩愈独尊儒家，极力排斥佛、老，追求圣人之学的纯粹性。正如韩愈门生李汉作《昌黎先生集序》时说，“文者，贯道之器也”，无论作诗还是作文，弘扬圣人之道，都是韩愈心中最根本的信念。这样的纯儒思想并非是顽固守旧的象征，而是有着深刻的社会文化背景的。安史之乱以后，士风日益颓弊，普遍阿谀权贵、为小利而轻大义，骨鲠之士匮乏、奸佞之人层出，致使君臣离心离德，朝中吏治日益腐败，对藩镇的讨伐也因此屡屡功败垂成。与此同时，当时上自高官下至平民百姓都推崇佛教、道教，动辄施财舍身去追求来生、升仙等虚无缥缈之事，在经济上影响国计民生，在思想上动摇了士大夫的进取精神。韩愈深刻察觉到其中弊端，于是逆流而上，极力攘斥佛、道，主张重塑儒学精神。这样的态度也在后世产生了巨大影响，宋人沿着韩愈提出的“道统”进一步创立理学，成为中国思想史上具有重大转折意义的事件，深刻影响到后世士风准则的确立。

韩愈的这些思想主张，以及他的诗歌特点，自然与他一生的经历是分不开的。韩愈卒官吏部侍郎，也被后人称为“韩吏部”，吏部侍郎是六部中的副长官，已属朝中高级官僚，较之初、盛唐诗人往往沉沦下僚，韩愈所取得的职位不可谓不高，他的壮年又正逢唐宪宗时代的“元和中兴”，高级官僚的身份与对国家政事的积极参与，使韩愈成为“士大夫文学”的开创者之一，此后宋代欧阳修、苏轼、黄庭坚等人的身上，多多少少都能看到韩愈的影子。不过韩愈的一生仍然是颇多波折的，他年少孤苦，在寡嫂的抚养下长大成人，凭借自身努力好不容易步入仕途，却又屡逢坎坷，尤其曾两次被贬到极南之地，险些不能生还，这对他的思想和文学都有很大的影响。以下，我们便结合韩愈所处的时代，追随他的人生脚步，来领略他的文学思想，尤其是在诗歌创作方面的独特风采。

一、少年的韩愈与中唐的政治形势

韩愈生于唐代宗大历三年(768 年),其父韩仲卿,曾在多地任地方官,颇有治绩,甚至李白曾作碑文歌颂其在武昌县令任上的德政:“君名仲卿……自潞州铜鞮尉调补武昌令,未下车,人惧之;既下车,人悦之。惠如春风,三月大化,奸吏束手,豪宗侧目。”(《武昌宰韩君去思颂碑》)韩仲卿兄弟之中,又有韩云卿颇富文章之名,李白碑文称“云卿文章冠世”,韩愈日后也曾追溯道:“叔父(韩云卿)当大历世,文辞独行中朝,天下之欲铭其先人功行、取信来世者,咸归韩氏。”(《科斗书后记》)

不过,韩愈的父亲及叔父们皆不长寿。父亲韩仲卿辞世时,韩愈仅仅三岁,于是长兄韩会接过父亲的重任,抚养韩愈长大。韩会同样富有才学,早年曾与名士卢东美、崔造、张正并称为“四夔”,被认为可以比拟舜时贤臣夔。代宗大历年间,韩会因文章才能而为当时的宰相元载赏识,入朝任起居舍人。然而大历十二年(777 年),元载因谋反的罪名被诛杀,韩会也受到牵连,被贬到韶州(广东曲江区),三年后的德宗建中元年(780 年),四十三岁的韩会在韶州英年早逝。韩愈此时仅十二岁，却接连失去了父亲和长兄，只能跟随长嫂郑氏辗转返回中原安葬兄长，随后又跟随长嫂寄居在宣城(安徽省宣城市)。家中男丁相继早逝，韩愈一家生活之艰辛可想而知，《旧唐书·韩愈传》载："愈自以孤子，幼刻苦学儒，不俟奖励。"韩愈不得不少年老成，他日后坚韧耿直性格的形成，皆与早年的苦难经历有着密切的关系。

韩愈少年之时家庭变故连连，与此同时国家政局也同样风雨飘摇。代宗大历年间，安史之乱虽然已经被平定，然而对于安史故地的河北诸节度使，朝廷仍然没有能力完全掌控，甚至为了集全力平叛，朝廷又把军政大权下放给了其他地方的节度使，导致尾大不掉，唐王朝的权威日渐衰弱，藩镇割据的局面愈发固化。加上西面的吐蕃虎视眈眈，长安近郊屡受滋扰，太平祥和的盛唐治世一去不返，动荡多难的中唐时代拉开帷幕。

中唐时代第一次大的危机发生在唐德宗即位之初的建中年间(780—783年)。德宗即位之时，想要一扫安史之乱以来唐王朝的颓势，决心首先整治藩镇割据问题。河北众藩镇虽然在名义上已经归顺朝廷，在具体事务上却并不受朝廷节制，尤其在节度使职务的归属上，已经开始父子私相授受，不由朝廷任命。代宗对此尚不过问，德宗则决意有所改革。

建中二年(781年)，河北三镇之一的成德节度使李宝臣去世，其子李惟岳上书朝廷要求接替其父的节度使之位，德宗断然予以拒绝。于是李惟岳连同魏博节度使田悦、淄青节度使李正己及山南东道节度使梁崇义举兵谋反。朝廷对此已有所准备，命幽州留守朱滔、淮西节度使李希烈等领兵征讨。

起初，朝廷的讨伐颇见成效，四镇反叛的势头很快被压制，乱首李惟岳也被下属王武俊诛杀，唯有魏博节度使田悦和淄青节度使李正己之子李纳的残部尚在负隅顽抗。然而就在朝廷的全面胜利指日可待之时，却又横生枝节。朝廷并未给予领兵平叛的朱滔、李希烈以及投诚而来的王武俊足够的赏赐,令他们心生怨恨。于是三人倒戈,转而与田悦、李纳相勾结,一同反叛朝廷,优劣之势陡然逆转。更恶劣的是,这五人于建中三年(782 年)相继自立为王,宣布正式脱离朝廷的节制,唐王朝面临分崩离析的危险。

朝廷为此大肆征调士兵奔赴前线,然而这次征兵,却造成了比河北烽火更大的祸患。建中四年(783 年)九月,泾原节度使姚令言率五千士卒离开驻地东抵长安,准备在接受朝廷慰劳后进一步奔赴前线。这些久居西陲的士卒本指望着到了长安能够得到朝廷的优厚赏赐,然而没想到到了长安却全无所得,于是积累了很重的怨气。而唐德宗令人犒赏士卒时,相关官员竟中饱私囊,给士卒们极其粗劣的饮食。倍感屈辱的士卒们当即发生哗变,四散抢劫朝廷的府库。其中的有心之人听说曾任太尉的朱泚因其弟朱滔在河北反叛之事而被罢免,此时正幽居在长安,于是带领士卒蜂拥到朱泚宅邸,拥立他为王来统领叛军,很快整个长安城都被叛军占据,这一祸患史称“泾原兵变”。

兵变发生后,唐德宗不得已步了玄宗、代宗的后尘,再一次逃离京城长安。面对着亡国的危险,德宗不得已作了妥协,在名臣陆贽的建议下,他向全天下颁布了罪己诏,近乎低三下四地自责道:“长于深宫之中,暗于经国之务。积习易溺,居安忘危,不知稼穑之艰难,不察征戍之劳苦……天谴于上而朕不悟,人怨于下而朕不知……罪实在予,永言愧悼。”(《奉天改元大赦制》)并下令赦免河北藩镇的一切罪过,只是请求他们去掉“王”的称号,并集中所有精力来讨伐占据了长安的朱泚。

平叛的过程虽然颇有波折,好在一年之内朱泚便被消灭,河北众藩镇也相继去掉了“王”的称号,再次在名义上服从唐王朝的统治。兴元元年(784 年)五月,灰头土脸的德宗终于得以重返长安。

这次叛乱看似历时不久,很快就得到了平定,然而所造的危害却是极其深重的。一方面,唐王朝的权威受到了极大的损伤,河北藩镇彻底脱离控制,节度使之职私相授受情况越发普遍;另一方面,经此大变的德宗再也不愿信任臣下,反而愈发宠幸宦官,为日后的宦官之祸埋下了隐患。

“泾原兵变”发生之时,韩愈正跟随长嫂寄居在宣城读书学习。虽然年仅十五六岁,但少年老成的韩愈不可能不对国家所发生的这一大变故有所关心。他对儒家经世致用学说的坚定信仰,对中兴大唐的孜孜以求,大概都奠定于此时。

“泾原兵变”结束后不久的贞元二年(786 年),十八岁的韩愈自感学业有所成就,且抑制不住一腔报国的热情,于是离开宣城,只身前往长安,正式开始了寻求仕进之路。

二、长安求进

自宣城赴长安，需要沿运河北上至洛阳，继而沿着黄河西进到渭河平原，在进入渭河平原之前需要路过黄河之曲，黄河的北岸高耸着绵延的中条山山脉，是历代高士所钟爱的隐居之所。在中条山脚下，韩愈写下了《条山苍》这首小诗，这是他诗集中最早的作品之一：

条山苍，河水黄。浪波沄沄去，松柏在高冈。

一面是苍茫的中条山，一面是混浊的黄河水，波浪来来往往，松柏在高冈之上矗立常青。诗歌用语简朴，气势却颇为雄浑，且明显有一种人生的期许。正如《韩诗臆说》所评："十六字中，见一生气概。"

不过，还有另一种说法认为，此诗是为了当时隐居在中条山的阳城所作，所谓"松柏"，正是对阳城的赞许之辞。阳城是日后被列入《新唐书·卓行传》的高士，他年少便进士及第，学富五车，却并不热衷仕进而跑到中条山隐居，高洁之名天下皆知。不过，在韩愈作此诗之后不久，阳城被征召入朝做了右谏议大夫。谏官之职最为清要，令高洁之士处清要之职，朝廷一时美誉连连。

先后前往长安的韩愈与阳城，日后仍有交集，不过其中却颇有波折，对青年韩愈有着不小的影响。阳城入朝之后，一直被长安士人寄予厚望。德宗贞元年间，弊政颇多，然而让人意外的是，面对朝政得失，有高洁之名的阳城却整整八年一言不发。这让曾经对阳城满怀敬意的韩愈十分不满，于是作《争臣论》讽刺道："今阳子在位，不为不久矣；闻天下之得失，不为不熟矣；天子待之，不为不加矣。而未尝一言及于政。视政之得失，若越人视秦人之肥瘠，忽焉不加喜戚于其心。问其官，则曰谏议也；问其禄，则曰下大夫之秩也；问其政，则曰我不知也。有道之士，固如是乎哉？"就差直接斥责阳城是浪得虚名。

不过，阳城完全不把韩愈的讽刺放在心上，仍旧我行我素，《新唐书·阳城传》称："韩愈作《争臣论》讥之，城不屑。方与二弟延宾客，日夜剧饮。客欲谏止者，城揣知其情，强饮客，客辞，即自引满，客不得已。"而阳城如此作为，并不是因为他昏庸无能、贪恋禄位，却是迫于贞元时期的政治形势不得已而为之。前面说到，经历过"泾原兵变"这一大变故之后，唐德宗很受刺激，从此猜忌刻薄、不信任大臣。此外，贞元时期虽然颇有弊政，但朝中有陆贽等名臣出任宰相辅佐德宗，朝局维持着微妙的平衡。

作为谏官之首的阳城，虽然对朝政得失耳闻目睹，却并不打算因为一些细小的过失就打破这一政治的平衡。所谓"割鸡焉用牛刀"，他自知不应将自己的刀刃消磨在苛细小事之中，而应该留待大是大非，不鸣则已，一鸣惊人。

事关大是大非的争斗终于在贞元十年（794年）发生了。这期间奸臣裴延龄逐渐取得了德宗的信任，日益在德宗面前诋毁陆贽。德宗因此罢免了陆贽，打算任用裴延龄为宰相。阳城闻此，带领谏官们前往朝中以死切谏，直斥裴延龄的奸佞，辨明陆贽的无罪，甚至当众直言道"延龄为相，吾当取白麻坏之，哭于廷"，意思是说如果皇帝非要任裴延龄为宰相,他就要冲上去抢夺白麻纸写成的拜相诏书,以死来阻止其事。最终阳城虽然遭到贬斥,但因为他的强硬阻拦,裴延龄也没能被拜相。

由此来看,韩愈的《争臣论》误判了阳城的胸襟与气节。韩愈日后认识到了这一点,于是在所撰《顺宗实录》中直书阳城营救陆贽、斥责裴延龄之事,重新对阳城给予了很高的评价。阳城的胸襟与气节恐怕都对青年的韩愈产生了很大的影响,他日后耿直不阿的秉性,想必也受到了阳城的高标所指引。另外,从阳城之事中也可以看出德宗朝政的波谲云诡,处于如此的政治情形之下,初到长安谋求进路的韩愈,显然是很难平步青云的。

韩愈的长安之旅,最初打算投奔其从兄、时任殿中侍御史的韩弇。然而贞元三年(787 年),韩弇跟随司空浑瑊前往平凉(今甘肃省平凉市)与吐蕃缔结合约,却未承想合约只是吐蕃设下的陷阱,前往盟会的朝臣被杀的被杀,被扣的被扣,司空浑瑊拼死逃出,而韩弇却死难其中。等到韩愈抵达长安,首先收到的竟是韩弇的噩耗。顿失依托后,韩愈在长安的日子显然不会好过。他只能四处干谒,靠着与韩弇有故交的马燧等人的救济,才勉强在长安立足。

没有亲旧可以依傍的韩愈,想要在朝中出人头地,似乎只有参加科举考试这一条路。韩愈自身也认识到了,于是自贞元三年(787 年)起就开始参加礼部的进士科考试,然而前三次皆以失败告终,等到贞元八年(792 年)的第四次考试,才终于进士及第。而依照唐代的制度,进士及第后往往不能直接入仕,还要去吏部参加制科的考试,再次及第之后才能被授予官职。于是韩愈又三次前往吏部参加博学鸿词科的考试,可惜三战皆墨。不甘心的韩愈又连着三次直接向宰相上书试图毛遂自荐,然而因唐德宗的猜忌刻薄,宰相私下会客都会承担被斥责的风险,更不太可能有意愿去提拔后进,韩愈的上书不可避免地石沉大海。于是,仅仅获得了一个进士名号的韩愈自感无法在长安立足，于贞元十一年（795 年）黯然离开长安，去地方节度使那里继续寻求进路。

诗文之才在后世皆备受延誉的韩愈，却在主试诗文的进士、博学鸿词科考试中屡屡败北，所谓“四举于礼部乃一得，三选于吏部卒无成”（《上宰相书》），这不得不说是一个莫大的讽刺。其中很重要的原因，在于当时崇尚的诗文风气与韩愈的风格相左。

韩愈历次科举所作的诗歌皆未能存留，也许是韩愈自身并不想把它们记录下来。他曾评价自己模拟当时风气所作的诗文道：“退因自取所试读之，乃类于俳优者之辞，颜忸怩而心不宁者数月。”（《答崔立之书》）当时科举考试中对于诗歌的评判标准，仍在于声律的铿锵悦耳、辞藻的华美流丽，韩愈将其斥为“俳优者之辞”，不是君子大道。而对当时流行的文学风气的厌恶，虽然暂时阻碍了韩愈的仕进之途，却也促使韩愈树立起革新文坛风气的决心。

在挫折不断的长安求进之旅中，韩愈也有很多意外的收获。他在长安结识了孟郊、柳宗元、刘禹锡这些日后的文坛之友。其中与韩愈关系最为密切的当数孟郊。孟郊字东野，生于唐玄宗天宝十载（751 年），长韩愈十七岁。不过，孟郊在青壮年时一直隐居嵩山，直至贞元七年（791 年），四十一岁时才出山前去参加科举考试，从仕进角度上来看，反而与韩愈属平辈。二人在长安一见如故，韩愈曾作《孟生诗》道：

孟生江海士，古貌又古心。尝读古人书，谓言古犹今。
作诗三百首，窅默咸池音。骑驴到京国，欲和熏风琴。
……
谅非轩冕族，应对多差参。萍蓬风波急，桑榆日月侵。
奈何从进士，此路转岖嶔。异质忌处群，孤芳难寄林。
……

开头连用四个“古”字，将孟郊的复古之志展露无遗。而作诗能够媲美《咸池》（传说中黄帝所作乐歌）的孟郊，在长安也很不如意：一方面并非豪门望族（“轩冕族”），难以受到朝中权贵的认可，一方面其“复古”的诗歌主张，显然也与时俗相违。作为群中“异质”，林里“孤芳”，难以为俗人所赏识。而孟郊对“古”的偏好，却正与韩愈相投和，二人来往不断，并结成了绵延毕生的友谊。韩愈曾以李白和杜甫来比拟自己和孟郊，作《醉留东野》诗云：

昔年因读李白杜甫诗，长恨二人不相从。吾与东野生并世，如何复蹑二子踪。东野不得官，白首夸龙钟。韩子稍奸黠，自惭青蒿倚长松。低头拜东野，愿得终始如駏蛩。东野不回头，有如寸筳撞巨钟。我愿身为云，东野变为龙。四方上下逐东野，虽有离别无由逢。

如之前的两章所述，李白与杜甫仅在梁宋之地有过一两年的交集，此后两地分隔，终生未能再次相聚。韩愈对此感到遗憾，既想与孟郊一起作出李白、杜甫那样的壮丽诗篇，又想将与孟郊的友谊长久地持续下去。此时的二人，皆处于默默无闻的状态，尚未为世人所知，而韩愈却以“云”“龙”设喻，语气却颇为宏大，想必早就树立了将来要引领文坛的雄心，当下的困窘显然无法阻止二人的一飞冲天。

从韩愈此诗的遣词造句，我们就大致窥见其诗风与盛唐人的不同。首句“昔年因读李白杜甫诗，长恨二人不相从”，简直就是散文的句法，将散文中常见的抑扬顿挫融入诗中，令诗歌的节奏变化丛生。诗中所用“駏蛩”并非诗歌中的寻常用语，出自《淮南子·道应训》：“北方有兽，其名曰蹷，鼠前而兔后，趋则顿，走则颠，常为蛩蛩駏驉取甘草以与之，蹷有患害，蛩蛩駏驉必负而走。”蹷喂给蛩蛩駏驉甘草，蛩蛩駏驉背负蹷行走，二者互帮互助。韩愈用这种神话传说中的奇异动物来比拟与孟郊的友谊，正是他平素喜好奇怪之说的体现，也是形成他奇崛诗风的因素之一。

赵翼《瓯北诗话》曾评价此诗说："昌黎（韩愈）本好为奇崛矞皇，而东野（孟郊）盘空硬语，趣尚略同，才力又相等，一旦相遇，遂不觉胶之投漆、相得无间，宜其倾倒之至也。"韩愈与孟郊二人，喜好（趣尚）类似，在诗歌方面的才力也相近，故而亲如胶漆。二人在诗歌方面的主张也在日后掀起了很大的影响，甚至这种奇崛瘦硬的诗风也形成了一种创作的流派，被后人称作"韩孟诗派"，成为左右中晚唐诗坛的重要存在之一。

离开了长安的韩愈，受到了宣武节度使董晋的赏识，于贞元十二年（796 年）在汴州（河南开封）董晋幕府帐下，出任秘书省校书郎并兼节度推官。在中央未能得志的韩愈，终于在地方寻得了入仕的门径。

三、两入幕府

安史之乱后，为了对抗河北藩镇，唐王朝在地方设立了为数众多的节度使，这些节度使既掌握军队，又在一定程度上具有选任僚属的权力，可谓权倾一方。节度使的设立，对于出身不高、朝中没有依靠的唐代文人来说，未尝不是一件好事，他们在中央寻不得进路，还可以退而求其次，去各地节度使那里求职，在积累足够的经验和人脉之后，再另寻进入中央的机会。这样的情况，是中唐相对于初、盛唐的不同，中唐文人不再需要像盛唐的李白、杜甫那样，非要在长安获得皇帝的赏识才能求得一官半职，而是有了更多的进路选择。

韩愈赴董晋汴州幕府，董晋是中唐时期的名臣，对唐王朝忠贞不贰，汴州又是交通要道、富庶大邑。于是董晋麾下汇聚了很多青年才俊，他们争相与韩愈交游，尤其其中的佼佼者李翱、张籍聚集在韩愈的麾下，成为所谓的“韩门弟子”。李翱擅文而张籍擅诗，故在诗歌方面，韩愈与张籍往来频繁。韩愈曾作诗记录与张籍的往来，不落俗调，《病中赠张十八》诗云：

中虚得暴下，避冷卧北窗。不蹋晓鼓朝，安眠听逢逢。
籍也处闾里，抱能未施邦。文章自娱戏，金石日击撞。
龙文百斛鼎，笔力可独扛。谈舌久不掉，非君亮谁双。
扶几导之言，曲节初摐摐。半途喜开凿，派别失大江。
吾欲盈其气，不令见麾幢。牛羊满田野，解旆束空杠。
倾罇与斟酌，四壁堆罂缸。玄帷隔雪风，照炉钉明釭。
夜阑纵捭阖，哆口疏眉厖。势侔高阳翁，坐约齐横降。
连日挟所有，形躯顿胮肛。将归乃徐谓，子言得无哤。
回军与角逐，斫树收穷庞。雌声吐款要，酒壶缀羊腔。
君乃昆仑渠，籍乃岭头泷。譬如蚁垤微，讵可陵崆岘。
幸愿终赠之，斩拔桥与椿。从此识归处，东流水淙淙。

诗开头写自己卧病北窗，闲居无事时得张籍来访。张籍怀抱未得施展，平素以写诗作文自娱，其诗文如金石相碰，骨气高雄。他那如古代辩士一般的“谈舌”已经“久不掉”（掉，摇动之意），在访问韩愈时，终于得到了施展的机会。韩愈也是来者不惧，“扶几导之言”，安坐静听张籍的高谈阔论。张籍之言，初看十分高深，然而到了中段却似有穿凿附会之处，逻辑错综不明。不过韩愈没有立刻展开反驳，而是要欲擒故纵，将自己的战旗（“麾幢”）遮掩起来，以“牛羊满田野”般的安定祥和之气迷惑张籍，在一旁默默为张籍斟酒，雪夜风动，炉火洋洋，令谈兴被进一步激发。张籍眉飞色舞、口若悬河，仿佛汉初辩士郦食其（“高阳翁”）凭借三寸不烂之舌降服齐国七十余城那样气势汹汹，谈得面红耳赤时，甚至形躯仿佛都肿胀（“胮肛”）起来一般。

正当张籍倾吐无遗，心满意足准备告辞离去之时，韩愈才徐徐动了杀招，“将归乃徐谓，子言得无哤”一句顿生转折，“你的那些话，怕是有些杂乱牵强吧！”于是“回军与角逐”，展开战旗的韩愈向张籍发动突然袭击，如孙膑在马陵之战中采用诱敌深入之策设伏兵击杀庞涓(“斫树收穷庞”)那样,迅速驳倒了张籍。被降服之后,张籍也失去了方才高谈阔论时的锋芒,转而变成了“雌声(形容声音细小)”与“羊腔(声音不雄壮貌)”。承认韩愈是“昆仑渠”那样的大河,是“崆峣”那样的高山,自己只不过是“岭头泷”那样的小水沟,是“蚁垤”那样蚂蚁窝般的小土丘而已。

此诗仅描述张籍的高谈之貌与韩愈的反驳之势来写二人辩论,近似游戏之作,却显得纵横捭阖、奇意满满。在谋篇布局上,欲擒故纵的策略令情节曲折丛生,在设喻方面,以战阵中的进退之术比喻辩论堪称天马行空;此外还有一点不得不提,这二十二联的长篇之作,却押“江”的韵部,“江”部中的字极少,是所谓的险韵,押此险韵难免捉襟见肘,此诗却全没有窘迫之象,语句自然,极见功夫。

这种文字游戏式的作品,无关教化,既未抒情也不在言志,游离在传统诗歌的题材之外,是一种为了艺术而艺术的尝试。而这种尝试,日后也被宋人所继承,成为文人雅好的一部分,丰富了文人士大夫的精神世界。如宋代著名诗人黄庭坚曾作《次韵答薛乐道》云:“薛侯笔如椽,峥嵘来索敌。出门决一战,不见旗鼓迹。令严初不动,帐下闻吹笛。乍奔水上军,拔帜入赵壁。长驱剧崩摧,百万俱辟易。”同样以战阵比喻文字言谈的较量,也同样欲擒故纵,遮掩自身的“旗鼓迹”,甚至令敌人“帐下闻吹笛”,一片歌舞升平的假象之后,是仿照韩信攻赵时设背水之阵吸引敌军主力,却派遣奇兵偷袭赵军大本营的计策,进而“次韵”的形式要求每一联的韵脚都要与薛乐道原诗完全相同,在押韵方面的难度不亚于押“险韵”。黄庭坚的这一游戏之作,显然深受韩愈的影响。

在与汴州后进之士的交流中,韩愈度过了还算开心的三年。而在贞元十五年(799年)二月,董晋逝世,一切都发生了转变。如前所述,安史之乱以后,节度使愈发脱离中央的控制。节度使的轮替,往往不由朝廷任命。董晋逝世之后,朝廷虽任陆长源为节度使,可汴州的将领兵士们却对陆长源十分不满，以致军中动乱，流血不止。

韩愈似乎对此早有预判，于是借着护送董晋灵柩的机会提前离开汴州。在他离开后的第四天，便发生了流血事件。韩愈因他的先见之明而免祸，而留在汴州的不少友人都不幸罹难。对此韩愈作《汴州乱》二首记录道：

汴州城门朝不开，天狗堕地声如雷。健儿争夸杀留后，连屋累栋烧成灰。诸侯咫尺不能救，孤士何者自兴哀。

母从子走者为谁，大夫夫人留后儿。昨日乘车骑大马，坐者起趋乘者下。庙堂不肯用干戈，呜呼奈汝母子何。

“留后（节度使缺位时的代理职称）”为陆长源，他素有清白之名，然而性格刚正刻薄，对手下的陈年恶行都不放过。这种铁腕手段引来了手下的记恨，终于导致叛乱，陆长源因此被虐杀。他的儿女妻子前一天还“昨日乘车骑大马，坐者起趋乘者下”，后一天便成为孤儿寡母，如何不令人叹息。类似的流血事件，其实每到节度使轮替时常有发生，已经成为中晚唐的常态。

离开汴州后不久，韩愈又接受了徐泗濠节度使张建封的聘任，来到徐州（江苏徐州市）担任节度推官。张建封不仅有军政的才能，自身也颇喜好诗文，礼敬文士。韩愈在徐州往往与张建封有诗歌交流，其中《雉带箭》一诗极富巧思，是韩愈奇崛诗风的代表作之一：

原头火烧静兀兀，野雉畏鹰出复没。将军欲以巧伏人，盘马弯弓惜不发。地形渐窄观者多，雉惊弓满劲箭加。冲人决起百余尺，红翎白镞随倾斜。将军仰笑军吏贺，五色离披马前堕。

诗歌描绘张建封射猎野鸡时的情景，猎场的静肃，野鸡的狡黠，

唐章怀太子墓壁画《狩猎出行图》（陕西乾县乾陵乡杨家洼村出土）

观者的屏气凝神，将军的从容不迫，皆描绘得栩栩如生。据说北宋时苏轼曾感慨此诗的绝妙，以大字抄写，把玩不已（见洪迈《容斋随笔》），清人朱彝尊也称："句句实境，写来绝妙，是昌黎得意诗，亦正是昌黎本色。"（《批韩诗》）韩愈之诗往往注重技巧的锤炼，用语不落俗套，又能够从散文中汲取技巧，故而用诗歌写神态、动作这些往往不太出现在诗歌中的题材时，也能够信手拈来。唐代诗人中，王维以诗中有画而著称，其实韩愈的诗中也往往有画，只不过不同于王维那样宁谧安恬的山水画，而是扣人心弦的动画。这一点，或许才是所谓"昌黎本色"所在，也是韩愈诗风与初、盛唐人的不同之处。

韩愈本就未曾打算长居在张建封的幕府中，他始终惦记着要返回长安。贞元十六年(800年)春夏之交，张建封病重不起，徐州幕府眼看也要迎来节度使的交替。鉴于汴州曾发生的惨剧，韩愈自然不敢久留，于是很快离开徐州，准备再次奔赴长安参加铨选。

四、初任京官与阳山之贬

长安一行，前途未卜，韩愈心中既有迷惘，也似乎多了一重看穿世事的洒脱。他渐渐从文字上找到了自己的追求，似乎已经树立了开宗立派、一改时俗文风的宏志。大约正是在这一段旅途中，韩愈曾夜宿山中野寺，写下了著名的《山石》诗，这堪称是他诗集中最为清峻的作品：

山石荦确行径微，黄昏到寺蝙蝠飞。升堂坐阶新雨足，芭蕉叶大支子肥。僧言古壁佛画好，以火来照所见稀。铺床拂席置羹饭，疏粝亦足饱我饥。夜深静卧百虫绝，清月出岭光入扉。天明独去无道路，出入高下穷烟霏。山红涧碧纷烂漫，时见松枥皆十围。当流赤足踏涧石，水声激激风吹衣。人生如此自可乐，岂必局束为人鞿？嗟哉吾党二三子，安得至老不更归。

古文家的写景，与山水田园诗人王维等全然不同，不从恬淡空灵处着眼，也不故意去营造一种仙境般一切尽在不言中的体验，而是直述自己的所见所感，在感官的冲击力上打动读者。读罢停留在读者脑海之中的，并不是片段的仙境或者画意，而是一段完整的充满细节的旅途回忆。诗中未必有引人入胜的美，也不需要唤起读者对于画境的向往，而是将作者此时此刻所经历、所感触的一切如同纪录片一般放映在读者的面前，从某种意义上来讲，此种诗歌的意境，似乎已经有了从古典式审美转到现代式审美的倾向，不再是那种直观的、肉眼可见的美，而成为一种较为曲折的、需要咀嚼方能得其真味的美。

历来论诗者也对此诗赞誉有加，尤其感叹诗中笔力之穷奇，一变前人之法。如清人翁方纲称此诗"全以劲笔撑空而出，若句句提笔者"（《古诗选批》）；刘熙载亦云"昌黎诗陈言务去，故有倚天拔地之势"（《艺概》）；何焯云说："一变谢家（指南朝山水诗人谢灵运、谢朓，诗风清丽）模范之迹，如画家之有荆、关（五代时画家荆浩、关同，画风雄奇）也。"（《义门读书记》）而清代古文家方东树更是洞穿了此诗雄奇笔力的来源——出自古文的笔法："夹叙夹写，情景如见，句法高古。只是一篇游记，而叙写简妙，犹是古文手笔。"（《昭昧詹言》）

贞元十七年（801年）春，在长安参加铨选的韩愈终于有所收获，得到了国子监四门博士的官职，贞元十九年（803年）又升任为监察御史，处清要之任。然而，正当韩愈准备在朝中一展抱负之时，竟忽然遭到贬官，且一贬就是距离长安千里之外的阳山（广东清远市阳山县）。在当时，一般只有犯了重大过失的官员才会被贬到岭南烟瘴之地，那么韩愈为何会遭此横祸呢？对此，后人的意见并不统一。

韩愈的门生皇甫湜在《韩愈神道碑》中认为韩愈的被贬是得罪了当时的京兆尹李实。贞元十九年，关中大旱，而京兆尹李实却有意遮掩灾情。身为谏官的韩愈责无旁贷，向皇帝上《御史台论天旱人饥状》陈述旱灾的实情。此封上书的内容与李实向朝廷的汇报相左，自然引来了李实百般抵赖与谗毁。

不过，韩愈此后所作的诗中，也曾提及贬官之事，却透露出另一重信息，《赴江陵途中寄赠王二十补阙李十一拾遗李二十六员外翰林三学士》叙述贬官原因时云:“或自疑上疏,上疏岂其由?”韩愈自身似乎对上书导致贬官并不那么确定。

继而诗中又以自我否定般的口气提出了另一种可能:“同官尽才俊,偏善柳与刘。或虑语言泄,使之落冤仇。二子不宜尔,将疑断还不。”所谓“柳与刘”指的是柳宗元与刘禹锡,二人晚韩愈一年进士及第,在应举之时便与韩愈结识,贞元十八、十九年又与韩愈同任监察御史。三人虽然私交亲密,然而与韩愈不同的是,柳宗元与刘禹锡都是王叔文一党,并和其他锐意革新的青年官僚结成了一个政治团体,最终在朝中掀起了浩大的政治波澜。韩愈对柳宗元与刘禹锡评价甚高,却对他们的党首王叔文十分不齿。于是据韩愈诗中的“使之落冤仇”一句,后人多认为韩愈被贬,可能也因为韩愈私下的一些议论被泄露给了王叔文,招致其记恨。

不过,无论韩愈此次贬官的原因如何,贞元末年的政治形势确实是暗含了很大危机的,尤其在韩愈离开长安之后愈演愈烈。韩愈因贬官而早早离开长安,暂时远离了权力斗争的漩涡中心,也未尝不是一件幸事。

王叔文之所以能够步入权力中枢,是因为其曾担任太子李诵的侍读。唐德宗晚年昏聩,猜忌大臣,宠信宦官,朝政失误颇多。朝中大臣,尤其是新晋之士多有不满,常常聚集在一起议论国事。王叔文有意招揽这些政坛新锐,一同团结在太子李诵的麾下,等待新君即位,便可力行改革。

然而意外的是,贞元二十年(804 年)九月,太子李诵忽然罹患中风,卧床不起,甚至丧失了语言能力。此时的德宗也已经步入暮年,太子之病,令他忧愁不已。到贞元二十一年(805 年)正月,唐德宗因忧愁成疾,皇帝和储君同时病重,朝中气氛顿时紧张起来。很快,唐德宗驾崩,遗诏传位于太子李诵,太子即位成为唐顺宗。

即位之后,顺宗的病情没有丝毫好转,依然无法开口说话,于是将政事大都委任给王叔文一党。渐掌大权的王叔文一党立即着手推行他们的革新政策。然而，皇帝既然无法说话，王叔文一党的政治合法性难以得到确保，其所推行的政策是否出于皇帝本意，在朝中也引来人们的议论，指斥他们弄权的声音日益高腾。更重要的是，他们的一些改革政策过于激进，得罪了很多人的利益。于是数月之后，以宦官俱文珍为首的反对势力开始谋划另立新君。贞元二十一年(805年)三月，顺宗之子李淳被立为太子，不久皇太子代理国政，夺王叔文一党之权。继而八月，太子得到顺宗的禅让，正式即位成为唐宪宗，顺宗退位为太上皇。宪宗即位后，改贞元二十一年为永贞元年，这一年王叔文的革新与皇位的禅替，也分别被称为"永贞革新"与"永贞内禅"。

失势后的王叔文一党迅速遭到贬斥，且皆被贬到极其偏远州县任司马之职，他们中的核心人物也被称为"二王(王叔文、王伾)八司马(韦执谊、韩泰、陈谏、柳宗元、刘禹锡、韩晔、凌准、程异)"。即位后宪宗对他们的窃权行为颇为痛恨，为首的王叔文不久后便被诛杀，王伾很快病死，而"八司马"也终宪宗之世都未曾被宽宥。韩愈的友人柳宗元、刘禹锡便因此而长久地被贬斥在外。

对于"永贞革新"，后世的评价十分两极化。历代正史大都从权力是否合法的角度设论，斥王叔文为窃权小人，对其痛加贬损；而也有一些声音更关注王叔文一党所实行的改革策略，十分认可他们改革政策的进步意义。韩愈的意见大致与后世正史的立场一致，他曾作《永贞行》一诗，对为首的王叔文不加掩饰地斥为"小人"，"君不见太皇谅阴未出令，小人乘时偷国柄"，又将其比作汉哀帝的男宠董贤与南朝时祸乱南梁的奸臣侯景："董贤三公谁复惜？侯景九锡行可叹。"不过，对于被卷入其中的柳宗元、刘禹锡，他却更多同情之意："四门肃穆贤俊登，数君匪亲岂其朋。郎官清要为世称，荒郡迫野嗟可矜。"似乎认为他们是被王叔文所迷惑而被卷入到"偷国柄"罪过中。实际上，王叔文一党那些具有进步意义的改革政策，更多出自柳、刘等人之手，而柳、刘等锐意革新的青年才俊，的确是被有着权力野心的王叔文所利用了。

正当朝中的政治斗争愈演愈烈之时，韩愈自身却在艰苦的南行途中。这次贬谪之旅，对韩愈诗风的成熟有着不小的影响。南方的山水之险、气候之恶、文化之凋敝、环境之困苦，都给了韩愈极大的刺激，这与他好“奇”的性格结合在一起，令他诗歌中奇崛之风更甚一层。

如写途中所经历的峡谷，《贞女峡》云：

江盘峡束春湍豪，雷风战斗鱼龙逃。悬流轰轰射水府，一泻百里翻云涛。漂船摆石万瓦裂，咫尺性命轻鸿毛……

峡谷江流，仿佛雷与风在战斗，搅得水府亦不宁息，于此中行船，如何不令人惊心动魄。

又如写南方人夜晚叉鱼之貌，《叉鱼》诗云：

叉鱼春岸阔，此兴在中宵。大炬然如昼，长船缚似桥。
深窥沙可数，静搒水无摇。刃下那能脱？波间或自跳。
中鳞怜锦碎，当目讶珠销。迷火逃翻近，惊人去暂遥。
……
血浪凝犹沸，腥风远更飘。盖江烟幂幂，拂棹影寥寥。

渔人叉下，一片血雨腥风。锦鳞破碎，明珠（指鱼目）光销，如此血腥乃至丑恶之语亦可以入诗，难免令人胆战心惊。宋人“以丑为美”的创作观，大致都可以从韩愈的诗中找到渊源。而这些血腥之语当然不仅仅是在写叉鱼，也有着更深的喻指，或许暗喻苛政对于百姓的搜刮,或许暗喻奸臣对于人才的残害。此后韩愈诗中屡屡出现的丑恶意象也大都如此,通过刺痛读者的感官来言事说理,与传统的中正平和的诗教有着很大的区别。

韩愈早年虽然曾跟随其兄韩会来到过岭南,不过那时他年岁尚幼,对岭南的风物大概并没有留下较深的印象,于是此次的南迁诗中,屡屡对南方风俗之异、气候之苦详加描绘,乃至有意夸张,借以抒发心中的不平之气。如《赴江陵途中寄赠王二十补阙李十一拾遗李二十六员外翰林三学士》诗云:

> 远地触途异,吏民似猿猴。生狞多忿很,辞舌纷嘲啁。
> 白日屋檐下,双鸣斗鸺鹠。有蛇类两首,有蛊群飞游。
> 穷冬或摇扇,盛夏或重裘。飓起最可畏,訇哮簸陵丘。
> 雷霆助光怪,气象难比侔。疠疫忽潜遘,十家无一瘳。

彼时的文化中心尚在中原,南方尤其是岭南并未开化,故而韩愈云"吏民似猿猴",南方官吏百姓的语言与中原不通,难以交流。南方的动物更是超出中原人的想象,蛇虫之多,形态之异,令人惊讶不已。所谓"飓起",大概是指台风,第一次目睹台风的北方人,心中震撼可想而知。南方湿热,古时又没有有效的降温手段,久居南方之人尚容易因湿热而得病,北人南来,更是常常因水土不服而一病不起。这些南方之行的体验,一方面自然令韩愈为自己的命运感到担忧,另一方面也增长了他的阅历,刺激了他本就好"奇"的神经,令他诗歌中所描绘的景象愈发诡异奇崛。

不过韩愈的阳山之贬,随着朝中政治势力的迭代很快告一段落。贞元二十一年(805 年),在王叔文一党倒台之后,韩愈获得赦免,先被委任为江陵(今湖北荆州市)法曹参军,随后在宪宗元和元年(806 年),被召还长安,出任国子博士。

五、宪宗中兴与“元和体”

唐宪宗治下的元和年间(806—820 年),政治较为安定,对节度使的管控也日渐有力,与外族之间的战争也少了很多,故而有“元和中兴”之称。返京之后的韩愈,在整个元和年间大都在两京任职,身处文化中心,官位逐渐提升,其在诗文方面的主张也日渐在朝野上下产生影响。李肇《唐国史补》载:“元和已后,为文笔则学奇诡于韩愈,学苦涩于樊宗师,歌行则学流荡于张籍,诗章则学矫激于孟郊,学浅切于白居易,学淫靡于元稹,俱名为‘元和体’。”元和年间,诗文创作极其兴盛,是继盛唐以来唐代文坛的另一高峰。韩愈在其中扮演了十分重要角色,成为“奇诡”风格的代表人物,而所谓的“文笔”,既指韩愈的“古文”,也兼指他的诗歌。

“奇诡”的诗歌风格是韩愈一贯的追求。在元和年间,身处两京,与身边诗友往来切磋,也令韩愈“奇诡”的诗艺愈发精进,正如其《醉赠张秘书》云:

东野动惊俗,天葩吐奇芬。张籍学古淡,轩鹤避鸡群。阿买不识字,颇知书八分。诗成使之写,亦足张吾军。

孟郊（东野）与张籍很早便成为韩愈的诗友，二人一尚奇崛，一尚古淡，风格各不相同，却能交相辉映；阿买大概是韩愈的仆人，善于书法；诗题中的张秘书为张署，亦是韩愈的诗友。韩愈称他们为“吾军”，大有自己居中为帅，以孟郊、张籍等人为属将而驰突文坛的志气。这样的诗派意识，似乎也是以韩愈为代表的中唐人与初、盛唐人的不同。此诗又云：

长安众富儿，盘馔罗羶荤。不解文字饮，惟能醉红裙。
虽得一饷乐，有如聚飞蚊……

虽是对长安纨绔子弟醉生梦死的批判，其所主张的“文字饮”却另有一番趣味。“文字”，也即诗歌创作活动，是为了“乐”，只不过与纨绔子弟的“一饷乐”不同，是更高级、更长久的“乐”。这种以“文字”为“乐”的诗歌创作态度，与初、盛唐文人或在隐居中抒怀，或因不遇而言志很不同。文字之乐，令诗歌的创作更加日常化，更加游戏化，进而成为展现文人士大夫学识修养以及审美趣味的活动之一。宋代诗人梅尧臣、欧阳修、苏轼、黄庭坚等，正是这一以“文字”为“乐”观念的继承者，文人士大夫的审美趣味进一步融入诗歌创作之中，唐宋诗歌风格的转变，与韩愈的“文字饮”有着莫大的关联。

这种与诗友的“文字饮”，促使韩愈的奇崛诗风愈发精进。如在《调张籍》中，韩愈再次以李、杜设喻，比拟自己和张籍的诗歌交流：

李杜文章在，光焰万丈长。不知群儿愚，那用故谤伤。
蚍蜉撼大树，可笑不自量！伊我生其后，举颈遥相望。

自以为是的世人不知敬重前贤，而韩愈则要树立起继承李、杜的宏愿。不过，韩愈并不是要跟在李、杜之后亦步亦趋，而是要开辟出一条与李、杜都不同的诗风之路：

我愿生两翅，捕逐出八荒。精诚忽交通，百怪入我肠。
刺手拔鲸牙，举瓢酌天浆。腾身跨汗漫，不著织女襄。
顾语地上友，经营无太忙。乞君飞霞佩，与我高颉颃。

怀着“百怪入我肠”的奇思，时而“拔鲸牙”，时而“酌天浆”，韩愈走出了一条与豪放的李白、沉郁的杜甫都很不同的道路。他号召“地上友”与他一同“颉颃”，在他的“地上友”之中，以“古淡”见长的张籍都能激起他的奇思，那其他以奇诡见长的诗友，更令韩愈的奇思一发而不可收。

皇甫湜是韩愈诗友或者说门生之中最以险怪风格见长之人，他在陆浑县任县尉时，曾作奇诗描绘陆浑县发生的山火，并将诗作寄给韩愈，求其唱和。韩愈为此作《陆浑山火一首和皇甫湜用其韵》，遍布奇怪之语，堪称他奇崛风格的代表之作：

皇甫补官古贲浑，时当玄冬泽乾源。山狂谷很相吐吞，风怒不休何轩轩。摆磨出火以自燔，有声夜中惊莫原。天跳地踔颠乾坤，赫赫上照穷崖垠。截然高周烧四垣，神焦鬼烂无逃门。三光弛隳不复暾，虎熊麋猪逮猴猿。水龙鼍龟鱼与鼋，鸦鸱雕鹰雉鹄鹍……

写火在山谷中“吐吞”之貌，“天跳地踔”，夜如白昼，山中万兽奔亡，一片鬼哭狼嚎。此后更是以火神“祝融”以及天界执掌火的“炎官热属”的饕餮盛宴来比拟山火之盛：

祝融告休酌卑尊，错陈齐玫阙华园。芙蓉披猖塞鲜繁，千钟万鼓咽耳喧。攒杂啾嚄沸篪埙,彤幢绛旃紫纛幡。炎官热属朱冠裈,髹其肉皮通髀臀。

大抵是在描绘火神们狂欢的场景。其中奇字、僻典迭出不穷,令人目不暇接,处处洋溢着险怪的味道,如果不是精通文字典故的专家,想要准确知晓以上字句的具体含义,恐怕要颇费一番检索辞书的工夫。诗最后又描绘救火的场景,同样奇崛:

谽呀钜壑颇黎盆,豆登五山瀛四尊。熙熙釂酬笑语言,雷公擘山海水翻。齿牙嚼啮舌腭反,电光礲磹赪目暖。顼冥收威避玄根,斥弃舆马背厥孙。

以山谷乃至五岳为豆尊(盛水的器皿),聚四海之水来灭火。“齿牙”“舌腭”的红白相杂,大抵在比喻水与火相斗,想象力令人叹为观止。这正如《唐宋诗醇》所评:“只是咏野烧耳,写得如此天动地岐,凭空结撰,心花怒生。”

然而,这样的诗歌恐怕并不是雅俗共赏的,一般的读者读到此处,想必全然不知所云,只有仔细追究其字句、典故的出处,才能被诗人的奇思妙想所震撼。此类诗歌,读者大概是与作者有着同等的学识与修养之人,是学友、诗友之间的文字游戏。正是在这样的文字游戏之中,诗人才能毫无拘束地尽情发挥想象力与创造力,深入探索诗歌或者说汉字语言的极限。

在与另一位诗友卢仝的切磋中,韩愈则从构思和内容上设“奇”,不用太多的奇字、僻典,一样怪趣横生。《月蚀诗效玉川子作》云:

元和庚寅斗插子,月十四日三更中。森森万木夜僵立,寒气嬰屓顽无风。月形如白盘,完完上天东。忽然有物来啖之,不知是何虫。

如何至神物,遭此狼狈凶。星如撒沙出,攒集争强雄。油灯不照席,是夕吐焰如长虹。玉川子涕泗,下中庭独行。念此日月者,为天之眼睛。此犹不自保,吾道何由行。尝闻古老言,疑是虾蟆精。径圆千里纳女腹,何处养女百丑形……

玉川子立于庭而言曰:地行贱臣仝,再拜敢告上天公。臣有一寸刃,可刳凶蟆肠。无梯可上天,天阶无由有臣踪。寄笺东南风,天门西北祈风通……

诗写月蚀之状,"森森万木夜僵立,寒气屃奰(大而有力貌)顽无风"营造出一幅阴森的图景,进而采用神话传说,写月被虾蟆精所"啖(吃)",令气氛进一步地神秘而诡异。"玉川子(卢仝之号)"因月亮遭吞吃而悲愤涕下,发誓要手刃虾蟆精。此后又写卢仝果真攀上天庭,与虾蟆精大战,仿佛神怪小说一般,全然超出了以往诗歌的表现内涵。

要说到韩愈集奇崛风格之大成的作品,当首推《南山诗》。"南山"指位于长安南郊的终南山。唐代文人吟咏终南山之作极多,而以韩愈的《南山诗》最称渊奥。诗开头叙写作缘起:

吾闻京城南,兹维群山囿。东西两际海,巨细难悉究。
山经及地志,茫昧非受授。团辞试提挈,挂一念万漏。
欲休谅不能,粗叙所经觏……

作一首描绘终南山的诗,似乎是韩愈的夙愿,故而勉力"团辞",叙述自己几次登临终南山时的所历所睹(经觏)。此后韩愈的"团辞"一发而不可收,绵延一百余联,篇幅极其宏大,几乎将终南山的雄奇之貌描绘殆尽。

诗中自然不乏写景的秀句,然而皆非自然天成,大都侧重勾勒描画，以奇思妙想取胜。如写山中阴、晴不同：

晴明出棱角，缕脉碎分绣。蒸岚相澒洞，表里忽通透。

晴天山峰的棱角尽显，秀丽的山色似乎也被锋利的山峰所割裂破碎，锦绣丝丝杂列于山脉之间；而当山中雾气四起，混合弥漫（“澒洞”）之时，则忽然不辨表里，茫然一片。

再如写山景的柔、刚之别：

天空浮修眉，浓绿画新就。孤撑有巉绝，海浴褰鹏噣。

山脉蜿蜒，远望如弯弯的眉毛，树木浓绿，又仿佛新画好的眉黛；而若仔细看去，又可见孤峰挺立，仿佛是沐浴在海水中的大鹏开喙（“噣”）长鸣，即将要展翅高飞一般。

全诗中最具特点的当数后半段以“或”引起的对山势的一大段描绘：

峥嵘跻冢顶，倏闪杂鼯鼬。前低划开阔，烂漫堆众皱。
或连若相从，或蹙若相斗，或妥若弭伏，或竦若惊雊，
或散若瓦解，或赴若辐辏，或翩若船游，或决若马骤……

此后一连用了51个“或”的句式，不避烦琐地描绘山势所呈现出的各种姿态，几乎将所有可以用来形容山的词语搜刮殆尽，变化多端，铺张炫目。关于“或”的句式，上一章提到杜甫《北征》诗便曾有“或红如丹砂，或黑如点漆”之句，继而再向前追溯，《诗经·小雅·北山》中也有“或燕燕居息，或尽瘁事国”之句。韩愈之诗，想必是受《诗经》及杜甫《北征》的影响。

作为古体中的鸿篇巨制，韩愈《南山诗》也往往被拿来和杜甫的《北征》做比较。尤其宋人最好品评优劣，或认为《南山诗》更胜，或认为《北征》更胜，争论不已。其实二诗在主题和内容上十分不同，韩诗侧重铺陈描绘，仍近乎游戏之作，在于探索诗歌的表现空间，并展现士大夫的审美趣味；而杜诗则重在叙事，是对时事颓唐的记录，为抒发自己的忧国之心，并试图上达天听，起到讽喻朝政的目的。

关于这一点，宋人黄庭坚的议论颇为精要："若论工巧，则《北征》不及《南山》，若书一代之事，以与《国风》《雅》《颂》相为表里，则《北征》不可无，而《南山》虽不作未害也。"（范温《潜溪诗眼》）《南山诗》以工巧取胜，《北征》以讽喻见长，艺术性以《南山诗》为高，而现实意义则以《北征》为胜。

《北征》的确如黄庭坚所说，是承袭《诗经》传统而来，而《南山诗》较之于诗，其实更接近于赋，其内涵博大，巨细无遗，雕琢繁复，杂有竞技、游戏之意，很明显地承袭了《上林赋》《子虚赋》等汉大赋的方法，是"以文为诗"的另一重表现。故而《南山诗》与《北征》本就派别迥异，是技法重于情志之作。后人赞《南山诗》者，自然着眼于其技法之繁复，而罪《南山诗》者，也同样着眼于其技法之过于繁复。例如唐人裴度，虽是韩愈的好友，且深深钦佩韩愈的才能，却也立足于儒家的文学教化观，批判韩愈这些炫耀技巧、游戏意味颇重的诗文道："不以文立制，而以文为戏，可矣乎？"（《寄李翱书》）

韩愈的奇崛诗风，的确走出了一条与盛唐人乃至于《诗经》以来的传统诗歌风格迥然不同的新路，而这条路到底是康庄大路，还是小径歧途，后人所处立场不同，评判也自然各自不同。不过在蔚为大观的古典诗歌世界中，具有现实意义、可以用来教化的诗风固然十分重要，而若所有诗篇皆是如此，那么诗歌的生命力恐怕就会在单调的诗风中消耗殆尽了。从这个意义上来看，韩愈充满探索精神的诗风，未尝不是一种有益的尝试。晚唐至宋代的人们，也深受韩愈的启发，不

五代关仝《秋山晚翠图》（台北故宫博物院藏）

断在盛唐人所创造的诗歌高峰之外另辟蹊径。得益于此，中国古典诗歌才能够历经千年仍新意迭起，长盛不衰。

元和年间，韩愈的仕途虽然也有起伏，但总体来讲还算平稳，尤其在元和九、十年间(814—815年)，韩愈先被委以知制诰之职，继而又晋升为中书舍人，负责起草皇帝的诏命，已然进入权力中枢，一跃成为高级官僚。仕途的顺利，也让韩愈放松心情，写出一些清丽的篇章，且不同于他奇崛之作皆用古体，这些清丽的篇章大多以近体写成。正如元稹所述："喜闻韩古调，兼爱近诗篇。玉磬声声彻，金铃个个圆。"(《见人咏韩舍人新律诗因有戏赠》)以"古调"闻名的韩愈，兼作有声律铿锵的近体诗，从这些作品中，我们也可以窥见韩愈诗风的另一面。如以下三首绝句：

《奉和虢州刘给事使君三堂新题二十一咏·花岛》

蜂蝶去纷纷，香风隔岸闻。欲知花岛处，水上觅红云。

《春雪》

新年都未有芳华，二月初惊见草芽。白雪却嫌春色晚，故穿庭树作飞花。

《游城南十六首·晚春》

草树知春不久归，百般红紫斗芳菲。杨花榆荚无才思，惟解漫天作雪飞。

三首皆写春景，第一首以"水上红云"比喻花岛，恰如其分，美不胜收；第二首采用拟人写法，模拟白雪的心思，因为入春以来尚未有花，于是迫不及待地想要亲自化作"飞花"，舞在庭树之间，轻快活泼之气充溢其间；第三首更是通篇拟人，以色彩的多寡比喻才能的高下，草树色彩斑斓，似乎已经得知春天将至而有意向春献媚，而雪白的“杨花榆荚”却并没有鲜艳的色彩，如同才思不足之人，只能靠数量规模取胜，故而做漫天白雪之状，反而形成了另一种特别的趣味。

此后的元和末年，韩愈虽曾遭遇谗言而被解除中书舍人之职，不过又遭逢朝中另一大变故，获得了一个绝佳的建立功名的机会。

上文曾提及，自德宗时“泾原兵变”以来，朝廷对地方节度使的管控愈发薄弱，节度使的迭代往往并不由朝廷选任，而多沦为世袭、私相授受。宪宗即位之后的励精图治，令朝廷实力获得了不小的提升。想要恢复盛唐荣光的宪宗，也试图寻找机会整治节度使之弊，而在元和末年，机会不期而至。

元和九年(814 年)，淮西节度使吴少阳卒于任上，其子吴元济拥兵自重，向朝廷上表要求接替节度使之职，朝廷不许。淮西节度使自德宗建中年间李希烈勾结河北藩镇反叛之时，就脱离了朝廷的管控。其在地理上距离东都洛阳很近，故而威胁极大，朝廷若想要控制天下藩镇，务必要先收复淮西。自李希烈之后，淮西凶狠之徒频出，常常相互残杀以争夺节度使之位，吴少阳便是在这种残杀中脱颖而出的。吴少阳之子吴元济掌握兵权后，当然不肯轻易就范，于是想要效仿建中年间李希烈联合河北藩镇武力对抗朝廷的故事，率先竖起了反叛的大旗。

气焰嚣张的吴元济甚至派遣刺客到长安刺杀了主战派的宰相武元衡，企图恐吓朝中其他大臣。而一心想要中兴唐王朝的宪宗却毫不动摇，委任裴度继任为宰相，主持讨伐吴元济的事宜。韩愈是裴度之友，于是被选任为行军司马，随朝廷大军一同开赴淮西节度使的治所蔡州(今河南汝南县)附近。

朝廷的军队与叛军对峙良久，终于在元和十二年(817 年)十二月，唐邓节度使李愬率精锐部队趁着雪夜奇袭蔡州城，一举攻入城中俘虏了吴元济，彻底平定了淮西叛乱。此战的胜利极大地震撼了河北诸藩镇，一举扭转了唐王朝面对藩镇割据的弱势局面。重新恢复开元、天宝时的大一统局面似乎指日可待，故而唐宪宗一朝又被称作"元和中兴"。

随军出征的韩愈，是"元和中兴"的亲历者。虽然并没有亲自上阵杀敌立下军功，而辅佐全军统帅裴度，参与军事谋略，功劳也不小。于是回朝之后，韩愈便因功而晋升为刑部侍郎，重登高位。

不过事情总是一波三折，重登高位的韩愈因他排斥佛教的主张险些遭遇杀身之祸，经历了他人生中第二次大挫折。

六、潮州之贬

元和十四年(819年),笃信佛教的唐宪宗派人前往凤翔迎接佛骨入朝供奉。坚持儒学正统的韩愈则斥责佛教迷惑百姓,无益治道,于是上著名的《论佛骨表》劝谏宪宗。为破除宪宗认为佛教能够赐福的迷信思想,韩愈在上书中以过往帝王为例,论及佛教尚未传入中国时,上古贤明的君主皆在位长久,然而佛法传入中国之后,后世帝王"事佛渐谨,年代尤促",甚至"事佛求福,乃更得祸"。

这些因笃信佛教反而导致夭寿的谏言,触了宪宗的逆鳞,被宪宗认为是对自己的诅咒。盛怒之下的宪宗,甚至想要处死韩愈,最终在朝中大臣们的说情之下,将韩愈贬到距长安万里之外的潮州(今广东省潮州市)去做刺史。潮州毗邻大海,较阳山更为僻远,在唐朝尚未被开发,自然环境颇为恶劣。对于已年逾五十的韩愈来说,潮州一去,很可能无法生还。

无奈踏上贬谪之路的韩愈,在翻越终南山上的蓝关(今陕西蓝田县南)时,写下了著名的《左迁至蓝关示侄孙湘》诗:

法门寺佛骨舍利

一封朝奏九重天，夕贬潮州路八千。欲为圣明除弊事，肯将衰朽惜残年。云横秦岭家何在？雪拥蓝关马不前。知汝远来应有意，好收吾骨瘴江边。

这首七律苍凉悲壮，完全不逊于杜甫那些沉郁顿挫、忧国忧民的作品。甚至韩愈此诗所咏，并非是对政治主张的空谈，而是拼上性命对政治主张身体力行的结果，言行的一致，显得更加真挚动人。

诗中所说“朝奏”而“夕贬”毫不夸张，唐代因罪贬官之人，往往并不给予足够的准备时间，甚至罢朝之后当即下令启程的现象也不少见，且启程时甚至无暇携带家眷。韩愈在为自己幼女所作墓志铭中曾提到贬官时的场景：“愈既行，有司以罪人家不可留京师，迫遣之。女挐年十二，病在席。既惊痛与其父诀，又舆致走道撼顿，失食饮节，死于商南层峰驿。”（《女挐圹铭》）韩愈已经启程，家人方收到通知，仓促之间被赶出京城，韩愈十二岁的幼女因为带病上路，不幸死于途中。由此，诗中悲壮之意更可想而知。

颈联“云横秦岭家何在？雪拥蓝关马不前”是一篇之骨，北望秦岭，但见一片浮云，却无家的轮廓；南望前路，大雪封山，马蹄不前，困顿之貌尽显，失路之悲倾泻而出。尾联说给韩湘之语，大概出自《左传》僖公三十二年秦晋“崤之战”时，秦国大夫蹇叔预感秦师必败而又无力阻止的哭送之辞：“必死是间，余收尔骨焉。”韩愈显然也已经做好了必死的打算。

清李光地评此诗道：“《佛骨表》孤映千古，而此诗配之。尤妙在许大题目，而以‘除弊事’三字了却。”（《榕村诗选》）从艺术表现上而言，此诗当然高妙绝伦，而真正令其辉映千古的，乃在于诗中敢于直言进谏的忠贞之气。李光地认为以“除弊事”三字描绘这一壮举，更有举重若轻之妙。韩愈终其一生都在排斥佛、道，佛、道果真是“弊事”吗？

佛、道虽然是中国文化的重要组成部分，然而此二家过于旺盛的发展，对国家来说自然并不是善事。唐代的和尚、道士不事生产，不入丁籍，不需纳税服役，而为了养活这些和尚、道士，寺庙、道观不仅从民间求取大量的供奉钱财，甚至还占据很多良田，雇人耕种，成为变相的地主。这些现象极大地影响了国家经济的良性发展，缩减了税源丁源，令本就贫弱的朝廷更加不堪。韩愈反对佛、道，一方面固然出自儒家正统思想，另一方面也是看到了当时佛教、道教的旺盛发展对于经济的危害。

韩愈对于佛、道不遗余力的排斥，自然也引来了佛、道二家的记恨。正如皇甫湜所记录的那样：“刑部侍郎昌黎韩愈既贬潮州，浮图（即佛家）之士，欢快以抃。”（《送简师序》）佛、道二家所编纂的小说故事中，也常常对韩愈的形象予以抹黑。如佛教徒曾杜撰韩愈被贬潮州之后，在潮州的大颠和尚那里痛改前非，皈依佛法，最终成为大颠弟子的故事（《五灯会元》）。道教徒也不遑多让，甚至打起了这首《左迁至蓝关示侄孙湘》的主意，把韩愈的侄孙韩湘塑造成了八仙之一的“韩湘子”：“韩湘子”曾力劝韩愈弃官学道，甚至“云横秦岭家何在？雪拥蓝关马不前”一联也是韩湘子从前写给韩愈的谶语，执迷不悟的韩愈直至贬官途中，在蓝关遭遇大雪，才明白韩湘子谶语之意，将其采入诗中，最终韩愈也被韩湘子度化成仙（见《韩仙传》《青琐高议》等）。

这些荒诞无稽的故事，显然并不能令韩愈的形象受到半分减损，反而将韩愈敢于逆流而上的骨气映衬得更加光辉灿烂。

第二次被贬岭南的韩愈，心中尽管无限愁苦，却也不得不在不堪的现实面前低头。对于南方奇异的风俗，韩愈也渐渐尝试接受。他的诗中奇崛之风仍然不减，不过较之阳山之贬时不肯与命运合作的抗拒态度，此时的韩愈诗中多了几分乐天知命的味道。如《初南食贻元十八协律》记录南方食物的古怪道：

鲎实如惠文，骨眼相负行。蠔相黏为山，百十各自生。
蒲鱼尾如蛇，口眼不相营。蛤即是虾蟆，同实浪异名。
章举马甲柱，斗以怪自呈。其余数十种，莫不可叹惊。

鲎、蠔、蒲鱼等如今都是珍贵的海鲜，然而在唐代，它们样貌奇异，令人生畏，敢于尝试者并不多。不晓烹饪之法的韩愈，面对这些从未见过的食物当然也是惊叹连连，不过竟也能渐渐尝试：

我来御魑魅，自宜味南烹。调以咸与酸，芼以椒与橙。
腥臊始发越，咀吞面汗骍。惟蛇旧所识，实惮口眼狞。

用中原的烹饪方法对这些海鲜加以调理，虽然难以适应其“腥臊”的味道，也可以勉强吞下，唯独面对北方也很常见的蛇，实在感到害怕，只能将其放生。

继而又有《答柳柳州食虾蟆》诗，与长年被贬在南方的旧友柳宗元交流起吃虾蟆的心得：

虾蟆虽水居，水特变形貌。强号为蛙蛤，于实无所校。
虽然两股长，其奈脊皴皰。跳踯虽云高，意不离泞淖。
……
余初不下喉，近亦能稍稍。常惧染蛮夷，失平生好乐。
而君复何为，甘食比豢豹。猎较务同俗，全身斯为孝。
哀哉思虑深，未见许回棹……

虾蟆腿长似乎可食，然而背上疙瘩密布实在可憎，而且生活在泥泞沼泽之中，看上去并不是什么洁净的食物。韩愈最初感到难以下咽，而久经练习之后也稍稍能够吃得下了。拒绝这些食物，本为了避免自己被蛮夷所同化，可是看到柳宗元丝毫不在意被这些蛮夷习俗所沾染的样子，韩愈自身也逐渐彻悟了：返乡之途既已断绝，坚守从前的礼法习俗也就没有什么意义，当下的情况，能够保重身体，成功活下去，便是最大的孝道。可叹的是，在韩愈与柳宗元这次交流后不久，柳宗元就在柳州去世，终生都未能返回中原，“未见许回棹”一语成谶。

韩愈却受到了命运的眷顾，他抵达潮州后向朝廷上谢表，宪宗读后感慨道：“昨得韩愈到潮州表，因思其所谏佛骨事，大是爱我，我岂不知？”（《旧唐书·韩愈传》）于是准备重新起用韩愈，改命他到距中原稍近的袁州（今江西宜春市）担任刺史。作为中兴之主，宪宗还是颇能识得韩愈的忠贞之心的。只不过未等他将韩愈征召回朝，元和十五年（820 年）正月，宪宗暴崩于宫中，“元和中兴”至此告一段落。随着穆宗的即位，唐王朝也开始步入晚年。

七、韩愈的晚年诗与“平淡”

穆宗即位后不久,韩愈便被重新召回朝中,任国子祭酒,后又转任兵部侍郎、吏部侍郎,重回高位。不过,南迁以来,韩愈的进取之心似乎不再那么强烈。也或许是因为老之既至,此后韩愈的诗中愈发明显地流露出退意。如返朝后所作《南内朝贺归呈同官》云:“文才不如人,行又无町畦。问之朝廷事,略不知东西。况于经籍深,岂究端与倪。君恩太山重,不见酬稗稊。”又如《朝归》亦云:“峨峨进贤冠,耿耿水苍佩。服章岂不好,不与德相对。顾影听其声,赧颜汗渐背。进乏犬鸡效,又不勇自退。”这些诗句,与早年感叹怀才不遇时的心境已经大为不同,反而自愧才德微薄,配不上所处的高位与天子的恩顾,流露出明显的“自退”之意。

不过,正当韩愈自愧“不见酬稗稊”“进乏犬鸡效”之时,时局却给了他一个挺身而出的机会。长庆元年(821年),镇州(今河北正定市)成德节度使发生军乱,节度使田弘正被杀,兵马使王廷凑图谋自立,向朝廷索求正式任命。穆宗得到消息后大怒,想要效法宪宗平定淮西藩镇的经历,召集天下兵马进讨王廷凑。然而穆宗毕竟没有宪宗之能,又加上选任将领不当,前线指挥不一，粮草供应不济，以致战事持续了一年却丝毫没有进展，甚至其他各地藩镇也大有与王廷凑联合共同反叛朝廷的迹象。朝廷不得已，只能向王廷凑妥协，降诏赦免他的反叛之罪，并派遣韩愈担任使者，前往镇州宣慰王廷凑及其部下。

此时的形势对王廷凑已经大为有利，是否接受朝廷的安抚完全取决于他的一念之间。朝中大臣对朝廷的宣慰之策都没有把握，担心王廷凑不与朝廷合作，甚至挟忿杀害使者。于是人人都觉得韩愈此行凶险，甚至当时担任宰相的元稹也向唐穆宗说："韩愈可惜。"

穆宗自身也感到有些后悔，于是下诏令韩愈可以放缓行程，必要时可以逗留在成德节度使边境观察形势，若情况实在不妙也可以直接打道回府。然而韩愈却丝毫没有退缩之意，径直奔赴镇州。途中路过裴度所驻守的承天军营（今山西平定县一带）时，作《奉使镇州行次承天行营奉酬裴司空相公》道：

窜逐三年海上归，逢公复此著征衣。旋吟佳句还鞭马，恨不身先去鸟飞。

数年之前，韩愈曾与裴度同着征衣，征讨蔡州叛乱，此时此刻又因征讨叛乱之事在军营中相聚，局势的优劣虽有不同，二人报效国家的志向却始终如一。与裴度短暂相聚之后，韩愈快马加鞭，如同飞鸟一样向着镇州奔去。韩愈的举动，正如《唐宋诗醇》所评的那样："诏许迟留，而奋迅如此。仁者之勇，庶无愧焉。"事实也证明韩愈的勇并非莽夫之勇，而的确是仁者之勇。

到达镇州之后，韩愈面对王廷凑及手下军士的嚣张气焰，不卑不亢，结合安史之乱以来叛乱藩镇速败的历史，向他们晓以利害。韩愈情辞恳切又博学多识，得到了王廷凑的敬重。于是在韩愈的努力之下，王廷凑终于与朝廷达成了和解的协议，河北藩镇的危机，暂时得到了缓解。

韩愈的不辱使命，为他赢得了更高的名声。唐穆宗甚至有任韩愈为宰相之意，不过随着此后朝中政治斗争的愈演愈烈而作罢。完成使命后的韩愈，并没有在仕途上再图进取之意。他晚年的诗歌中，退意愈发明显了。长庆二年（822 年）秋，韩愈的故友裴度返朝，韩愈作《和仆射相公朝回见寄》诗云：

尽瘁年将久，公今始暂闲。事随忧共减，诗与酒俱还。
放意机衡外，收身矢石间。秋台风日迥，正好看前山。

俗世间的忧愁渐灭，饮酒赋诗之意愈兴，与裴度一同鞠躬尽瘁数十年之后，韩愈也想要在“暂闲”中安度晚年了。实际上，随着“元和中兴”的结束，穆宗以后，朝廷政局愈发不安。外有藩镇势力再次崛起，内有宦官干政，且党争的苗头渐起。裹挟在时代洪流中的朝中士人，越来越难以凭借一己之力而挽狂澜于既倒。于是元和时代积极进取、昂扬向上的士风，也渐渐向着晚唐时期身不由己、消极避祸的心态转变。

于是，在人生的晚年，韩愈的诗歌与从前锋芒毕露、奇崛险怪的风格有所不同，愈发偏向于清丽淡雅。最典型者，要数长庆三年（823年）春所作的《早春呈水部张十八员外二首·其一》：

天街小雨润如酥，草色遥看近却无。最是一年春好处，绝胜烟柳满皇都。

全诗不用任何奇字僻典，全无任何难解之处，平铺直叙，似随口吟出，与从前那些险怪之作迥然不同，雨丝细腻、草色微茫的奇幻之景浮现于眼前，清丽而传神。此诗的写景之妙，毫不逊于王维等擅写山水田园的盛唐名家。

韩愈在元和年间曾作《送无本师归范阳》称,“奸穷怪变得,往往造平淡”,虽是对贾岛(无本师)诗歌的评价,又何尝不也反映出了韩愈自身对诗歌创作的理解。“奸穷怪变”是韩愈早时诗风的真实写照,而“平淡”则渐成为他晚年诗风中的重要特点。二者看似全然对立,实则却是一个有机的整体,识尽“奸穷怪变”,才能掌握“平淡”的精髓,汇聚万象于平淡之中,似无实有,平淡而不平凡。此后苏轼也曾悟及此点,说:“凡文字,少小时须令气象峥嵘,彩色绚烂。渐老渐熟,乃造平淡。其实不是平淡,绚烂之极也。”(《与二郎侄书》)

可惜韩愈未能高寿,其晚年平淡之作存留不多。长庆四年(824年),五十七岁的韩愈卧疾在家,当年中秋前后,张籍、王建来访,韩愈为此这次聚会作了《玩月喜张十八员外以王六秘书至》,这一淡雅之篇,竟成为以奇崛著称的韩愈的绝笔:

前夕虽十五,月长未满规。君来晤我时,风露渺无涯。
浮云散白石,天宇开青池。孤质不自惮,中天为君施。
……

八月十六的夜晚,一片寂静清淡,整个天宇皆是皓月的舞台,玩月的诗人,不知望着这轮明月具体作何感想。明月曾经照耀了李白,照耀了杜甫,如今也照耀着风烛残年的韩愈,将来还将继续照耀着今日到访的后辈诗人张籍和王建,以及后世沿着韩愈的脚步继续开拓的苏轼、黄庭坚。历代诗人都在这明月的照耀下传承向前,相继大放异彩。

当年十二月,病笃的韩愈在长安结束了他奇崛伟岸的一生。在韩愈晚年方成为其诗友的王建,曾作《寄上韩愈侍郎》一诗,可作为韩愈一生的写照:

重登大学领儒流，学浪词锋压九州。不以雄名疏野贱，唯将直气折王侯。咏伤松桂青山瘦，取尽珠玑碧海愁。叙述异篇经总别，鞭驱险句最先投。碑文合遣贞魂谢，史笔应令谄骨羞……

以儒学持身，傲上不辱下，喜尚奇崛，诗文双璧，堪称中唐时期文坛盟主的韩愈，在开创“古文”之余，又在诗歌方面开辟出了一条与盛唐人迥然不同的道路。韩愈之后，晚唐及北宋的诗人们沿着韩愈所开辟的道路进一步深耕，不断地扩展诗歌的表现手法与艺术内涵，令诗歌艺术长盛不衰、历久弥新。

本章所引韩愈诗文文献参考：

钱仲联集释《韩昌黎诗系年集释》，上海古籍出版社，2017 年

马其昶校注《韩昌黎文集校注》，上海古籍出版社，2014 年

第六章

『中隐』于『兼济』与『独善』间的白居易

白居易(772—846年),字乐天,号香山居士,与韩愈并为中唐文学的两座高峰,不过二人的风格却截然不同。如上章所述,李肇在《唐国史补》中曾记载中唐时“元和体”的盛行,其中韩愈的诗风为“奇诡”,白居易的诗风则是“浅切”。说到白居易诗风的浅切,还有这样一则逸话:“白乐天每作诗,问曰解否?妪曰解,则录之;不解,则易之。”(《冷斋夜话》)白居易作诗要让老妇人都能看懂,这与韩愈那些令后世评诗专家都常常不知所云的“奇诡”之作,可谓走向了两个极端。

不过这两个极端却相辅相成,正如清人赵翼在《瓯北诗话》中所论:“中唐诗以韩(韩愈)、孟(孟郊)、元(元稹)、白(白居易)为最。韩、孟尚奇警,务言人所不敢言;元、白尚坦易,务言人所共欲言。”尚“奇警”的韩、孟诗派与尚“坦易”的元、白诗风各有各的妙处,构成了元和时期丰富多彩的诗歌世界。

白居易所以主张“浅切”诗风,是别有深意的,他是所谓“新乐府运动”的倡议者,在《新乐府序》中曾说:“其辞质而径,欲见之者易谕也;其言直而切,欲闻之者深诫也。”白居易有意通过直白平易的言辞扩大诗歌的影响,令诗中的讽喻劝诫能够明白无疑地传达到读者那里。

而“浅切”并不意味着简单容易。清人刘熙载《艺概》称:“常语易,奇语难,此诗之初关也。奇语易,常语难,此诗之重关也。香山用常语得奇,此境非易到。”能够用奇险之语来表现奇崛之意固然困难,却只不过是学诗的第一关而已,用平易之语便能够表达奇崛之意,才是具有更高难度的技艺。如此说来,擅长

“用常语得奇”的白居易,其作诗所需要的技巧绝不在韩、孟之下。

白居易平生的诗风固然以平易浅切一以贯之,而诗中所传达的诗意,前后却有不小的区别。白居易小韩愈五岁,二人在青壮年时一同经历过“元和中兴”。在时代的鼓舞之下,白居易也曾力图进取,胸中怀有“兼济天下”的宏愿。元和时期的白居易,长年身处谏官之职,以直言切谏闻名朝野。同在此时,白居易又在诗坛掀起了“新乐府运动”,通过创作平易通俗的新乐府诗来展现民生之艰难,意图讽喻时政,即便得罪权贵也在所不惜。

不过,正因为进谏之语与讽喻之作过于耿直,白居易也引来权贵的侧目,以至于屡遭排挤乃至谗害,终于在元和末年被贬出了朝廷。接连打击之下,晚年的白居易渐生退意。尤其宪宗崩逝之后,唐王朝的形势急转直下,朝廷之外藩镇之祸未除,吐蕃、南诏等少数民族政权又蠢蠢欲动;朝廷之内党争问题、宦官干政的问题日益严重,皇帝之权逐渐被架空,唐王朝带着一身沉疴痼疾无可奈何步入晚年,中兴之梦破碎。而白居易在中唐诗人中算是相当长寿的,一直活了七十多岁,他的前半生与中唐诗人一道致力于中兴大唐,他的后半生,往日挚友相继凋零,独立在风雨飘摇、千疮百孔的晚唐政局之下,即便有兼济之志、匡世之才,也难觅施展的机会。于是只能收敛锋芒,将自己的精力由“兼济天下”转到“独善其身”,甚至常常在佛教的修行中寻找精神寄托。

“兼济”与“独善”成为白居易诗中最主要的两个主题,也是支持他人生的思想根基。不过,无论是“兼济”还是“独善”,白居易都并非一介凡夫,而是官职在身,士大夫的身份意识贯穿他诗歌的始终。于是白居易的“兼济”与“独善”,与前代诗人所常见的“仕”与“隐”不同,即便是退,也并非去做全然与世无争的隐士,而是要隐于官府之中。为此,白居易创出了“中隐”的生活态度,悠游在宦与隐之间。这固然是中晚唐险恶政治形势下的无奈之举,却令士大夫与隐士的身份统一起来,创出一种十分独特的生活、审美趣味,为当时众多的迷茫士人找到了一条精神之路,也为宋代以后的文人士大夫开辟出一个极其丰富的精神境界。

此外,白居易较之唐代其他诗人,十分注重对自己作品的编集。他晚年数次整理自己的诗文,共编成文集七十余卷,并将它们藏在当时的名寺之中,意图得到长久流传。幸运的是,这些经过白居易亲手删定的文集较为完整地保存到了今天。于是在唐代诗人中,白居易的作品留存最多,仅诗歌便有3000余首,除了最为著名的鸿篇巨制《长恨歌》《琵琶行》之外,饶有趣味的作品多如繁星,这为我们窥知白居易心态与诗风的转变,进而了解中晚唐之交社会历史变迁等问题提供了绝好的材料。

一、少年早慧

白居易早早与文字结缘,他在与元稹的书信《与元九书》中提及自己幼年学诗时说道:“仆始生六七月时,乳母抱弄于书屏下,有指‘无’字、‘之’字示仆者,仆虽口未能言,心已默识。后有问此二字者,虽百十其试,而指之不差。则仆宿习之缘,已在文字中矣。及五六岁,便学为诗。”未满一岁的白居易便天生地与文字相亲近,这似乎注定了他日后与诗文所结下的深厚缘分。

白居易生于小官僚家庭,其祖父与父亲都曾在中原一带任县令这样级别低微的官职,家境并不优渥,且在白居易少年读书之时,正逢建中年间的大动乱,河南河北数个藩镇称王,兵祸不已,白居易家也受到波及,颇历乱离之苦。幼年与文字结缘的白居易,实际上也是在读书上下了一番苦功夫的,他曾回忆:“我生礼义乡,少小孤且贫。徒学辨是非,只自取辛勤。”(《朱陈村》)“苦节读书。二十已来,昼课赋,夜课书,间又课诗,不遑寝息矣。以至于口舌成疮,手肘成胝。既壮而肤革不丰盈,未老而齿发早衰白。”(《与元九书》)

辛勤学诗的白居易很快便得到了同时代人的赏

识。唐末五代人王定保所编《唐摭言》记载白居易携带自己的作品前往长安拜谒当时著名诗人顾况的故事。顾况看了白居易的名帖,不禁用他的名字开玩笑说“长安物贵,居大不易”,然而泛览白居易的诗文,尤其读到“野火烧不尽,春风吹又生”之句时,一改之前的说法感叹道:“有句如此,居亦何难?”

此诗原题作《赋得古原草送别》,全文如下:

离离原上草,一岁一枯荣。野火烧不尽,春风吹又生。
远芳侵古道,晴翠接荒城。又送王孙去,萋萋满别情。

诗歌从送别之处的野外荒原写起,萧索的景象本是为了烘托离别时的忧伤之情,其中又寄寓着深刻的人生哲理,原草虽然萧索,却有着极其旺盛的生命力,即便遭遇野火的摧残,也必定会在来年春风到来之时死而复苏。在如此旺盛的生命力的衬托下,离别之情也便具有了多个层次,不仅仅是单纯的哀愁,也有一种抗争的精神、昂扬向上的精神融入其中,为独自面对前路的离人增添了一份豪迈刚健之气。

此诗不用美辞丽句,却旨意深沉,有一唱三叹之妙,堪称古往今来送别诗中难得一见的佳作。年纪轻轻的白居易便能写出如此古朴苍劲的作品,难免会令顾况发出“有句如此,居亦何难”的感慨。

白居易谒见顾况的故事,此后又被众多小说杂记所转载,甚至被《新唐书·白居易传》所采信。不过,《唐摭言》所记载的故事很多只是好事者的杜撰,未必全然符合事实,这一有关白居易的故事也不例外。据研究者考证,白居易与顾况各自的履历并不能在长安产生交集,长安“居大不易”的调侃,恐怕也只是小说家们的附会罢了。

以白居易的文学才能,确实能令他在“居大不易”的长安崭露头角。不过,贞元十年(794 年),正当二十三岁的白居易志得意满之时,却逢父亲去世,须为父服丧三年,于是他只能深居简出,继续磨炼自己的技艺。

直至贞元十六年(800 年),白居易二十九岁之时,才终于来到长安参加进士考试,并以第四名的成绩及第。贞元十九年(803 年),白居易又参加了吏部书判拔萃科的考试,与元稹一同及第,且一同被任命为秘书省校书郎。自此,白居易与元稹相识,结下了绵延终生的友谊。

不过,在白居易与元稹入仕的贞元十九年前后,朝廷之中却正迎来变局。王叔文一党蠢蠢欲动,德宗、顺宗、宪宗迭代之际的“永贞革新”以及“永贞内禅”即将拉开帷幕。混沌的局面之下,白居易只能暗自蛰伏。他在永贞元年(805 年)曾作《感时》一诗,表现自己在动荡政局中的思虑:

……

人生讵几何,在世犹如寄。虽有七十期,十人无一二。

今我犹未悟,往往不适意。胡为方寸间,不贮浩然气。

贫贱非不恶,道在何足避。富贵非不爱,时来当自致。

所以达人心,外物不能累。唯当饮美酒,终日陶陶醉。

斯言胜金玉,佩服无失坠。

此诗是其“忽年三十四”之作,却颇显老气,早早便有了“在世犹如寄”这样人生短暂的感慨,对于贫贱还是富贵的命运,似乎也不那么在意,我自贮藏我的“浩然之气”,其余的顺其自然,“时来当自致”。这样的感慨当然与“永贞内禅”的时势有关,看不清局面的发展方向,自然难以致身为用。不过诗中的退让之气,似乎也预示了他晚年面对同样险恶波折的政治形势时,更倾向于“独善其身”的人生选择。

不过,正值壮年的白居易显然是放不下“兼济天下”的志向的,尤其在“永贞内禅”很快告一段落，宪宗握稳政权之后，白居易确确实实展现出了参与政治的热情，并在当时的朝中留下了骨鲠之名。

二、兼济之志

实际上早在“永贞内禅”期间,处于蛰伏期的白居易便已流露出用世之志。永贞年间至元和初年,白居易与元稹一同幽居在长安城郊的华阳观,相互切磋,揣摩时事,作《策林》七十五篇。其中展现了不少忧国之思,也提出了很多改革方案。尤其在文学方面,白居易极其重视文章的教化功能,他曾批判当下流行的无关讽喻教化的诗文道:“今褒贬之文无核实,则惩劝之道缺矣;美刺之诗不稽政,则补察之义废矣……俾辞赋合炯戒讽喻者,虽质虽野,采而奖之。”(《策林》六十八《议文章》)辞赋虽有修辞上的高下之差,然而再好的文辞若不能够与时政相关,价值也会减半;再朴素的文辞如果能够贴合讽喻之道,也有奖进的价值。他进而主张:“立采诗之官,开讽刺之道,察其得失之政,通其上下之情”(《策林》六十九《采诗》),想要恢复古时派使者到民间采诗借以了解民间风俗、掌握民间疾苦的政策,从而令下情得以上达,使诗文讽喻时政之用得到最大程度的发挥。

这种以诗歌讽喻政治的主张,在白居易此后的诗歌创作中得到了十分彻底的贯彻,成为他前期文学思想的核心。白居易也正是因为持续不断的讽喻诗创作,逐渐在诗坛奠定了自己的地位。

元和元年(806年),永贞时期的动乱形势消弭之后,白居易又与元稹一同参加了才识兼茂明于体用科的考试,再次一同及第。白居易因此被授予了京郊盩厔县(今陕西西安市周至县)县尉的官职。正是在盩厔县尉的任上,诞生了白居易诗集中最早的鸿篇巨制。当年十二月,与友人陈鸿、王质夫一同游览仙游寺,话及当年唐玄宗与杨贵妃故事之时,白居易深有感触,写出《长恨歌》一诗。

诗的开头写杨玉环初入宫中,深受唐玄宗宠爱的情景:

汉皇重色思倾国,御宇多年求不得。杨家有女初长成,养在深闺人未识。天生丽质难自弃,一朝选在君王侧。回眸一笑百媚生,六宫粉黛无颜色。春寒赐浴华清池,温泉水滑洗凝脂。侍儿扶起娇无力,始是新承恩泽时。云鬓花颜金步摇,芙蓉帐暖度春宵。春宵苦短日高起,从此君王不早朝。

晚年的唐玄宗自感天下升平,于是渐渐丢弃早年励精图治的作风,转而追求享乐。开元二十五年(737年),最受宠爱的武惠妃去世后,唐玄宗郁郁寡欢,一直在物色后宫人选,甚至为此不惜手段。白居易称入宫前的杨玉环"养在深闺人未识",然而实际情况却并非如此。早在开元二十二年(734年),杨玉环便与唐玄宗之子寿王李瑁结合,甚至唐玄宗还曾亲自下诏,册封杨玉环为寿王妃。值得一提的是,寿王李瑁正是武惠妃之子,杨玉环也是武惠妃亲自挑选的儿媳。

而在武惠妃去世后,不知道什么人向唐玄宗进言,说寿王之妃"姿质天挺,宜充掖廷",即其美貌绝伦更适合做皇妃,于是唐玄宗竟然真的下令将自己的儿媳杨玉环召到了宫中。唐玄宗对杨玉环一见钟情,于是先敕令杨玉环出家为女道士,道号"太真",接着为寿王李

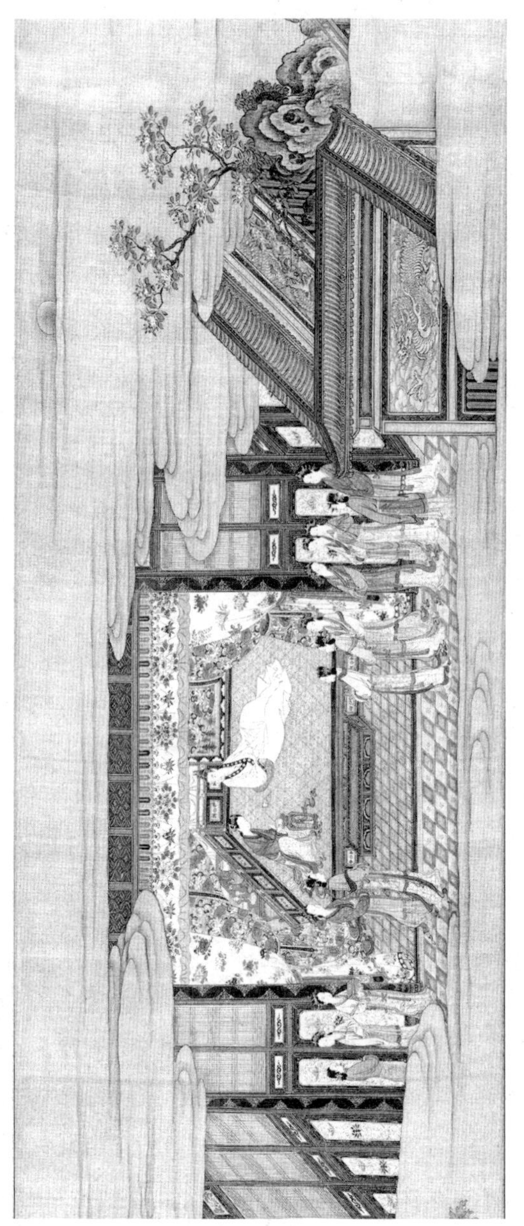

（日）狩野山雪《长恨歌图》局部（16-17 世纪）爱尔兰彻斯特·比替图书馆藏

瑁另娶了其他女子为王妃，然后从道观中将杨玉环召回，册封为贵妃。一番操作之下，儿媳便名正言顺地进入了自己的后宫。

能让唐玄宗费此周折甚至罔顾礼法，显然是因为杨玉环超凡的美貌。杨玉环被册立为贵妃，也成为唐王朝由盛转衰的一个重要转折点，沉迷于杨贵妃美貌不能自拔的唐玄宗，正如白居易所说的那样"从此君王不早朝"，彻底沉迷在享乐之中。

此后整个天宝时期，唐玄宗与杨贵妃尽日欢宴，杨家子弟也因杨贵妃的一人得道而鸡犬升天，几乎皆被裂土封侯：

承欢侍宴无闲暇，春从春游夜专夜。后宫佳丽三千人，三千宠爱在一身。金屋妆成娇侍夜，玉楼宴罢醉和春。姊妹弟兄皆列土，可怜光彩生门户。遂令天下父母心，不重生男重生女。骊宫高处入青云，仙乐风飘处处闻。缓歌慢舞凝丝竹，尽日君王看不足。

唐玄宗几乎把所有的宠爱都倾注在了杨贵妃身上。杨贵妃的大姐被封为韩国夫人，三姐被封为虢国夫人，八姐被封为秦国夫人，她那本为市井无赖的远房兄弟杨国忠（原名杨钊，后被唐玄宗赐名国忠）也迅速得势，甚至最终攀上了宰相的高位。整个朝局几乎被杨家兄妹所把持，朝政的混乱可想而知。

且有趣的是，白居易虽说"承欢侍宴无闲暇，春从春游夜专夜""缓歌慢舞凝丝竹，尽日君王看不足"，似乎唐玄宗对杨贵妃的宠爱从未有所衰减，然而实际情况也并不那么简单，据《旧唐书》所载，天宝五载（746）和天宝九载（750 年），杨贵妃都曾因琐事触怒唐玄宗而被赶回娘家。只不过两次被逐出宫后，杨贵妃都很快被召回，或许晚年的唐玄宗已不再有早年的果敢，而彻底离不开杨贵妃的侍奉。历经了这些波折，唐玄宗对杨贵妃的感情反而更近一层，而清楚唐玄宗已经离不开自己的杨贵妃，也愈发无所顾忌，恃宠而骄。

不过，正当朝中欢宴连连之时，河北的烽火却将一切尽数打碎：

渔阳鼙鼓动地来，惊破霓裳羽衣曲。九重城阙烟尘生，千乘万骑西南行。翠华摇摇行复止，西出都门百余里。六军不发无奈何，宛转蛾眉马前死。花钿委地无人收，翠翘金雀玉搔头。君王掩面救不得，回看血泪相和流。黄埃散漫风萧索，云栈萦纡登剑阁。峨眉山下少人行，旌旗无光日色薄。蜀江水碧蜀山青，圣主朝朝暮暮情。行宫见月伤心色，夜雨闻铃肠断声。

安禄山在河北竖起反叛的大旗，叛军南下，迅速占领洛阳，进逼长安。眼看长安城即将沦落，唐玄宗当即带着杨贵妃向西南的成都逃去。

挑起叛乱的安禄山，实际上正是在唐玄宗与杨贵妃的宠幸与纵容之下才一步步坐大，乃至掀起滔天大乱。据《资治通鉴》的记载，天宝十载(751 年)，唐玄宗及杨贵妃为安禄山庆祝生日，赏赐丰厚，此后“召禄山入禁中，贵妃以锦绣为大襁褓，裹禄山，使宫人以彩舆舁之。上闻后宫欢笑，问其故，左右以贵妃三日洗禄儿对。帝自往观之，喜，赐贵妃洗儿金银钱，复厚赐禄山，尽欢而罢。自是禄山出入宫掖不禁，或与贵妃对食，或通宵不出，颇有丑声闻于外，上亦不疑也。”

“三日洗儿”是古代诞生礼之一，指婴儿出生第三天为他洗澡祈福。而杨贵妃竟然把当时已经四十多岁、身为一方节度使的安禄山扮作婴儿，给他裹上襁褓，戏耍玩闹。唐玄宗看了这荒唐的行为，非但不制止，反而一同胡闹，对杨贵妃和安禄山都大加赏赐，任凭安禄山祸乱宫闱。实际上，安禄山之所以能够平步青云，身兼多地节度使，掌握唐王朝大半兵马，就是凭借在唐玄宗和杨贵妃面前插科打诨、扮演丑角而得来。可是这常常博得唐玄宗与杨贵妃欢笑的“禄儿”，却早有不轨之心，他见唐玄宗日渐老去，唐王朝武备松弛，暗自整军备马，收买人心，一朝倒戈，天下倾颓。

前不久还在长安宫中宴饮作乐，此刻却狼狈处于逃亡的路途之中，且不论唐玄宗的心境如何，同行的兵士们皆咬牙切齿，对平日嚣张跋扈的杨氏兄妹们横眉竖目。一路来的疲惫饥寒，让大家的情绪随时都要被点燃。此时正有吐蕃使节来到行列之中，在杨国忠的马前与其对话，早就对杨国忠不满的士卒忽然高呼“国忠与胡虏谋反”，于是大家一拥而上，将杨国忠分尸。接着情绪激动的士卒们在龙武大将军陈玄礼的统领之下，包围了玄宗所在的驿站，对玄宗说：“国忠谋反，贵妃不宜供奉，愿陛下割恩正法。”唐玄宗无可奈何，为解除兵变危机，只能下令将杨贵妃缢死。（见《资治通鉴》）

贵妃玉殒，又兼国势倾颓，逃到成都的唐玄宗，其心境自然是无比凄凉的。等到两京克复，能够重回长安之时，这种凄凉的心境非但未能缓解，反而因睹物思人而更深一层：

天旋地转回龙驭，到此踌躇不能去。马嵬坡下泥土中，不见玉颜空死处。君臣相顾尽沾衣，东望都门信马归。归来池苑皆依旧，太液芙蓉未央柳。芙蓉如面柳如眉，对此如何不泪垂。春风桃李花开日，秋雨梧桐叶落时。西宫南苑多秋草，宫叶满阶红不扫。梨园弟子白发新，椒房阿监青娥老。夕殿萤飞思悄然，孤灯挑尽未成眠。迟迟钟鼓初长夜，耿耿星河欲曙天。鸳鸯瓦冷霜华重，翡翠衾寒谁与共。

路过马嵬坡，想起兵变时的一幕幕，唐玄宗伤心欲绝。此后返回熟悉的宫殿，一景一物都能勾起与杨贵妃朝夕相处的回忆，于是相思成疾，夜夜难眠。在唐玄宗返回长安之前，唐肃宗已经登上帝位，完全掌握了朝政。唐玄宗虽然被尊为太上皇，然而毕竟国无二主，唐肃宗对自己的父亲心中也多有隔阂。于是，唐玄宗在位时的旧臣纷纷遭到排斥，甚至左右侍奉的侍卫、宦官也屡屡遭到清洗，唐玄宗彻底

（日）狩野山雪《长恨歌图》局部（16–17 世纪），爱尔兰彻斯特·比替图书馆藏

成为孤家寡人。这样凄凉的处境，自然令他更加思念往日与自己形影不离的杨贵妃。《长恨歌》之后的内容，大概是白居易出于对唐玄宗和杨贵妃的怜悯，故而为他们的爱情故事安排了一个颇有玄幻色彩的结局：

悠悠生死别经年，魂魄不曾来入梦。临邛道士鸿都客，能以精诚致魂魄。为感君王辗转思，遂教方士殷勤觅。排空驭气奔如电，升天入地求之遍。上穷碧落下黄泉，两处茫茫皆不见。忽闻海上有仙山，山在虚无缥渺间。楼阁玲珑五云起，其中绰约多仙子。中有一人字太真，雪肤花貌参差是。金阙西厢叩玉扃，转教小玉报双成。闻道汉家天子使，九华帐里梦魂惊。揽衣推枕起徘徊，珠箔银屏逦迤开。云鬓半偏新睡觉，花冠不整下堂来。风吹仙袂飘飖举，犹似霓裳羽衣舞。玉容寂寞泪阑干，梨花一枝春带雨。含情凝睇谢君王，一别音容两眇茫。昭阳殿里恩爱绝，蓬莱宫中日月长。回头下望人寰处，不见长安见尘雾。惟将旧物表深情，钿合金钗寄将去。钗留一股合一扇，

钗擘黄金合分钿。但令心似金钿坚,天上人间会相见。临别殷勤重寄词,词中有誓两心知。七月七日长生殿,夜半无人私语时。在天愿作比翼鸟,在地愿为连理枝。天长地久有时尽,此恨绵绵无绝期。

为了缓解相思之苦,唐玄宗向道士与方士寻求帮助,利用他们“升天入地”的法术来寻觅杨贵妃的踪迹,终于在海上的仙山中找到了已经化身为仙子的杨贵妃。二人在仙境中重逢,各自泪眼婆娑。有情人只要心意坚定,就一定会有再会之期,人生固然是有尽头的,而坚贞的爱情却永无止境,是超越时空的长久存在。

《长恨歌》的结尾部分,似乎是在赞颂或者同情唐玄宗与杨贵妃坚贞不渝的爱情。后世之人对《长恨歌》的喜爱,也大多源自这一悲剧爱情故事的感染力。不过从整体上看,《长恨歌》的重点还是在批判唐玄宗因“重色”而误国。实际上对于《长恨歌》的创作初衷,白居易的友人陈鸿曾作《长恨歌传》,有清晰的说明:“元和元年冬十二月,太原白乐天自校书郎尉于盩厔,鸿与琅琊王质夫家于是邑,暇日相携游仙游寺,话及此事(唐玄宗与杨贵妃之事),相与感叹。质夫举酒于乐天前曰:‘夫希代之事,非遇出世之才润色之,则与时消没,不闻于世。乐天深于诗,多于情者也。试为歌之。如何?’乐天因为《长恨歌》。意者不但感其事,亦欲惩尤物,窒乱阶,垂于将来也。”

“惩尤物,窒乱阶”,也即批判美色误国、为今后的政治提供借鉴,方是《长恨歌》的创作初衷。只不过唐玄宗与杨贵妃的故事过于凄美动人,致使白居易在其中寄寓的浪漫主义的情思显得喧宾夺主,盖过了现实主义的讽喻意旨。事实上,浪漫主义与现实主义的兼收并蓄,正是白居易诗歌的重要特点,这两种精神固然在白居易不同时期、不同主题的诗歌中有着浓淡轻重的不同,却大都是有机合一的,进而令白居易的诗歌既有着充沛的感染力,又不失思考的深度。

白居易的盩厔县尉之职大概只担任了不到一年,元和二年(807

年）便被征召入朝，担任翰林学士，并充当进士考官，一年后又升任为左拾遗，仕途上十分顺遂。这一期间白居易也积极参与政治，力图实现他的“兼济”之志。随着在长安任职日久，白居易逐渐窥见了当时朝廷中的种种弊病，因此每每直言进谏，即使触怒皇帝和权贵也在所不惜。此外，他也不忘发挥自己的诗歌之才，屡屡将对时事的观察融入诗中，写作出很多讽喻政治的作品，实践他“察其得失之政，通其上下之情”的文学主张。这其中，最为著名也最具影响力的无过于《秦中吟》十首和“新乐府”组诗。

“秦中”即长安所在的关中平原。白居易在《秦中吟序》中说：“贞元、元和之际，予在长安，闻见之间，有足悲者。因直歌其事，命为《秦中吟》。”这些诗歌皆反映关中的民生之苦，甚至敢揭露朝中权贵对民生的摧残。如其中的《轻肥》诗如下：

意气骄满路，鞍马光照尘。借问何为者，人称是内臣。
朱绂皆大夫，紫绶或将军。夸赴军中宴，走马去如云。
罇罍溢九酝，水陆罗八珍。果擘洞庭橘，脍切天池鳞。
食饱心自若，酒酣气益振。是岁江南旱，衢州人食人！

“轻肥”的诗题出自《论语·雍也》：“赤之适齐也，乘肥马，衣轻裘。”指富贵者的奢华生活。白居易诗中的富贵者为“内臣”，即皇帝所宠幸的宦官。自安史之乱以来，地方节度使叛乱不断，朝廷所派遣的讨敌之将也屡屡倒戈相向，尤其在唐德宗建中年间“泾原兵变”之后，因臣下屡屡叛变，唐德宗逐渐猜忌臣子，大肆任用宦官，甚至将戍卫京城的神策军也交予宦官管辖，这成为中晚唐宦官干政的肇始。唐宪宗以来，宦官的势力依然不减，甚至宪宗的成功即位，很大程度上也是依靠了宦官俱文珍的势力。这些宦官成为朝中新贵，大臣们争先恐后去巴结他们。然而在他们享受山珍海味之时，百姓却饱受饥寒之苦，甚至江南的衢州还因旱灾而发生了“人食人”的惨剧。内臣们的“轻肥”与百姓的“人食人”形成了极其鲜明的对比，震撼人心的程度恐怕不亚于杜甫的“朱门酒肉臭，路有冻死骨”（《自京赴奉先县咏怀五百字》）。

所谓“新乐府”，又称“新题乐府”，影响更为广泛。乐府诗自秦汉便有，当时朝廷设立乐府机构，采集民间歌谣并配乐演奏，一方面为朝廷的祭祀与宴会提供音乐，另一方面也可以将地方的民风民俗传达到朝廷，为统治者体察世情提供参考。到了后世，乐府这一机构虽不复存在，乐府诗却持续保持着影响力，诗人们往往依托汉乐府的旧题创作新诗。这些采用汉乐府旧题的诗歌，有的旨意仍与旧题近似，有的则全然脱离了旧题，只是在延续乐府诗的风格而已。于是新题乐府就孕育而出：不再依傍汉乐府的旧题，而是自创新题目，在模仿乐府诗风格的同时，令诗歌主旨与题目能够更好地贴合。新题乐府的创作在初、盛唐时期就开始出现，杜甫便是其中翘楚；到了中唐则获得了更为蓬勃的发展，尤其白居易与李绅、元稹一道创作了大量“新乐府”作品，产生了很大的影响，后世称他们的创作活动为“新乐府运动”。

白居易“新乐府”的最大特点，是用平易朴素的语言直接歌咏时事，不追求辞藻的华美，而是继承《诗经》的传统，以讽喻政治为最终目的，所谓“为君、为臣、为民、为物、为事而作，不为文而作也”（《新乐府序》）。这些作品，成为白居易“兼济”之志的最直接表现。白居易的新乐府诗共有五十篇，其中家喻户晓者如《卖炭翁》：

卖炭翁，苦宫市也。

卖炭翁，伐薪烧炭南山中。满面尘灰烟火色，两鬓苍苍十指黑。卖炭得钱何所营，身上衣裳口中食。可怜身上衣正单，心忧炭贱愿天寒。夜来城上一尺雪，晓驾炭车辗冰辙。牛困人饥日已高，市南门外泥中歇。翩翩两骑来是谁，黄衣使者白衫儿。手把文书口称敕，回车叱牛牵向北。一车炭，千余斤，官使驱将惜不得。半匹红纱一丈绫，系向牛头充炭直。

“卖炭翁，苦宫市也”是诗前的序文，这一在诗的正文之前列小序以言明诗意的形式，继承自《诗经》(《毛诗》)中的小序。所谓“宫市”形成于唐德宗末年，当时宫中如有所需物品，往往派宦官前往民间采买。而这些负责采买的宦官，却大都不按照市场规矩来交易。他们看上了什么就随意掠夺，付给很少的金钱甚至打白条。还有更恶劣的情况，他们不仅胁迫货主免费将物品送到宫中，还反过来向货主勒索“门户钱”“脚价钱”等五花八门的杂费。到头来货主不仅失去了货物，还被勒索了一大笔金钱，为此破产之人数不胜数。

诗中所咏的这位卖炭翁，便是“宫市”的受害者之一。他辛苦地“伐薪烧炭”，穿着单衣却盼望降温，只是为了把炭卖出个好价钱来换取衣食，却未承想遇到宫中的“黄衣使者”，不由分说便把一车的炭夺走，仅仅留下“半匹红纱一丈绫”来充当买炭的钱财。可怜的卖炭翁还应庆幸自己没遇到最恶劣的情况，运送炭的牛车被还了回来，没有被征收杂费还被“恩赐”了系在牛头上的“半匹红纱一丈绫”。现实是如此黑白颠倒！

从白居易的笔下，我们能够更加直观地看出中唐时期百姓们所面临的深重苦难。这些展现民间疾苦的诗歌如果真的能被执政者所关切，或许多少对改善当时的政治生态能够起到一定的积极意义；与此同时，这些刺耳的声音也必定会传到那些作威作福的权贵那里，引来他们的侧目。

身处“元和中兴”的时代，白居易的直切得到了励精图治的唐宪宗很大程度上的宽容，却最终仍敌不过权贵们的记恨与诽谤。

元和十年(815年)，发生了宰相武元衡被蔡州节度使派刺客当街刺杀这一大事,朝野为之震惊。白居易也按捺不住愤懑,旋即上书,力主追捕刺客、以正国法。此时的白居易早已从谏官的职位调离,正担任太子左参赞大夫。当时的宰相对他越职言事的举动非常不满,平素记恨白居易之人也借机纷纷上书诽谤白居易,有人检举说,白居易的母亲在赏花之时不慎坠入井中身亡,而白居易竟然作《赏花》《新井》这样的诗,全然不对母亲的去世感到悲伤,有伤风化。于是,在多方刁难之下,四十四岁的白居易无辜受罚,被贬出京城,出任江州(今江西九江市,又称浔阳)司马。

三、江州司马

前文说到，白居易与元稹于求举时相识，此后结成了绵延终生的友谊。不过，元和五年(810 年)元稹因得罪宦官，被贬江陵(今湖北荆州市)，此后一直在地方任职，与白居易相隔一方。到了元和十年(815 年)春，元稹终于被召还回京，与白居易久别重逢。然而命运弄人，这次的奉诏还京，并没有令元稹得到起用的机会，很快他又被任命为通州(今四川达州市)司马，再次与白居易分别。紧接着白居易也被贬逐出京。昔日春风得意、力图在朝中有所作为的二人，相继羽翼摧折、天涯沦落。

仕途的不顺，反而令二人的友谊更加坚定。他们通过书信的往来唱和，缓解着贬谪的愁思。在前往江州途中，白居易路过蓝桥驿，在驿站见到元稹留下的题壁诗，欣喜异常，作《蓝桥驿见元九诗》歌咏其事：

蓝桥春雪君归日，秦岭秋风我去时。每到驿亭先下马，循墙绕柱觅君诗。

春雪中的相逢之喜，秋风中的离别之悲，人生忽起忽落,命运反复无常。相隔两地的元稹与白居易,竟然通过驿站的墙柱获得了精神上的重逢,题壁诗的书写与阅读,此刻成为连接两大诗人友谊的纽带。这首小诗篇幅虽短,透露出的情意却无比绵长。

抵达江州的白居易也与元稹通信不断,《与元九书》尤其真情流露,将自己的平生抱负向挚友元稹尽情铺陈。这封书信也成为白居易思想的集中展现。

在书信中,白居易将自己的诗歌创作思想总结为:“文章合为时而著,歌诗合为事而作”。他在长安所作的《秦中吟》、“新乐府”等,便是这一思想的具体实践。然而这些诗歌的创作,却给白居易带来了无限祸患,所谓“言未闻而谤已成”“始得名于文章,终得罪于文章”。勇于揭露时弊的白居易,甚至引来了身边众人的不解乃至记恨:

凡闻仆《贺雨》诗,而众口籍籍,以谓非宜矣;闻仆《哭孔戡》诗,众面脉脉,尽不悦矣;闻《秦中吟》,则权豪贵近者,相目而变色矣;闻《乐游园》《寄足下诗》,则执政柄者扼腕矣;闻《宿紫阁村》诗,则握军要者切齿矣!

这些对自己不满的声音,白居易清楚了解,却毫不畏惧,即便“得罪于文章”,也是求仁得仁,不负平生之志。于是“江州之贬”或许早在白居易的意料之中,不过白居易没想到的是,自己所作的诗歌,已在世间广泛流传,赢得了极高的知名度,他记录自己贬谪途中的见闻云:

闻有军使高霞寓者,欲聘倡妓,妓大夸曰:“我诵得白学士《长恨歌》,岂同他哉?”由是增价……

又昨过汉南日,适遇主人集众娱乐他宾。诸妓见仆来,指而相顾曰:“此是《秦中吟》《长恨歌》主耳。”

自长安抵江西,三四千里,凡乡校、佛寺、逆旅、行舟之中,往往有题仆诗者;士庶、僧徒、孀妇、处女之口,每每有咏仆诗者。

对自己的诗歌之名,白居易似乎并不很在意:“此诚雕篆之戏,不足为多,然今时俗所重,正在此耳。”诗歌的写作,只不过是实践“兼济”的人生抱负的手段之一,即便以此成名,白居易最关心的还是这些诗歌是否真的能够补益时政,实现“兼济”的理想。

然而,被贬出朝廷后的白居易,恐怕很难再去直接践行“兼济”之志了。此后的他,只能在诗歌创作之中寻找“兼济”与“独善”之间的平衡点:

古人云:“穷则独善其身,达则兼济天下。”仆虽不肖,常师此语……故仆志在兼济,行在独善,奉而始终之则为道,言而发明之则为诗。谓之讽谕诗,兼济之志也;谓之闲适诗,独善之义也。

“志在兼济,行在独善”,是白居易一直以来的处世准则。他的诗歌也因此分为两大类,一则以“兼济”之志为依托,讽喻时政;一则以“独善”为宗旨,表达闲适的生活趣味。而江州之贬成为白居易诗歌风格乃至人生态度的转折点,与朝廷天各一方的白居易,逐渐把主要精力投入闲适诗创作。悠然自得的生活趣味,成就了他诗歌的另一重样貌。

这期间闲适诗的代表之作,如《大林寺桃花》:

人间四月芳菲尽,山寺桃花始盛开。长恨春归无觅处,不知转入此中来。

四月时感伤春之离去，本是诗歌中的常见题材，白居易此诗却不落俗调，别开生面。山上较山下温度更低，山中桃花的花期也晚于山下，别具慧眼的白居易，敏锐地从这一日常现象之中发现了美的趣味：原来春色在辞别人间之后，躲藏到了这山寺之中。拟人口吻的运用，令诗人与春色之间的互动显得妙趣横生。

此外又如《问刘十九》：

绿蚁新醅酒，红泥小火炉。晚来天欲雪，能饮一杯无？

时间来到了冬季，白居易独自居家。自家新酿之酒尚未经过过滤，浮在酒面上的酒渣泛着微微的绿光，仿佛“绿蚁”一般。红泥烧制而成的小炉，火光跳跃。窗外暮色阴沉，似乎马上就要下雪。此时此刻，岂不正是对饮长谈的绝佳时机？朴素的诗句之中，处处透露着温馨，想必每一位读者都欲化身成为刘十九，欣然应邀，前去与白居易对饮谈笑。

这些闲适之作，展现出白居易乐天知命、安处逆境的悠然心态。这一心态的形成，虽与儒家“独善”思想有关，却也离不开白居易对佛教与道家思想的偏好。这一点，在《睡起晏坐》诗中表现得很明显：

后亭昼眠足，起坐春景暮。新觉眼犹昏，无思心正住。
淡寂归一性，虚闲遗万虑。了然此时心，无物可譬喻。
本是无有乡，亦名不用处。行禅与坐忘，同归无异路。

刚刚睡醒，闲坐床头，这样平淡得几乎不能再平淡的题材竟然也可以入诗。则淡然至极，便近似佛家所讲的“空”，近似于道家所讲的“坐忘”。白居易从此时此刻的淡然之心中，找到了精神的归处：世间的沉浮往复、苦思深虑皆可抛弃，无有之乡才是永恒之乡。

不过，尽管白居易常常以豁达的精神对待自己的遭遇，可是贬谪在外，也难免不时触动漂泊沦落之思。正是因这种贬谪情绪的触动，白居易写出了《长恨歌》外的另一鸿篇巨制《琵琶行》（又作《琵琶引》）。《琵琶行》的序文交代了创作原委：

元和十年，予左迁九江郡司马。明年秋，送客湓浦口，闻舟中夜弹琵琶者，听其音，铮铮然有京都声。问其人，本长安倡女，尝学琵琶于穆、曹二善才，年长色衰，委身为贾人妇。遂命酒，使快弹数曲。曲罢悯然，自叙少小时欢乐事，今漂沦憔悴，转徙于江湖间。予出官二年，恬然自安，感斯人言，是夕始觉有迁谪意。因为长句，歌以赠之，凡六百一十六言，命曰《琵琶行》。

送客途中，白居易敏锐听出了舟中传来的琵琶曲乃是流行于长安的曲目，心中暗自惊讶，于是前去拜访。了解到琵琶女自京城流落到江湖的经历，不禁联想起同样从京城被贬到江州的自己，一向恬淡安然的白居易，也忽然被悲哀的情绪所浸染，于是半是哀怜琵琶女，半是哀怜自身，写下了这首《琵琶行》。

诗的开头叙述与琵琶女相遇的缘起：

浔阳江头夜送客，枫叶荻花秋瑟瑟。主人下马客在船，举酒欲饮无管弦。醉不成欢惨将别，别时茫茫江浸月。忽闻水上琵琶声，主人忘归客不发。寻声暗问弹者谁，琵琶声停欲语迟。移船相近邀相见，添酒回灯重开宴。

临别之时，空有酒杯在手，却无音乐助兴，正当此次送别之宴将要留下遗憾之时，却听见水上隐隐传来琵琶之声，主人与客人都为之流连，放缓了辞行的脚步。于是二人一同前往琵琶女之处，邀其再奏一首,重开送别之宴。

羞涩的琵琶女耐不住白居易等人的再三邀请,用琵琶半遮着脸庞前来相见。而等到她奏起琵琶之时,却一改刚才的娇羞之态,在乐曲之中尽情倾吐着她的无限情思:

千呼万唤始出来,犹抱琵琶半遮面。转轴拨弦三两声,未成曲调先有情。弦弦掩抑声声思,似诉平生不得志。低眉信手续续弹,说尽心中无限事。轻拢慢捻抹复挑,初为霓裳后六幺。大弦嘈嘈如急雨,小弦切切如私语。嘈嘈切切错杂弹,大珠小珠落玉盘。间关莺语花底滑,幽咽泉流冰下难。冰泉冷涩弦凝绝,凝绝不通声暂歇。别有幽愁暗恨生,此时无声胜有声。银瓶乍破水浆迸,铁骑突出刀枪鸣。曲终收拨当心画,四弦一声如裂帛。东船西舫悄无言,唯见江心秋月白。

白居易这段对于琵琶之乐的形容,成为用诗歌写音乐的经典。琵琶声初起,似带幽怨之意,曲式很快一转,忽然激昂跳动、变幻莫测,时而如急雨洒地,时而如细语悠悠,时而如珠玉落盘,时而如花丛莺语,时而又忽然滞涩,如冰塞泉流,时而彻底留白,令听众陷入无限遐想,时而又如银瓶破碎,涌出金戈铁马,激烈铿锵,而随着最后清脆的宛如裂帛的一声弦响,整首乐曲告终,人们停留在回味之中久久不能自拔,唯有江中的秋月散发出摄人心魄的白光。

美轮美奂的乐曲结束之后,琵琶女似乎也放松下来,向白居易等人倾诉身世:

沉吟放拨插弦中,整顿衣裳起敛容。自言本是京城女,家在虾蟆陵下住。十三学得琵琶成,名属教坊第一部。曲罢曾教善才服,妆成每被秋娘妒。五陵年少争缠头,一曲红绡不知数。钿头银篦击节碎,血色罗裙翻酒污。今年欢笑复明年,秋月春风等闲度。弟走从军阿姨死,暮去朝来颜色故。门前冷落鞍马稀,老大嫁作商人妇。商人重利轻别离,前月浮梁买茶去。去来江口守空船,绕船月明江水寒。夜深忽梦少年事,梦啼妆泪红阑干。

琵琶女原来曾住在京城,十三岁就学了一手好琵琶,常常在教坊(唐代职掌乐舞的机构)的竞技中拔得头筹。年少时才貌兼备的琵琶女,曾令京城中多少贵戚子弟为之倾倒。然而恨年少时不懂得珍惜光阴,年年都在欢笑之中沉沦放纵。等到年纪渐长,美貌不再之时,便门庭冷落,无人登门。家中亲戚也零落殆尽,无奈的琵琶女只能嫁给商人寄托余生。而商人南来北往,行迹不定,常常令琵琶女独守空房。这一天因寂寞难耐,回忆起了少年时的旧事,于是奏起琵琶,聊以抒发哀思。

听完琵琶演奏的白居易已被勾起心中哀思,进而了解到琵琶女可叹的身世之后,天涯沦落之情再也按捺不住,也追忆起自己这几年的贬谪生活:

我闻琵琶已叹息,又闻此语重唧唧。同是天涯沦落人,相逢何必曾相识!我从去年辞帝京,谪居卧病浔阳城。浔阳地僻无音乐,终岁不闻丝竹声。住近湓江地低湿,黄芦苦竹绕宅生。其间旦暮闻何物?杜鹃啼血猿哀鸣。春江花朝秋月夜,往往取酒还独倾。岂无山歌与村笛?呕哑嘲哳难为听。今夜闻君琵琶语,如听仙乐耳暂明。莫辞更坐弹一曲,为君翻作琵琶行。感我此言良久立,却坐促弦弦转急。凄凄不似向前声,满座重闻皆掩泣。座中泣下谁最多?江州司马青衫湿。

贬谪江州,已近两年。江州偏僻,不像京城那样处处可闻丝竹之声，江边幽居，陪伴自己的常常是杜鹃啼血与江猿哀鸣。每有良辰美景，却乏共赏之人，只能一个人取酒独饮。身边虽有些山歌与村笛，却太过俚俗，难以入耳。故而今天听到琵琶女的美妙演奏，如闻仙乐一般，令自己被俗尘遮蔽已久的双耳忽然明澈了起来。陷入怀旧之思的白居易于是请求琵琶女再奏一曲，自己也写下这首《琵琶行》向琵琶女还礼。双方身世的凄切可悲之处，令宾客们的情绪都被一齐惹动了起来，凄美的乐曲中，大家不禁悲从中来，纷纷落泪。而流泪最多的，当数已经在江州司马任上虚度了数年光阴的白居易。

琵琶女与白居易虽然身份截然不同，却“同是天涯沦落人”，同病相怜，身世之悲因琵琶曲的烘托，进一步融会到诗歌之中，凄恻婉转、动人心弦。全诗仍是典型的白居易风格，语句浅切平易，不需过多注释便可顺畅理解。而浅切之中又别有深意，笔致曲折往复，情感真切动人，一唱三叹、余音绕梁，因而成为千古绝唱。

明郭诩《琵琶行图》(北京故宫博物院藏)

四、忘情忠州

白居易的江州司马之任持续了整整三年。元和十三年(818年)末,四十七岁的白居易被改任忠州(今重庆忠县)刺史。从江州司马到忠州刺史,从官职上来讲本是升迁,然而忠州较江州要偏远得多,踏上忠州之行的白居易,也做好了寂寞飘零的心理准备。他在《自江州至忠州》诗中戏谑道:

前在浔阳日,已叹宾朋寡。忽忽抱忧怀,出门无处写。今来转深僻,穷峡巅山下。五月断行舟,滟堆正如马。巴人类猿狖,矍铄满山野。敢望见交亲?喜逢似人者。

浔阳(江州)虽不比京城,却毕竟处于交通要道,自古便是繁华之地。居于浔阳的白居易已经感慨宾朋鲜少,那么到了交通不便、地处偏僻的忠州,生活上的寂寞必然更甚一层。且当时的忠州尚未完全开化,当地人的风俗语言与中原人不通,故而白居易称其"类猿狖",甚至不敢奢望能在忠州结交到什么友人,能遇到与中原人稍稍类似者,就已经心满意足了。

尽管做了很多心理准备，可抵达忠州之后，城中的荒僻程度仍然让白居易吃了一惊。他作诗感叹道："吏人生梗都如鹿，市井疏芜只抵村。一只兰船当驿路，百层石磴上州门。"（《初到忠州赠李六》）当地的吏民桀骜不驯（生梗），仿佛野鹿一样难以管理，忠州城虽然是州中最大的都市，然而城中市井荒芜，繁华程度仅仅相当于中原的小村。且几乎没有什么大路可以抵达州城，只能依靠一艘小船与外界联系，甚至渡口与州城之间，还要翻越百层石梯，交通的不便超出常人想象。

尽管如此，白居易依然没有丢弃乐观豁达的心态。如他《种桃杏》诗所说：

无论海角与天涯，大抵心安即是家。路远谁能念乡曲，年深兼欲忘京华。忠州且作三年计，种杏栽桃拟待花。

客居之时最忆故乡，一旦想起家乡之事，难免会令人潸然泪下。然而白居易却一反此类心态，所谓的家，无关地理上的远近，而取决于内心的安定与否，如果内心能够保持安宁，即便身处天涯海角，也能像在家乡一般自在无忧。"大抵心安即是家"这样的想法，在白居易日后的诗歌中也曾多次出现，如"我生本无乡，心安是归处"（《初出城留别》）等等。这种乐观豁达的心态，感染并慰藉了后世的无数士人，如宋代的苏轼在遭遇贬谪之时，就曾深受白居易此种心态的影响，作词道："试问岭南应不好？却道，此心安处是吾乡。"（《定风波·南海归赠王定国侍人寓娘》）

在忠州以种花自娱的白居易，果然将"乡曲"和"京华"两相忘却，在闲情逸致中安置自己的内心。辟乡的州民或许难以交流，白居易便模拟州民之口，自问自答，吐露清雅之志：

《代州民问》

龙昌寺底开山路，巴子台前种柳林。官职家乡都忘却，谁人会得使君心？

《答州民》

宦情斗擞随尘去，乡思销磨逐日无。唯拟腾腾作闲事，遮渠不道使君愚。

身为忠州刺史的白居易，却把种树养花作为了自己的主业，既不怎么过问官府职事，也不多怀思乡之想，仿佛余生便心安理得地在这穷乡僻壤做一个种花老农一般。抛却故乡，居官而隐，这种态度成为白居易后半生思想的主要基调。积极进取的“兼济”精神愈发淡薄，退让无为的“独善”精神愈发浓厚。

白居易在忠州果然滞留了近三年，最初虽然担心寂寞、无望“交亲”，后来却与“草树禽鱼”都建立起深厚的友情，等到元和十五年(820年)，征调回京的诏书自朝廷降临之时，白居易非但不为返京而欣喜若狂，反而因将要离开这穷乡僻壤而恋恋不舍，他在《别种东坡花树两绝》中说道：

其一

三年留滞在江城，草树禽鱼尽有情。何处殷勤重回首，东坡桃李种新成。

其二

花林好住莫憔悴，春至但知依旧春。楼上明年新太守，不妨还是爱花人。

"东坡"是白居易在忠州所挑选的种花之处,日后也被宋人苏轼学去,甚至作为苏轼的别号而广为人知。"江城"指毗邻长江的忠州。接到返京诏书之日,面对昔日与自己交好的"草树禽鱼",回首那些耕耘之下已初显繁盛的桃李花树,白居易是如此眷恋不舍,以至于殷切嘱托花林中的景物,让它们好生保重,莫要憔悴,并寄希望于接替自己的下任太守(刺史)还是懂得珍惜花草的"爱花人"。

江州与忠州这五六年的贬谪经历,使白居易的心态产生了很大的变化。等到再次返回繁闹的长安之后,早已安于恬淡生活的白居易,恐怕已不太适应朝中那些缠身的琐事与复杂的人际关系。

五、“土木形骸麋鹿心”

穆宗长庆元年(821 年),被征调回京的白居易在朝中担任主客郎中、知制诰,并再次出任科举考官。这一年的科举考试中,发生了一件影响颇大的事件。

唐代科举尚未实行糊名的制度,举子大多提前干谒权贵,为自己营造名声,以求考试之时受到考官青睐。这其中,权贵子弟更有着特殊的优势,凭借家世出身就自然而然地会吸引到考官的注意。科举之中,请托、舞弊之事频发,及第者常常被权贵子弟所垄断。长庆元年的科举也难免如此,当时及第之人,不乏中书舍人李宗闵等高官的亲戚。而与李宗闵不和的李德裕、元稹等人则趁机联合朝中谏官上书,称此次科举有徇私舞弊之事。迫于舆论压力,穆宗下令及第者重新考试,发现其中的确有很多人并无真才实学,李宗闵等人因此受到牵连而被贬出京城。

从此以后,李宗闵与李德裕、元稹等人裂隙愈深,逐渐分成朋党,相互倾轧。后世所谓“牛李党争”(一般认为,牛僧孺、李宗闵等为牛党党魁;李德裕等为李党党魁),便与这一事件有着直接的关联。穆宗以后,在朝为官者都不可避免地被卷入到党争之中,党派立场先于朝廷利益，唐王朝由此进一步走向衰弱。

重返京城的白居易虽然被委以重任，连连高升，然而朝中党派的倾轧却并不为他所乐见。昔日的故友元稹、李绅都积极参与到党争之中，复杂且庸俗的政治斗争，恐怕令故友相聚的喜悦也蒙上一层阴霾。于是返回朝廷的白居易，朝思暮想的竟然是忠州的花草树木：

《中书夜直梦忠州》

阁下灯前梦，巴南城里游。觅花来渡口，寻寺到山头。

江色分明绿，猿声依旧愁。禁钟惊睡觉，唯不上东楼。

《寄题忠州小楼桃花》

再游巫峡知何日？总是秦人说向谁？长忆小楼风月夜，红栏干上两三枝。

身在朝堂，心在江湖，"独善"之思似乎已经彻底取代了"兼济"之志。感慨着"自嫌野物将何用，土木形骸麋鹿心"(《中书寓直》)的白居易，已经不再是当年那个不惜得罪权贵也要直言进谏的年轻谏官，朝堂之外、江湖之远或许才是他的最佳归处。

于是在长庆二年(822 年)，返回京城仅两年，白居易就主动请求外放，穆宗也似乎理解白居易的心意，并有意成全他，派他到风景秀丽的杭州担任刺史。从此，五十一岁的白居易便如羁鸟归林一般，度过了或许是他人生中最快乐的一段时光。

六、“江南好”

长庆二年(822年)夏秋之际,白居易踏上了前往杭州的旅程,取道襄樊,沿着长江东下。途中需要经过江州,借此机会,白居易故地重游,“云水新秋思,闾阎旧日情。郡民犹认得,司马咏诗声”(《重到江州感旧游题郡楼十一韵》),一别三年,江州百姓仍然记得曾经的江州司马,想必当年的《琵琶行》在江州吏民间传诵已久。

当年是贬官,如今则是主动求外放,一前一后的旅途之中,白居易的心情显然大不相同。在江州稍作停留后,白居易便迫不及待地向杭州进发,“近海江弥阔,迎秋夜更长。烟波三十宿,犹未到钱唐”(《夜泊旅望》),对于这次赴任,白居易似乎充满了期待,旅途之中,甚至频频计算时日,感叹着怎么还未抵达目的地。

而一抵达杭州,白居易的内心很快就被秀丽的西湖所牵绊,从此西湖便成了他的精神故乡。长庆三年(823年)春,刚刚在杭州安顿下来的白居易前往西湖(钱塘湖)踏青,怀着轻快的心情写下了这首《钱塘湖春行》:

孤山寺北贾亭西，水面初平云脚低。几处早莺争暖树，谁家新燕啄春泥。乱花渐欲迷人眼，浅草才能没马蹄。最爱湖东行不足，绿杨阴里白沙堤。

孤山是西湖中的半岛，不过数十米高，白居易常常在此流连忘返。白沙堤是连接孤山与湖北岸的通道，著名的断桥便位于堤上。因出现于白居易的诗歌，“白沙堤”渐渐地也被人们唤作“白堤”，与白居易联系在了一起。实际上，白居易在杭州刺史任上的确主持修建过一道堤坝，当时称作“白公堤”，不过白公堤渐渐湮没不存，“白沙堤”反而被冠以白居易的名号，成为一段有趣的佳话。

春天的西湖是如此怡人，引得白居易屡屡驻足，他的《春题湖上》又说：

湖上春来似画图，乱峰围绕水平铺。松排山面千重翠，月点波心一颗珠。碧毯线头抽早稻，青罗裙带展新蒲。未能抛得杭州去，一半勾留是此湖。

湖上处处皆如图画一般，群山的环绕，更加映衬出湖水的平静，苍松为湖景增添了苍翠之色，明月又如一颗明珠，每到夜晚便在湖水之中荡漾，湖边的早稻、新蒲也婀娜多姿，楚楚动人。西湖之美摄人心魄，令人久久流连，不忍离去。

在杭州任上，白居易表现出了发自内心的快乐。他虽有刺史之职在身，公务却较中书舍人时轻松很多，他称“唯此钱塘郡，闲忙恰得中”（《初到郡斋寄钱湖州李苏州》），杭州刺史的职务不忙不闲，恰得其分。于是白居易有了更多的时间在西湖上游冶，“岁熟人心乐，朝游复夜游”（《正月十五夜月》），乃至毫不惦念故乡以及京城，仿佛杭州便是天堂一般，令人永不生厌：“无妨思帝里，不合厌杭州。”（《正

月十五夜月》）

在杭州任上的白居易，留下了大量描绘西湖的诗句，他的心情始终是惬意而喜悦的，西湖的景色也因此在他的笔下清丽美妙、引人神往：

望海楼明照曙霞，护江堤白踏晴沙。涛声夜入伍员庙，柳色春藏苏小家。（《杭州春望》）

万株松树青山上，十里沙堤明月中。楼角渐移当路影，潮头欲过满江风。（《夜归》）

灯火万家城四畔，星河一道水中央。风吹古木晴天雨，月照平沙夏夜霜。（《江楼夕望招客》）

如果说能让白居易感到忧愁的，恐怕唯有不能长久地在西湖住下去这件事了。白居易的杭州刺史任期仅有三年，长庆四年（824年）五月，他的任期已满，被任命为太子左庶子分司东都，不得已离开杭州，前往洛阳。

即将离开杭州的白居易，最舍不得的自然也是西湖，他作《西湖留别》诗云：

征途行色惨风烟，祖帐离声咽管弦。翠黛不须留五马，皇恩只许住三年。绿藤阴下铺歌席，红藕花中泊妓船。处处回头尽堪恋，就中难别是湖边。

杭州三年，白居易眼中的景色始终是明媚的，耳中的音乐始终是欢快的。而在临别之时，眼前的景色却变得暗淡，耳边的音乐却如同呜咽。踏上辞别之路，忍不住屡屡回首，望向那令他魂牵梦绕的西湖湖边。洛阳一带，本是白居易的故乡所在，在返乡之时却发出这样的哀戚之语，西湖在白居易心中地位之高可见一斑。

宋李嵩《西湖图卷》（上海博物馆藏）

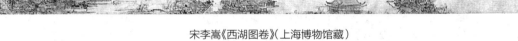

因为离别，白居易平生的诗酒之兴也落入低潮，他甚至屡屡想要把自己内心的哀思报与心心念念的西湖风月，正如《杭州回舫》诗所说：

自别钱塘山水后，不多饮酒懒吟诗。欲将此意凭回棹，报与西湖风月知。

不过，白居易与江南的缘分却并没有因杭州刺史的卸任而终止。返回洛阳后不久，唐敬宗宝历元年(825 年)三月，白居易又被任命为苏州刺史，得以前往另一个风景如画的江南城镇——苏州。

苏州毗邻太湖，继西湖之后，太湖成为白居易的新宠，《宿湖中》云：

水天向晚碧沉沉，树影霞光重叠深。浸月冷波千顷练，苞霜新橘万株金。幸无案牍何妨醉，纵有笙歌不废吟。十只画船何处宿，洞庭山脚太湖心。

太湖与小家碧玉的西湖不同，正如诗中“千顷练”“万株金”所形容的，太湖之美胜在广阔与浩大。十只画船若在西湖中，恐怕是十分显眼的存在，而在太湖之中，则渺如兰叶。宿在太湖湖心的画船，与广阔无垠的湖水形成了鲜明的对比，这大概是苏州之美与杭州的不同之处。

不过苏州当然也有她柔美细腻的一面。俗语云，“上有天堂，下有苏杭”，又云，“杭州有西湖，苏州有山塘”，西湖与山塘街并为杭州、苏州的最主要名胜。西湖之美曾令白居易流连忘返，而山塘之美则与白居易的善政有着莫大的关联。如今苏州繁华的七里山塘街，在唐代却河道淤塞、通行不便，正是在白居易主政之下，山塘街的河

道才得到疏浚,最终发展成苏州的代表景点之一。白居易曾作《武丘寺路·去年重开寺路桃李莲荷约种数千株》诗道:

自开山寺路,水陆往来频。银勒牵骄马,花船载丽人。

芰荷生欲遍,桃李种仍新。好住湖堤上,长留一道春。

“武丘”即虎丘,为避唐高祖李渊祖父李虎之讳而称“武丘”。“武丘寺路”正是连接苏州城到虎丘的一段水路,即如今的山塘街。如诗题所示,此街正是白居易下令开辟,且沿街培育桃李,在水中种植荷花,于是往日河道淤塞的泥泞之地,顿时成了花船往来的热闹之所。在白居易的经营之下,本就历史悠久的苏州城愈发容光焕发,清新动人。

不过,在苏州刺史任上的白居易却并不一帆风顺,宝历二年(826年),五十五岁的白居易不慎坠马伤足,在家卧床数月,此后又因眼病肺伤,向官府告假休养。愈发感受到苍老的白居易,自觉难以对抗时光的流逝,于是渐渐动了落叶归根之思。宝历二年(826年)九月,在苏州任职约一年半的白居易正式辞官,返回洛阳。

虽然在苏州并未任职很久,然而苏州的百姓官吏对白居易的善政十分感激,纷纷前来为白居易送行:“一时临水拜,十里随舟行。”(《别苏州》)白居易沿着他亲自主持修建的“武丘路”踏上归程,心中也感慨万千,“怅望武丘路,沉吟浒水亭”(《别苏州》),苏州的“武丘路”或许与杭州的西湖一道,成为白居易心中难以割舍的存在。

离开苏州之后,白居易也常常回忆起苏州的好处:“忆在苏州日,常谙夏至筵。粽香筒竹嫩,炙脆子鹅鲜。水国多台榭,吴风尚管弦。每家皆有酒,无处不过船。”(《和梦得忆苏州呈卢宾客》)美食美酒美景,无时无刻不撩动着诗人的江南之思。

在白居易的晚年,更是作了《忆江南》,将自己对杭州和苏州的思念汇在一起，令苏州与杭州成为江南的名片：

江南好，风景旧曾谙。日出江花红胜火，春来江水绿如蓝。能不忆江南？

江南忆，最忆是杭州。山寺月中寻桂子，郡亭枕上看潮头。何日更重游！

江南忆，其次忆吴宫。吴酒一杯春竹叶，吴娃双舞醉芙蓉。早晚复相逢！

江南的清丽景色慰藉了白居易的内心，令他收获了无穷无尽的欢乐；与此同时，江南之美又因白居易的诗歌而增添了更深一层的文化韵味，在清丽之外又多了一层厚重。如此，白居易与江南可谓相辅相成，相互成就。不过，白居易对江南"何日更重游""早晚复相逢"的美好期许却未能够实现，在他离开杭州与苏州之后，便再也没有机会故地重游。晚年的白居易，绝大部分时间都深居于洛阳，只有在梦中才能偶尔与心心念念的江南重逢。

七、"东都来掩扉"

卸任苏州刺史后不久,唐文宗大和元年(827 年),白居易被征召到长安为秘书监,受赐金紫(金鱼袋、紫朝服,唐三品以上官员服饰),此后又升任为刑部侍郎,列位显爵。不过,长安的高位,此时早已不是白居易的关心所在,他时常因病告假,且屡屡流露出归乡之意。于是终于在大和三年(829 年),五十八岁的白居易得以了却夙愿,由刑部侍郎转任太子宾客分司东都,此后,白居易的暮年时光皆在洛阳度过。

在洛阳的白居易虽然仍有职务在身,甚至还曾被任命为河南尹,执掌东都政务,然而他的心思却并不在官职之上,返回洛阳伊始,便曾作诗《授太子宾客归洛》道:

南省去拂衣,东都来掩扉。病将老齐至,心与身同归。白首外缘少,红尘前事非。怀哉紫芝叟,千载心相依。

南省为尚书省,是六部所在地。白居易本是转职,而诗中却用"拂衣""掩扉"这样的词语,颇有归隐的味道。"白首"之身,以"红尘前事"为非,而要与秦汉之际的隐士"商山四皓(紫芝叟)"同心相依。

实际上,这一身在官场而心在江湖的态度,也并非白居易有意懈怠政事,而更多是身不由己。唐文宗大和年间的政局可谓风雨飘摇,内有"牛李党争"的愈演愈烈,外有藩镇作乱的隐患未除,更严重的是宦官干政问题。唐穆宗、敬宗两任皇帝都为宦官弑杀,唐文宗的成功即位甚至也靠的是宦官的拥立。宦官们既掌握戍卫京城的左右神策军,又与朝中朋党相交结,势力盘根错节,政治形势颇为复杂险恶。在这样的背景下,身为皇帝的文宗都时常感到无可奈何,朝中大臣更是有心无力。

政治矛盾的积累,到了大和九年(835 年)迎来了总爆发。不满宦官干政的唐文宗,联合大臣李训、郑注,商定了清除宦官的谋略。他们以甘露降临后庭这一祥瑞为借口,拟让掌握军权的宦官们一齐前去查验,趁机将他们全部杀掉。不料计划施行的中途,李训、郑注二人争功,致使讨伐宦官的势力分散,继而甘露之谋又在实施过程中路出马脚,宦官之首仇士良发现端倪,没有中计。于是宦官掉头裹挟了唐文宗,指挥神策军大举反击,反对宦官的势力却如一盘散沙,很快便被诛戮殆尽,朝中大臣及其家眷无辜受戮者极多,一时间京城有千余人惨遭杀害。

自此,皇帝和朝中大臣彻底成为宦官的傀儡,唐王朝实际上也进入了由宦官与地方节度使这两重势力相制衡的时代。此后皇帝和大臣已经不可能凭借自身的势力清除宦官,唯有与地方节度使相结合。于是藩镇独立的问题也失去了解决途径,节度使日益坐大。数十年后,宣武军节度使朱温打着清除宦官之名攻入长安,灭亡唐王朝,实则在"甘露之变"时已埋下祸根。

朝局混沌如此,即便大和年间的白居易想要参与政治,恐怕也不会有什么有益的结果。清楚地看到了这一点的白居易,选择了退而不争,远离斗争的漩涡，想要在东都洛阳以“独善其身”的处世态度了却此生。他的《九年十一月二十一日感事而作》正是为“甘露之变”而发：

祸福茫茫不可期，大都早退似先知。当君白首同归日，是我青山独往时。顾索素琴应不暇，忆牵黄犬定难追。麒麟作脯龙为醢，何似泥中曳尾龟。

接连用了潘岳（“白首同归”）、嵇康（“顾索素琴”）、李斯（“忆牵黄犬”）因卷入政治漩涡而被杀的典故，大概是在喻指积极参与朝政却最终在“甘露之变”中遇难的李训、郑注等官员。而自身则愿“青山独往”，曳尾泥中，以避免祸患的波及。他又在《对酒五首·其二》中重申了自己不愿卷入任何争斗的想法：

蜗牛角上争何事，石火光中寄此身。随富随贫且欢喜，不开口笑是痴人。

如果以永恒的时空作为参照物，那么当下的朝局，宛如蜗牛角一般渺小；而个人的人生，也如石火光一般短暂。如此短暂的人生，何必执着于渺小的朝局而争斗不停呢？不如随遇而安，笑口常开，这才算不虚度此生。

白居易晚年的生活态度，大致反映在了《中隐》诗中：

大隐住朝市，小隐入丘樊。丘樊太冷落，朝市太嚣喧。
不如作中隐，隐在留司官。似出复似处，非忙亦非闲。
不劳心与力，又免饥与寒。终岁无公事，随月有俸钱。
君若好登临，城南有秋山。君若爱游荡，城东有春园。
君若欲一醉，时出赴宾筵。洛中多君子，可以恣欢言。

君若欲高卧，但自深掩关。亦无车马客，造次到门前。
人生处一世，其道难两全。贱即苦冻馁，贵则多忧患。
唯此中隐士，致身吉且安。穷通与丰约，正在四者间。

晋代王康琚有《反招隐诗》“小隐隐陵薮，大隐隐朝市。”似乎在热闹非凡、充满功名诱惑的朝市之中，才最能见出隐者超凡脱俗的修养。而白居易却另辟一途，大隐也好、小隐也罢，都太过理想主义，为什么不是冷落就是喧嚣，非要在极端情况下去追求虚无缥缈的隐士之名？不如隐遁在日常生活之中，即便身在官场，也可以心如隐士。白居易此诗，通篇都是对世俗生活静谧美好的描绘，却深得隐士随遇而安的内心状态。

这种隐居在日常生活中的想法，似乎也与白居易对于佛教的关心存在关联。中唐以来，禅宗思想日盛，禅宗强调人的精神自由，主张打破各种常规束缚，将修行与日常生活相结合，诸如搬柴运水这样的日常劳作，其中也有佛性，也可以视作对佛法的修行。深层的意义往往并不在偏僻特别之处，而恰恰蕴藏在日常生活之中，白居易的“中隐”或许在这一点上受到了禅宗的启发。而无论是禅宗的“生活禅”还是白居易的“中隐”，都是一种别具趣味的生活态度，对后世文人士大夫精神世界的形成产生了很大的影响。

这样的生活态度，又可参见白居易的《晚起》诗：

烂熳朝眠后，频伸晚起时。暖炉生火早，寒镜裹头迟。
融雪煎香茗，调酥煮乳糜。慵馋还自哂，快活亦谁知。
酒性温无毒，琴声淡不悲。荣公三乐外，仍弄小男儿。

在寒冷的冬天随意睡到自然醒，融雪煎茶，调酥煮乳，饮酒弹琴，虽都是日常生活，却极具情调，好不快活！元和年间积极讽喻朝政，即便得罪权贵也在所不惜的白居易已经一去不返，专心寻求生活的乐趣成了晚年白居易的主要追求。

不过白居易的晚年，也不时会面临一些凄风冷雨。大和五年（831 年），时年六十的白居易，忽然得到五十三岁的挚友元稹病逝的消息，作《哭微之》云：

> 今生岂有相逢日，未死应无暂忘时。从此三篇收泪后，终身无复更吟诗。

二人年少时一同及第，一同怀抱用世之志，又一同屡遭挫折，一同在困顿之中相互唱和、相互鼓舞。这些共同的回忆想必令白居易陷入了长久悲伤之中，甚至挚友逝去后，自己连吟诗都没有动力了。

幸运的是，晚年的白居易在失去元稹之后，还有刘禹锡这位诗友。刘禹锡因青年时与柳宗元等人一道参与"永贞革新"，整个元和年间都被贬斥在外。最终，柳宗元没能盼到被宽恕的那天，含恨逝于贬所，刘禹锡则于唐敬宗宝历二年（826 年），被贬二十余年后终于得到返回中原的机会。到了唐文宗时代，元和年间崭露头角的诗人们渐渐凋零，唯有白居易和刘禹锡硕果仅存，于是二人在暮年结成诗友，相互慰藉。大和六年（832 年），刘禹锡任苏州刺史，白居易作《寄刘苏州》诗道：

> 去年八月哭微之，今年八月哭敦诗。何堪老泪交流日，多是秋风摇落时。泣罢几回深自念，情来一倍苦相思。同年同病同心事，除却苏州更是谁。

前一年挚友元稹去世，次年曾经对自己有很大帮助的友人崔群（字敦诗）又去世，挚友的纷纷凋零，令白居易倍感孤单，这种辛酸的心情，唯有与自己同年出生，且历经过同样人生起伏的刘禹锡方能体会。得以在暮年相遇并相互扶持，对刘、白二人来说都是无比的幸事。

然而时间总是无情的，会昌二年（842 年），七十一岁的刘禹锡终究先走一步。长寿对于此时的白居易来说，既是幸事，也成了不幸，他的《哭刘尚书梦得二首·其一》云：

四海齐名白与刘，百年交分两绸缪。同贫同病退闲日，一死一生临老头。杯酒英雄君与操，文章微婉我知丘。贤豪虽殁精灵在，应共微之地下游。

白居易与刘禹锡有太多的相似之处，却也不得不面对最终的生死之别。能在同时代遇到与自己文才相匹敌的友人，对白居易来说是无比的幸事。他用曹操、刘备煮酒论英雄的故事比拟自己与刘禹锡的诗文唱和与较量，又以孔子“知我罪我，其惟春秋”（《孟子·滕文公下》）的感叹来比拟他与刘禹锡的心意相通，进而又自我安慰道：友人长逝之后还有精灵存留，此时的刘禹锡终于可以到地下与元稹相聚同游。

四年之后的会昌六年（846 年）八月，白居易也终于加入了元稹、刘禹锡的行列，在洛阳安然逝去，结束了他七十五年的人生旅途。在此之前，白居易亲自将自己的一生心血整理成了七十五卷文集，并作《白氏文集后序》道：

集有五本：一本在庐山东林寺经藏院，一本在苏州南禅寺经藏内，一本在东都圣善寺钵塔院律库楼，一本付侄龟郎，一本付外孙谈阁童。各藏于家，传于后。其日本、新罗诸国及两京人家传写者，不在此记。

白居易那色彩斑斓的一生，都凝缩在这七十五卷文集之中。有幸的是，白居易的文集历经千余年的时光，竟然十分完整地保留到了今天，甚至被日本、新罗人抄录转写，流传到海外的文集，也得到了不同程度的保存。诗人那有限的人生，通过绵延不绝的文集流传而持续散发光辉，照耀无数后人。

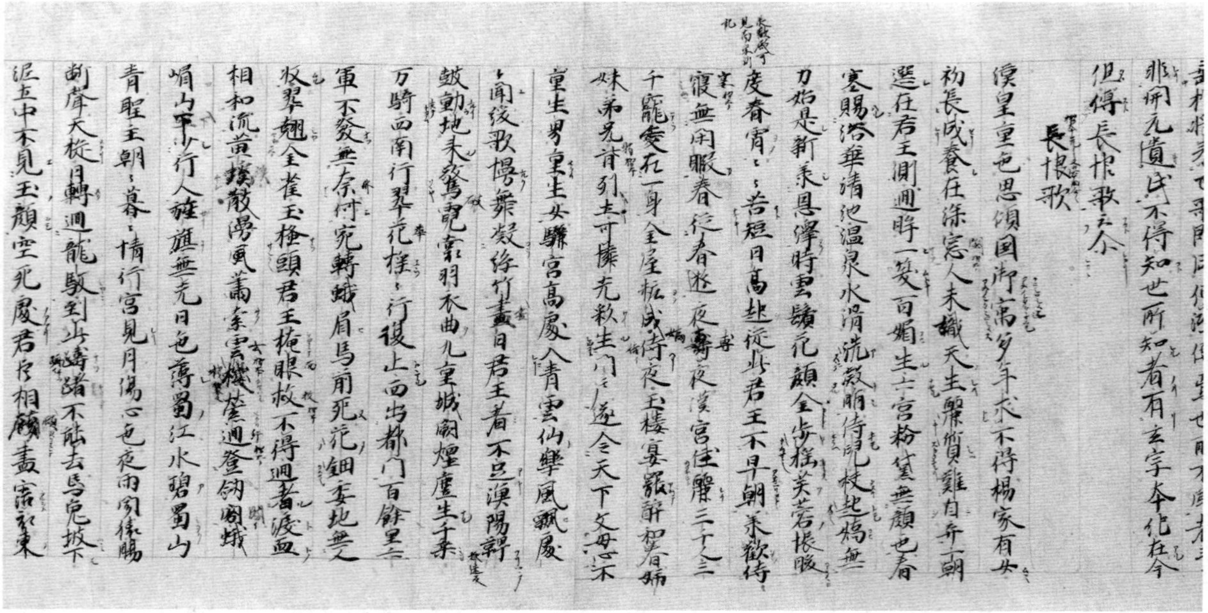

日本金泽文库本《白氏文集》(13世纪,据日本留学僧人惠萼于会昌四年(844)在苏州南禅寺抄写本转抄)

(日本大东急纪念文库藏)

八、身后之名

白居易之名，在他在世时就已经广为人知。在他去世后，唐宣宗甚至亲自作诗悼念，《唐摭言》载唐宣宗之悼诗云：

缀玉联珠六十年，谁教冥路作诗仙。浮云不系名居易，造化无为字乐天。童子解吟长恨曲，胡儿能唱琵琶篇。文章已满行人耳，一度思卿一怆然。

白居易以《长恨歌》《琵琶行》为代表的诗篇，在当时便妇孺皆知，流传极广，影响也极大，故而被唐宣宗冠以“诗仙”之名。我们如今提到唐代诗歌，首先会想到李白、杜甫，其次才会提及王维、白居易等人。然而在中晚唐人那里，似乎白居易才是首屈一指的诗人，甚至可以压倒李、杜，俯瞰整个唐代。

如五代人所修《旧唐书》，在《白居易传》后特别附有“史臣曰”一段评论，回顾了以往的文学史，指明白居易在文学史上的地位。这段议论，似乎是在效仿南朝梁沈约修《宋书》时所作《谢灵运传论》，大有白居易之于唐，相当于谢灵运之于南朝宋，皆是一代文宗的意味。《旧唐书》中,诸如李白、杜甫皆不过是《文苑传》中的匆匆过客,而对于白居易与元稹,则特别评论道:“若品调律度,扬确古今,贤不肖皆赏其文,未如元、白之盛也。”

白居易的影响力甚至跨越国境,风靡当时的整个东亚,新罗、渤海国的诗人学者,无不以白居易为仿效对象,而在日本,白居易的诗更是对日本人审美好尚的形成产生了极大影响,如导源“物哀”精神的《源氏物语》中,随处可见对于白居易诗歌意境的化用;被誉为日本“学问之神”的菅原道真,更是白居易的忠实拥趸,日本人那波道圆在《白氏文集后序》中记载:“菅右相(菅原道真)者,国朝诗文之冠冕也。渤海客(渤海国使者)睹其诗,谓似乐天,自书为荣。”甚至到了近代,川端康成曾在诺贝尔文学奖获奖典礼上,把日本之美概括为“雪月花”,这一审美情趣正出自白居易之诗“琴诗酒伴皆抛我,雪月花时最忆君”(《寄殷协律》)。

不过,白居易的名声,在中国本土却渐渐发生了转折。晚唐至宋代,批判轻艳的流行诗风、提倡以儒学为根本的文学创作这类声音日渐高腾。由此,杜甫那样忧国忧民的诗风愈发被提倡,而白居易虽然在早年作了大量讽喻时政的“新乐府”,可是他集中轻薄艳丽的作品却更受当时后进的追捧。正如晚唐人皮日休所论:“元、白之心,本乎立教,乃寓意于乐府雍容宛转之词,谓之讽喻,谓之闲适。既持是取大名,时士翕然从之,师其词,失其旨。凡言之浮靡艳丽者谓之元、白体。”(《论白居易荐徐凝屈张祜》)如此,风靡一时的白居易诗歌难免沦为后人批判的对象,如杜牧转述晚唐人李戡之言道:“尝痛自元和已来有元、白诗者,纤艳不逞,非庄士雅人,多为其所破坏,流于民间,疏于屏壁,子父女母,交口教授,淫言媟语,冬寒夏热,入人肌骨,不可除去。”(《唐故平卢军节度巡官陇西李府君墓志铭》)

到了宋代,儒风大兴,对白居易的微词也愈发常见,尤其到了苏轼那里,一句“元轻白俗”(《祭柳子玉文》),便足以令白居易跌落神坛,退而屈身于李白、杜甫之后。当然苏轼对白居易之诗也颇多赞许,不过这种将白居易置于李白、杜甫之后的评价,在后世几成定局。此后的白居易,尽管仍然处于第一流诗人的行列,其名声实则较中晚唐时的盛况已逊色了很多。

本章所引白居易诗文文献参考:

谢思炜校注《白居易诗集校注》,中华书局,2006 年

谢思炜校注《白居易文集校注》,中华书局,2011 年

第七章

『郊寒岛瘦』与『长吉体』

中晚唐时代，固然有白居易走出了“平易”一路，而以韩愈为代表的奇险一派仍具有很强的吸引力。继踵韩愈，以奇取胜的诗风在晚唐渐成一派，其中佼佼者首推有“郊寒岛瘦”之称的苦吟诗人孟郊（751—814年）、贾岛（779—843年），以及被誉为“诗鬼”的李贺（790—816年）。

三人皆与韩愈有缘，甚至也有人将他们视为“韩门弟子”。孟郊字东野，如前章所述，韩愈曾多次流露出对孟郊才能的欣赏。韩、孟二人皆好奇险，诗风皆有瘦硬一面，于是后人将这二人所引领的诗歌风潮视作一个派别，即所谓“韩孟诗派”。孟郊虽然年长韩愈很多，出山却很晚，直到中年才参加科举，开始在诗坛崭露头角。他三次应试终于及第，却在仕途上十分不顺，终身穷困潦倒。

贾岛字阆仙（又作浪仙），早年曾出家为僧，法号“无本”，后受教于韩愈，还俗参加科举考试，不过一直未能及第。最终仅获任长江县（今四川遂宁市大英县）主簿这样的微末小官，世称“贾长江”。

孟郊与贾岛的人生都历尽坎坷，各自诗风也是其人生的真实写照，苏轼曾以“郊寒岛瘦”（《祭柳子玉文》）来总括二人的诗风，可谓得其真味。二人的诗歌意境多以清寒苦楚为主，为了作诗也常常苦心孤诣，于是又被视为“苦吟诗人”。

韩愈云“不平则鸣”（《送孟东野序》），“不平”是“鸣”的触发因素，孟郊与贾岛的诗歌常常用于展示并抱怨自身的不平，故其“鸣”多苦寒之声。面对种种不平，固然有杜甫那样的诗人，能够用无比宽广的心胸来尽情容纳生活的摧残，在颓唐之中依然慷慨高歌；然而也应允许孟郊、贾岛这样的哀怨之士，尽情倾吐生活的苦楚，痛切吟出忧郁的哀歌。毕竟高迈的豪情与苦闷的愁肠都是真实的人生，二者不可偏废其一。

较之孟郊、贾岛，李贺更为特别。他年纪轻轻便怀有高才，曾令韩愈为之惊叹。然而他的境遇更令人绝望：他人的不遇，是在追求改变命运的途中遭遇大大小小的挫折；李贺的不遇，则是根本不被赋予追求改变命运的机会。仅仅因为自己父亲名晋肃，“晋”与进士之“进”同音，就有人议论李贺应当主动规避父亲的名讳，放弃参加进士考试。在中晚唐，进士及第是文人参与政治极其重要的通道，这样的议论，几乎扼杀了李贺入仕的可能。此后尽管有韩愈作《讳辩》为李贺辩护，然而从《旧唐书·韩愈传》所载“然（韩愈）时有恃才肆意，亦有盩孔、孟之旨。若……李贺父名晋，不应进士，而愈为贺作《讳辨》，令举进士”这段文字中我们可以窥见，韩愈的辩护意见恐怕并不受当时主流的认可，李贺也注定要与进士考试无缘。

面对这样的命运，李贺也在苦吟，不过他的苦吟更多是在苦心作诗，而不是用诗来表现凄苦。李商隐曾为李贺作《小传》云：“恒从小奚奴，骑巨驴，背一古锦囊，遇有所得，即书投囊中，及暮归，太夫人使婢受囊出之，所见书多，辄曰：‘是儿要当呕出心乃已耳！’”李贺的一生，也的确是“呕出心乃已”的一生，他以瘦弱多病之躯，不断地吟出高拔险峻的诗句，凭借诗歌在天地间立言。或许是因为作诗耗费了太多的精力，也或许是因为命运的摧残太过严酷，李贺在二十七岁那年便走完了流星般的一生。

尽管遭到命运的无情捉弄，李贺的心境却是异常绚烂瑰丽的。他所作之诗大都前无来者，想象力异常奇拔豪迈，尤其出入于鬼神间的奇思妙想往往惊人耳目。北宋时宋祁等人曾称“太白仙才，长吉鬼才”（元·马端临《文献通考·李长吉集》），“诗鬼”李贺，可以在想象力方面与“诗仙”李白一较短长。他的这些奇幻诗篇，也被称作“李长吉体”（宋·严羽《沧浪诗话·诗体》），受到后人的广泛推崇与模仿。

一、"苦吟神鬼愁"的孟郊

(一)不平的人生

孟郊出生于唐玄宗天宝十载(751年),年长韩愈十七岁、白居易二十一岁,更年长贾岛二十八岁、李贺三十九岁,似乎是韩、白以及贾、李的上一辈诗人。不过,孟郊青少年时很少与当时人往来,长期隐居在河南嵩山,直至唐德宗贞元七年(791年)四十一岁时,才奉母亲之命出山,参加进士考试,渐渐与韩愈等中唐诗人产生交集。故而其年纪虽长,在诗坛的履历却与韩、白、贾、李时代更为接近。

出山之时,孟郊在诗歌上磨炼已久,他也志得意满,想要一鸣惊人。然而命运却并不眷顾孟郊,出山不久便挫折连连。贞元八年(792年),初次参加进士考试的孟郊黯然落第,苦闷的他作《落第》诗道:

晓月难为光,愁人难为肠。谁言春物荣,岂见叶上霜。雕鹗失势病,鹪鹩假翼翔。弃置复弃置,情如刀刃伤。

科举考试在每年春天,春天本是万物复苏、处处生机勃勃的季节,落第的孟郊却根本感受不到春天的温暖,所见只有草叶上的残霜。自许为“雕鹗”,却惨遭“弃置”,他的内心仿佛被刀剑所创伤。

不过孟郊的才能却被同在长安应举的其他举子赏识,其中对他推崇备至的,首推韩愈与李观。韩愈对孟郊的赞许在之前的章节中已有叙述。李观与韩愈同年进士及第,古文创作与韩愈齐名,甚至他的许多文章被认为不在韩愈之下。可惜及第的两年之后,二十九岁的李观便英年早逝,未能与韩愈一同大放异彩。李观曾向人举荐孟郊说:“孟之诗五言高处,在古无二,其有平处,下顾两谢。”(《上梁补阙荐孟郊崔宏礼书》)认为他的五言古诗中,高妙之作大大超越古人,甚至平平之作,也足以与谢灵运、谢朓这样的大诗人相抗衡。李观对孟郊的推崇,高得甚至有些夸张了。

孟郊诗中的“古”,的确是他最大的特点,正如韩愈也称他“古貌又古心”(《孟生诗》)。在中晚唐时期,近体诗极其流行,孟郊却几乎从不作近体,唯独偏好五言古诗,向魏晋诗人看齐。这样的志向得到了同样意图复古的韩愈、李观等人的欣赏,却未必能够为时俗所广泛接受。这或许是他身怀奇才却频频碰壁的重要原因。失意的孟郊在长安得到了韩愈、李观这样的知己,此次长安之行也算有所收获。他收拾旗鼓,准备来年再战。

贞元九年(793年)的春天,孟郊再次来到长安应举。然而,或许是他的复古诗风终究与当时的流行诗风相左,此次应试再次以失败告终。孟郊心中无比苦闷,作《再下第》诗道:

一夕九起嗟,梦短不到家。两度长安陌,空将泪见花。

因落第而心乱如麻,一夜九起,无法在梦中返回故乡寻求安慰。

长安此时本是繁花盛开的季节，然而失意的诗人始终泪眼婆娑，哪里有心情去看花？接连两次落第，令孟郊有些丧失了信心，他准备云游四方，暂时告别这令他失意的科场。大概从这时起，“苦”便成为孟郊诗歌中的常驻要素。他曾哀叹道：“食荠肠亦苦，强歌声无欢。出门即有碍，谁谓天地宽。”（《赠别崔纯亮》）人人皆言天地宽广，于我却处处碰壁，如何不肠苦，如何不声哀？

不过，孟郊的内心仍是不甘的，他依然刻苦作诗，想要摆脱这困辱的命运。他的《夜感自遣》诗道：

夜学晓未休，苦吟神鬼愁。如何不自闲，心与身为雠。
死辱片时痛，生辱长年羞。清桂无直枝，碧江思旧游。

“苦吟”成为孟郊生活的常态，清苦之声，似乎能令鬼神发愁。对于此时的孟郊，韩愈也曾形容道：“清宵静相对，发白聆苦吟。”（《孟生诗》）“苦吟”似乎成为孟郊诗风的代表。继而，与孟郊命运、心境相近的很多中晚唐诗人，也往往被称作“苦吟诗人”。

身虽已老、心犹不甘的孟郊，尽管远游江海慰藉身心，而他的目光仍然不时回望长安，显然是不满于“生辱长年羞”这一现状的。对此，韩愈也同样鼓励孟郊道：“卞和试三献，期子在秋砧。”（《孟生诗》）

于是，三年之后的贞元十二年(796 年)，四十六岁的孟郊鼓起勇气，再次投身长安的科场，这一次命运终于稍稍眷顾了孟郊，令他得以进士及第。欣喜若狂的孟郊一扫之前的阴霾，终于可以在长安的春色中放情高歌，《登科后》将此时心情畅快无遗地倾吐出来：

昔日龌龊不足夸，今朝放荡思无涯。春风得意马蹄疾，一日看尽长安花。

这首诗在后世广为传唱，唤起了无数历尽辛苦终于取得成功的士子的共鸣。不过，这样欢快的诗歌在孟郊集中十分罕见，进士及第只不过是入仕的敲门砖而已，仕途的大门，并未立即向孟郊打开。

及第后的孟郊东归省亲，此后又前往汴州，与当时在汴州董晋幕府下任节度推官的韩愈相聚，并寄居在汴州行军司马陆长源门下。在汴州的孟郊，尽管与韩愈等人度过了一段还算愉快的时光，却始终未能获得官职，客居已久，不得不辞别友人，前往湖州（今浙江湖州市）探亲，并借机南游。辞别之前，孟郊有赠陆长源诗："夷门贫士空吟雪，夷门豪士皆饮酒。酒声欢闲入雪销，雪声激切悲枯朽。悲欢不同归去来，万里春风动江柳。"（《夷门雪赠主人》）"夷门"指汴州节度使的治所开封，节度使麾下的豪士们饮酒作乐，在节度使帐下作客的寒士（孟郊自指）却只能对雪悲吟，身份不同，悲欢迥异。进士及第后依然入仕无门的孟郊，只能黯然返回江南，与江柳为伴。

出人意料的是，此次南游对孟郊来说竟成为幸事。如前章所述，贞元十五年（799 年），汴州节度使董晋去世后，幕府军士发动叛乱，陆长源等官吏惨遭杀害。未能在汴州获得官职的孟郊，因此躲过了一劫。南游途中的孟郊听闻汴州之事，不禁悲从中来，作《汴州离乱后忆韩愈、李翱》诗道：

会合一时哭，别离三断肠。残花不待风，春尽各飞扬。
欢去收不得，悲来难自防。孤门清馆夜，独卧明月床。
忠直血白刃，道路声苍黄。食恩三千士，一旦为豺狼。
海岛士皆直，夷门士非良。人心既不类，天道亦反常。
自杀与彼杀，未知何者臧。

当时在汴州相聚的美好日子如同暮春的残花，凄然落尽，悲惨之事总在猝不及防中到来。独自踏上旅途的自己不禁为友人们担心，韩愈、李翱幸免于难，而曾经对自己有接济之恩的陆长源却血溅白刃。人世无常，天道丧乱，无官无位的自身，恐怕难免要死于饥寒（“自杀”），而有官有位的陆长源，却也不免被叛乱的军士所戕害（“彼杀”），二者孰优孰劣，实在让人难以辨别。怀着这种对仕途和世事的悲观，孟郊索性在江南纵情漫游，先后前往苏州、越州、常州等地，沉浸在山水之兴中。

不过，贫苦的生活显然难以支持长久的漫游，更何况此时的孟郊还有老母亲需要赡养，于是贞元十六年（800年），五十岁的孟郊再次奉母亲之命返回中原，前往东都洛阳参加铨选，以求能得到官俸养家。历尽一番波折后，孟郊终于被授予溧阳（今属江苏常州市）县尉之职。县尉之职十分低微，对此职务孟郊本就闷闷不乐，于是在任上终日徘徊吟诗，不理政事。这样的行为遭到了县令的不满，于是县令分走了孟郊的一半俸禄，雇用一个“假尉”代替孟郊处理政事。此事令孟郊大感耻辱，同时也让他的家计再次陷入困顿，很快便不得不辞官而去，另寻出路。

唐宪宗元和元年（806年），孟郊终于在友人们的举荐之下，被河南尹郑余庆聘为水陆转运从事、试协律郎，至此才算有了相对稳定的托身之所。不过，命运却似乎并不打算就此放过孟郊，仕途上稍趋于安定，生活上却又波折连连。

韩愈曾记录道：“东野连产三子，不数日辄失之，几老，念无后以悲。”（《孟东野失子》诗序）元和三年（808年），五十八岁的孟郊连得三子，然而喜悦未定，三子因天生不足相继夭折。老年得子又丧子，这种大喜大悲，令孟郊的身心遭到了极大的摧残，他作《杏殇》诗哀叹道：

其一

冻手莫弄珠，弄珠珠易飞。惊霜莫翦春，翦春无光辉。

零落小花乳，斓斑昔婴衣。拾之不盈把，日暮空悲归。

其四

儿生月不明，儿死月始光。儿月两相夺，儿命果不长。
如何此英英，亦为吊苍苍。甘为堕地尘，不为末世芳。

其八

此儿自见灾，花发多不谐。穷老收碎心，永夜抱破怀。
声死更何言，意死不必喈。病叟无子孙，独立犹束柴。

其九

霜似败红芳，剪啄十数双。参差呻细风，噞喁沸浅江。
泣凝不可消，恨壮难自降。空遗旧日影，怨彼小书窗。

"花乳"即花苞，尚未绽放，便遭陨落。曾经为婴儿准备好的斑斓彩衣，如今成了引人悲伤之物。孟郊的内心已全然破碎，无限的哀伤，令本就老病缠身的孟郊愈发憔悴。然而祸不单行，元和四年（809年），还未从失子之痛中走出的孟郊，又遭遇母亲病故。

孟郊事母至孝，往日去长安参加进士考试、去洛阳参加铨选，都是奉母亲之命，屡屡为仕途奔走，也是为了更好地赡养母亲。母亲的离去，对孟郊的打击是可想而知的。他往日客居他乡时所作的《游子吟》，曾道尽对母亲的深情：

慈母手中线，游子身上衣。临行密密缝，意恐迟迟归。
谁言寸草心，报得三春晖。

而刚刚窥见入仕门径的孟郊，其"寸草心"尚未能"报得三春晖"，母亲便早早离去，"子欲养而亲不待"的悲痛可谓深入骨髓。他又有《归信吟》，写尽了曾经在异乡作客时对母亲的思念：

泪墨洒为书，将寄万里亲。书去魂亦去，兀然空一身。

如今母亲已经不在了，孟郊的泪或许已经流干，孟郊的魂或许已经丧尽。五十九岁的老病之身，相继面临子丧与母亡，从此孑然一身，独对风烛残年，人生的苦痛凄寒无过于此。在这样的经历之下，孟郊所吟出的诗歌自然更免不了“苦”与“寒”。

此后孟郊幽居在洛阳为母服丧，服除之后，元和九年（814 年），郑余庆出任兴元尹、山南西道节度观察使（治所在今陕西汉中市）时，曾聘请孟郊为参谋、试大理评事。孟郊应邀前往，然而尚未抵达兴元军，便在途中得暴疾而辞世，结束了他六十四年的坎坷不平的一生。

（二）命运的悲鸣

命运对孟郊多有摧残，故而孟郊的诗歌中处处可见对于命运的悲叹。孟郊的命运，其实并非他个人独有，而多为中晚唐时代寒门士子共有。能够像韩愈、白居易一样顺利登科，继而在朝中攀升至高位的士子毕竟是少数中的少数，更多的人只能像孟郊这样穷困潦倒，甚至能得到县尉这类低微官职都属幸事。故而，较之韩愈那样的拼搏抗争，较之白居易那样的乐天知命，孟郊的苦寒哀吟反而更能够代表广大寒门士子的心声。于是“苦吟”一派，在中晚唐的底层士人中影响颇大，“苦吟”也不仅只是一个诗歌流派，更近似一种社会文化现象。

于是，在孟郊对命运的悲叹之中，我们不仅能看到孟郊的身影，甚至可以听到无数中晚唐寒门士子为生计奔波的愁苦心声，如孟郊的《叹命》：

三十年来命，唯藏一卦中。题诗怨问《易》，问《易》蒙复蒙。
本望文字达，今因文字穷。影孤别离月，衣破道路风。
归去不自息，耕耘成楚农。

《易经》中的蒙卦由艮卦（卦象为山）和坎卦（卦象为水）构成，上艮下坎，故《象》解蒙卦称："山下有险，险而止。"孟郊认为自己"三十年来命"藏于"蒙"卦之中，喻指人生险阻之多。毕生所从事的文辞之学，非但未能令他飞黄腾达，反倒使他屡屡陷于困顿，这不得不说是一个莫大的讽刺。唐代自施行科举取士以来，固然有一部分人通过此路出将入相，然而更多的人却成为牺牲品，年年为了科举奔走，年年失望而归，甚至还有像孟郊这样的人，历经险阻终于进士及第，却仍然在仕途上屡屡受挫，郁郁而终。这种凄凉之状在"影孤别离月，衣破道路风"一句极其形象地展露出来，天边明月映照出自己的孤单之影，旅途中的寒风顺着衣服上的破洞长驱直入，每个读者都会清晰地感受到那种冷风直吹肌肤的寒苦。往往复复却一无所获，返回故乡也难免衣食之忧，不得不如老农一样为了生存而辛勤耕作。

孟郊的文辞之学本是颇具造诣的，之所以未能凭借文辞之学通达，反而因文辞而穷困，显然是因为他所精通者与时之所好不合。不仅他的复古文辞如此，他的"古貌古心"也是如此。时人重富贵而轻贫贱，热衷于钻营牟利的机巧而鄙薄正直忠义的情操，轻薄的时代风气令孟郊常常受到排挤与侮辱，为此他曾作《伤时》诗感叹道：

常闻贫贱士之常，嗟尔富者莫相笑。男儿得路即荣名，邂逅失途成不调。古人结交而重义，今人结交而重利。劝人一种种桃李，种亦直须遍天地。一生不爱嘱人事，嘱即直须为生死。我亦不羡季伦富，我亦不笑原宪贫。有财有势即相识，无财无势同路人。因知世事皆如此，却向东溪卧白云。

世人所关心的，只不过是能否“得路”，仿佛“失途”便失去了做男儿的资格，古时重义轻利的交友之道今已荡然无存，唯有孟郊还死守着古人的教诲，不去奉承晋代石崇（字季伦）那样的权贵，不去嘲笑孔子弟子原宪那样的寒门之士。衮衮世道，有钱有势者人人争着结交，无钱无势者人人视若路人。无奈的孟郊，只能归卧退隐，人世间的情义，大概还不如东溪与白云来得珍贵。当然，像孟郊一样的穷困之士，每日都要面临衣食之忧，又怎么可能真的安然退隐呢？东溪与白云不过是美好的想象而已，现实中更多的恐怕是凄风与冷雨。

晚年接连经历丧子之痛和亡母之悲后，孟郊对现实的苦楚感触更为深刻，他的《老恨》诗又道：

无子抄文字，老吟多飘零。有时吐向床，枕席不解听。

斗蚁甚微细，病闻亦清泠。小大不自识，自然天性灵。

孟郊作诗甚多，却没有儿女帮忙抄录整理，偶得佳句，也无人可相诉说。有时寂寞至极，只能向着床板吐露心事，可是床上的枕席，又哪里能够听得懂自己的心声呢？老来寂寞，更兼连连卧病，终日无事可做，感官越发灵敏起来，细小的蚂蚁的声音，此时也在耳边泠泠作响。生活的悲苦，晚景的凄凉，令孟郊对于苦寒的感知更加敏锐，更促成了他诗歌中对于苦寒意境的营造。

（三）自然的阴寒

孟郊诗中的苦寒意境，很大程度上得力于诗中对于景物的描绘。心中既然苦楚，眼前之景也仿佛被调上了冷色滤镜。孟郊偏好冰雪、寒月、冷露、秋风这样的意象,皆峥嵘枯槁、冷峻险拔,这与盛唐山水诗中那些安逸恬适、引人入胜的图景迥然不同。观孟郊诗中之景,首先要透过景色表面覆盖的一层冰霜,惊诧于其中清凄冷绝之美的同时,又会深感寒彻心扉、难以久驻。如《洛桥晚望》:

天津桥下冰初结,洛阳陌上人行绝。榆柳萧疏楼阁闲,月明直见嵩山雪。

唐代洛阳城因洛水的横穿而被分成南北两部分,南城北城之间有三座桥梁连接,天津桥正是位居正中的那座,桥上人来人往,热闹非凡,堪称洛阳城中最为繁华之地。而孟郊笔下的天津桥,却显得寂寞异常,全无人间烟火。桥下洛水结冰,桥上无人通行,岸边的榆柳孤单萧索,亭台楼阁也寂寞凄冷,明月映照之下,远处嵩山的冰雪闪耀着寒光。

东都繁华之地都能被写得如此凄清冷寂,那就更不用说郊野的山山水水了。孟郊笔下的山路,总是被寒冷的景物所环绕,行在其中,无时无刻不被冷风所侵扰:

南山塞天地,日月石上生。高峰夜留景,深谷昼未明。(《游终南山》)

暮天寒风悲屑屑,啼鸟绕树泉水噎。行路解鞍投古陵,苍苍隔山见微月。(《往河阳宿峡陵寄李侍御》)

黄昏与黑夜,是孟郊诗中的常客。孟郊的人生备尝孤寒,于是他的诗中也极少见温暖和煦的阳光,而只有从石上升起的锐利刺人的日月,只有山中隐现的冷淡幽暗的微月。孟郊似乎十分擅长从日月之中寻找寒意,他笔下的日月,往往冷似刀剑、冻若冰霜:

秋月颜色冰，老客志气单。冷露滴梦破，峭风梳骨寒。（《秋怀十五首·其二》）

老骨惧秋月，秋月刀剑棱。纤威不可干，冷魂坐自凝。（《秋怀十五首·其六》）

物色多瘦削，吟笑还孤永。日月冻有棱，雪霜空无影。（《石淙十首·其九》）

秋月的冰冷之色，对应的是孟郊自身志气的单薄空疏。对前路的无限迷茫，令身心无从抵御苦寒的侵袭，身边的冷露、峭风不时侵入肌骨，于是老病的孟郊，愈发恐惧见到这冰冷的秋月，仿佛秋月的棱角会化作刀剑，刺入自己孤寂的魂魄之中。

为了表现日月之寒，孟郊的诗经常把场景设定为秋与冬，于是他的诗中，即便有光芒，也不是和煦的春光，而是彻骨的寒光：

天色寒青苍，北风叫枯桑。厚冰无裂文，短日有冷光。（《苦寒吟》）

冬至日光白，始知阴气凝。寒江波浪冻，千里无平冰。（《寒江吟》）

孟郊家在湖州，一生到过最北的地方也无过中原的洛阳与长安，中原大地的冬天虽然寒冷，恐怕也很难达到使河水“厚冰无裂文”的程度。这种对于冰河的描写，恐怕很大程度上来自孟郊的想象。正因为内心结上了厚厚的冰霜，才将旅途中所见的江河也渲染成冰河。且即便是冰河，孟郊也不肯让它平静，满江波浪，似乎也被瞬间冰结在一起，凸凹崎岖。这样的描写，未必是孟郊真实所见，却令诗中乃至诗人心中寒冷崎岖之意更深一层。

五代巨然《雪景图》（台北故宫博物院藏）

进而,自然的寒冷似乎仍不能尽抒心中的不平之气,于是孟郊又给自然加上了一些恐怖阴森的要素:

众虻聚病马,流血不得行。后路起夜色,前山闻虎声。(《京山行》)

蜜蜂为主各磨牙,咬尽万木村中花。君家瓮瓮今应满,五色冬笼甚可夸。(《济原寒食七首·其七》)

飞虫叮咬病马,令马身流血不止,无法载着孟郊继续前行。夜色逼人,面前的山中又传来幽幽虎啸,环境是如此的阴森可怖。甚至孟郊的奇笔连辛勤采蜜的蜜蜂也不放过,把蜜蜂描绘得如同磨牙吮血的怪兽一般,蜜蜂采蜜的行为,被他形容成"咬花",这不免令人汗毛直立。

孟郊对自然中恐怖要素的描写,又集中体现在《峡哀十首》之中,其中有这样的语句:

峡乱鸣清磬,产石为鲜鳞。喷为腥雨涎,吹作黑井身。
怪光闪众异,饿剑唯待人。老肠未曾饱,古齿崭岩嗔。(《其四》)

石齿嚼百泉,石风号千琴。幽哀莫能远,分雪何由寻。
月魄高卓卓,峡窟清沉沉。衔诉何时明,抱痛已不禁。(《其六》)

水击峡谷,令石头仿佛都披上了鳞甲,激起的水花,喷为血腥之雨。山石的棱角,又如"饿剑"与"古齿",欲噬人以填饱"老肠"。泉水的涌动,仿佛是被"石齿"所咀嚼,阴风袭来,似乎有一千张琴在同时奏响幽哀的乐曲,月魄在上空冷淡俯视一切,峡谷陷入沉寂之中。

人生的不平,都被孟郊化作诗歌的语言倾吐出来,寒冷甚至阴森的自然景色，分明都是孟郊孤苦内心的反映。这种奇幻的写景方法，完全打破了盛唐山水诗空灵幽美的意境，开辟出了别具特色的美学空间。

（四）社会的不公

不过，孟郊笔下的苦寒，也不完全是为自己而设。他在感慨个人凄惨命运的同时，常常也将目光投射到更为广阔的现实社会，去同情那些处境更为悲惨的平民百姓。这些替百姓倾诉社会不公的作品，无疑具有十分深刻的现实意义，是孟郊诗作中不可忽视的珠玉。如其《寒地百姓吟》：

无火炙地眠，半夜皆立号。冷箭何处来，棘针风骚骚。
霜吹破四壁，苦痛不可逃。高堂搥钟饮，到晓闻烹炮。
寒者愿为蛾，烧死彼华膏。华膏隔仙罗，虚绕千万遭。
到头落地死，踏地为游遨。游遨者是谁？君子为郁陶！

孟郊用他描绘寒冷的本领叙写寒地百姓的遭遇，百姓没有钱购买炭火，睡在寒冷的土地上，半夜被冻醒而哭号。冷风如同冷箭，不时地从四面八方向他们射来。与此相对照的是，那些权贵却在高堂之中锦衣玉食，通宵欢饮。备受寒冷摧残的百姓们，甚至甘愿化身飞蛾，飞到权贵们通宵不灭的烛台之上，为得到片刻的温暖即便被烧死也在所不惜。然而，即便他们真的可以化作飞蛾，权贵们家中的重重罗帐恐怕也会遮挡飞行路线，想在烛火中烧身而死这样的凄惨志愿也难以实现，最终只能在途中冻死坠地，为游遨之人随意践踏。孟郊以他擅写凄惨的诗笔，替百姓们哀号，令读者得以闻知民生之苦。这一对社会不公的揭露，堪称杜甫“朱门酒肉臭，路有冻死骨”（《北征》)的遗响。

此外,孟郊还有《织妇辞》:

夫是田中郎,妾是田中女。当年嫁得君,为君秉机杼。
筋力日已疲,不息窗下机。如何织纨素,自著蓝缕衣。
官家榜村路,更索栽桑树。

织妇终日在织机上劳作,织出的都是洁白的细绢,然而身上穿的却都是破布衣衫。自己的劳动成果全都被官家所剥削,而官家却仍不满足,催促着织妇上交更多的丝绸。这样的叙写,与李绅《悯农》"四海无闲田,农夫犹饿死"可谓有异曲同工之妙,深刻揭示出了社会分配的不公和百姓们备受剥削的苦难。

能够为百姓发声,控诉社会不公的孟郊,其诗中的苦寒于是更具备了现实主义的光辉意义,有了更加广阔的发挥空间。

孟郊的"苦吟"在后世依然有着不俗的影响。他的瘦硬奇诡之语,被以黄庭坚为代表的宋人积极吸收,对"江西诗派"诗风的形成有着不小的影响。不过与此同时,孟郊诗中浓重的苦寒味道,也不免受到讥讽,如将孟郊与贾岛评为"郊寒岛瘦"的苏轼,曾作《读孟郊诗》二首讽刺孟郊道:

夜读孟郊诗,细字如牛毛。寒灯照昏花,佳处时一遭……
初如食小鱼,所得不偿劳。又似煮彭蠘,竟日持空螯……
人生如朝露,日夜火消膏。何苦将两耳,听此寒虫号。(《其一》)

我憎孟郊诗,复作孟郊语。饥肠自鸣唤,空壁转饥鼠。
诗从肺腑出,出辄愁肺腑。有如黄河鱼,出膏以自煮……(《其二》)

以苏轼的旷达知命,自然与牢骚满腹的孟郊有着截然不同的人生态度。不过,面对不平的命运,为何一定要豁达接受?有时也应该去痛切地呼喊,大声地控诉命运的不公,即便无补于事,也不能任凭命运捉弄而默然不语。从这个角度而言,苏轼对于孟郊的讥讽似乎失之偏颇。更何况孟郊诗中的苦寒不只是他一人的苦寒,也是普天下饱尝辛酸的寒门士子的苦寒,也是普天下穷苦百姓们的苦寒,如此就更不应该逆来顺受了。孟郊对于苦寒的哭号,或许在这一点上体现出了其不朽的价值。

二、贾岛与“两句三年得，一吟双泪流”

（一）“推敲”与苦吟

贾岛于唐代宗大历十四年(779年)生于幽州范阳(今河北涿州、保定一带)，早年家境贫寒，因生计所迫而出家为僧，法号无本。在佛寺修行佛学的贾岛，也对诗文创作产生了很大的兴趣。大概在贞元十七年(801年)前后，贾岛曾遊于洛阳与长安，初次与韩愈结识。此后又在元和五、六年(810—811年)再次来到洛阳与长安，拜访韩愈、孟郊、张籍等诗人。贾岛的诗才也受到韩愈、孟郊的赞赏，如韩愈称赞其诗歌的奇崛之处道：“蛟龙弄角牙，造次欲手揽……狂词肆滂葩，低昂见舒惨。”(《送无本师归范阳》)孟郊又称贾岛之诗曾令自己和韩愈惊叹，其中佳处甚至可以与李、杜匹敌：“瘦僧卧冰凌，嘲咏含金痍。金痍非战痕，峭病方在兹。诗骨耸东野，诗涛涌退之，有时踉跄行，人惊鹤阿师。可惜李杜死，不见此狂痴。”(《戏赠无本二首·其一》)且在孟郊诗中，贾岛以“瘦僧”的形象出现，苏轼的“郊寒岛瘦”之说，有可能取材于孟郊之语。

关于贾岛和韩愈的相遇，有著名的“推敲”的故事流传至今。五代后蜀何光远的《鉴戒录·贾忤旨》记载道：

(贾岛)忽一日于驴上吟得:“鸟宿池中树,僧敲月下门。”初欲著“推”字,或欲著“敲”字,炼之未定,遂于驴上作“推”字手势,又作“敲”字手势。不觉行半坊。观者讶之,岛似不见。

时韩吏部愈权京尹,意气清严,威振紫陌。经第三对呵唱,岛但手势未已。俄为官者推下驴,拥至尹前,岛方觉悟。顾问欲责之。岛具对:“偶得一联,吟安一字未定,神游诗府,致冲大官,非敢取尤,希垂至鉴。”韩立马良久思之,谓岛曰:“作敲字佳矣。”遂与岛并辔语笑,同入府署,共论诗道,数日不厌,因与岛为布衣之交。

说贾岛在长安骑驴吟诗，因不确定“推”“敲”的用字而陷入苦思，不知不觉冲撞了当时京兆尹韩愈的护卫队。韩愈也不苛责贾岛，反倒立马思忖，建议贾岛用“敲”字为佳，并从此与贾岛结交。这一故事颇具戏剧性，此后“推敲”便成为表达反复斟酌字句的固定用法。不过，《鉴戒录》的记载明显与历史事实不符，韩愈出任京兆尹在长庆二年(822年)，此时韩愈与贾岛已经结识二十余年，不可能因推敲之事方与贾岛相遇。

此外，长庆二年韩愈任京兆尹时，孟郊已经去世多年。于是《鉴戒录》索性又杜撰了一首韩愈的《赠贾岛》诗，借韩愈的口吻将贾岛认定为孟郊的接班人：“孟郊死葬北邙山，从此风云得暂闲。天恐文章浑断绝，更生贾岛著人间。”当然从诗风上看，把贾岛视为孟郊的接班人的确有一定道理，此诗如果署名为后人之作自然无可厚非，而若视作韩愈在经历“推敲”之事后对贾岛的赞颂之语，就明显是张冠李戴了。

有趣的是，《鉴戒录》中的故事，其实还有另一个版本，唐末五代王定保所编《唐摭言》记载：

（贾岛）尝跨驴张盖，横截天衢，时秋风正厉，黄叶可扫。岛忽吟曰："落叶满长安"，志重其冲口直致，求之一联，杳不可得，不知身之所从也。因之唐突大京兆刘栖楚，被系一夕而释之。

仍然是贾岛骑驴吟诗陷入深思而冲撞了京兆尹的故事，只不过所吟之句变成了"落叶满长安"，冲撞之人变成了刘栖楚，且刘栖楚并不像韩愈那样爱惜才士，而是将贾岛在监狱关了一晚上才罢休。然而刘栖楚实则与贾岛同辈，二人交好，贾岛有《寄刘栖楚》道："友生去更远，来书绝如焚。"贾岛冲撞并得罪刘栖楚之事，显然也不太可能属实。

两个故事，各自为贾岛诗中的名句营造了一个十分戏剧化的背景，却都没有什么可信度。不过，故事中出现的这两句诗却都是贾岛"苦吟"而出的代表作。"推敲"来自《题李凝幽居》：

闲居少邻并，草径入荒园。鸟宿池中树，僧敲月下门。
过桥分野色，移石动云根。暂去还来此，幽期不负言。

写幽居之幽，故而通篇都是娴静的景色。"鸟宿池中树，僧敲月下门"二句以动写静，精妙之处无需多言。下一联"过桥分野色，移石动云根"虽然没有故事作为依托，却也同样妙趣不减：桥作为"幽居"与"野色"间的界限，过桥之后，仿佛换到另一个世界；"云根"指云起之处，古人诗中往往以山石作为云根，石若动云亦动，天上之云与地下之石结合在一起，奇趣横生。

"落叶满长安"出自《忆江上吴处士》：

闽国扬帆去，蟾蜍亏复圆。秋风生渭水，落叶满长安。

此地聚会夕，当时雷雨寒。兰桡殊未返，消息海云端。

吴处士离开长安，此时正乘船前往闽地（福建），二人分别之后，明月几经盈亏（“蟾蜍亏复圆”），如今渭水上袭来的秋风，已经将落叶铺满了长安城的大街小巷。回想起二人在长安的聚会，正是雷雨大作的傍晚，而今季节偷换，只能怀着对吴处士的思念之心，向着天边的海云升起之处怅然望去。

思念离人，本是十分传统、十分常见的主题，在贾岛的笔下却满是新意。尤其中间二联，如今的落叶和当时的雷雨，对情绪的烘托恰到好处，似乎整个长安城都因贾岛的思念之情而黯然神伤。“落叶满长安”一句，也被后来诗人频繁援用，如宋代周邦彦《齐天乐·正宫秋思》，“渭水西风，长安乱叶，空忆诗情宛转”；元代白朴《杂剧·唐明皇秋夜梧桐雨》，“伤心故园，西风渭水，落日长安”等，都明显出自贾岛此诗。

以上贾岛二诗，都工于刻画景色，善于用简短的语句表现出复杂、奇妙的意境，为达到这样的效果，必然要在遣词造句上苦用心思。“推敲”之诗如此，“落叶满长安”之诗亦是如此。正如清人翁方纲《石洲诗话》所评：“《摭言》称贾岛跨驴天街，吟‘落叶满长安’之句，唐突京尹。然此诗联对处极为矫变，必非凑泊而成者也。”正是说“秋风生渭水，落叶满长安”这一联对仗的构思极其精妙，绝非简单地堆砌拼凑便可写成。这两句“秋风”对“落叶”；“渭水”对“长安”；“生”对“满”，极其严谨工整。且严谨的同时，上下句之间又有着紧密的联系：正因为秋风，才有落叶，渭水恰好是风之起处，长安又恰好是风之往处。前句是因，后句是果，前句是秋风初起，后句则秋意已深，上下二句如流水般衔接自如，又在诗意上前后相承，逐渐递进。浑然天成的背后，又有着精巧的结构支撑，其中必定饱含了诗人的苦思。

贾岛诗的最大特点，便是用苦思对语句进行精雕细琢。他的苦吟，较之孟郊诗的意象之苦寒，更偏向于作诗时用功之苦。正如他曾作《送无可上人》诗云：

圭峰霁色新，送此草堂人。麈尾同离寺，蛩鸣暂别亲。
独行潭底影，数息树边身。终有烟霞约，天台作近邻。

诗后紧接着又附了《题诗后》的绝句：

两句三年得，一吟双泪流。知音如不赏，归卧故山秋。

两句正是指前诗中“独行潭底影，数息树边身”。写此两句，竟然苦思了整整三年，以至于每次开口吟诵，便不觉忆起这三年的辛苦，潸然泪下。如果知音不认可这两句，那么自己就只能长相辞别、归卧故山了。

这两句写与无可（俗名贾区，贾岛从弟）分别后，自己的孤单寂寞，独行之影，映在潭底，歇息之时，唯有树木与身相伴。潭水的映衬与树木的陪伴，将孤独之意渲染得更为幽深。同时二句的句法也别出心裁，按照诗意，正常的语序本应是“潭底影独行，树边身数息”，却故作调转，以“影”“身”这样的名词结尾，其余词语放在前面用作修饰。名词的结尾令句意有戛然而止的效果，更促使读者去品味诗中深意，孤独之感也由此显得更为深沉。两句的写作是否真的用了三年已不得而知，不过这其中必然是蕴含了贾岛的一番“推敲”苦思的。

贾岛作诗，是不辞辛苦的，他的诗歌艺术，很大程度上是靠辛勤努力而来。正如他在《戏赠友人》中说：“一日不作诗，心源如废井。笔砚为辘轳，吟咏作縻绠。朝来重汲引，依旧得清冷。书赠同怀人，词中多苦辛。”一日不作诗，便觉技艺荒疏，于是日日都要磨炼诗技，仿佛日日都要从心源中汲水一样。这样辛勤作诗的生活，当然也是十分清苦的，贾岛也曾自叹道："三月正当三十日，风光别我苦吟身。"(《三月晦日赠刘评事》)"沟西吟苦客，中夕话兼思。"(《雨夜同厉玄怀皇甫荀》)"默默空朝夕，苦吟谁喜闻。"(《秋暮》)把苦吟作为每日的功课，是他磨炼诗歌技艺的关键。

后世评论者也大都指出了这一点，如金人元好问《唐诗鼓吹》评贾岛诗，"揣摩心苦，不肯轻易下笔，读去自觉别出尖新"，清人刘邦彦《唐诗归折衷》也说，"自有诗以来，无如浪仙之刻削者，宜其自苦吟得之也"，等等。

如此琢磨诗技的贾岛，似乎也不甘于以僧徒的身份终此一生。据《新唐书·贾岛传》载："贾岛来东都，洛阳令禁僧午后不得出，岛为诗自伤。愈怜之，因教其为文，遂去浮屠，举进士。"其所作自伤诗如今仅有两句存留："不如牛与羊，独得日暮归。"感慨僧徒所受待遇甚至不如牛羊，从中可见贾岛的尘缘未了，内心深处还是有着功名之思的。于是，大概是在与韩愈、孟郊等人的交往期间，贾岛接受了韩愈的积极劝说，下决心还俗，并准备参加科举考试。

不过，科举之路却是异常艰辛的，还俗之后的贾岛，并未能凭借他的诗歌技艺走向人生的坦途。

(二)"病蝉"与贾长江

韩愈参加科举时是四举方一得，孟郊也是三举才一得，贾岛则最为坎坷，数次应举却始终未能及第。他曾作《下第》诗道：

下第只空囊，如何住帝乡！杏园啼百舌，谁醉在花傍？
泪落故山远，病来春草长。知音逢岂易，孤棹负三湘。

及第者们醉卧花旁，贾岛却只能黯然落泪，愁对春草，孤舟漫游。他的诗歌，固然受到了韩愈、孟郊的激赏，可是韩愈、孟郊之诗尚屡屡不被时俗所认可，贾岛的失意自然也是在意料之中的。继而，感慨"知音逢岂易"的贾岛，很快又不得不面对昔日知音的日渐凋零。

元和九年(814 年)孟郊去世，贾岛为之作《哭孟郊》：

身死声名在，多应万古传。寡妻无子息，破宅带林泉。
冢近登山道，诗随过海船。故人相吊后，斜日下寒天。

同为苦吟诗人，贾岛与孟郊应当是心心相印的。"寡妻无子"，终身贫苦的孟郊，身虽亡故，声名将会永久流传。或许令贾岛想不到的是，将来自己竟会因"郊寒岛瘦"之语而与孟郊绑定在一起，二人的声名相伴流传到后世。结尾的"斜日下寒天"，既营造出孟郊去世后的悲哀气氛，同时也正化用了孟郊诗中常见的意象，生时苦寒，死后寒天，孟郊的形象，彻底与"寒"绑定在了一起。

很快，发掘贾岛的伯乐韩愈也横遭大祸。元和十四年(819 年)，韩愈因上书讽谏唐宪宗迎佛骨之事而被贬到了遥远的潮州。听闻此事，贾岛作《寄韩潮州愈》诗云：

此心曾与木兰舟，直到天南潮水头。隔岭篇章来华岳，出关书信过泷流。峰悬驿路残云断，海浸城根老树秋。一夕瘴烟风卷尽，月明初上浪西楼。

与韩愈交契极深的贾岛，想要将此心与韩愈一同奔赴远在天南的潮州。诗的起句便十分不凡，颇有李白"我寄愁心与明月，随君直到夜郎西"(《闻王昌龄左迁龙标遥有此寄》)的味道。此后则想象远在潮州的韩愈向自己寄诗的场景，借着对漫漫驿路的叙写，表现出二人即使相隔天涯，仍然心意相通之意。最后一联则仿佛是对韩愈诗句“知汝远来应有意，好收吾骨瘴江边”(《左迁至蓝关示侄孙湘》)的遥相唱和，似对韩愈说：有朝一日必有清风将瘴气席卷殆尽，你的冤屈也一并洗净无遗。

贾岛诗多五律，此诗是其集中难得一见的七律佳作，或许是因读到韩愈《左迁至蓝关示侄孙湘》有感而发，才选择了七律的诗体。其对韩愈的真挚情感，深深融入诗语之中，令人读后不禁为二人的友谊动容。另外，此诗之佳，也得益于贾岛一贯的苦吟炼字，正如金圣叹在《贯华堂选批唐才子诗》中评此诗道：“先生作诗，不过仍是平常心思、平常律格，而读之每每见其别出尖新者，只为其炼句、炼字，真如五伐毛、三洗髓，不肯一笔犹乎前人也。一、二，只是言刻刻思欲买船来看；三、四，只是言刻刻疑有诗文见寄也。一解皆用头上‘此心’二字，一直贯下。‘残云断’、‘老树秋’，言意中时望有此一夕也；风卷瘴烟、月明初上者，喻言必有天聪忽开、此心得白之日也。”

失去了孟郊这一知音，韩愈又远贬在外，孤立无援的贾岛只能在两京独自飘荡，寄望于得到当权者的赏识而谋得进路。可无人援引的贾岛处处碰壁，饱尝辛酸。长庆二年(822年)，四十四岁的贾岛再次来到长安应举，想到从前的累试不中，不由心怀怨气，以“病蝉”自喻，写下了这首《病蝉》来讽刺科场的不公：

病蝉飞不得，向我掌中行。折翼犹能薄，酸吟尚极清。
露华凝在腹，尘点误侵睛。黄雀并鸢鸟，俱怀害尔情。

蝉虽然病不能飞，却依旧保持着高洁的志向，勉力吟出的仍是清雅之音，每日所餐皆是洁净之露。可是，世间的“黄雀”与“鸢鸟”们，非但不能赏识蝉的高洁之志，反而常常怀着谋害它的想法。讽刺权贵之意在此诗中体现得颇为露骨，等此诗传入权贵的耳中，果然引来恨意，“黄雀并鸢鸟，俱怀害尔情”竟成了贾岛命运的谶语。据后蜀何光远《鉴诫录》的记载：“贾又吟《病蝉》之句以刺公卿，公卿恶之，与礼闱议之，奏岛与平曾等风狂，挠扰贡院，是时逐出关外，号为十恶。议者以浪仙自认病蝉，是无搏风之分。”贾岛与同样有着怨怼之言的平曾等人一同遭到权贵的排斥，被逐出长安，从此丧失了参加科举考试的权利。此后的贾岛，只能四方云游，寻求寄身之所，生计颇为颓唐。

直至晚年，贾岛方才被授予了长江县主簿，终于释褐入仕，被后人称为“贾长江”，文集被称作《长江集》，皆缘于此次任职。而对贾岛授官之事，历来却有多种说法，纷纭难辨。唐人苏绛作《贾岛墓志铭》只记载：“穿杨未中，遽罹诽谤。解褐授遂州长江主簿。”可是既然遭到诽谤，又为何会被授官？苏绛的墓志铭或许隐掉了一些重要情节，难免令人心生疑惑。

在晚唐五代的笔记小说中，却逐渐形成了一个详细的故事来阐释此事。据后蜀何光远《鉴诫录》载，贾岛因《病蝉》诗获罪后，曾偷偷潜入长安，一日于楼上吟诗，正逢唐宣宗微服私访。宣宗听见楼上吟诗的声音，被吸引上楼，见有诗稿铺在案头，便取来查看。贾岛不识宣宗，对其厉声呵斥，并从宣宗手中夺过诗稿，宣宗只好羞愧下楼。此后贾岛知晓了宣宗的真实身份，大为后悔，自以为犯了大罪的他几乎想要自投于钟楼之下。不过，宣宗爱惜贾岛的才能，并不打算处分他，而是下诏赦免贾岛的不敬之罪，并特别开恩任命他为长江县主簿。

这一故事流传颇广，五代王定保的《唐摭言》、北宋詹玠《唐宋遗史》等皆有相似的记载。甚至晚唐诗人似乎也读到过类似的故事，如李克恭《吊贾岛》云，“宣宗谪去为闲事”，安锜《题贾岛墓》云，“夺卷忤宣宗”，皆与《鉴诫录》所载的故事接近。然而据苏绛所作《贾岛墓志铭》，贾岛卒于唐武宗会昌癸亥（三）年（843 年），而唐宣宗会昌六年(846 年)方即位为帝,从时间上来看,以上笔记小说所载的故事根本不可能发生。原本的故事,恐怕出自好事者的杜撰,晚唐人信以为真,以致以讹传讹。

据现今的研究者们考证,贾岛出任长江主簿应该在唐文宗开成二年(837),不过苏绛所作墓志中"遽罹诽谤"到底是指何事,以及贾岛被授官职的原因等问题,实难得知。

长江县地处偏僻,主簿的官职又十分低微,此时的贾岛已经五十八岁,以年老之身赴此偏僻之地任职,恐怕并非出自他的本愿。贾岛曾自称:"长江飞鸟外,主簿跨驴归。"(《谢令狐相公赐衣九事》)中原的飞鸟甚至都不曾飞到长江县这么荒僻的地方,身为主簿,却无缘骑马,仍要像布衣那样骑驴出行,窘迫之状可想而知。

不过,贾岛那擅长营造凄清意境的苦吟本领,似乎正适合在这偏远僻静的长江县发挥,正如他的《题长江》诗道:

言心俱好静,廨署落晖空。归吏封宵钥,行蛇入古桐。
长江频雨后,明月众星中。若任迁人去,西浮与剡通。

全诗皆在写"静",整个长江县,与"迁人"相伴的,唯有落晖、行蛇、古桐、雨、月、星,都是凄清冷寂的景物,而全无人间烟火。其中尤其以"行蛇入古桐"最具奇思,"古桐"本给人以高洁的印象,却因"行蛇"蜿蜒其中,立刻产生了一重诡异的气氛,充满荒凉静僻的郊野气息,这样的景致恐怕在人丁兴旺的中原难以睹见,天涯沦落之意也由此尽显。

贾岛在这荒僻的长江县任满三年,此后又曾转任普州(今四川安岳县一带)司仓参军,同样是微末小职。大概在普州任上,会昌三年(843 年),六十五岁的贾岛去世,结束了他那萧索的一生。

贾岛去世后,晚唐人悼念他的作品极多,悼诗中对贾岛的评价也

宋李成《寒林骑驴图》(美国大都会艺术博物馆藏)

极高,几乎将他视为唐代第一流的诗人。如贾岛生前好友姚合云:“新墓松三尺,空阶月二更。从今旧诗卷,人觅写应争。”(《哭贾岛二首·其二》)说贾岛去世之后,他曾经的作品,应该会招致人们的争相传写。事实上也的确如此,贾岛在晚唐五代有着数不清的拥簇者,这其中以晚唐人李洞最具特色。李洞为贾岛作悼诗曰:“一第人皆得,先生岂不销。位卑终蜀士,诗绝占唐朝。"(《贾岛墓》)言贾岛虽然没能进士及第,虽然以卑微的官职终身,而他的诗歌却可以傲视整个唐代。

关于李洞对贾岛的崇拜,五代王定保《唐摭言》曾记载道:"李洞,唐诸王孙也,尝游两川,慕贾浪仙为师,铜铸为像,事之如神。"继而元代辛文房《唐才子传》中的记载更具画面感:"(李洞)家贫,吟极苦,至废寝食。酷慕贾长江,遂铜写岛像,载之巾中,常持数珠念贾岛佛,一日千遍。人有喜岛者,洞必手录岛诗赠之,叮咛再四曰:'无异佛经,归焚香拜之。'其仰慕一何如此之切也!"

大概晚唐五代与贾岛有着类似命运的士人太多,贾岛那萧索凄冷的诗风,表现出了当时士子们的共同心声,因此受到如此追捧。对这一现象,闻一多更直言晚唐五代可以称之为贾岛的时代:"由晚唐到五代,学贾岛的诗人不是数字可以计算的,除极少数鲜明的例外是向着词的意境与辞藻移动的,其余的一般诗人大众,也就是大众的诗人,则全属于贾岛。从这观点看,我们不妨称晚唐五代为贾岛时代。"(《唐诗杂论·贾岛》)

(三)空灵幽寂的诗思与雄奇孤绝的诗语

从整个唐代诗歌史来看,贾岛之作在题材的广泛性方面是无法与李、杜、韩、白等第一流诗人匹敌的。不过贾岛贵在专,若仅去看那些空灵幽寂的诗思与雄奇孤绝的诗语,贾岛之作丝毫不逊色于任何唐代诗人。

如备受人们叹赏的《寻隐者不遇》:

松下问童子,言师采药去。只在此山中,云深不知处。

寥寥几笔，便勾勒出一个丰富的隐者世界，令人回味无穷。这样的诗作，恐怕连擅长写隐逸者生活的王维看了都要赞叹不已。这种空灵之作在贾岛集中比比皆是，又如《雪晴晚望》诗云：

倚杖望晴雪，溪云几万重。樵人归白屋，寒日下危峰。
野火烧冈草，断烟生石松。却回山寺路，闻打暮天钟。

描写山中雪景极其传神，"晴雪""溪云""白屋""寒日""野火""冈草""断烟""石松""山寺路""暮天钟"等密集的景物，全无拼凑之感，而是相辅相成，构成了一幅空灵幽寂的图画。这样的作品较之王维的"诗中有画"，恐怕也不遑多让。

此外，贾岛诗中的空灵之句还有很多，如：

松径僧寻庙，沙泉鹤见鱼。(《送唐环归敷水庄》)
长江人钓月，旷野火烧风。(《寄朱锡珪》)
寒山晴后绿，秋月夜来孤。(《宿孤馆》)
雪来松更绿，霜降月弥辉。(《谢令狐相公赐衣九事》)
有山来枕上，无事到心中。帘卷侵床月，屏遮入座风。(《南斋》)
鹤似君无事，风吹雨遍山。松生青石上，泉落白云间。(《寄山友长孙栖峤》)

这些句子都极具画面感，清丽脱俗。贾岛诗的写景，最能超脱人间的烟火之气，关于这一点，论者多认为与他早年出家为僧，接受了长期的佛家训练有关。如宋元之际的蔡正孙在《诗林广记》中引欧阳修的评论道："岛尝为衲子，故枯寂气味，形之于诗句中。"又如明人陆时雍《诗镜总论》论曰："贾岛衲气终身不除，语虽佳，其气韵自枯寂耳。"皆将贾岛诗中的意境总结为"枯寂"，且认为这是从佛家审美中来。擅长营造空灵意境的诗人，似乎多多少少都与佛教有所关联，如之前章节所述，“诗中有画”的王维，其诗意就大多出自禅思。

不过，若仔细体味王维与贾岛的空灵写景诗，也能见到一些区别。王维诸如“明月松间照，清泉石上流”（《山居秋暝》），“松风吹解带，山月照弹琴”（《酬张少府》）“人闲桂花落，夜静春山空”（《鸟鸣涧》），“雨中山果落，灯下草虫鸣”（《秋夜独坐》）等诗句，其背后始终能见到一种淡定从容的心态，在景物的环绕之下，作者怡然自得，颇有欣喜之意。

然而贾岛的作品，如上引《雪晴晚望》中，“峰”是“危”的，“烟”是“断”的；又如《寄朱锡珪》中，“人钓月”尽显悠闲，而“火烧风”则稍显紧张；《宿孤馆》中，山月之景美则美矣，却要落脚于“孤”这一情绪。贾岛的诗，在空灵的意境之内，时常杂入一些奇崛的要素来打破平静，诗人的心态也往往不是从容的，而夹杂有一种紧张感、一种凄凉感，忧愁寒冷大于欣喜从容。

这样的不同，显然与诗人的个人经历有着密切的关联。王维的一生，由宦到禅，由入世到出世，晚年更是“万事不关心”（《酬张少府》），故而从容不迫，在自然之中怡然自得。贾岛的一生，却是由禅到宦，由出世回归入世，终身科场失意，晚年又远迁西南，心中难免怀有不平之气。生计的逼迫，前路的迷惘，理想的幻灭，都无时无刻不在击打着贾岛的内心，故而他的诗，多以忧愁作为底色，当然会时时流露出紧张之感与凄凉之意。这既是贾岛与王维的区别，也是直面惨淡人生的晚唐士人与沐浴在盛世光辉下的盛唐士人最大的不同。

清人许印芳曾评贾岛诗云：“避千门万户之广衢，走羊肠仄径之鸟道，志在独开生面，遂成偏涩一体。”（《诗法萃编》）不过，“避千门万户之广衢”的选择，恐怕并不完全是贾岛的有意为之，在他的人生中，“千门万户之广衢”根本走不通，面前唯有“羊肠仄径之鸟道”可走，人生之路险仄如此，诗歌的风格也难免受其影响。贾岛诗中的

“枯寂”也好,“偏涩”也罢,实则都是人生之难的反映。如:

空巢霜叶落,疏牖水萤穿。(《旅游》)

边雪藏行径,林风透卧衣。(《送邹明府游灵武》)

数里闻寒水,山家少四邻。怪禽啼旷野,落日恐行人。(《暮过山村》)

主人灯下别,羸马月中行。蹋石新霜滑,穿林宿鸟惊。(《早行》)

表现行路之难:心思屡屡被“空巢”“霜叶”所浸染;林中寒风吹打破衣;傍晚的旅途,行人会因为郊野的落日而感到莫大的恐惧;凌晨出发,又需要担心石上新霜滑倒羸马之蹄。又如:

孤灯冈舍掩,残磬雪风吹。树老因寒折,泉深出井迟。(《题青龙寺镜公房》)

泪流寒枕上,迹绝旧山中。凌结浮萍水,雪和衰柳风。(《冬夜》)

废馆秋萤出,空城寒雨来。夕阳飘白露,树影扫青苔。(《泥阳馆》)

流星透疏木,走月逆行云。绝顶人来少,高松鹤不群。(《宿山寺》)

表现独宿之难:孤灯摇曳,风雪摧折;独自在冬夜“泪流寒枕”;“寒雨”“白露”长伴客馆;“流星”“走月”映照山寺。又如:

我要见白日,雪来塞青天。坐闻西床琴,冻折两三弦。(《朝饥》)

寥落关河暮，霜风树叶低。远天垂地外，寒日下山西。(《秋暮寄友人》)

常恐滴泪多，自损两目辉。鬓边虽有丝，不堪织寒衣。(《客喜》)

促织声尖尖似针，更深刺着旅人心。独言独语月明里，惊觉眠童与宿禽。(《客思》)

表现客居之难：饥寒交迫时，白日也不愿来访，唯有大雪弥漫青天；独自沦落天涯，目送寒日升落；常常流泪，目色或因此无光，鬓发斑白，寒衣却无从织就；秋蝉悲鸣，每似针刺人心，独言独语，好不寂寞凄凉！

不过，贾岛的诗也并非全都是"枯寂""偏涩"的，其中也有不少豪迈奇崛之语。如他著名的《剑客》诗：

十年磨一剑，霜刃未曾试。今日把示君，谁有不平事？

诗中的豪迈之气，丝毫不逊色于李白"十步杀一人，千里不留行。事了拂衣去，深藏身与名"(《侠客行》)。被称作"瘦僧"的贾岛，竟然也有如此英侠的一面。他又有以下诗句：

旧事说如梦，谁当信老夫。战场几处在，部曲一人无。(《代旧将》)

三尺握中铁，气冲星斗牛。报国不拘贵，愤将平虏仇。(《代边将》)

旧宅兵烧尽，新宫日奉多。妖星还有角，数尺铁重磨。(《逢旧识》)

写边疆将领的豪气：曾经纵横沙场，九死一生，而今仍然紧握剑柄，气冲斗牛，期盼着出征边塞，斩尽妖星，以身许国。这些豪迈之气，或许源自贾岛对于自身前路的期许，若能科举及第，顺利入仕，他也是想成就一番事业的。可惜天不遂人愿，年年磨剑，也终究无法消除自身命运中的不平，气冲斗牛，也难以获得一展夙愿的机会。

贾岛在“枯寂”“偏涩”之外，固然也想去慷慨高歌，然而因命运的摧折，令他在慷慨高歌之后，终究难免要回归长久的寂寞之中，继续着萧索无望的生活。

所谓“郊寒岛瘦”，孟郊未必有意要“寒”，贾岛未必有意要“瘦”，之所以最终陷入了“寒”与“瘦”的境地，主要还是时代使然。且即便陷入了“寒”与“瘦”，孟、贾二人也曾在诗歌中慷慨高呼，尝试着去与命运相抗争，虽然免不了殒身折翼，却足以令后来者为之动容、为之感慨，正如南宋王远在《贾长江集后序》中所说：“其诗与郊分镳并驰，峭直刻深，羁情客思，春愁秋怨，读之令人爱其工，怜其志，如听燕赵之悲歌、蛾眉之曼声、秦楚之哭、荆山之泣也。”

三、李贺与鬼神之死

（一）生如流星

李贺字长吉，于德宗贞元六年（790年）生于河南昌谷。他曾自称“唐诸王孙李长吉”（《金铜仙人辞汉歌序》），大概是李唐皇室的后人，不过应该是旁支之属。其父李晋肃，曾任边上从事、陕县令等低微官职。成长于小官吏家庭的李贺，从小便与文字结缘，有记载说他七岁便能作辞章，名动京师，甚至令当时的文坛巨匠韩愈、皇甫湜都赞叹不已。五代王定保《唐摭言》记：

贺年七岁，以长短之制，名动京师。时韩文公与皇甫湜见贺所业，奇之，而未知其人，因相谓曰：“若是古人，吾曹不知者。若是今人，岂有不知之理？”会有以瑨肃（晋肃）行止言者，二公因连骑造门，请见其子。既而总角荷衣而出。二公不之信，因面试一篇。承命欣然，操觚染翰，旁若无人，乃目曰《高轩过》……二公大惊。遂以所乘马命连镳而还所居，亲为束发。

这篇令韩愈、皇甫湜感到“大惊”的《高轩过》如下：

华裾织翠青如葱，金环压辔摇玲珑。马蹄隐耳声隆隆，入门下马气如虹。云是东京才子，文章巨公。二十八宿罗心胸，元精耿耿贯当中。殿前作赋声摩空，笔补造化天无功。庞眉书客感秋蓬，谁知死草生华风。我今垂翅附冥鸿，他日不羞蛇作龙。

此首诗用语老辣，且自称“庞眉书客”，眉毛中已经夹杂有白色毛发，怎么也不像是七岁儿童的自称之语。实际上，据众多研究者考证，《唐摭言》的故事应是虚构，李贺七岁的贞元十二至十三年（796—797年），韩愈在汴州幕府任职，皇甫湜才二十岁，尚未科举及第，二人皆不在京师。且此时的韩愈、皇甫湜刚刚在文坛崭露头角，还不可能被称作“文章巨公”，故《高轩过》绝不可能是李贺七岁之作。

李贺与韩愈的交集，大概发生在元和四年（809年）韩愈任都官员外郎分司东都之时。发现李贺的才能之后，韩愈曾力劝他参加科举。唐代的科举，需要先通过州府的选拔，得到推荐之后才能前往京师，参加礼部所举行的进士考试。分司东都期间的韩愈，正是河南州府试的考官之一，自然将李贺列于推荐名单之中。而之后所发生的事情，正如前章所述，只因为父亲名“晋肃”，科举入仕之门便向李贺彻底地关闭了。失意而归的李贺曾作《出城》，表现被斥返家时的心情：

雪下桂花稀，啼乌被弹归。关水乘驴影，秦风帽带垂。
入乡试万里，无印自堪悲。卿卿忍相问，镜中双泪姿。

此时长安城外白雪纷纷，寒冷的天气正与诗人冰冷的心境两相映照。家虽然温暖,失意而归的自己,却倍感辜负家中殷殷以待的妻子。可怜之状,正如清人姚文燮在《昌谷集注》中所评:“帝京寒雪,铩羽空回。策蹇斓缕,凄凉跋涉。感愧交集,恐无言以对妻孥,当亦见怜于妇人女子矣。”

日后李贺又作《仁和里杂叙皇甫湜、湜新尉陆浑》诗,吐露了自己科举受到谗害时悲愤交加的心声:

枉辱称知犯君眼,排引才升强絙断。洛风送马入长关,阖扇未开逢猰犬。那知坚都相草草,客枕幽单看春老。归来骨薄面无膏,疫气冲头鬓茎少。

科举未成,愧对韩愈和皇甫湜的推荐。当时春风得意地从洛阳奔赴长安(长关),尚未进入考场的大门,便遭逢“猰犬”的谗害。科举失意的原因,竟然与才能无关,全因荒唐的避讳之说,实在令人无可奈何。“坚都”指古之善相马者刀坚与丁君都,在洛阳,李贺遇到了韩愈、皇甫湜这样的伯乐,在长安,却未能遇到慧眼识珠之人,失望而归,意气萧索,又遭逢疾病,骨薄面瘦。

尽管无法凭借自身才学出人头地,李贺仍然对入仕有所期待,于是别无他法,只能走恩荫入仕之途。凭借自己与李唐皇室的血缘关系,转相请托,终于得到了太常寺奉礼郎之职。这一职务,大概只负责在朝会之时引导君臣之间的升降次序,正如李贺自己感叹的“奉礼官卑复何益”(《听颖师琴歌》),品次十分卑微,对此,诗人心中自然不甘。

李贺在这一职位上忍耐了三年。三年的长安生活,丰富了李贺的见闻,令他进一步了解到当时朝政的弊病,这些都成为他诗歌中的素材,正如姚文燮在《昌谷诗注自序》中所说:“贺之为诗,其命辞、命意、命题,皆深刺当世之弊,切中当世之隐。”不过,李贺诗中最为常见的主题，恐怕还是对自身怀才不遇的控诉。他年仅二十余岁，正是志气最为豪迈、最渴望一展宏图之时，却眼睁睁看着出人头地的希望被无情掐灭，只能守着一个请托得来的品级卑微的官职，自然要感叹："驱马出门意，牢落长安心。两事谁向道，自作秋风吟。"（《京城》）凄楚的内心与充盈的意气两相碰撞，激起千万重情绪，全都化作诗歌的语言倾泻而出，愁绪的错综复杂，心情的悲哀愤怒，令他的诗句时如死灰，颓丧消极；时如刀剑，锋利险绝。他在《赠陈商》诗中这样写自己在长安的生活：

长安有男儿，二十心已朽。《楞伽》堆案前，《楚辞》系肘后。
人生有穷拙，日暮聊饮酒。只今道已塞，何必须白首。
凄凄陈述圣，披褐锄俎豆。学为尧舜文，时人责衰偶。
柴门车辙冻，日下榆影瘦。黄昏访我来，苦节青阳皱。
太华五千仞，劈地抽森秀。旁古无寸寻，一上戛牛斗。
公卿纵不怜，宁能锁吾口。李生师太华，大坐看白昼。
逢霜作朴樕，得气为春柳。礼节乃相去，憔悴如刍狗。
风雪直斋坛，墨组贯铜绶。臣妾气态间，唯欲承箕帚。
天眼何时开，古剑庸一吼。

诗以"黄昏访我来，苦节青阳皱"为界，前后截然二分。前半多颓唐之语，年仅二十余，内心便已衰朽，任命运之"穷拙"，唯以饮酒销忧。既然道路已阻塞，就不必皓首穷经，车辙之冻、榆影之瘦、青阳之皱，都极尽失望悲凉之意。后半语势却忽然劲健起来，命运的不公，公卿的轻视，即便能陷李贺于卑位，却锁不住李贺口中高迈之辞。"太华五千仞""一上戛牛斗"这些高俊的意象、直冲天穹的意气，既是对诗歌所赠对象陈商的赞美之辞，同时也是李贺内心志气的写照。在"憔悴如刍狗""臣妾气态间，唯欲承箕帚"的悲惨境遇中，李贺慨叹天眼未开，想要令怀中古剑长吼一声，将一切不平的枷锁尽数斩破。

可是天眼却始终不能响应李贺的呼喊，三年的长安生活，"索米王门一事无"(《勉爱行送小季之庐山》)，既看不到升迁的希望，又无计免于贫困。元和八年(813 年)，不甘沉沦的李贺只能去职返乡。

返乡后的李贺依然过着贫困的生活，"洛郊无俎豆，弊厩惭老马"(《勉爱行二首送小季之庐山 · 其一》)，"赵壹赋命薄，马卿家业贫"(《出城别张又新酬李汉》)，李贺屡屡以汉代辞赋家赵壹和司马相如(字长卿)的凄苦命运自况，而他的贫困似乎较之赵壹、司马相如尤甚。他曾自述道："我在山上舍，一亩蒿硗田。夜雨叫租吏，春声暗交关。"(《送韦仁实兄弟入关》)家中仅有一亩薄田而已，却还要面对租吏的催逼之苦，几乎无法自存，有家也难以久居。李贺的弟弟就为了减轻家中生计的困难，不得已前往庐山谋生，"欲将千里别，持此易斗粟"(《勉爱行二首送小季之庐山 · 其二》)；李贺自己也谋划着下一个可以讨生活的去处："始欲南去楚，又将西适秦。"(《自昌谷到洛后问》)

经历了一番漂泊的李贺，于元和九年(814 年)前往潞州(今山西长治市)幕府，依附韩愈的侄女婿、时任幕府从事的张彻。他作《客游》云：

悲满千里心，日暖南山石。不谒承明庐，老作平原客。
四时别家庙，三年去乡国。旅歌屡弹铗，归问时裂帛。

诗用平原君门客的故事，喻指同样作客赵国故地的自身。从"三年去乡国"可知，他的潞州客游大概也历时三年。此时张彻自身的职位不高，也很难对李贺的仕途有什么助益，在潞州的李贺，恐怕只能暂时免除衣食之忧罢了。他曾感慨道："陇西长吉摧颓客，酒阑感觉中区窄。葛衣断碎赵城秋，吟诗一夜东方白。"(《酒罢张大彻索赠诗、时张初效潞幕》)自许为“摧颓客”,倍感世界(中区)的狭窄,飘荡多年,无官无位,只能吟诗到晓,疏解胸中不平之气。

潞州之行,竟然成了李贺人生最后一站。元和十一年(816年),在潞州客居三年之后,李贺因病返乡。返乡后的李贺一病不起,大约在二十七岁时,他人生的脚步便戛然而止,不由得令人扼腕叹息。关于李贺的死,李商隐所作《李贺小传》有这样的记载:

长吉将死时,忽昼见一绯衣人,驾赤虬,持一板,书若太古篆或霹雳石文者,云当召长吉。长吉了不能读,欻下榻叩头,言:“阿㜷老且病,贺不愿去。”绯衣人笑曰:“帝成白玉楼,立召君为记。天上差乐,不苦也。”长吉独泣,边人尽见之。少之,长吉气绝。尝所居窗中,勃勃有烟气,闻行车嘒管之声。太夫人急止人哭,待之如炊五斗黍许时,长吉竟死。

李贺的英年早逝,似乎是因为天帝看上了他的诗歌才能,想让他去为天庭新建成的白玉楼写诗歌颂。这当然是美好的想象,正如李商隐在这段记事后所作议论:

呜呼!天苍苍而高也,上果有帝耶?帝果有苑囿、宫室、观阁之玩耶?苟信然,则天之高邈,帝之尊严,亦宜有人物文采愈此世者,何独眷眷于长吉而使其不寿耶?

噫!又岂世所谓才而奇者,不独地上少,即天上亦不多耶?长吉生二十四年(一说当作“二十七年”),位不过奉礼太常中,时人亦多排摈毁斥之,又岂才而奇者,帝独重之,而人反不重耶?又岂人见会胜帝耶?

若天上果然有天帝、宫廷,那么也应该有不亚于人间才子的文人词客,又何必将年纪轻轻的李贺早早召去呢？如果天上地下,像李贺这样的才子都极其罕见的话,为何唯独天帝怜爱李贺的才能,世间之人却反倒不能重视李贺呢？这段议论可谓切中肯綮,天帝、神鬼之事自然是虚妄的,而放任人才贫困至死的人世更为荒唐,李贺死后升入仙班的这一传说,堪称是对冷漠人世间的最大讽刺。

李贺与神鬼世界的缘分,实则不必等到他死后。李贺生前,就极其善于在诗歌中描绘奇异玄幻的神鬼世界,这也是他在日后被人们称作“诗鬼”的主要原因。

(二)神鬼的世界

连接起李贺与神鬼世界的,往往是音乐。在音乐之中,李贺能够暂时脱离苦闷的现实世界,用自己奇诡的想象力,构建起一个玄幻的神鬼之境,如其著名的《李凭箜篌引》:

吴丝蜀桐张高秋,空山凝云颓不流。江娥啼竹素女愁,李凭中国弹箜篌。昆山玉碎凤凰叫,芙蓉泣露香兰笑。十二门前融冷光,二十三丝动紫皇。女娲炼石补天处,石破天惊逗秋雨。梦入神山教神妪,老鱼跳波瘦蛟舞。吴质不眠倚桂树,露脚斜飞湿寒兔。

此诗大概作于李贺在长安任奉礼郎时期。李凭是当时有名的梨园艺人,箜篌技艺举世无双,甚至连当时的王公贵胄都争相请他弹奏:“驰凤阙,拜鸾殿,天子一日一回见。王侯将相立马迎,巧声一日一回变。”(顾况《李供奉弹箜篌歌》)在李贺的笔下,李凭的箜篌技艺更显得鬼神莫测。随着箜篌的声音,李贺的思绪飘荡到昆仑山,飘荡到女娲补天之处,昆仑山上的神仙乃至女娲皆为箜篌之声所感染,乃至石破天惊,秋雨倾泻,鱼蛟起舞。甚至远在月宫砍伐桂树的吴刚

唐吴道子（传）《八十七神仙图》局部（北京徐悲鸿纪念馆藏）

(吴质)都因之而彻夜难眠,宫中玉兔也陶醉其中,任凭露水沾湿了毛发却凝然伫立。箜篌之声载着李贺的思绪神游天际,令我们睹见他那丰富多彩的精神世界。明清之际的黄周星曾评此诗云:“本咏箜篌耳,忽然说到女娲、神妪,惊天入月,变眩百怪,不可方物,真是鬼神于文。”(《唐诗快》)诗中的“石破天惊逗秋雨”之句,又被史承豫等诗评家认为“七字可作昌谷诗评。”(《唐贤小三昧集》)

如果说《李凭箜篌引》主要在描绘神仙之境,那么以下的二首中,登场角色较之于神,更近乎鬼,“鬼神于文”“石破天惊”的特点更加明显:

《神弦》

女巫浇酒云满空,玉炉炭火香咚咚。海神山鬼来座中,纸钱窸窣鸣旋风。相思木贴金舞鸾,攒蛾一啑重一弹。呼星召鬼歆杯盘,山魅食时人森寒。终南日色低平湾,神兮长在有无间。神嗔神喜师更颜,送神万骑还青山。

《神弦曲》

西山日没东山昏,旋风吹马马踏云。画弦素管声浅繁,花裙綷縩步秋尘。桂叶刷风桂坠子,青狸哭血寒狐死。古壁彩虬金帖尾,雨工骑入秋潭水。百年老鸮成木魅,笑声碧火巢中起。

同样是与音乐相关的诗作,诗人的想象世界却蒙上了一层阴森的色调。诗歌大概在描绘女巫招魂的景象,“纸钱窸窣鸣旋风”“桂叶刷风桂坠子”这样的环境描写,渲染出一片恐怖气氛;“海神山鬼来座中”“青狸哭血寒狐死”则描绘鬼魅的降临场景;继而“呼星召鬼歆杯盘,山魅食时人森寒”“百年老鸮成木魅,笑声碧火巢中起”,更将鬼魅的恐怖神情直接展现在读者面前,不由得令人胆战心寒。

或许正因为李贺的心境常常是凄凉的,他才对鬼魅的世界产生了特别的偏好。对李贺来说,冰冷的充满不平的现实世界,或许与阴森的荒诞无稽的鬼魅世界没有本质的分别,鬼魅的异世界实则是扭曲的现实世界。如《秋来》:

桐风惊心壮士苦,衰灯络纬啼寒素。谁看青简一编书,不遣花虫粉空蠹。思牵今夜肠应直,雨冷香魂吊书客。秋坟鬼唱鲍家诗,恨血千年土中碧。

壮士与书客,因怀才不遇而苦楚悲忿。"鲍家诗"用南朝宋鲍照的典故:鲍照出身寒门,空怀不世之才,却在重视出身的南朝社会屡屡碰壁,于是作《拟行路难》十八首控诉命运的不公。与鲍照命运类似的李贺,似乎能够从秋风中听到坟头之鬼在歌唱鲍照之诗!"今我何时当然得,一去永灭入黄泉。人生苦多欢乐少,意气敷腴在盛年……功名竹帛非我事,存亡贵贱付皇天。"(鲍照《拟行路难·其五》)"对案不能食,拔剑击柱长叹息。丈夫生世会几时,安能蹀躞垂羽翼。"(鲍照《拟行路难·其六》)"床席生尘明镜垢,纤腰瘦削发蓬乱。人生不得恒称意,惆怅徙倚至夜半。"(鲍照《拟行路难·其八》)这些悲苦之句,此时此刻大概一齐涌上了李贺的心头,在人世间悲忿不已的李贺,与在地下"恨血千年土中碧"的鲍照,成了跨越阴阳二界的知己。

又如《苏小小墓》:

幽兰露,如啼眼。无物结同心,烟花不堪剪。
草如茵,松如盖。风为裳,水为珮。
油壁车,夕相待。冷翠烛,劳光彩。
西陵下,风吹雨。

苏小小是南朝齐著名的歌妓，她不仅美貌动人，更有文学之才，能够出口成章，可惜天命不予，二十多岁时便长赴黄泉，被葬在钱塘江畔西陵之下。中唐人李绅曾在《真娘墓》诗序中载："嘉兴县前有吴妓人苏小小墓，风雨之夕，或闻其上有歌吹之音。"李贺此诗，大概正采自这些苏小小的传说。整首诗都用侧面描写，勾勒出一个冷艳飘忽的苏小小鬼魂形象。始终处于凄凉人生的李贺，似乎更能够切身地体会到苏小小命运的悲凉。将幽兰上的露水比作啼哭的双眼，起笔便有着超凡的想象力，若非李贺长年心境凄楚，恐怕未必能有如此恰如其分的联想。草、松、风、水，身边但凡是冷淡色调的自然景物都成为苏小小鬼魂的化身，往日乘坐的油壁车，依然在静候主人的到来，曾经照亮容颜的烛火，因斯人的长逝，只能劳费光彩，散发着冷艳孤寂的光芒。西陵下的风吹雨，既可看做若隐若现的苏小小的化身，同時也映衬出李贺凄冷苦楚的心境。诗歌固然是在写鬼魂，却也有一种与苏小小同病相怜的味道。

李贺非常善于把他的感情投入到鬼神的异世界中，人鬼之间时而产生交通，这对读者来说，能起到触目惊心的表现效果，对李贺来说，或许能令他心中的不平得到些许纾解。似乎正因此，李贺愈发喜爱在身边的环境中寻找鬼魅般的意境，如以下二首：

《南山田中行》

秋野明，秋风白，塘水漻漻虫啧啧。云根苔藓山上石，冷红泣露娇啼色。荒畦九月稻叉牙，蛰萤低飞陇径斜。石脉水流泉滴沙，鬼灯如漆点松花。

《感讽五首·其三》

南山何其悲，鬼雨洒空草。长安夜半秋，风前几人老。

低迷黄昏径，袅袅青栎道。月午树立影，一山唯白晓。漆炬迎新人，幽圹萤扰扰。

二首皆写秋天傍晚的南山，秋季天黑得早，本就自带一种阴凉凄冷的氛围。李贺在诗中又不甘仅用山石流水、古树清风渲染冷寂，而总要杂入一些古坟、坟间幽幽的鬼火，令秋天的傍晚显得更加阴寒可怖。山中的鬼火，也是诗人心中的光点，正因为心中充满了崎岖不平，正因为在现实生活中看不到希望，才把原本充满希望的光的意象幻化成鬼火，于是希望陡然成为失望，诗人心底的无助，通过这种阴森可怖、令人不适的意境，别具新意地显露出来。

鬼神之事，皆是李贺的心事，正如他在《致酒行》中所歌：

零落栖迟一杯酒，主人奉觞客长寿。主父西游困不归，家人折断门前柳。吾闻马周昔作新丰客，天荒地老无人识。空将笺上两行书，直犯龙颜请恩泽。我有迷魂招不得，雄鸡一声天下白。少年心事当拏云，谁念幽寒坐呜呃。

西汉有主父偃、唐初有马周，皆出身寒门，默默无闻，却因一朝上书，得到了天子的垂青，从而在朝中大展身手，不负鸿鹄之志。此刻的李贺也是“天荒地老无人识”，却始终未能得到主父偃、马周那样的机会，于是只能放任“迷魂”飘荡，在鬼神之境中迷不知返，直至雄鸡一声打破梦境为止。本应凌云而上的少年之志，此时此刻却困在幽寒之中，化作鬼泣般的呜呃之声。

（三）永恒的时间与鬼神之死

细观李贺所营造的鬼神之境，在冷寂阴森的气氛之外，还有更为深刻的层次与内涵，寄寓了李贺对于人生复杂的情感与思考。鬼神与人的最大不同在于人的生命短暂，而鬼神的时间无限。

“时间”成为李贺鬼神之作中一个极具特色、充满思考深度的主题。如“东方日不破，天光无老时。丹成作蛇乘白雾，千年重化玉井土”（《拂舞歌辞》），“白景归西山，碧华上迢迢。今古何处尽，千岁随风飘。海沙变成石，鱼沫吹秦桥。空光远流浪，铜柱从年消”（《古悠悠行》），李贺诗中的时间动辄便是“千年”，“千年”的时间又往往化作一瞬，短暂与永恒交织为一。这种对于时间的思考，又见于著名的《金铜仙人辞汉歌》：

茂陵刘郎秋风客，夜闻马嘶晓无迹。画栏桂树悬秋香，三十六宫土花碧。魏官牵车指千里，东关酸风射眸子。空将汉月出宫门，忆君清泪如铅水。衰兰送客咸阳道，天若有情天亦老。携盘独出月荒凉，渭城已远波声小。

诗前有小序说明诗意：“魏明帝青龙元年八月，诏宫官牵车西取汉孝武捧露盘仙人，欲立置前殿。宫官既拆盘，仙人临载，乃潸然泪下。唐诸王孙李长吉遂作《金铜仙人辞汉歌》。”三国曹魏时期魏明帝曾下诏，将汉武帝时立在长安的金铜仙人迁移到洛阳宫殿。作此诗时，李贺也正辞去了奉礼郎之职，从长安返回洛阳，故而在诗中李贺以金铜仙人自比，金铜仙人的东迁，也是李贺的东迁。金铜仙人自然是不愿迁离故地的，正如李贺也并不愿意离开朝廷，然而命运所迫，不得不踏上旅途，一路凄风冷雨，皆是离别失意之悲。这其中，“天若有情天亦老”一句奇绝无双，成为千古名句。

苍天是永恒的，人们皆羡慕永恒，然而令苍天得以永恒的，却是“无情”，可人们哪里能割舍掉“情”呢？若真“无情”，永恒又有什么意义？

在李贺的诗中,虽然经常出现鬼神千年不老,但与一般诗人借此企望长生不同,李贺的笔下,鬼神的千年不老反倒成了鬼神的苦楚。鬼神之苦与人间之愁两相映照,世间万物都没有什么解脱之法,悲愁才是恒久不变的底色,下至凡人,上自鬼神,都只能与悲愁相伴而生,在接受事事不能圆满的前提下生活。

如作为神女的贝宫夫人只能“长眉凝绿几千年,清凉堪老镜中鸾”(《贝宫夫人》),成为神仙反而令冷寂与孤独永无止境,凝眉千年,无法解脱;又如传说中的巫山神女瑶姬“瑶姬一去一千年,丁香筇竹啼老猿”(《巫山高》),千年的时光同样成为永远无法解脱的牢笼,长久地束缚着神女。

甚至在李贺的笔下,神鬼似乎也是可以死的,只不过死后依旧会重生,循环往复,永无解脱之日。如《浩歌》所咏:

南风吹山作平地,帝遣天吴移海水。王母桃花千遍红,彭祖巫咸几回死。

神鬼时间的无限在于循环,如沧海桑田般交替变换,传说中西王母的桃树“三千年一生实”(《汉武故事》),即便如此,在天界这一桃树的开花与结果也已历经了数千遍,时间的浩渺无涯,正体现在这无穷无尽的循环之中。作为长寿象征的彭祖与巫咸,也如同桃花的开落一般,在天界进行着无限的生死循环。如此,神鬼被长久地困在时间之中,面对着凡人难以想象的苦楚,并不是什么值得歆羡的对象。

又如《官街鼓》:

晓声隆隆催转日,暮声隆隆呼月出。汉城黄柳映新帘,柏陵飞燕埋香骨。磓发千年日长白,孝武秦王听不得。从君翠发芦花色,独共南山守中国。几回天上葬神仙,漏声相将无断绝。

千年的时间，足以令人间世事频频更替；在天界，时间则更为浩渺，长寿的神仙甚至都经历了几回的丧葬与重生，长久的时间甚至有些恐怖，令神仙无奈，令凡人叹而止步。

神仙的幻境，永恒的生命，这些以往诗人孜孜以求的对象，在李贺这里却完全是另一种味道，美好的幻想统统被打破，凡人也好，神鬼也好，都摆脱不了被束缚的命运，短暂也罢，永恒也罢，都难免凄寒与苦楚。这种对于神鬼世界与人间世界的理解，又凝缩在《梦天》一诗中：

老兔寒蟾泣天色，云楼半开壁斜白。玉轮轧露湿团光，鸾珮相逢桂香陌。黄尘清水三山下，更变千年如走马。遥望齐州九点烟，一泓海水杯中泻。

诗人在梦中来到月宫，见到月宫中捣药的玉兔，以及由嫦娥所幻化成的寒蟾，已经成为神仙的他们却常常是在哭泣的，仙境的一切，都显得那么凄冷。从月宫回望人间，名山大川，都是那么渺小，千年时间，如同走马般的一瞬。天地的运行自有其常法，凡人和神鬼，都不过是其中渺小的一环。在这无限庞大无限旷远的视角之下，现实的忧愁被冲淡了，或者说被更为宏大无涯的忧愁所遮掩住了。

凭借无穷的想象力，李贺在他的诗歌中创造出了一个超凡脱俗的神鬼世界，这一神鬼世界尽管在环境的奇幻上、在时间的恒久上超凡脱俗，却在无限的忧愁上仍与凡间世界大同小异。凡人与神鬼，便在这一点上统一起来。

（四）杀鬼斩龙与剑客之心

认识到无论在人间世界还是神鬼世界中忧愁都不可避免的李贺，并不想采取乐天知命的妥协态度。毕竟在诗坛纵横往复之时，李贺仅仅二十多岁，虽然诗笔已经十分老辣，心中那激昂不衰的少年志气却是遮掩不住的。李贺想要去抗争，想要去突破，无论是否能看到希望，都要先将天上地下的旧秩序搅动一番，如他在《春坊正字剑子歌》中所呼喊：

先辈匣中三尺水，曾入吴潭斩龙子。隙月斜明刮露寒，练带平铺吹不起。蛟胎皮老蒺藜刺，䴙鹈淬花白鹇尾。直是荆轲一片心，莫教照见春坊字。挼丝团金悬簏𫗪，神光欲截蓝田玉。提出西方白帝惊，嗷嗷鬼母秋郊哭。

李贺想要提携三尺长剑，像西晋时的周处那样斩杀蛟龙，像汉高祖刘邦那样斩杀白蛇（白帝之子），把鬼神世界搅得天翻地覆的同时，也要冲破现实世界的种种枷锁。尽管他也知道这样的志向太过宏大，太难以实现，然而借着酒气，还是要将心中所想尽情倾吐。《苦昼短》又歌唱道：

飞光飞光，劝尔一杯酒。吾不识青天高，黄地厚。唯见月寒日暖，来煎人寿。食熊则肥，食蛙则瘦。神君何在？太一安有？天东有若木，下置衔烛龙。吾将斩龙足，嚼龙肉，使之朝不得回，夜不得伏。自然老者不死，少者不哭。何为服黄金、吞白玉？谁是任公子，云中骑白驴？刘彻茂陵多滞骨，嬴政梓棺费鲍鱼。

不晓得天高地厚的诗人,见日月摧残人寿便怒发冲冠,但凡遇到不平之事便拔剑相向,无论是创始天地的“神君”“太一”,还是执掌日、月、冬、夏的“衔烛龙”,胆敢令人心生不快,便要去“斩龙足”,去“嚼龙肉”。似乎凭借这“飞光”一般的长剑,便可以打破这神鬼世界与现实世界的一切束缚。

故而对人生、对鬼神皆冷眼相待的李贺,唯独对剑饱含炽热的感情,想要以剑客的身份,游走在一切不平与阴暗之中。《南园十三首·其五》道:

男儿何不带吴钩,收取关山五十州。请君暂上凌烟阁,若个书生万户侯。

《马诗二十三首·其五》又道:

大漠沙如雪,燕山月似钩。何当金络脑,快走踏清秋。

身为书生,备尝苦楚的李贺,转而想要手执吴钩(春秋时产自吴国的宝剑),纵马驰骋,纵然死在疆场,也不失快意人生。他又有著名的《雁门太守行》道:

黑云压城城欲摧,甲光向日金鳞开。角声满天秋色里,塞上燕脂凝夜紫。半卷红旗临易水,霜重鼓寒声不起。报君黄金台上意,提携玉龙为君死。

纵然边疆是苦寒的,而世路不通的长安何尝不也是苦寒的呢?在边疆尚可提携玉龙,死得轰轰烈烈,总比偏居长安陋巷死得默默无闻要好。于是对天地无情、人生多苦看得清清楚楚、透透彻彻之后,手持长剑，在挑战命运的途中赴死，对于李贺来说，不失为最为潇洒豪迈的人生选择。剑客的豪情，也便成为李贺最后的归宿：

我有辞乡剑，玉锋堪截云。（《走马引》）

古书平黑石，神剑断青铜。（《王濬墓下作》）

时宜裂大被，剑客车盘茵。（《出城别张又新酬李汉》）

北方逆气污青天，剑龙夜叫将军闲。（《吕将军歌》）

自言汉剑当飞去，何事还车载病身。（《出城寄权璩杨敬之》）

家山远千里，云脚天东头。忧眠枕剑匣，客帐梦封侯。（《崇义里滞雨》）

朔客骑白马，剑杷悬兰缨。俊健如生猱，肯拾蓬中萤！（《申胡子觱篥歌》）

衣如飞鹑马如狗，临歧击剑生铜吼。旗亭下马解秋衣，请贳宜阳一壶酒。（《开愁歌》）

每到忧愁无以复加之时，李贺便取视匣中长剑，在对剑客生活的期许之中，聊以慰藉残破的内心。

李贺的诗歌，可以上天入地，斩鬼杀神，可以纵横大漠，直冲斗牛，却唯独对现实世界无可奈何。再来看李商隐所谓“帝（天帝）独重之，而人反不重耶”（《李贺小传》），能够感动天地鬼神的李贺，反而在人间被弃置不用，这样颠倒的世事，如何不令人感慨万分。

本章所引孟郊、贾岛、李贺诗文文献参考：

韩泉欣校注《孟郊集校注》，浙江古籍出版社，2012 年

齐文榜校注《贾岛集校注》，中华书局，2020 年

吴企明笺注《李长吉歌诗编年笺注》，中华书局，2012 年

第八章

『蝴蝶梦』与『扬州梦』

——小李、杜与晚唐余晖

唐代诗坛有两个李、杜，盛唐的李白、杜甫被称为大李、杜，晚唐的李商隐（约 813—约 858 年）、杜牧（803—853 年）被称为小李、杜。大李、杜是盛唐诗的巅峰，小李、杜是晚唐诗的代表。

李商隐字义山，号玉溪生，又号樊南生。有骈文集《樊南甲集》《樊南乙集》，诗集《玉溪生诗》。李商隐出身不高，又因婚姻问题卷入牛李党争之中，屡遭当权者排斥，备尝艰辛坎坷，故而诗中多寄寓不遇的哀思。且碍于朝中当权者，往往不能直言所思所想，于是诗中艰深其旨、曲折其意，形成朦胧隐晦的风格特点。值得一提的是，他虽因婚姻问题而身陷囹圄，却与妻子感情极佳，其作品中多有歌咏爱情之作，优美动人；在妻子亡故之后，又屡有悼念妻子的作品，缠绵悱恻。进而这些悼念之作又与不遇的哀思融会在一起，更显千头万绪，寄寓了深深的身世之悲的同时，又往往令人难以捉摸出其具体所指，如梦如幻，迷离恍惚。正如他《锦瑟》诗所谓“庄生晓梦迷蝴蝶”，不知是庄周梦蝶，还是蝶梦庄周，何者为梦幻，何者为现实？

人生的苦闷，令李商隐在诗歌中营造出绚美且迷离的意境，将说破却又不说破，似可解又似不可解，这样的诗歌在整个中国诗歌史上都是极其独特的，其优美动人之处也引来后人的追随模仿，五代至宋初流行的“西昆体”，便是对李商隐诗的摹刻。不过李商隐诗歌的特点，产生于晚唐的独特历史时空，来源于其特别的人生经历，后世模仿者无视于此而故作艰深，难免沦于东施效颦，失其真味，反而将诗歌的发展引入空虚浮靡的歧途。这样的罪过，当然不应该算在李商隐头上。

杜牧字牧之，晚年隐居樊川别业，故其诗文集命名为《樊川文集》。与李商隐不同，杜牧出身高贵，他的祖父杜佑是中唐时的宰相兼名儒。继承家学传统的杜牧，对经史典籍广泛涉猎，有经世致用之志。在风雨飘摇的中晚唐，杜牧立志于挽狂澜于既倒，在诗文之外，他尤其属意兵法之学，想要助朝廷解决藩镇割据的心腹大患。怀揣如此宏愿，杜牧的诗歌也显得雄姿英发、慷慨浑厚，在晚唐浮靡卑弱的风气之中鹤立鸡群，很有盛唐人的风采。

出身高贵的杜牧，也难免沾染贵公子喜好冶游的风气。尤其早年在江西、宣州、扬州幕府任职之时，多流连风月，所谓“十年一觉扬州梦，赢得青楼薄幸名”（《遣怀》），正是他当时生活的真实写照。不过，河北的烽火屡屡打破了他的“扬州梦”，身在繁花似锦、歌吹乐舞的扬州，他的心却时常游荡于苍茫的河北大地，为藩镇之祸而忧心。凭借自己对经史、兵法之学的钻研，杜牧频频向朝廷献平敌之策。然而，晚唐的政局却并没有给他太多的机会。杜牧虽然是宰相之后，与朝中执政者多有旧交，可在党派之争愈演愈烈的形势之下，他的交游之广反而成为牵累，正当他要一展平生所学报效家国之时，却横遭贬谪，用世之志大受打击。等到他再次返回朝廷之时，已是多病之身，不再有少年时的宏志，更无力改变唐王朝已经行将就木的运数。

一、艰难曲折的李商隐

(一)用世之志与贵人的知遇

李商隐是怀州人(今属河南沁阳市),大约生于唐宪宗元和八年(813 年),其父曾在各地节度使幕府中任小官僚,家庭条件并不算优渥。李商隐曾自称“我系本王孙”(《哭遂州萧侍郎二十四韵》),似乎他们家与李唐王室有亲缘关系,即便属实,这一亲缘恐怕也已相当疏远。在李商隐大约十岁的时候,父亲便因病去世,家中失去支柱,生计陡然变得艰难。李商隐自叹,“四海无可归之地,九族无可倚之亲”,于是只能四处流离,辗转寄人篱下。为贴补家用,少年时的李商隐也曾“占数东甸,佣书贩舂”(《祭裴氏姊文》),做过替人抄书的工作。即便在这种为了谋生而辛苦奔波的情况下,李商隐依然未曾怠慢学业,他自称“五年读经书,七年弄笔砚”(《上崔华州书》),勉力自学,力图将来能以文章之业自立。

李商隐的读书求学主要在唐文宗大和年间(827—835 年),此时的文坛,元和余风尚炽,李商隐心慕元和时期的文坛宗主韩愈,于是苦心于古文的创作,他曾自述:“樊南生十六能著《才论》《圣论》,以古文出诸公间。”(《樊南甲集序》)古文的主要目的在于“贯道”,在于参与政治、矫正时弊,故而年少时的李商隐也有很强的政治参与意向,对时事十分关心。李商隐的《才论》《圣论》虽然未能流传下来,不过窥其题目,大概是有关道德政事、试图匡正时弊的篇章。他早年的诗歌也受此影响,颇有讽喻政治的意图,如《随师东》大概是他最早的作品之一:

东征日调万黄金,几竭中原买斗心。军令未闻诛马谡,捷书惟是报孙歆。但须鸑鷟巢阿阁,岂假鸱鸮在泮林。可惜前朝玄菟郡,积骸成莽阵云深。

清人胡以梅在《唐诗贯珠》中认为:“此咏隋炀帝征高丽之事,盖读史而作也。”不过若结合大和时期的政局,此诗较之于咏史,似乎更近于直接讽喻时政,正如清人朱鹤龄、屈复《玉溪生诗意》所论:“此首盖不敢明言时事,而借隋炀帝东征为题也。”

诗中“诛马谡”用诸葛亮斩马谡事,“未闻”指军令不严;“报孙歆”用《晋书·杜预传》中的典故,晋军大举攻吴时,吴大都督孙歆为晋军所败,将军王浚谎报斩得孙歆首级,而孙歆随后却被杜预所生擒:“王浚先列上得孙歆头,预后生送歆,洛中以为大笑。”此句指前线将士谎报军功。两个典故皆与时事相关。《资治通鉴》载:“大和元年,李同捷盗据沧景,诏……诸军讨同捷,久未成功。每有小胜,则虚张首虏,以邀厚赏。馈运不给。沧州丧乱之后,骸骨蔽地,城空野旷,户口什无三四。”李同捷是横海节度使李全略之子,李全略去世后,李同捷擅自窃取军权,并联合周边藩镇反叛朝廷。这种地方藩镇的反复无常早已是中晚唐时期的常态,朝廷的进讨军队对此也司空见惯,不再追求毕其功于一役,而是有了养寇自重的想法,不断谎报军情,向朝廷讨要赏赐。于是，尽管朝廷“日调万黄金”，财力耗尽，局势却没有丝毫好转的迹象。李商隐认为想要解决这一困境，最重要的是要整肃朝廷，“鸑鷟”即凤凰，喻指贤臣，“鸱鸮”即猫头鹰，常用来指代奸邪，只需将贤臣列于宰辅之位，其他问题便会迎刃而解。

这种心系时政的诗作，继承了盛唐以来的讽喻诗传统，有深刻的现实意义。清人姜炳璋甚至在《选玉溪生诗补说》中将李商隐之作与杜甫的“诗史”媲美：“当日情形，宛然在目，谁谓义山非诗史乎？”不过，李商隐的一腔热情虽然值得赞许，但其所提出的解决方案还是过于简单了，在中晚唐宦官当政、党争不断的复杂政局之下，即便有一二贤臣辅政，也很难从根本上扭转局势。耿直的诗人，恐怕并不能完全认清当时局面的复杂性，这也为他日后身陷囹圄埋下了伏笔。

唐文宗大和三年(829年)，李商隐移居洛阳。当时的洛阳，聚集了以白居易为代表的一大批知名的文化人，是长安以外最重要的文化中心。此时已经显露出诗歌才能的李商隐，也受到了白居易等人的知遇。宋人胡仔在《苕溪渔隐丛话》中引《蔡宽夫诗话》的记载道：“白乐天晚极喜李义山诗文，尝谓：‘我死后得为尔子足矣。’义山生子，遂以‘白老’字之。”说白居易喜爱李商隐的诗文，甚至到了想要来生投胎为李商隐之子的地步。这样的记载未必可信，不过白居易对于李商隐诗文的欣赏却是没有什么疑问的，如会昌六年(846年)白居易去世，就曾留下遗命让李商隐为其撰写墓志(《刑部尚书致仕赠尚书右仆射太原白公墓碑铭》)，显然极其看重李商隐的才学。

此外，对李商隐来说，最有知遇之恩的更要属当时在汴州(今河南开封市)任宣武军节度使的令狐楚。令狐楚早在宪宗元和期间便以文章闻名，穆宗、文宗期间出将入相，颇具政治才能，在朝中曾扮演了十分重要的角色。不过令狐楚的文风却与韩愈迥异，韩愈擅长古文，是古文大家，令狐楚则擅长骈文，是中晚唐骈文的一代宗师。

李商隐在谒见令狐楚之后，受到令狐楚的激赏，随后进入令狐楚幕府之中，受其资助，并与其子弟交往，和令狐家结下了不解的缘分。此后，令狐楚又转任天平军节度使、郓曹濮观察使（治所在今山东菏泽市郓城县）、太原尹、北都留守、河东节度使（治所在今山西太原市）等职，李商隐皆在其幕府之中。在令狐楚的影响之下，李商隐也开始学习用骈体写作章奏文章，一改往日的古文文风，最终成为晚唐的骈文名家。

在晚唐，古文渐渐衰落，骈体文章再次兴盛。且与南朝、初唐时更偏向于美文的骈体文章不同，晚唐时因藩镇林立，藩镇与朝廷之间公文往复不断，这些公文大多需要用骈体来写作，故而在晚唐，因公用文章的需求致使骈文大兴，李商隐的骈体章奏能力，为他日后在藩镇中谋得职位提供了很大的帮助。

大和七年（833 年），令狐楚自太原入京为吏部尚书，李商隐自此与令狐楚辞别，返乡省亲，并继续钻研诗文，准备参加科举考试。返乡途中，路过华州（今陕西渭南市），凭借一身才学以及新习得的骈体章奏能力，李商隐很快受到了时任华州刺史的崔戎的青睐。崔戎随后被任命为兖海观察使，力邀李商隐进入其幕府。李商隐曾在《安平公诗》中回顾崔戎对自己的知遇之恩道：

丈人博陵王名家，怜我总角称才华。华州留语晓至暮，高声喝吏放两衙。明朝骑马出城外，送我习业南山阿……公时受诏镇东鲁，遣我草奏随车牙。顾我下笔即千字，疑我读书倾五车……

不过可惜的是，在刚刚就任兖海观察使不久，大和八年（834 年）五月，崔戎便因病去世，对此李商隐感慨道：“古人常叹知己少，况我沦贱艰虞多。如公之德世一二，岂得无泪如黄河。”刚刚收获知己的李商隐顿失依傍，只能黯然返乡。

此后李商隐又往来京师参加科举，可惜屡屡未能如愿，失望之余曾作《东归》诗道：

自有仙才自不知，十年长梦采华芝。秋风动地黄云暮，归去嵩阳寻旧师。

大和九年(835年)，科场失意的李商隐，想要从修仙的生活中寻求慰藉，于是居于嵩山之阳，寻山问水。就在这一年的冬天，朝中政局风云突变，"甘露之变"爆发，不少公卿惨遭杀害，两京血流成河。从此，宦官干政的局面再也难以收拾。居于嵩阳的李商隐虽然避过了这一祸患的牵连，却难平心中的愤懑，于是作了《有感二首》《重有感》讽喻其事，其中《重有感》曰：

玉帐牙旗得上游，安危须共主君忧。窦融表已来关右，陶侃军宜次石头。岂有蛟龙愁失水，更无鹰隼与高秋！昼号夜哭兼幽显，早晚星关雪涕收。

"甘露之变"中，李训、郑注诛杀宦官之谋泄露，朝中公卿遭到以仇士良为首的宦官的疯狂报复，李训、郑注相继被杀，甚至朝中宰相如王涯也受到牵连而被族诛。宦官们听说唐文宗也参与了诛杀宦官之谋，恼羞成怒，文宗害怕受到残害，只能默不作声，朝政生杀大权为宦官所专，大臣们人人自危。此时唯有刘从谏敢于仗义执言。刘从谏任昭义军节度使(治所在今山西长治市)，手握重兵，素与王涯交好，不满宦官干政已久。于是在"甘露之变"后接连三次上书，问王涯因何罪过而被杀，并在上书中说道："谨修封疆，缮甲兵，为陛下腹心。如奸臣难制，誓以死清君侧。"意思是说如果皇帝受到宦官挟持，自己可以统领手下兵马入朝，替皇帝清理宦官。刘从谏上书之后，宦官们稍稍收敛了嚣张的气焰，唐文宗也因之有所依仗。

李商隐此诗,正是就"甘露之变"后的这段时事而言。颔联中,"窦融表"指东汉建国之初,凉州牧窦融向汉光武帝上表,请求讨伐盘踞在陇右的割据军阀隗嚣一事;"陶侃军"指东晋将领苏峻发动叛乱时,陶侃率军进驻石头城拱卫建康,最终诛杀苏峻,平定叛乱一事。二者皆是平叛的典故,大概都是在喻指刘从谏的诛杀宦官之志。颈联的"蛟龙失水"指唐文宗的失势;"鹰隼高秋"则是在感慨有志诛杀叛逆者唯有刘从谏,他人竟都不能为天子分忧。尾联的"星关雪涕"喻指流泪的唐文宗,寄希望于有志之士能够奋起,挽救国家的危亡命运。

李商隐这种关心国家命运、积极讽喻时政的诗歌,与杜甫之作颇有类似之处,故而高步瀛在《唐宋诗举要》评此诗曰:"沉郁悲壮,得老杜之神髓。"只不过,晚唐时的政治形势较之杜甫所处的安史之乱时期要险恶复杂得多,即便李商隐胸怀一腔忧国之心,可他对于刘从谏这些地方藩镇的期待,未必是挽救垂老唐王朝的良药。"甘露之变"六百余年前的东汉末年,军阀董卓正是打着诛杀朝中窃权宦官的名义率军入京,令东汉王朝陷于危亡;"甘露之变"七十余年后,宣武军节度使朱温同样打着诛杀宦官的名义入京,最终灭亡了唐王朝。

对时势感到担忧的同时,李商隐仍为了科举考试而勉励学业。唐代的科举,很大程度上需要当权者的延誉,李商隐之前的屡次落第,都与朝中无人可以仰仗有关。到了唐文宗开成二年(837 年),他终于等来了贵人的提携。

李商隐曾经受到令狐楚的知遇,与令狐家子弟交好。令狐楚之子令狐绹在大和四年(830 年)进士及第,开成年间,已在朝中升任为右补阙。听闻李商隐前来应举,便不遗余力地在公卿之间宣传李商隐的文才。此时科举的主考官正巧是与令狐绹交好的高锴,因令狐绹的缘故,准李商隐进士及第。李商隐在《与陶进士书》中曾回忆这段经历道:

时独令狐补阙最相厚，岁岁为写出旧文纳贡院。既得引试，会故人夏口（高锴）主举人，时素重令狐贤明，一日见之于朝，揖曰：“八郎之交谁最善？”绹直进曰“李商隐”者。三道而退，亦不为荐托之辞，故夏口与及第。

李商隐得以出人头地，自然与他自身才学是分不开的，可也的确在很大程度上仰仗了令狐楚父子的知遇与提携。李商隐与令狐家，进一步紧密地联系在一起。

在李商隐及第的同年冬天，时任兴元尹、山南西道节度使（治所在今陕西汉中市）的令狐楚病重，临终时仍然对李商隐的才学念念不忘。《旧唐书·令狐楚传》载：令狐楚去世“前一日，召从事李商隐曰：‘吾魄已殚，情思俱尽，然所怀未已，强欲自写闻天，恐辞语乖舛，子当助我成之。’”身为骈体章奏一代宗师的令狐楚，临终时竟然要不远千里请求李商隐来代自己撰写向皇帝的上表，颇有传承衣钵的味道。

李商隐也对令狐楚的知遇之恩十分感动，很快前往兴元为令狐楚撰写遗表，并协助料理他的丧事。《奠相国令狐公文》云：“呜呼！昔梦飞尘，从公车轮；今梦山阿，送以哀歌。古有从死，今无奈何！……愚调京下，公病梁山。绝崖飞梁，山行一千。草奏天子，镌辞墓门。临绝丁宁，托尔而存。”言令狐楚的恩情之厚，若在古时，唯有“从死”才能报答。

不过，在令狐楚死后不久，李商隐与令狐家的这一段缘分却陡生变故，乃至对李商隐的终生境遇都产生了极大影响。

（二）令狐家的恩怨

开成三年（838 年），进士及第后的李商隐再次赴京参加博学鸿词科考试，然而与前一年的贵人相助不同，这一年却似乎有人横加阻挠，令其在博学鸿词科中落第，未能如愿授官。李商隐在《与陶进士书》中言及此事称："有中书长者曰：'此人不堪，抹去之。'"似乎自己本已在候选者名单之中，却为"中书长者"所阻拦。"中书长者"具体是谁已经难以得知，而有研究者推测，这一"中书长者"大概也是与令狐家交好之人，李商隐的此次落第，最大阻挠者很可能正是令狐绹。那么，为什么仅仅时隔一年，令狐绹对李商隐的态度竟发生了翻天覆地的转变呢？这恐怕与当时愈演愈烈的牛李党争有着很大的关联。

中晚唐时的牛李党争，一般认为是以牛僧孺、李宗闵等人为首的牛党和以李德裕为首的李党之间党同伐异的争斗。这一争斗，早在宪宗元和期间李德裕之父李吉甫任宰相时就有所发轫，至唐文宗、唐武宗之时达到鼎盛。党争的参与者众多，元和时期就曾拜相的李逢吉也曾参与其中，在朝中权力日炽的宦官群体也在其中扮演了重要的角色，以致党争的局面错综复杂。党争中的党派，也未必总是截然二分，而是因时因事有着具体的不同。不过党争中得势的一方常常指使史官篡改史书，以致党争的具体演变过程至今仍有不少晦暗不明、存在争议之处。而到了唐文宗、武宗、宣宗时期，二党的对立呈现出愈发明显的态势。唐文宗时牛僧孺与李德裕交替拜相，相互角力；武宗时李党得势，牛党受到贬黜；宣宗时牛党得势，李党受到清算。

李商隐的一生，始终生活在党争的阴影之下，甚至被深深卷进党争的漩涡之中。开成三年（838 年）赴京参加博学鸿词科考试稍前，李商隐曾入泾原节度使王茂元的幕府，"茂元爱其才，以子妻之"（《旧唐书·李商隐传》），受到王茂元赏识的李商隐，娶了王茂元的女儿王晏媄为妻。然而，王茂元其人与李德裕交好，一般被认为是李党中人；李商隐的恩人令狐楚父子，却是牛党中的骨干人物。成为王茂元女婿的李商隐，无疑会被视为是公开改换门庭，投入李德裕的门下，而背叛了曾经对他有恩的令狐楚父子。尤其这一事件又发生在令狐楚刚刚去世之后，李商隐的行为，更有了见风使舵的嫌疑。正如《旧唐书·李商隐传》所载："德裕与李宗闵、杨嗣复、令狐楚大相雠怨。商隐既为茂元从事，宗闵党大薄之。时令狐楚已卒，子绹为员外郎，以商隐背恩，尤恶其无行。"又如陈寅恪所论，李商隐"本应终属牛党……忽结婚李党之王氏，以图仕进。不仅牛党目以放利背恩，恐李党亦鄙其轻薄无操。斯义山所以虽秉负绝代之才，复经出入李牛之党，而终于锦瑟年华惘然梦觉者欤？此五十载词人之凄凉身世固极可哀伤，而数百年社会之压迫气流尤为可畏者也"（《唐代政治史述论稿》中篇《政治革命及党派分野》）。李商隐身怀绝世才华，却始终难得显宦，只能以曲折委婉之笔来哀叹自身命运，这一切恐皆因以上党争的牵连所致。

李商隐入王茂元的门下，到底真的是为了谋求仕进而见风使舵，还是因为涉世尚浅而未能窥见政治的复杂性，对此问题，历代研究者众说纷纭，莫衷一是。而李商隐在博学鸿词科落第返回泾源节度使幕府之后，曾作《安定城楼》诗自言心迹：

迢递高城百尺楼，绿杨枝外尽汀洲。贾生年少虚垂涕，王粲春来更远游。永忆江湖归白发，欲回天地入扁舟。不知腐鼠成滋味，猜意鹓雏竟未休。

李商隐以西汉的贾谊与东汉末的王粲自比。贾谊少年天才，却为朝中权贵所阻，终生郁郁不得志；王粲为躲避战乱而寄居在荆州刘表的帐下，却不获重用，曾作《登楼赋》言荆州"虽信美而非吾土兮，曾何足以少留”。李商隐的平生志向，是要像春秋时的范蠡那样，辅佐君王成就一番事业后，退隐山林，泛舟五湖。这种高迈的志向却不为俗人所知，反倒引来了他人的猜忌。“腐鼠”“鹓雏”用《庄子·秋水》中的典故，惠子为梁国之相，庄子前去拜访。有人对惠子说“庄子来，欲代子相”，惠子因之大为恐慌。庄子于是以鹓雏（即凤凰）自喻向惠子解释说：鹓雏“非梧桐不止，非练实不食，非醴泉不饮”，此时鸱（即猫头鹰）正得到一只腐鼠，见到路过的鹓雏，以为它要抢夺自己的腐鼠，于是惊恐万分。如今担心庄子夺取自己相位的惠子，不正如担心鹓雏抢夺自己腐鼠的鸱一样吗？同样以鹓雏自喻的李商隐，志在高洁，腐鼠一般的功名利禄显然也不是他所关心的，世人对他的非议与猜疑，皆不过是对他高洁之志的误解罢了。

如此，李商隐恐怕并非见风使舵之人，只不过一腔少年之心，未能窥见党争局势下一举一动竟然会导致如此复杂的牵涉。恶名已就，他的清白心迹，是很难昭然于世间的。而投入王茂元门下后，李商隐也并没有在日后得到仕进上的多大助益。

博学鸿词科考试失败后，开成四年（839 年），李商隐再次在京城参加铨选，终于在试判文的考试中合格，被任命为校书郎，初次步入仕途。不久文宗去世，武宗即位。武宗极其器重李德裕，李党也迅速得势。被视为李党一员的李商隐，却仅在会昌二年（842 年）被任命为秘书省正字这样的低级官僚，并未得到快速升迁。且不巧的是，出任秘书省正字后不久，李商隐的母亲去世，因服母丧不得不暂时去职还乡。继而会昌三年（843 年），李商隐的岳父王茂元去世，他最直接的政治靠山也不复存在。

等到李商隐结束三年之丧返回朝廷时，政治局势陡变。会昌六年（846 年），唐武宗去世，继任的唐宣宗厌恶李德裕，转而重用牛党，李党一派相继受到清算，李德裕也贬死于崖州（今海南海口市一带）。身背李党烙印的李商隐虽复任秘书省正字，却深知升迁无望，于是在唐宣宗大中元年（847 年）主动离开朝廷，跟随李党之中被调出朝廷出任桂州刺史、桂管都防御经略使的郑亚，前往桂州幕府任职。

到达桂林之后的李商隐，曾作《桂林》一诗叙写自己的所见所感：

城窄山将压，江宽地共浮。东南通绝域，西北有高楼。
神护青枫岸，龙移白石湫。殊乡竟何祷，箫鼓不曾休。

山高江宽，本就偏远的桂林城显得分外渺小。桂林在东南方向与外域相通，"西北有高楼"全用《古诗十九首》之句，桂林的西北方向，大概是指长安，正如李商隐的桂林诗多有眺望西北之句"欲成西北望，又见鹧鸪飞"（《桂林路中作》），明显是在怀念京城。"青枫岸"与"白石湫"皆是充满鬼神传说的南方风物，客游"殊乡"，只能箫鼓不停地祷告平安。由此诗可见，客游桂州的李商隐是无奈的，他的心仍系于西北之"高楼"。不过，西北之"高楼"却并不眷顾李商隐，甚至他在桂州相对平静的生活也很快被来自西北的诏书所打破：朝中牛党对李党的清算并不是点到为止，刚被调出朝廷的郑亚很快又被贬到更为偏远的循州（今广东惠州市附近）做刺史，并最终死在了循州。失去依托的李商隐，不得不离开桂州，重新寻觅托身之所，开启了他后半生的飘零之旅。

（三）凄凉的晚景

大中二年（848 年），李商隐辞别桂州，所谓"顷之失职辞南风，破帆坏桨荆江中"，从水路辗转北返，再次回到京城寻觅机会，"归来寂寞灵台下，著破蓝衫出无马。天官补吏府中趋，玉骨瘦来无一把"（《偶成转韵七十二句赠四同舍》），穷困潦倒的李商隐终于得到了一个盩厔（今陕西周至县）县尉的职位，品级低微，聊胜于无。

对于李商隐从桂州返回长安后的求官经历，小说家们多有记载，认为李商隐曾多次拜谒令狐绹，并于重阳日在令狐绹府中题诗，唤起了旧时友情，《新唐书·李商隐传》也大致采取其说。这样的记载，较早见于五代王定保的《唐摭言·怨怒》：

李义山师令狐文公（令狐楚）。大中中，赵公（令狐绹）在内廷，重阳日义山谒不见，因以一篇记于屏风而去。诗曰："曾共山公把酒卮，霜天白菊正离披。十余泉下无消息，九日樽前有所思。莫学汉臣栽苜蓿，还同楚客咏江蓠。郎君官贵施行马，东阁无因更重窥。"

宋人阮阅所编《诗话总龟》引成书于宋代的《古今诗话》，也录有这一故事，且加了一个结尾："绹见之怅恨，扃闭此厅，终身不处。"元代辛文房所作《唐才子传》则又将结尾改作："绹见之恻然，乃补太学博士。"认为李商隐此后得以出任太学博士（实在大中五年），是因为所题之诗触动了令狐绹。

不过，以上小说家的这些记载，恐怕出于杜撰，与实际不符。宋人胡仔曾在《苕溪渔隐丛话》中论及其中的可疑之处："绹父名楚，商隐又受知于楚，诗中有'楚客'之语，题于厅事，更不避其家讳，何邪?"中晚唐人极重家讳，如前一章曾提及，李贺因其父名中有"晋"字，便不被允许参加进士考试。李商隐若在令狐绹家题诗，不可能不顾虑其家讳，如果真的犯了其家讳，令狐绹非但不可能受到触动而提拔李商隐，反而必会感到莫大侮辱而对李商隐更加愤慨。于是，小说家的上述记载，显然不可能属实。李商隐此诗原题《九日》，一些版本后又有自注"怀令狐楚府主"，似的确是怀念令狐楚之作，不过应与拜访令狐绹并无干系，也绝非是在令狐家题的诗。

进而，李商隐成为王茂元的女婿，在名义上改投李党一事，虽然的确影响到了他和令狐绹的感情，不过二人之间也未必全然断交、老死不相往来。如大中年间,李商隐因李党受到清算,托身于桂州幕府之时,令狐绹曾有书信问候,李商隐为此作《酬令狐郎中见寄》,“封来江渺渺,信去雨冥冥。句曲闻仙诀,临川得佛经。朝吟揹客枕,夜读漱僧瓶。不见衔芦雁,空流腐草萤”。“句曲闻仙诀”用晋人陶弘景(时隐居于句曲山)得神符秘诀之典,“临川得佛经”用《庐山记》,“灵运(谢灵运)一见远公(慧远),肃然心服,乃即寺筑坛翻《涅槃经》”,将令狐绹的来信比作“仙诀”“佛经”,言来信之贵与读信之喜。由此可见,二人之间的关系即使不再亲近,也并非彻底交恶。只不过,在大中年间地位日高,甚至在大中四年(850 年)升任宰相的令狐绹,虽然仍不废与李商隐的书信往来,却并没有在仕途上对李商隐施加援手,不知是因党派所属而不得不如此,还是的确是对李商隐的“变节”行为心有不齿。

大中年间的李商隐,无论在仕途上还是在家庭上均屡遭挫折。大中四年(850 年),武宁军节度使(治所在今江苏徐州市)卢弘正邀请李商隐为判官,李商隐于是辞别妻子,孤身赴任。可到任不久,卢弘正便去世,李商隐再次失去依托,不得不另寻出路。且祸不单行,在李商隐赴任徐州期间,他的妻子王晏媄病重,等到大中五年(851年)李商隐返回长安时,妻子已溘然长逝。

李商隐与王晏媄的婚姻虽然是致使他卷入党争的重要原因,令他此后的人生历经了无穷无尽的困恼,不过李商隐与妻子的感情却是十分融洽的。妻子的离世,令李商隐悲不胜悲,他作《房中曲》悼念妻子:

忆得前年春,未语含悲辛。归来已不见,锦瑟长于人。
今日涧底松,明日山头檗。愁到天池翻,相看不相识。

去年春天,辞别妻子奔赴徐州时,心中悲苦已经不知用何种语言来表达。不想一年后返回，竟然再也不能与妻子见面，人生如此短暂，甚至不如锦纹雕饰的瑟长久。自己本就如同那涧底青松，虽有才能却身处卑位；与妻子死别之后的自己，又将要化作那性寒味苦的黄檗，孤立山头。愁思无时无刻不在折磨着自己，以致形销骨立，若真到了与妻子泉下相见的那一天，恐怕也会认不出彼此。

李商隐诗往往出现“锦瑟”之语，如在泾川节度使幕府时曾有“玉盘迸泪伤心数，锦瑟惊弦破梦频”（《回中牡丹为雨所败二首·其二》）等句，据清人冯浩之说，李商隐诗中常见的“锦瑟”实则多与妻子有所关联：“意王氏女妙擅丝声，故屡以致慨。”（《玉溪生诗集笺注》）李商隐著名的《锦瑟》诗，也往往被认为是悼念妻子之作：

锦瑟无端五十弦，一弦一柱思华年。庄生晓梦迷蝴蝶，望帝春心托杜鹃。沧海月明珠有泪，蓝田日暖玉生烟。此情可待成追忆，只是当时已惘然。

《锦瑟》的诗意十分曲折宛转，历代论者对其具体所指也大都并不十分明确，而以悼念亡妻、感慨身世之说较为普遍。尤其若与《房中曲》相参看，《锦瑟》诗或许正相当于《房中曲》“锦瑟长于人”一句的注解。

首联写锦瑟弦柱之多，大概是在喻指愁思之多：琴弦的每一次拨动，都会撩起对于往日华年的思念。

颔联上句用“庄周梦蝶”的典故，《庄子·齐物论》云：“昔者庄周梦为胡蝶，栩栩然胡蝶也，自喻适志与！不知周也。俄然觉，则蘧蘧然周也。不知周之梦为胡蝶与，胡蝶之梦为周与？”在梦中化身蝴蝶的庄子，自感分不清梦境与现实，不知是自己在梦中变成了蝴蝶，还是蝴蝶在梦中变成了庄周。对妻子思念日深的李商隐，大概也陷于梦境和现实的矛盾之中不能自拔，而在梦境中或许能够重温与妻子

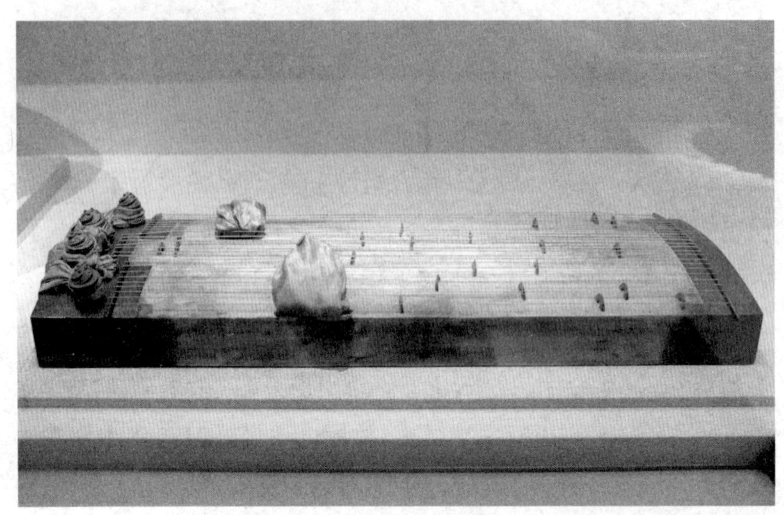

马王堆汉墓出土的二十五弦瑟（湖南省博物馆藏）

（传说中的古瑟有五十弦，后改为二十五弦。）

的点点滴滴，故不愿返回冰冷的现实，想要在这“蝴蝶之梦”中获得长久的慰藉；下句“望帝”即蜀帝杜宇，传说中杜宇死后化作杜鹃鸟，每到三月便哀鸣不已。于是随处可闻的杜鹃声，似乎饱含逝者的曲折心迹。

颈联亦连用典故。“珠有泪”大概出自《博物志》，“南海外有鲛人，水居如鱼，不废绩织，其眼泣则能出珠”；“玉生烟”大概出自《搜神记》中“紫玉成烟”的故事：吴王夫差小女名紫玉，与韩重相恋，约为夫妻，却为吴王所阻，紫玉负气而亡。后紫玉魂魄来与吴王相见，吴王夫人听闻此事，“出而抱之，玉如烟然”。两个神话传说，皆寄寓了一种怅然忧伤的情感。

尾联用作收束。在失去妻子之后，这些复杂的情绪只能化作徒然无益的“追忆”，不过与妻子相逢之初，其实本就知道自己是无法左右命中定数的，那时的自己，便已经因命运的无可奈何而陷入“惘然”。

李商隐将自己对命运与爱情的怅惘无力之感融入诗中,笔触委婉,旨意迷离。这种复杂迷惘的意境营造,较之单纯的悲哀,似乎有着更为深沉的感染力。生离死别之恨,本就不是单一直白的,而是多重线索交织在一起的复杂情思,每一重的回忆都会惹起一些不一样的情绪,每一次的回顾都会因现实境遇的不同而映照出不一样的心境。复杂迷离的意境营造,正可以曲尽其妙,将诗人心中的怅惘情绪尽情挥洒。进而这种写作手法,也是李商隐诗歌最重要的特点,正如清人陆次云所评:"义山晚唐佳手,佳莫佳于此矣。意致迷离,在可解不可解之间,于初盛诸家中得未曾有。"(《五朝诗善鸣集》)从读者角度来说,此诗在"可解与不可解之间";若从作者角度而言,写作此诗时的李商隐恐怕正处于清醒与不清醒之间。作者的思绪沉浸于怀念妻子的迷离梦境中,也带着读者在这一迷离梦境的里里外外漫然游荡。

安葬妻子之后,李商隐也曾短暂在长安谋得一官半职,至大中五年(851 年)秋,梓州(今四川绵阳市)刺史、剑南东川节度使柳仲郢邀请李商隐到自己的幕府中任参军。李商隐接受了这一邀约,南下梓州。赴任的途中,诗人仍然没有从丧妻之痛中解脱出来,曾作《悼伤后赴东蜀辟至散关遇雪》道:

剑外从军远,无家与寄衣。散关三尺雪,回梦旧鸳机。

以往在旅途中时,有妻子寄赠冬衣,自己也可以在妻子的思念中汲取到一些精神力量。如今妻子长逝,家已荡然不存,无人寄予寒衣,无人可以牵挂,独立在风雪之中,回忆着往日与妻子的点点滴滴,更映衬出心中悲凉。

然而生计所迫,仍不得不收起这份悲情,毅然踏上前路。幸运的是柳仲郢对待李商隐还算不错,他在梓州的生活也算平静。唯有闲下来静思凝望之时，仍会触动愁思，想起已经奔赴他界的妻子，想起那远在中原的家乡。人到中年又失去挚爱，曾经那些宏大的志愿都渐渐淡去了，他乡风物所触起的，已不再是壮怀激烈的功名之心，而是绵绵不绝的思乡之意，所谓“树好频移榻，云奇不下楼。岂关无景物，自是有乡愁”（《寓兴》）。在梓州一住便是三年，胸中愁思时时来袭的李商隐，又作《写意》一诗道：

燕雁迢迢隔上林，高秋望断正长吟。人间路有潼江险，天外山惟玉垒深。日向花间留返照，云从城上结层阴。三年已制思乡泪，更入新年恐不禁。

全诗借高秋之气，抒思归之情。诗人望断长安，却不得归去，前路有潼江之险，有玉垒之深，阻碍着蜀地通往中原的道路，也遮断了离人眺望中原的目光。日照花间，云结城上，是日常所见的清丽之景，然而身既为客，这些日常情景反而成了时光飞逝的见证，非但不能让内心获得平静，反倒加重了做客之意，故而诗人更愿意将目光聚集在“返照（夕阳）”与“层阴”之上，暮色与阴霾方与诗人的心境相衬。诗人用尽全力，将这些愁思压制了整整三年，可是又到年末，待明年新春之时，思乡的眼泪恐怕再也无法压抑得住，只能任凭其奔涌而出。

全诗思绪宏大，情感深沉，将人生的艰辛、世路的崎岖融入诗中，尽显悲哀的同时又不失壮丽，感染力极强。正如清人钱良择所评：“此等诗气韵沉雄，言有尽而意无穷，少陵之后一人而已。”（《唐音审体》）李商隐的七律，的确有杜甫（少陵）的味道，同样是在蜀中，同样歌玉垒山，“人间路有潼江险，天外山惟玉垒深”的雄浑壮阔，完全不逊于杜甫的“锦江春色来天地，玉垒浮云变古今”（《登楼》）等句。

李商隐的律诗多取法于杜甫，尤其到了晚年，在饱经风霜之后，李商隐的心境也与晚年的杜甫近似，其诗越发具有杜甫律诗的神韵。

如《杜工部蜀中离席》大概也写作于梓州幕府任职期间：

人生何处不离群？世路干戈惜暂分。雪岭未归天外使，松州犹驻殿前军。座中醉客延醒客，江上晴云杂雨云。美酒成都堪送老，当垆仍是卓文君。

北宋蔡居厚《蔡宽夫诗话》曾记载王安石对李商隐诗的评价："王荆公晚年亦喜称义山诗，以为唐人知学老杜而得其藩篱者，唯义山一人而已。每诵其'雪岭未归天外使，松州犹驻殿前军'……之类，虽老杜无以过也。"李商隐既已在诗题中明言是在模仿杜甫，而在沉郁顿挫的风格与雄浑壮丽的诗意上也的确与杜甫之诗十分近似。颔联"雪岭未归天外使，松州犹驻殿前军"，大致在描述唐王朝在西山驻军防备吐蕃之事，诗意与诗语大概从杜甫"北极朝廷终不改，西山寇盗莫相侵"（《登楼》）、"烟尘犯雪岭，鼓角动江城"（《岁暮》）等句中化出。

颈联"座中醉客延醒客，江上晴云杂雨云"的对仗技法十分特别，不仅上、下二句对仗，二句之中，"醉客"与"醒客"，"晴云"与"雨云"亦形成对仗，这样的写法，也可以追溯到杜甫"即从巴峡穿巫峡，便下襄阳向洛阳"（《闻官军收河南河北》）等句。

尾联似乎有终老蜀中之意，用"卓文君"之典，实则是要以司马相如自比，然而无论是司马相如还是杜甫、李商隐，最终都未能终老蜀中，而是因生计所迫，不得不东奔西走。离开了蜀中的司马相如最终得到了汉武帝的赏识；离开了蜀地的杜甫却飘零荆湘，客死舟中；写作此诗不久的李商隐，也辞别蜀中，返回中原，度过他人生的最后几年。

大中九年（855 年），剑南东川节度使柳仲郢结束了三年的任期，被召回京。李商隐也随之一同返京，在柳仲郢的推荐之下，李商隐获得了盐铁推官的职务，也算有所着落。不过晚年的李商隐已经志不在此，不久后便离职返乡，独自幽居。大约在大中十一年(857年)，李商隐曾重回洛阳旧宅，作《正月崇让宅》再次追思与妻子的过往：

密锁重关掩绿苔，廊深阁迥此徘徊。先知风起月含晕，尚自露寒花未开。蝙拂帘旌终展转，鼠翻窗网小惊猜。背灯独共余香语，不觉犹歌《起夜来》。

斯人已逝，旧宅闭锁已久，宅中小路布满绿苔，唯有诗人独自一人在这空旷无人的庭院中徘徊。正月里寒风阵阵，冷月隐藏在云气的背后，天空中一片迷离。尚未到开花的季节，庭中草木蜷缩在寒露之中。时而有蝙蝠从屋中飞出，拂动起破旧的门帘；时而有老鼠从窗纱的破洞中翻入，令人不免受到小小的惊吓。背对着灯光独立之时，面对着自身的灯影，迷离恍惚中，似乎又嗅到了妻子身上的香气，想起旧时与妻子对话的场景，仿佛妻子的魂魄正立在自己的对面。悲从中来，不禁低声唱起《起夜来》(《乐府解题》云："《起夜来》，其辞意犹念畴昔思君之来也。")，不知在泉下的妻子是否能够听见自己的歌声。

晚年的李商隐，在对妻子的无限眷恋中黯然独居，郁郁寡欢。以上之诗，大概是他最晚的作品之一，是晚年凄凉心境的写照。大中十二年(858年)，贫病交加的诗人在四十六岁之年与世长辞，终于不用在党争的缝隙中讨生活，得以赴黄泉与妻子相聚。

(四)李商隐诗中的婉曲心迹

历尽曲折的李商隐，平生心路历程几经变化：从早年壮志激昂，想要有大用于世，到因政治斗争的牵连而前途渺茫，逐渐伤心失望，闭锁心扉，忧愁满腹却有所忌惮而不敢直抒胸臆，再到妻子辞世，失去了最后的人生希望，千疮百孔的内心，沉浸于思念往日温存的迷离梦境中而不能自拔。这种心路历程的变化,是塑造出他诗歌独特风味的最主要原因。

李商隐早年之作,颇有参与政治、以诗歌讽喻时政的意识。如唐文宗开成二年(837年),李商隐曾前往兴元为令狐楚撰写遗表,返京途中作《行次西郊作一百韵》,记录在京郊的所见所闻,开头道:"蛇年建丑月,我自梁还秦。南下大散岭,北济渭之滨。"十分接近杜甫《北征》:"皇帝二载秋,闰八月初吉。杜子将北征,苍茫问家室。"诗歌全篇也大有仿照杜甫"诗史",以求补益时政的意味。

接着,李商隐记录京郊百姓的凋敝,"农具弃道旁,饥牛死空墩。依依过村落,十室无一存",展现朝中的危机,"送者问鼎大,存者要高官。抢攘互间谍,孰辨枭与鸾?"晚唐社会的风雨飘摇,在他的笔下全方位地展现出来,面对这一切,李商隐有献策于庭、谋求革新的宏愿:"又闻理与乱,系人不系天。我愿为此事,君前剖心肝。"

然而可叹的是,此诗写作后不久,李商隐便陷入党争的漩涡之中,全然难有"君前剖心肝"的机会,只能将用世的宏愿深藏心底。不过,在他的咏史诗中,仍然能隐约见到他胸中对于时局的愤愤不平,如著名的《贾生》:

宣室求贤访逐臣,贾生才调更无伦。可怜夜半虚前席,不问苍生问鬼神。

《史记·屈原贾生列传》载汉文帝曾召见贾谊:"孝文帝方受釐(皇帝派人祭祀或郡国祭祀后,以祭余之肉归致皇帝,以示受福),坐宣室。上因感鬼神事,问鬼神之本。贾生因具道所以然之状。至夜半,文帝前席。"李商隐显然是在以贾谊自比,不过,此诗虽依托于史书的记载,侧重点恐怕不在于古,而在于今。汉文帝问鬼神之事,因祭祀场景而发,本无可以非议之处,而中晚唐以来,宪宗、穆宗、武宗皆沉迷鬼神之说，服长生之药，甚至因此中毒而死，“不问苍生问鬼神”，较之汉文帝，似乎更主要是在讽刺中晚唐皇帝对长生之术的沉迷。

又如《马嵬二首·其二》：

海外徒闻更九州，他生未卜此生休。空闻虎旅传宵柝，无复鸡人报晓筹。此日六军同驻马，当时七夕笑牵牛。如何四纪为天子，不及卢家有莫愁。

开头的“海外徒闻更九州”，大概源自白居易《长恨歌》“忽闻海上有仙山”对于唐玄宗和杨贵妃在海外仙山相聚的描绘。“他生”之事在虚无缥缈之间，“此生”却已经彻底没有希望了。颔联大概是在写唐玄宗返京之后被幽居在西内，空有禁军的兵士戍卫（虎旅传宵柝），却无亲信的宫人服侍（鸡人报晓筹）这一凄凉境况。颈联“此日六军同驻马，当时七夕笑牵牛”极具冲击力，将马嵬坡上六军驻马要求诛杀杨贵妃的场面，与安史之乱前唐玄宗和杨贵妃七夕谈笑的场景并列在一起，此时的悲凉与彼时的欢笑形成了鲜明的对比。

继而尾联用古乐府中“莫愁”之典：“河中之水向东流，洛阳女儿名莫愁……十五嫁为卢家妇，十六生儿字阿侯”（梁武帝萧衍《河中之水歌》），空做了“四纪（一纪为十二年）”的天子，为何不能像平民之家的夫妻那样可以白头偕老？对此问题，李商隐没有直接作答，不言而喻的是，天子是最需要反省之人。中晚唐以来唐王朝面临的种种困境，皆因“安史之乱”所埋下的祸根，罪魁祸首正是晚年沉迷美色、荒淫无度的唐玄宗。为了拨乱反正，臣子们付出了种种努力，然而若作为朝政根本的皇帝不能深刻反省以匡正自己的行为，臣子的努力只能是徒然无功的，唐玄宗时如是，面对藩镇、宦官之祸而不能痛加改革的中晚唐皇帝们亦如是。此诗虽然是在咏唐玄宗时事，然而把批判的矛头对准皇帝,显然有着深刻的现实意义。

以上这些讽喻君王的作品,其背后仍然存有参与政治的热情。不过这些热情,随着李商隐人生境遇的一步步恶化,也逐渐消磨殆尽。于是李商隐诗中,渐多对个人命运的悲鸣。这些悲鸣又因身处党争漩涡之中,多不敢痛快地予以表露,而是只能深埋于对他事的歌咏之中,或可解或不可解,隐约透露出哀怨悲苦的情绪。如《蝉》:

本以高难饱,徒劳恨费声。五更疏欲断,一树碧无情。
薄宦梗犹泛,故园芜已平。烦君最相警,我亦举家清。

在古人的认识中,蝉因不食五谷而"餐风饮露",被赋予了高洁的意味。李商隐此诗也是以蝉自比,"高难饱"的蝉与"举家清"的自己,均陷于饥寒贫困的境地,却皆不失高洁之志。然而诗中却明显有牢骚之意,胸怀高洁之志为何要屡屡陷于贫困呢?世间的不公让人不解。"五更疏欲断,一树碧无情"更是颇有深意,蝉鸣持续至五更(天明时分),已稀疏欲断,正是深情至极,即将魂销魄散之时,然而周边的树木空做碧绿之状,无情相对,蝉的有情和树的无情形成鲜明对照,悲苦不遇的情绪也从这一对比中流露而出。有情的蝉因高洁而陷于饥寒,这显然是诗人自比,那无情之树又是在指谁呢?诗人没有明言,后人也难以确知,只能推测。

又如《海客》:

海客乘槎上紫氛,星娥罢织一相闻。只应不惮牵牛妒,聊用支机石赠君。

用晋张华《博物志》中"乘槎客"的典故,传说中海与天河相通,有人曾乘槎入海,不觉来到天宫,与牛郎织女相遇。李商隐显然是在以海客自比。上达天河,往往被文人们用作入朝为官的比喻,李商隐此诗大概也有此意。“不惮牵牛妒”,以“支机石(用于支撑织布机的石头)”赠织女,似乎并非单纯的俏皮玩笑之语,不过“牵牛”之妒,以及向“织女”赠石具体指代现实中的哪些情节,却渺不可知。

又如《嫦娥》:

云母屏风烛影深,长河渐落晓星沉。嫦娥应悔偷灵药,碧海青天夜夜心。

将视角落在嫦娥奔月之后,成为月中仙子的嫦娥最终却陷入了长久的寂寞之中,似乎在为窃取成仙之药而后悔。嫦娥的凄苦寂寞正与晚年的李商隐类似,这首诗似乎并非单纯地在歌咏嫦娥,也有现实的喻指。然而“应悔偷灵药”具体指的是什么,是否与李商隐的身世之悲相勾连,同样不可确知。

继而,随着大中五年(851年)妻子的辞世,李商隐心中的哀愁达到了顶点,身世之悲与对妻子的无限怀念交织在一起,令他诗歌中的意境更为迷离,又更为哀伤。前述《锦瑟》诗便是其中代表,李商隐诗集中众多《无题》之作,也大概都是在这种迷离怅惘的心情下写成,举其中四首如下:

相见时难别亦难,东风无力百花残。春蚕到死丝方尽,蜡炬成灰泪始干。晓镜但愁云鬓改,夜吟应觉月光寒。蓬山此去无多路,青鸟殷勤为探看。

来是空言去绝踪,月斜楼上五更钟。梦为远别啼难唤,书被催成墨未浓。蜡照半笼金翡翠,麝熏微度绣芙蓉。刘郎已恨蓬山远,更隔蓬山一万重!

飒飒东南细雨来，芙蓉塘外有轻雷。金蟾啮锁烧香入，玉虎牵丝汲井回。贾氏窥帘韩掾少，宓妃留枕魏王才。春心莫共花争发，一寸相思一寸灰。

昨夜星辰昨夜风，画楼西畔桂堂东。身无彩凤双飞翼，心有灵犀一点通。隔座送钩春酒暖，分曹射覆蜡灯红。嗟余听鼓应官去，走马兰台类转蓬。

第一首言别离之悲，尾联中的“蓬山”指蓬莱仙山，大概是说人死后成仙，已赴蓬莱。

第二首同样是写生离死别，尾联中的“刘郎”，既用汉武帝求仙之事，也大概兼用南朝宋刘义庆《幽明录》所载刘晨之事：传说中刘晨在天台山与仙女相遇并结为夫妻，在仙山生活半年后返家，子孙竟然已经繁衍七世。后刘晨重返天台山寻找仙女，却已渺然不可寻。此处是在说自己与妻子的死别，较刘郎对仙女的相思更甚。

第三首也是在写男女之情，颈联用贾充之女对韩寿的倾心（《晋书·贾充传》），曹植对宓妃的深情（《文选·洛神赋》李善注）两个典故，喻自身对妻子的感情，尾联“一寸相思一寸灰”更是将对逝去妻子的相思之情写得肝肠寸断。

第四首大概是在怀旧，写曾经与妻子相遇时的两心相悦。《南州异物志》云，“犀有神异，表灵于角”，犀牛之角最有神异功效，颔联的“心有灵犀”大概基于这一典故，在后世逐渐成为表现心意相通的成语。颈联言曾经欢宴，尾联言自己因宦途所迫，不得已东奔西走，与妻子长久离别，以致今日的后悔无由。

不过，这些无题诗用语迷离，所指多不清晰，后来论者也难免产生出许多不同的理解：或认为李商隐是写对宴席中偶遇的妓女的感

宋米芾《云起楼图》（又作《天降时雨图》。美国华盛顿特区弗利尔美术馆藏）

情，或认为李商隐是以男女之情设喻，用来向令狐绹求取哀怜，等等。这些推测或许一定程度上也有说得通的地方，然而毕竟缺乏切实依据，因而仍将这些诗作理解为悼念妻子之作。

李商隐的后半生多历凄苦，所作诗歌既迷离且悲哀。这其中纵使时而有一些欢喜的元素，也往往被置于悲哀的情调之下，不仅诗意介于可解与不可解之间，情感也是介于喜与悲之间，这也是李商隐诗中十分独特的审美情调，如《夜雨寄北》：

君问归期未有期，巴山夜雨涨秋池。何当共剪西窗烛，却话巴山夜雨时。

此诗大概作于妻子逝世后，投身梓州柳仲郢幕府之时。所寄的对象，或说是家人，或说是朋友，不过“寄”也有可能是虚指，那么诗歌便成为与已经去世的妻子的对话。首联是彼问此答，未有归期的悲凉情绪，因巴山夜雨的渲染而更加绵长且深沉，“涨秋池”一语，既是写秋水之涨，又何尝不是愁思之涨。此后“何当共剪西窗烛”一句是对重逢之喜的期盼，“却话巴山夜雨时”则是要在重逢之喜中再次回首凄凉往事，悲中有喜，喜中又有悲。李商隐情绪的曲折往复，心情的怅惘无端，在此二句中缠绵地展现出来。

又如《晚晴》：

深居府夹城，春去夏犹清。天意怜幽草，人间重晚晴。
并添高阁迥，微注小窗明。越鸟巢干后，归飞体更轻。

此诗大概是大中初年在桂州幕府所作。“天意怜幽草，人间重晚晴”一联历来为人传诵。此联既是在写景，同时也融入了身世之感。渺小的“幽草”，何尝不是在喻指诗人自身？身处遥远的桂州，逃离纷争不断的长安,或许暂时得到了上天的哀怜。夏季的阵雨到了傍晚放晴,何尝不是在喻指诗人在桂州所获得的片刻安宁?不过,诗中虽有美好,美好却只不过是一瞬而已,"幽草"虽受哀怜,却依然渺小;晚晴虽为人所重,却即将入夜。美的同时,又暗含着消亡之意;喜悦之中,又杂糅着悲哀的情调。复杂而曲折的感情全部被融为一体,故而多有言外之妙、象外之趣。

这样的审美特点,又集中展现在《乐游原》这篇短诗之中:

向晚意不适,驱车登古原。夕阳无限好,只是近黄昏。

"夕阳无限好,只是近黄昏"这一联,融入了多少复杂的情思。有人从中读出暮光不永的凄美,有人从中读出身世迟暮的悲哀,有人甚至从中读出唐祚将衰的哀叹。"无限好"的同时,又是夕照将收的无限悲,夕照将收的无限悲之前,又有"无限好"的光照抚慰人心。喜悦与悲哀成为一体两面,人生的复杂情感皆寓于此诗的言外之意中。

李商隐的诗歌,以旨意的深沉而感人。同时,又正因为旨意的深沉,常常令人难以确切理解诗人的所思所想。李商隐也故意在诗中将自己的所思所想隐藏起来,往往不愿说破。为了更好地隐晦自己的所思所想,李商隐的诗歌尤其爱用典故,不直言当下事,而是借助典故予以曲折呈现。对于这一点,元人马端临《文献通考》引宋人杨亿的《杨文公谈苑》曰,"义山为文,多检阅书册,左右鳞次,号'獭祭鱼'",言李商隐平素便爱搜罗典故,每到写诗作文之时,便从所积累的典故中左右搜寻,罗列成文,如同水獭捕鱼之后,将渔获罗列岸边似在祭祀一般。

这种典丽且晦涩的诗风也被晚唐五代及宋初之人学去,号称"西昆体"。金人元好问曾评曰:"望帝春心托杜鹃,佳人锦瑟怨华年。诗家总爱西昆好,独恨无人作郑笺。"(《论诗三十首·十二》)这些"西昆体”美则美矣，若没有人去作“郑笺（郑玄为《诗经》所作笺注）”，难以准确理解诗意，终觉遗憾。不过后人东施效颦而作的“西昆体”，多无病呻吟，并没有什么真情实感，更无需有人去作“郑笺”；而李商隐之诗，若真有能够明晰其心迹的“郑笺”，实在再好不过。其实在后世，尝试为李商隐之诗作“郑笺”者并不在少数，然而诗人的意旨过于曲折委婉，正如明清之际的朱鹤龄尝试为李商隐诗做注解时所称：“义山阨塞当涂，沉沦记室。其身危，则显言不可而曲言之；其思苦，则庄语不可而谩语之。”（《李义山诗集笺注序》）这些后人所作的“郑笺”，也是流于猜测者为多，窥得真意者少，难以令所有人满意，于是读者们只能凭自身的心得体会以及人生阅历去试解李商隐诗，各得一斑而已。

二、雄姿英发的杜牧

（一）少年壮志

杜牧于唐德宗贞元十九年（803 年）生于长安，长李商隐约十岁。他的家世是李商隐所不能比的。在杜牧出生的这一年，他的祖父杜佑由淮南节度使被征召入朝，并升任宰相。成长于宰相之家，自然令杜牧身上多了很多常人难以企及的光环。

杜牧的家系似乎与杜甫存在一定的联系。如之前的章节中所述，杜甫的远祖可以追溯至西晋时的名将杜预。而杜牧也是杜预之后，只不过支系与杜甫不同。大概杜甫祖辈在东晋时随晋元帝南渡，杜牧祖辈则始终留在北方。故而到了唐代，两支杜氏的关系已经相当疏远。中唐以后，杜牧家的一支极为显赫，不仅杜牧祖父杜佑曾在唐德宗、顺宗、宪宗时担任宰相，杜牧从兄杜悰也曾在唐宪宗时娶岐阳公主成为驸马，又在唐武宗时进位为宰相。

杜氏家族在屡出高官的同时，又以经史之学传家。如杜佑在宰相的身份之外，更以《通典》的作者而闻名遐迩。《通典》共二百卷,是汇总了自先秦至唐代典章制度的皇皇巨著,开典章制度史专著之先,在后世影响极大。

生长在这一学问传家的名门望族,杜牧自然受过良好的教育。他曾自称:

我家公相家,剑佩尝丁当。旧第开朱门,长安城中央。

第中无一物,万卷书满堂。家集二百编,上下驰皇王。(《冬日寄小侄阿宜诗》)

所谓"家集二百编"指的正是杜佑所撰二百卷《通典》。杜牧颇以家世自豪,同时也继承了家族的学问传统,博览群书,致力于经世致用。他曾在《上李中丞书》中自称对"治乱兴亡之迹,财赋兵甲之事,地形之险易远近,古人之长短得失"无所不精,这一说法并非夸大之言。杜牧早年正值唐宪宗征讨藩镇,受时势影响,他在有关治乱兴亡的学问上下了很大的功夫,尤其擅长兵书之学。

杜牧曾经为《孙子》作注,并在序文中称:"年十六时,见盗起圜二三千里,系戮将相,族诛刺史及其官属,尸塞城郭,山东崩坏,殷殷焉声振朝廷。"指的正是宪宗时蔡州藩镇吴元济自立,派刺客当街刺杀宰相武元衡等事。杜牧发现朝中当权的士大夫们根本不重视兵事:"以为山东乱事,非我辈所宜当知。"正因为士大夫们在军事上的荒疏,致使藩镇之祸绵延不绝,始终难得有效的解决方案,如此下去,唐王朝恐怕离灭亡不远。鉴于时势的颓唐,杜牧转而从史书中吸取经验教训,认识到兵法之学的重要:

及年二十,始读《尚书》、《毛诗》、《左传》、《国语》、十三代史书,见其树立其国,灭亡其国,未始不由兵也。主兵者圣贤材能多闻博识之士,则必树立其国也;壮健击刺不学之徒,则必败亡其国也。然后信知为国家者，兵最为大，非贤卿大夫不可堪任其事，苟有败灭，真卿大夫之辱，信不虚也。

这样的认识在中晚唐的政治局面之下，具有重要的现实意义。杜牧的《孙子注》在后世获得了很高的评价，他日后对于用兵之事的很多看法，也多被当时的执政者所采纳，对缓解唐王朝面临的危机起到了些许作用。

不过，志在高远的杜牧，在青年时也曾面临着家道中衰的窘境。元和七年（812年）杜牧十岁时，祖父杜佑去世；继而元和十二年（817年），杜牧十五岁时，父亲杜从郁去世。杜从郁官职不高，又似乎不太善于持家，于是在杜从郁去世后，青年的杜牧度过了一段“孤贫”的生活：

某幼孤贫，安仁旧第，置于开元末，某有屋三十间。去元和末，酬偿息钱，为他人有，因此移去。八年中，凡十徙其居，奴婢寒饿，衰老者死，少壮者当面逃去，不能呵制……长兄以驴游丐于亲旧，某与弟颛食野蒿藿，寒无夜烛，默念所记者，凡三周岁。（《上宰相求湖州第二启》）

家中继承得来的房屋因还债而不得不转让给别人，奴仆们也相继离散。杜牧与兄弟们相依为命，辗转迁徙，窘迫至极时，甚至要靠吃野菜为生。不过，这种“孤贫”毕竟是宰相子弟的“孤贫”，有着众多亲旧的接济，杜牧的生活虽不如少时，但还是要比寒门出身的士人要优裕得多。

即便家道中衰，杜牧也不废学问的修习。中晚唐时，流行的诗风与文风都偏向于华美艳丽，杜牧不满于此，主张向李白、杜甫、韩愈、柳宗元等前人取法：

杜诗韩集愁来读，似倩麻姑痒处搔。（《读韩杜集》）

李杜泛浩浩，韩柳摩苍苍。近者四君子，与古争强梁。（《冬日寄小侄阿宜诗》）

杜牧日后的诗歌往往关注时事，力求对政治有所补益，并以峻峭雄浑的诗风特立于艳美柔弱的晚唐诗坛，这样的特点恐怕与他对杜甫、韩愈等人诗文的推崇密不可分。

如他在唐文宗大和初年（827年）时所作长篇《感怀诗》，就很有杜甫"诗史"的味道，寄寓了对现实政治的强烈关心。诗的开篇回忆唐王朝创立时的盛况：

高文会隋季，提剑徇天意。扶持万代人，步骤三皇地。

圣云继之神，神仍用文治。德泽酌生灵，沉酣薰骨髓。

"高文"指唐高祖李渊及唐太宗（文皇帝）李世民，杜牧追溯唐王朝创立时的荣光，尤其赞颂唐初的君王能以"文治"德泽生灵，为唐王朝的盛世打下基础。紧接着笔锋一转，言及"风尘蓟门起"的安史之乱对唐王朝的摧残。从安史之乱爆发到杜牧的时代已经过去了七十余年，动乱之象虽然得到了暂时的缓解，藩镇之祸却一直未能根除，沉疴旧病屡屡复发：

九庙仗神灵，四海为输委。如何七十年，汗赩含羞耻？

韩彭不再生，英卫皆为鬼。凶门爪牙辈，穰穰如儿戏。

七十年来，藩镇反叛不断，朝廷屡屡蒙羞。韩信、彭越这样的乱世良将不见于今日，英国公李绩、卫国公李靖这样的唐王朝开国功勋也不可复得，以致叛乱的藩镇气焰嚣张，始终得不到彻底整治。唯有

唐宪宗元和年间,因对蔡州藩镇的用兵,才终于令唐王朝看到了中兴的迹象:

元和圣天子,英明汤武上。茅茨覆宫殿,封章绽帷帐。
伍旅拔雄儿,梦卜庸真相。勃云走轰霆,河南一平荡。

然而随着宪宗的崩逝,此后君臣不能继承宪宗的伟业,以致"一日五诸侯,奔亡如鸟往。取之难梯天,失之易反掌",唐王朝的中兴之梦,到底是破碎了。身处唐文宗大和之世,听闻河北的藩镇又起烽烟,诗人忧心忡忡,想要纵横疆场、以身许国:

关西贱男子,誓肉虏杯羹。请数系虏事,谁其为我听?
荡荡乾坤大,曈曈日月明。叱起文武业,可以豁洪溟。

志在一扫叛乱、恢复盛世之景的诗人,尚身处下位,感慨一腔热血、满腹才能却无用武之地。作此诗时,杜牧不过二十五六岁,其青年时期的壮志豪情直上云霄。这一对于藩镇问题的忧心,对于兵事的关注,终杜牧的一生都未曾衰减。

出身显赫,又有着绝伦才智的杜牧显然不可能长期沉沦下僚。而令杜牧得以崭露头角的,要推他的《阿房宫赋》。杜牧曾说:"宝历大起宫室,广声色,故作《阿房宫赋》。"(《上知己文章启》)《阿房宫赋》写于唐敬宗宝历元年(825 年),杜牧此时年仅二十三岁,想要借秦朝之事讽谏敬宗的奢靡。这篇文章在后世被广为传诵,不仅辞旨刚正,且极具文彩,其中"六王毕,四海一,蜀山兀,阿房出""戍卒叫,函谷举,楚人一炬,可怜焦土",这样的句子奇崛高古,气势雄浑,被历来的评论家所称赏,进而文末的议论,尤其振聋发聩,颇有韩愈古文的遗风:

呜呼！灭六国者，六国也，非秦也。族秦者，秦也，非天下也。嗟乎！使六国各爱其人，则足以拒秦。使秦复爱六国之人，则递三世可至万世而为君，谁得而族灭也？秦人不暇自哀，而后人哀之。后人哀之而不鉴之，亦使后人而复哀后人也。

这篇文章在当时便流传很广，到了大和二年（828 年），杜牧前往长安参加科举考试之时，此文在当时的举子中纷纷传诵，甚至引起不少朝中大臣的注意。这其中尤其赏识杜牧才能的，当推时任太学博士的吴武陵。吴武陵早年与柳宗元、韩愈交往甚密，大概是心向古文的，他想必在杜牧此文中看到了韩、柳的遗风，于是亲自向当时科举的主考官推荐杜牧，说："向者偶见太学生十数辈，扬眉抵掌，读一卷文书，就而观之，乃进士杜牧《阿房宫赋》，若其人，真王佐才也。"（见《唐摭言·公荐》）在吴武陵的倾情推荐之下，杜牧成功进士及第。

进士及第的同年，杜牧又在长安参加贤良方正能直言极谏科的考试，再次及第，得到了弘文馆校书郎、试左武卫兵曹参军的官职，正式步入仕途。

（二）幕府岁月与"扬州梦"

大和二年（828 年）秋，刚刚获得官职的杜牧再次迎来了命运中的贵人。时任尚书右丞的沈传师被任命为江西观察使，沈传师之父沈既济曾与杜牧祖父杜佑交好，沈传师之妻又是杜佑的表甥女，沈、杜二家既为世交，又有姻亲关系。正因如此，即将上任的沈传师向杜牧发出邀请，想让他出任江西团练巡官、试大理评事，随自己到地方历练一番。杜牧欣然应邀，跟随沈传师前往江西。

五代顾闳中《韩熙载夜宴图》(北京故宫博物院藏)

江西观察使治所洪州(今江西南昌市),即古豫章郡,自古繁华,也是滕王阁所在地,初唐王勃著名的《滕王阁序》便在此写成。在江西幕府期间,杜牧常伴沈传师左右,在学习处理日常公务之外,还常常参加文士们的宴游,正如他日后的追述:“十年为幕府吏,每促束于簿书宴游间。”(《上刑部崔尚书状》)

唐代的文人士大夫,本就不忌出入风月之所,沈传师与杜牧都是高官子弟出身,公事之余,颇喜游冶。在洪州期间,沈传师曾与杜牧等一起在滕王阁集会,广招歌姬前来演唱助兴,这其中有一名叫做张好好的歌姬,年方十五岁,却声如雏凤,一曲高歌,引来满座垂青。此后沈传师每有宴会,都会招张好好前来演唱。

等到大和四年(830年),沈传师调任宣歙观察使时,又带着张好好一同前往宣城(今安徽宣城市)。沈传师之弟沈述师也倾心于张好好,乃至最终纳张好好为妾。在沈传师幕府任职的杜牧,想必也耳濡目染,他日后沉湎于“青楼薄幸”的生活,难免受到了在沈传师幕府中的这些游冶经历的影响。

沈传师调任宣歙观察使后,杜牧也跟随他一同来到宣州。宣州地处南北交通要道,也是繁华之地,南朝著名诗人谢朓曾在此担任太守,盛唐李白等诗人才子也曾流连于此,同样是游冶的胜处。杜牧曾在宣州为沈述师和张好好作诗(《赠沈学士张歌人》)道:

拖袖事当年,郎教唱客前。断时轻裂玉,收处远缲烟。
孤直緪云定,光明滴水圆。泥情迟急管,流恨咽长弦。
吴苑春风起,河桥酒旆悬。凭君更一醉,家在杜陵边。

在时而抑扬顿挫,时而婉转清扬的歌唱声中,杜牧也随之情意绵绵,沉醉于春风之中。

大和五年至六年间,杜牧一直在沈传师的宣州幕府中供职,继续着公务与宴游兼顾的生活。这期间,杜牧也曾奉命出使,尤其值得注意的是,他因与牛僧孺有旧交,于是在大和七年(833 年)被沈传师派往牛僧孺任职的扬州大都督府公干。

牛僧孺曾于长庆三年(823 年)和大和四年(830 年)两度拜相,其间又曾在武昌(今湖北武汉市)作过六年的鄂州刺史、武昌节度使。大和四年再度拜相时,杜牧曾作《寄牛相公》称赞其政绩:"六年仁政讴歌去,柳远春堤处处闻。"不过牛僧孺的第二次拜相很快便因为党争而作罢,大和六年(832 年)受到李德裕排挤的牛僧孺被任命为扬州大都督府长史、淮南节度副大使。

杜牧的这次出使,令他与牛僧孺的缘分进一步加深。大和七年,也就是杜牧结束使命返回宣州后不久,沈传师被召回京城担任吏部侍郎,于是杜牧辞别沈传师,转而到扬州依附牛僧孺,任节度推官、监察御史里行,转掌书记,开始了令他终生难忘的扬州生活。

在唐代,扬州(古称广陵)的繁华不下于两京,《元和郡县图志》载:"扬州与成都号为天下繁侈,故称扬、益。"《旧唐书·秦彦传》亦载:"江淮之间,广陵大镇。富甲天下。"本就喜好游冶的杜牧,来到了锦绣繁华的扬州,风月之好更是一发不可收。他曾作《扬州三首》,极言扬州游冶之欢:

其一

炀帝雷塘土,迷藏有旧楼。谁家唱水调,明月满扬州。

骏马宜闲出,千金好暗游。喧阗醉年少,半脱紫茸裘。

其二

秋风放萤苑,春草斗鸡台。金络擎雕去,鸾环拾翠来。

蜀船红锦重,越橐水沉堆。处处皆华表,淮王奈却回。

其三

街垂千步柳，霞映两重城。天碧台阁丽，风凉歌管清。
纤腰间长袖，玉佩杂繁缨。梔轴诚为壮，豪华不可名。
自是荒淫罪，何妨作帝京。

第一首中，“雷塘”为扬州城北湖泊，隋炀帝的陵墓正位于此处。隋炀帝曾因为沉迷于扬州的繁华，屡屡来此游幸，乃至在扬州身死国灭。隋炀帝死后，扬州城的繁华依然不减，更有水调轻吟、明月当空的幽谧之景，吸引了无数富贵子弟前来游冶，杜牧也当然是“好暗游”的众人之一。

第二首进一步渲染扬州的繁华。“金络”“鸾环”“红锦”“水沉（沉香）”，这样的珍奇货物在扬州随处可见，处处锦绣。传说中白日升仙的淮南王刘安，甚至都要像汉代学道成仙的丁令威那样，化作仙鹤，立在故乡的华表上（二事皆见《搜神后记》），再次审视这片人间乐土。在杜牧眼中，扬州的魅力，绝不在仙境之下。

第三首似乎是在为扬州城的繁华开脱罪名，当年隋炀帝因为在扬州醉生梦死，才导致了身死国灭，扬州城的繁华难免带有一层亡国的阴影。杜牧则认为，隋朝的灭亡是因为隋炀帝自身的荒淫而已，与扬州无关。反而有着诸多美好特质的扬州，是完全有资格成为帝京的。

有关杜牧在扬州的“暗游”，宋人编《太平广记》引《唐阙史》记载了这样一则故事：

牧供职之外，唯以宴游为事。扬州胜地也，每重城向夕，倡楼之上，常有绛纱灯万数，辉耀罗列空中。九里三十步街中，珠翠填咽，邈若仙境。牧常出没驰逐其间，无虚夕。复有卒三十人，易服随后，潜护之，僧孺之密教也。而牧自谓得计，人不知之，所至成欢，无不会意。如是且数年。

及征拜侍御史，僧孺于中堂饯，因戒之曰："以侍御史气概达驭，固当自极夷途，然常虑风情不节，或至尊体乖和。"

牧因谬曰："某幸常自检守，不至贻尊忧耳。"

僧孺笑而不答，即命侍儿，取一小书麓，对牧发之，乃街卒之密报也。凡数十百，悉曰："某夕杜书记过某家，无恙。某夕宴某家，亦如之。"

牧对之大惭，因泣拜致谢，而终身感焉。

扬州城的青楼每到傍晚便灯火高挂，令街道宛如仙境。喜好游冶的杜牧忍不住诱惑，常常微服前往，自以为外人不知，数年之内，一直过着放荡的生活，却不想这背后皆有牛僧孺暗中派人护卫。知道真相之后的杜牧大为惭愧，于是对牛僧孺的厚谊颇为感恩。

这段故事出自小说家言，是否符合事实尚且存疑，不过杜牧在扬州对于冶游生活的沉迷，却是没有什么疑问的。他日后曾在《遣怀》诗中承认：

落魄江湖载酒行，楚腰纤细掌中轻。十年一觉扬州梦，赢得青楼薄幸名。

贵公子出身的杜牧，尽管年少时也经历过一段称得上是孤贫的岁月，却仍不免沾染上一些纨绔子弟的习气，以致频频流连于青楼中，在"扬州梦"里虚度时日。

不过，抛开"青楼薄幸"的一面，扬州的美的确在杜牧的笔下熠熠生辉，继李白的"烟花三月下扬州"(《黄鹤楼送孟浩然之广陵》)之后，杜牧的诗作，成为扬州的又一张名片，他的《赠别二首·其一》云：

娉娉袅袅十三余，豆蔻梢头二月初。春风十里扬州路，卷上珠帘总不如。

又如《寄扬州韩绰判官》：

青山隐隐水迢迢，秋尽江南草未凋。二十四桥明月夜，玉人何处教吹箫。

韩绰曾与杜牧一同在扬州幕府任职。写此诗时，杜牧已经离开扬州，于是在诗中想象着友人韩绰流连风月的生活，透露出对扬州的无限怀念。“二十四桥”一说是二十四座桥，一说是一座桥名，又一说是古代有二十四位美人吹箫于此而得名。

再如《题扬州禅智寺》：

雨过一蝉噪，飘萧松桂秋。青苔满阶砌，白鸟故迟留。
暮霭生深树，斜阳下小楼。谁知竹西路，歌吹是扬州。

作此诗时，杜牧早已结束了扬州幕府的生活，因事路过扬州，回忆当初的热闹生活。寓居于寺庙之中，景物本清寂幽静，尾句却陡然一转，写寺庙通过竹西路连接着歌吹不息的扬州城。诗意本是要用扬州的热闹反衬寺庙的寂静，不过在读者那里，扬州城的歌吹似乎更有吸引力，谁不想沿着那竹西路去扬州城观赏一番呢？

晚年的杜牧，对曾经沉湎于“扬州梦”的放荡生活是有所自省的。他曾在《念昔游三首·其一》中说：

十载飘然绳检外，樽前自献自为酬。秋山春雨闲吟处，倚遍江南寺寺楼。

杜牧清楚地知道昔日的生活是在“绳检(规矩)”外的,不过,那些“绳检外”的生活正如“闲吟”时遍倚江南楼阁一般,并非杜牧生活的全部。他的青春激情,一半在游冶生活中消磨,另一半则投入到对时事的关切。

在扬州幕府任上,杜牧曾作《罪言》《原十六卫》等诸多政论文章,对当时藩镇割据的现状表现了深刻的关心。凭借他多年研习史书兵法的心得,杜牧想要为朝廷寻求一个可行的解决方案。身为扬州节度使的属官,朝廷的用兵方略本非杜牧职责所在,他对于这些方略的陈述实则有越职言事的罪过,故而杜牧将自己的议论称为《罪言》,即便因此获罪也想要为改善时局尽一份力。他在《罪言》中分析安史之乱以来的时局:

国家天宝末,燕盗徐起,出入成皋、函、潼间,若涉无人地,郭、李辈常以兵五十万,不能过邺。自尔一百余城,天下力尽,不得尺寸,人望之若回鹘、吐蕃,义无有敢窥者。国家因之畦河脩障戍,塞其街蹊,齐、鲁、梁、蔡,被其风流,因亦为寇。以里拓表,以表撑里,混澒回转,颠倒横斜,未尝五年间不战,生人日顿委,四夷日猖炽,天子因之幸陕、幸汉中,焦焦然七十馀年矣。

安史之乱后,河北近乎自治状态,即便郭子仪、李光弼领兵平定了安史之乱,然而自邺城(今河北邯郸市临漳县附近)以北,始终未能收归官军的管辖之内。河北藩镇,宛然如回纥、吐蕃那样成为独立政权,甚至在河北藩镇的鼓动之下,山东、河南诸藩镇也反叛不断。至杜牧所在的文宗大和年间,烽火已经持续了近七十余年,局势始终没有好转的迹象。为此,杜牧提出了上、中、下三策,认为上策应该加强自治以令藩镇自行去兵,中策应该取魏地以制衡天下藩镇,下策则是不详查攻守之势而浪为攻伐。

杜牧对于时局的观察是鞭辟入里的,他这些对于时局的分析在后世史书中也都获得了很高的评价。不过此时的杜牧尚屈居下位,并没有左右朝廷大政方针的能力。国家对于藩镇的政策,很大程度上沦于杜牧所言的下策,朝廷的实力也因此愈发衰弱,藩镇的气焰也随之日益嚣张。空有一腔热血的杜牧,对此实在无可奈何。

至大和九年(835 年),杜牧被授以真监察御史,召回长安。虽然离开了他所钟情的扬州城,却也终于看到进入朝廷中枢、直接参与朝政的希望。不过,朝中的局势却并非杜牧可以预料,他的家中又突然遭逢变故,杜牧此后的仕途,一点也不平顺。

(三)国难与家愁

杜牧抵达长安之时,正是李训、郑注受到唐文宗宠幸,逐渐掌权之时。李训、郑注为巩固自身地位,在朝中大肆排斥异己,杜牧的很多好友都因此遭到贬谪。杜牧在长安并没有得到任何可以一展才学的机会,反而处处面临着被陷害清理的危机,于是很快以得病为借口,请求分司东都洛阳。

大和九年秋,杜牧如愿来到洛阳。不久,朝中积累的矛盾果然在“甘露之变”中迎来总爆发,想要诛杀宦官的李训、郑注反被杀害,长安公卿受到牵连,顿时一片血雨腥风。在洛阳的杜牧离斗争的漩涡较远,得以幸免于祸患的波及。

对于向唐文宗献诛杀宦官之策的李训和郑注,杜牧是十分不齿的。在李、郑二人掌权之时,杜牧好友李甘曾因为指斥郑注的奸邪而被远贬到封州(今广东封开县),最终死于贬所。后来杜牧曾作《李甘诗》怀念李甘,并斥郑注、李训为“虓虎(咆哮的老虎)”“二凶”:

太和八九年,训注极虓虎。潜身九地底,转上青天去。

……

吾君不省觉，二凶日威武。操持北斗柄，开闭天门路。

李训与郑注本不是什么贤能之士，他们原本是通过攀附宦官、揣摩皇帝之意上位的，上位之后又大肆纳贿敛财，培植自己的势力。献诛杀宦官之策，也不是二人真的想要为朝廷分忧，只不过是揣摩到唐文宗不满宦官的心意，想要取宦官而代之，进一步巩固自己的位置罢了。甚至李、郑二人谋略未定，就因为相互猜忌而展开内斗，尽显小人本色。诛杀宦官或许是正义之举，二人的初衷却更多的是小人之心。他们这些私心大于公义的策略难免漏洞百出，很快便被宦官识破，不仅自己丧命，还连带着朝中诸多不知情的大臣遭到牵连，更反向促使宦官们牢牢掌握权力，令宦官干政的问题彻底失去了解决的希望。从这个角度来看，李训与郑注堪称令晚唐政局进一步恶化的元凶。

来到洛阳的杜牧，自然对朝政深感失望，尤其"甘露之变"后，更有了唐王朝行将末路的忧虑。洛阳是历史名城，东汉、曹魏、西晋、北魏皆在此定都，见证了多个王朝的兴衰成败。至隋朝，又在汉魏故城以西营建起新的洛阳城，繁华程度较长安甚至都有过之而无不及。唐王朝兴起后，多次修葺洛阳城，以之为东都，皇帝也常常往返长安和洛阳两地居住。不过安史之乱以后，洛阳城屡遭战火摧残，又直接受到河北藩镇的威胁，于是自肃宗以后，皇帝便不再前往洛阳，宫殿因而荒芜，不复往日之盛。来到洛阳后的杜牧，感慨于洛阳城的今昔，作《故洛阳城有感》：

一片宫墙当道危，行人为汝去迟迟。筚圭苑里秋风后，平乐馆前斜日时。锢党岂能留汉鼎，清谈空解识胡儿。千烧万战坤灵死，惨惨终年鸟雀悲。

“筚圭苑”与“平乐馆”都是汉洛阳城中的宫殿,“秋风”与“斜日”喻指王朝的末路。“锢党”指东汉末年的党锢之祸,当时的士大夫们不满宦官干政,结成党派对抗宦官,却遭到宦官的虐杀,东汉王朝因此实力大减,终致亡国。“清谈识胡儿”用西晋石虎事,西晋士大夫专好清谈,曾有人看出了石虎日后将成为王朝祸患,其后石虎果然在五胡乱华中扮演了重要角色,致使中原丧乱不堪,而那些早就预见于此的清谈之士却毫无对策。这些历史上的惨事,都与晚唐的朝局一一相对应,朝中宦官干政、朋党相斗的情形,丝毫不亚于东汉末年的党锢之祸,地方又有藩镇作乱,河北与山东不知有多少石虎在蠢蠢欲动。

国事的颓唐,令杜牧深为忧虑,却又无计可施。昔日喜好的游宴之事也因此没了心情。尤其在洛阳,杜牧竟与故人张好好相遇。从前在沈传师幕府的宴会上大放异彩,引来无数宾客垂青的歌妓张好好,如今竟然沦落成洛阳酒肆中的“当垆(卖酒)女”,实在令人唏嘘。杜牧为此作《张好好诗》,序文道:

牧大和三年佐故吏部沈公江西幕。好好年十三,始以善歌舞来乐藉中。后一岁,公移镇宣城,复置好好于宣城藉中。后二岁,沈著作述师以双鬟纳之。后二岁,于洛阳东城重睹好好,感旧伤怀,故题诗赠之。

张好好十三岁便在沈传师幕府中作歌妓,十六岁被沈述师纳为妾,当时杜牧还曾作诗赠与沈述师、张好好二人。十八岁时却流落在洛阳。

诗歌先追忆其在洪州得宠之时:

君为豫章姝，十三才有余……

盼盼乍垂袖，一声雏凤呼。繁弦迸关纽，塞管裂圆芦。

众音不能逐，袅袅穿云衢。主公再三叹，谓言天下殊。

其后记其随沈传师来到宣州幕府，继而与沈述师结成司马相如与卓文君之好：

旌旆忽东下，笙歌随舳舻。霜凋谢楼树，沙暖句溪蒲。

身外任尘土，樽前极欢娱。飘然集仙客，讽赋欺相如。

聘之碧瑶珮，载以紫云车。洞闭水声远，月高蟾影孤。

然而好景不长，杜牧曾经的幕主沈传师于大和九年(835年)去世，此后沈述师不知什么原因抛弃了张好好。世事无常，人情冷漠，令杜牧倍感悲戚：

尔来未几岁，散尽高阳徒。洛城重相见，婥婥为当垆。

怪我苦何事，少年垂白须。朋游今在否，落拓更能无?

门馆恸哭后，水云秋景初。斜日挂衰柳，凉风生座隅。

洒尽满衫泪，短歌聊一书。

既哀怜张好好的不幸，同时也为自身的朋友散尽、故人不存而感到哀伤。曾经的贵公子，在体会到世事的浮沉之后，似乎一夜得到了成长，再也不似“青楼薄幸”时的风月少年，而是在岁月的锤炼之后愈发深沉老成。值得一提的是，杜牧这首《张好好诗》的手书墨迹历经千年竟然保存了下来，现藏于北京故宫博物院。由此我们不仅可以通过诗语来窥知杜牧的才思，更可以通过他的书法真迹来领略这位千年前才子的风采。

唐杜牧书《张好好诗帖》局部（北京故宫博物院藏）

杜牧的洛阳之任并没有持续很久,开成二年(837年),他的弟弟杜颛患眼病,难以自理。杜牧于是向官府告假百日,前去看望弟弟。

杜颛也富有才学,进士及第后曾被李德裕赏识,李德裕任镇海节度使时曾请他去做属官。为此杜牧曾作赠别诗道:"少年才俊赴知音,丞相门栏不觉深。直道事人男子业,异乡加饭弟兄心。"(《送杜颛赴润州幕》)杜颛年少时视力就不太好,此次病患加深,几乎失明,只能来到扬州养病。为了给弟弟治病,杜牧四处寻访治眼医生,终于在同州(今陕西渭南市)找到一个叫做石公的医生,前来为杜颛诊病。杜颛的病不是一时半会儿可以治好的,转眼杜牧的百日假期已过,依照唐代的制度,百日假期后不返回任职,则要自行离任。为了照顾弟弟,杜牧索性放弃了洛阳的监察御史之职。继而又得知故人崔郸在宣州任宣歙观察使,宣州离扬州很近,于是写信求助,被崔郸征辟为宣州团练判官。开成二年秋,杜牧便带着患病的弟弟,一同前往宣州。

从扬州到宣州,需要先沿运河南下,再溯长江西上,途中要经过金陵。大概在此次途经金陵之时,杜牧在酒肆中遇到了年老色衰的青楼女子杜秋,听她讲述生平经历,不禁为之感慨,写下了著名的《杜秋娘诗》。诗序道:

杜秋,金陵女也。年十五,为李锜妾。后锜叛灭,籍之入宫,有宠于景陵。穆宗即位,命秋为皇子傅姆。皇子壮,封漳王。郑注用事,诬丞相欲去异己者,指王为根。王被罪废削,秋因赐归故乡。予过金陵,感其穷且老,为之赋诗。

李锜在宪宗元和初年曾任镇海节度使,因反叛朝廷被杀,"景陵"指唐宪宗。杜秋的一生,先被李锜征为妾,再受皇帝临幸,年老后被任命为穆宗皇子漳王的傅姆。最后在文宗大和年间郑注得势时,漳王遭诬陷获罪，杜秋因此受到牵连，被遣回故乡穷居。

诗先写杜秋年少时因美貌而受到镇海节度使李锜的宠幸：

京江水清滑，生女白如脂。其间杜秋者，不劳朱粉施。
老濞即山铸，后庭千双眉。秋持玉斝醉，与唱《金缕衣》。

“老濞”是西汉时发动七国之乱的吴王刘濞，用以代指此后同样发动叛乱的李锜。杜秋在李锜处所歌《金缕衣》，据杜牧自注：“‘劝君莫惜金缕衣，劝君惜取少年时。花开堪折直须折，莫待无花空折枝’，李锜长唱此词。”这首《金缕衣》后来被选入《唐诗三百首》，归在杜秋娘名下，闻名遐迩。《金缕衣》当然不太可能是杜秋所作，大概是李锜幕府中文人乐工的作品。诗中岁月不永之意，正好昭示出李锜以及杜秋的命运。在李锜谋反败亡之后，杜秋被押送入京，又受到了当时天子唐宪宗的怜爱：

联裾见天子，盼眄独依依。椒壁悬锦幕，镜奁蟠蛟螭。

尽管受到天子怜爱，可后宫的生活欢乐少而寂寞多，不知不觉，杜秋已然年老色衰，皇位也由宪宗传到了穆宗。穆宗开恩，没有让杜秋在冷宫中终老，而是安排她去给皇子漳王做傅姆：

咸池升日庆，铜雀分香悲。雷音后车远，事往落花时。
燕禖得皇子，壮发绿緌緌。画堂授傅姆，天人亲捧持。

不过随着穆宗的崩逝，皇帝之位又传到了敬宗、文宗那里，受到穆宗宠爱的漳王，等到兄弟文宗即位，反倒成了皇位的威胁。一经郑注的构陷，漳王便被降罪，杜秋也被打回原籍：“王幽茅土削，秋放故乡归。”杜秋离乡已经三十余年，历经了四代天子，等到回乡之时，鬓发斑白，穷困潦倒，邻里乡亲已经无人认得她：

四朝三十载，似梦复疑非。潼关识旧吏，吏发已如丝。
却唤吴江渡，舟人那得知？归来四邻改，茂苑草菲菲。
清血洒不尽，仰天知问谁？寒衣一匹素，夜借邻人机。

此后诗笔由杜秋的境遇转到杜牧的感慨，“我昨金陵过，闻之为歔欷”，举历史中夏姬、西施、西汉薄皇后等著名女子比拟杜秋，言命运的不定；紧接着视角又从女子扩展到士人，“女子固不定，士林亦难期”，举管仲、孔子、孟子、李斯等贤人之例，言其命运的起伏，寄寓了杜牧对于天命难测的感慨。历经了国难与家愁的杜牧，与杜秋产生了深深的共鸣，于是他激烈地向天发问：

地尽有何物？天外复何之？指何为而捉？足何为而驰？
耳何为而听？目何为而窥？己身不自晓，此外何思惟？
因倾一樽酒，题作杜秋诗。愁来独长咏，聊可以自贻。

此诗前半写杜秋的命运，后半写自身的感慨，与白居易的《琵琶行》颇有类似之处。只不过杜牧诗后半的感慨部分，频繁征引古人之事，用语要比白居易之诗烦琐很多，故而后人在赞赏杜牧之诗的同时，也常常对其后半部分有所微词。如清人贺裳评论道：“但至‘我昨金陵过，闻之为戏欷’，诗意已足。后却引夏姬、西子、薄后、唐儿、吕、管、孔、孟，滔滔不绝，如此作诗，十纸难竟……此诗不敢攀《琵琶行》之踵。或曰以备诗史，不可从篇章论，则前半吾无敢言，后终不能不病其衍。”（《载酒园诗话又编》）

不过，杜牧诗后半部分用语的琐碎，大概是因为其心事的繁杂，所想较多，下笔自然难以收束。杜牧作此诗时，或许并没有过多考虑篇章构成是否精炼，只不过是想把胸中之意尽情倾吐而出罢了。

辞别金陵，杜牧很快便抵达了宣州。上次来宣州，还是少年时跟从沈传师而来，冶游之兴正盛。此次来宣州，沈传师已经故去，故人凋零大半，又逢国难家愁，前途未卜。于是两次宣州任职，心情已经截然不同，这从他的《题宣州开元寺水阁阁下宛溪夹溪居人》可明显窥知：

六朝文物草连空，天淡云闲今古同。鸟去鸟来山色里，人歌人哭水声中。深秋帘幕千家雨，落日楼台一笛风。惆怅无日见范蠡，参差烟树五湖东。

“人歌人哭”“深秋”“落日”“惆怅”“烟树”，这些意象充满了萧索苦涩之气。人间的盛衰变幻如同过眼云烟，功业难成，能够像范蠡那样功成身退者更是少数中的少数，唯有草色天空、参差烟树始终如旧。萧瑟静谧的景物，恐怕在诗人心中掀起了万千波澜。

杜牧在宣州滞留了近一年，弟弟杜顗的病仍未能痊愈。开成三年（838年）冬，他被征召为左补阙、史馆修撰，第二年春天，便要再次踏上入京的旅途了。宣州到长安路途遥远，且京中百物皆贵，弟弟不愿意跟随。正好此时，他们的堂兄杜慥在江州（今江西九江市）任职，从宣州到江州走水路十分近便，于是杜牧先将弟弟送去江州依附堂兄杜慥，随后独自踏上赴京的旅途。

开成四年（839年）春夏，杜牧抵达长安。在晚唐云谲波诡的政治形势之下，此次的长安任职，恐怕也难以平顺而终。果然，开成五年（840年）春，唐文宗崩逝，唐武宗即位，李德裕入朝为相，牛党势力纷纷遭到排斥，杜牧也在其中受到了牵连。

（四）党争的夹缝

开成五年冬，在京任职的杜牧放心不下眼病未愈的弟弟杜顗，于是请假来到江州，想要接他去长安生活。

杜顗在唐文宗时期曾经进入过李德裕的幕府，深受李德裕的赏识，杜牧此次邀请杜顗前往长安，不知是否也因李德裕入朝拜相之故。不过杜顗深知京城居住不易，不想因自己而拖累杜牧，决定仍然依堂兄杜慥生活。杜牧无奈，在与弟弟共同生活数月之后，再次独自返回了长安。

会昌元年（841 年），杜牧升任比部员外郎。然而很快传来了令杜牧惊讶的消息，他被贬为黄州（今湖北黄冈市）刺史。对于获贬的原因，杜牧日后自认为是受到了李德裕的排挤："会昌之政，柄者为谁？忿忍阴污，多逐良善。牧实忝幸，亦在遣中。"（《祭周相公文》）会昌柄政者正是李德裕。不过，李德裕与杜牧本是世交，李德裕之父李吉甫曾经在杜牧祖父杜佑幕府中任职，受其知遇；杜牧之弟杜顗又曾受到李德裕的赏识。杜牧与李德裕二人，非但没有仇怨，反而应有旧恩才对。杜牧受到排斥的原因，也许颇为曲折复杂。而最重要的原因，或许还是杜牧曾经与牛僧孺关系紧密，杜牧既然和牛僧孺私交甚深，自然会被认为是牛党，与牛僧孺水火不容且难以摒除党派之见的李德裕，因此容不下杜牧。

唐武宗之时，李德裕对外抵御回纥的进犯，对内讨伐叛乱的藩镇，取得了十分显著的政绩。一向关心兵事的杜牧，也对李德裕的执政方针十分赞许，甚至曾多次上书李德裕，陈述用兵之策。李德裕对杜牧所提出的方略颇有采纳，却始终不用其人。黄州之贬后，李德裕执政的整个武宗之世，杜牧都未曾被召回。他在会昌四年（844 年）九月被改任为池州（今安徽池州市）刺史，会昌六年（846 年）又被改任睦州(今浙江建德)刺史,一连六年,始终被排斥在外。

失望的杜牧只能通过作诗来排解心中不平。对于回纥的进犯和藩镇的反叛,他自述“臣实有长策,彼可徐鞭笞。如蒙一召议,食肉寝其皮”(《雪中书怀》),“平生五色线,愿补舜衣裳”(《郡斋独酌》),却被斥为“斯乃庙堂事,尔微非尔知”(《雪中书怀》),只能“往往自抚己,泪下神苍茫”“江郡雨初霁,刀好截秋光。池边成独酌,拥鼻菊枝香,醺酣更唱太平曲,仁圣天子寿无疆。”(《郡斋独酌》)内忧外患的时局下,好一个“太平曲”,好一个“仁圣天子”!

贬谪在外的杜牧,时时发出不遇的哀叹,只能凭借黄州山水试作排解,然而山水恐怕也难以排解其忧愁。如《齐安郡晚秋》:

柳岸风来影渐疏,使君家似野人居。云容水态还堪赏,啸志歌怀亦自如。雨暗残灯棋散后,酒醒孤枕雁来初。可怜赤壁争雄渡,唯有蓑翁坐钓鱼。

黄州(即齐安郡)的“柳岸风来”“云容水态”,可以让杜牧为之长啸放歌,一抒怀抱。而在雨暗灯残、棋散酒醒之后,看着北方飞来的鸿雁,不禁又起愁思。黄州有赤壁古战场,当年孙刘联军在此鏖战,如今却成了渔翁垂钓之所,事事归于寂寞。可当今的天下却并不是平静的,北方兵事连连,自己却无从参与,怎能按捺住心性、甘心去做这闲来垂钓的渔翁呢?想要借黄州山水消愁的杜牧,反而令愁思更深一重。

黄州的两年时光,逐渐将诗人身上的锐气消磨殆尽。等到池州任上时,杜牧已经认为只能安于天命了。如《九日齐山登高》:

江涵秋影雁初飞,与客携壶上翠微。尘世难逢开口笑,菊花须插满头归。但将酩酊酬佳节,不用登临恨落晖。古往今来只如此,牛山何必独沾衣？

齐山位于池州城南，九日即重阳节。首联言与客携酒登高，颔联、颈联有及时行乐之意。重阳节原有登高饮菊花酒的习俗，诗意从表面上看是要借着登高之机尽情作乐，插得菊花满头，饮得一醉方休，从而在这充满不快的尘世开口常笑，不必因落日而感到忧伤。不过，如果心里真的欢乐，又何必要插得满头菊花，喝得酩酊大醉呢？这些举动，看似欢乐至极，实则是忧愁之至，面带笑意、菊花满头的诗人，心中恐怕是无限的凄冷。在这种多重意蕴的交织下，诗意曲折婉转，凝重深沉。

尾联的"牛山沾衣"用春秋时齐景公的典故："齐景公游于牛山之上，而北望齐，曰：'美哉国乎！郁郁泰山。使古无死者，则寡人将去此而何之？'"（《韩诗外传》）因人生短暂而叹息流泪。杜牧的"何必独沾衣"，似乎在说不必为人生的短暂而感到悲哀，然而其用来劝解的语句不过是"古往今来只如此"而已，自古便是这样，这样的理由恐怕是无力的，是难以真正消解哀愁的。"何必独沾衣"看似旷达，其背后更多的是对命运的无可奈何罢了。

池州一住，又是两年时光，会昌六年（846年）初武宗崩逝，宣宗即位，李德裕被贬出朝廷，牛党重新得势。这时的杜牧却尚未被顾及，而是接到了睦州（今浙江建德）刺史的任命。他自池州南下，作了《新定途中》（睦州又名新定）：

无端偶效张文纪，下杜乡园别五秋。重过江南更千里，万山深处一孤舟。

张文纪是东汉的张纲，以骨鲠著称。杜牧自比张纲，大概是说他自己因性格的刚直得罪了权臣，才有了这几年的贬谪。离别故乡已经五个春秋，杜牧心中升起了无限的怀归之情，却与故乡再隔千里，飘荡江南，扁舟独行，好不孤单寂寞！

好在睦州也是山水胜处，有富春江横穿州境，东汉著名隐士严子陵曾居住在此，南朝梁人吴均又在《与朱元思书》中形容富春江："自富阳至桐庐（桐庐属睦州）一百许里，奇山异水，天下独绝。"山水之佳，多少可以让杜牧枯槁的内心有所安放。他曾作《睦州四韵》道：

州在钓台边，溪山实可怜。有家皆掩映，无处不潺湲。
好树鸣幽鸟，晴楼入野烟。残春杜陵客，中酒落花前。

州中有如此可爱（可怜）的山山水水，暮春时节，携酒出游，醉倒（中酒）落花之前，故乡虽然邈远，能与"好树""幽鸟""晴楼""野烟"相伴，诗人的孤单寂寞多多少少获得了一些慰藉。晚年的杜牧，在心态上似乎与晚年的白居易有所接近。

睦州之任，又是两年。唐宣宗大中二年（848 年），杜牧终于被朝中故人想起，得以重返长安任司勋员外郎、史馆修撰。六年的贬谪时光，让杜牧更加看清了政治的险恶，渐渐失掉了往日的进取之心。认识到自己因"偶效张文纪"而屡遭贬谪的杜牧，在回京途中，竟然开始告诫自己收其锋芒："浅深须揭厉，休更学张纲。"（《除官归京睦州雨霁》）

唐宣宗大中年间，牛党秉政。不过牛僧孺于大中二年（848 年）十月因病去世，执政者多是其亲友故交。杜牧曾经与牛僧孺有旧交，牛僧孺去世后又特意令杜牧为其撰写墓志铭。不过，杜牧似乎并不太想利用自己与牛僧孺的这层关系。他虽然与牛僧孺亲近，然而在政治主张上却似乎认同李德裕较多，身处牛李党争的夹缝中，杜牧自然是不会开心的，他也不想再去蹚这党派政治的浑水了。

于是在大中三年至四年间，杜牧屡屡向宰相上书请求外放，先是请求去杭州作刺史，未获同意之后又请求去湖州。他的理由是京官俸禄微薄，长安又百物皆贵，难以赡养自己久病的弟弟。当然经济因素的确可能是请求外放的原因之一，不过更重要的是杜牧对当时长安的政治环境并不满意，既然自诫“休更学张纲”，不如离长安这是非之地远一点。在杜牧的再三请求之下，执政者终于批准了他的请求。大中四年(850 年)秋，在长安为官仅两年的杜牧被任命为湖州刺史。

值得一提的是，在这短短的两年长安时光中，杜牧得以与李商隐相遇，小李、杜也像大李、杜一样产生了交集，只不过这交集来得有些太晚，也显得有些平淡。

大中二年至三年，李商隐从桂州郑亚幕府回京求官，正逢杜牧也在长安。二人虽然都已到了人生的暮年，在之前却无缘相识。此时杜牧居清要之官，地位比李商隐高很多，李商隐也似乎早就仰慕杜牧之名，于是主动向杜牧献诗：

《赠司勋杜十三员外》

杜牧司勋字牧之，清秋一首杜秋诗。前身应是梁江总，名总还曾字总持。心铁已从干镆利，鬓丝休叹雪霜垂。汉江远吊西江水，羊祜韦丹尽有碑。

《杜司勋》

高楼风雨感斯文，短翼差池不及群。刻意伤春复伤别，人间惟有杜司勋。

在诗中，李商隐对杜牧赞许有加，可惜杜牧是否还诗已经不得而知，二人的交集痕迹仅此二首而已，不像大李、杜那样留下一段令人称道的佳话。

此后，杜牧的湖州刺史之任持续了近一年。大中五年(851 年)二月，到任湖州后不久，久病的弟弟杜觊去世，杜牧伤心欲绝，强挽心情为他作了墓志铭,其中说:"某今年五十,假使更生十年为六十人,不夭矣,与君别止三千六百日尔！况早衰多病,敢期六十人乎?"(《唐故淮南支使试大理评事兼监察御史杜君墓志铭》)杜牧预计自己不会长寿,即便能活到六十,也不过是与弟弟别离三千六百天而已,早晚会有相见之时。

弟弟去世后,杜牧在湖州的意义已经失掉了大半,更兼晚年体弱多病,于是在大中五年的秋天接受了考功郎中知制诰的任命,返回长安。在途中,他作《途中一绝》诗道:

镜中丝发悲来惯,衣上尘痕拂渐难。惆怅江湖钓竿手,却遮西日向长安。

诗中充满了老气。带着老病之身踏上返回长安的旅途,热闹的长安政坛已经和惯握钓竿的自己没有了关系,于是明明是返乡,却用"惆怅"一词。面对着从长安方向映来的日光,杜牧不是笑面相迎,而是以手来遮。返乡的旅途中,心中满是不情不愿。或许是在这几年遭遇了太多伤心之事,也或许是想起了少年时的壮志全未实现,杜牧暮年之身,对长安有些心生怯意。

返回长安后,杜牧用尽自己的积蓄,修缮祖父杜佑在长安城南留下的樊川别墅,准备在此终老,又将自己的文章托付给外甥裴延翰,让他作序文,并把自己的文集命名为《樊川集》。

大中六年(852 年),杜牧升任为中书舍人,当年十一月一病不起,最终病逝于长安,时年五十。他在病中预感到了大限将至,于是自己为自己撰写了墓志铭,并向亲友告别。他尤其放心不下的是杜家的晚辈,其子曹师,此时才十六岁,其余还有三男一女,年纪皆幼。临终之时,杜牧为他们作《留诲曹师等诗》:

万物有丑好，各一姿状分。唯人即不尔，学与不学论。
学非探其花，要自拨其根。孝友与诚实，而不忘尔言。
根本既深实，柯叶自滋繁。念尔无忽此，期以庆吾门。

人与万物的不同之处，在于人的贵贱不全凭天生，而主要取决于学与不学。杜牧想要以学问传家，勉励儿女们通过学问来光大杜氏门楣。在学问的传承方面，杜牧的一生不愧其祖父杜佑之名，也不愧其晋代远祖杜预之名。杜牧去世后，他的子女也以贤能著称，其子杜晦辞（小名曹师）做到吏部员外郎、杜德祥做到礼部侍郎，皆成为高级官僚，虽然不比杜牧那样的才名，也算谨守着杜氏一门以学问传家、学而优则仕的儒学传统。

（五）杜牧诗中的“奇节”

《新唐书》称杜牧“刚直有奇节，不为龃龉小谨”，“于诗情致豪迈”。在中晚唐这个国力凋敝、士人志趣渐趋枯萎的时代，杜牧之诗却有着高拔峻峭的风神，令人时时忆起盛唐人的高迈意气。对他的诗，宋代刘克庄评曰：“牧于唐律中，常寓少拗峭以矫时弊。”（《后村诗话》）清人赵翼亦云：“自中唐以后，律诗盛行，竞讲声病，故多音节和谐，风调圆美。杜牧之恐流于弱，特创豪宕波峭一派，以力矫其弊。”（《瓯北诗话》）清人刘熙载又论曰：“其诗雄姿英发。细读杜牧，人如其诗，个性张扬，如鹤舞长空，俊朗飘逸。”（《艺概》）这些评论，皆点明杜牧诗在晚唐时代的特立独行之处。

杜牧也曾亲自吐露了他的追求：“凡文以意为主，气为辅，以词彩章句为之兵卫。”（《答庄充书》）文学创作中，立意是头等要事，气格其次，词彩再次。这样的主张，在晚唐那个浮艳之风遍地、人人皆以华美辞藻为能事的时代，的确显得与众不同，他诗中的豪迈情致、豪宕波峭、俊朗飘逸等特点，皆源自立意之高。

他又曾说："某苦心为诗，本求高绝，不务奇丽，不涉习俗，不今不古，处于中间。"（《献诗启》）直言自己的追求在于高绝，所谓"不今不古"，"今"大概指当下流行的华美诗风，"古"则或许指古诗的淳朴风格，杜牧有意与众不同，独创一条古人、今人都没走过的道路。实际上，若从杜牧的作品来看，他所谓的"不今不古"，或许用"既今且古"来总结更为准确，既吸取晚唐诗婉丽的优点，又不丢弃古诗高迈的意旨，博采众长，才能够清丽惊警、超拔峻峭。

在上文所引众作之外，杜牧尤其以绝句小诗闻名，能够在短篇的作品中营造出悠远的意境，树立起高绝的格调。典型者如脍炙人口的《清明》：

清明时节雨纷纷，路上行人欲断魂。借问酒家何处有，牧童遥指杏花村。

清明多雨，"雨纷纷"本是白描，而结合下句行人的"欲断魂"，白描之中顿生万千滋味，因行人低落的情绪，纷纷之雨似乎也被注入了深沉的感情，进而随着雨丝的飘荡，伤感之情弥漫天地。后二句一问一答，问者所问为"酒家"，似乎意不在赶路而在消忧，答者仅"遥指"而不言语，一切皆通过静态的画面展现，问答之中，余韵悠长。这种融入各种复杂情思的写法，正是晚唐诗特有的风味，而全无典故，皆以通俗之语道出的特点，又颇与古诗写法相合。从中或许可以窥见杜牧诗"不今不古"的一个侧面。

又如《长安秋望》：

楼倚霜树外，镜天无一毫。南山与秋色，气势两相高。

写秋天之景，清净高洁。尤其后二句中，南山之高为山势之高，秋色之高为气色之高，一实一虚，两相映衬。其写法深得杜甫“万壑树声满，千崖秋气高”（《王阆州筵奉酬十一舅惜别之作》）的妙处，旨意高拔峻峭的同时，又不失语句的优美清丽。

又如《秋夕》：

银烛秋光冷画屏，轻罗小扇扑流萤。天阶夜色凉如水，坐看牵牛织女星。

意在写受冷落的宫女，却不直言其孤单寂寞，而是将在秋天傍晚的生活，用剪影的形式呈现出来，凄冷之意不言而自明。诗歌用词清丽而不浓艳，意旨深沉而不曲隐，颇得古今诗法之妙。

再如《山行》：

远上寒山石径斜，白云生处有人家。停车坐爱枫林晚，霜叶红于二月花。

写秋季山中行路所见，景色清幽。寄寓秋色胜春朝之意，却不像刘禹锡“我言秋日胜春朝”（《秋词》）那样直白吐露心意，而仅仅写到霜叶较春花更红而已，叙眼前之景，其余意旨，留与读者自行领悟，在抒情寓意上有一种恰到好处的距离感，故而韵味尤其浑厚悠长。

此外，杜牧的绝句小诗，又以怀古咏史之作最有滋味，历来为人所称道。如《泊秦淮》：

烟笼寒水月笼沙，夜泊秦淮近酒家。商女不知亡国恨，隔江犹唱《后庭花》。

歌女自然是不晓得亡国之恨的，当时风雨飘摇的唐王朝也面临着亡国的危机，仍然作乐的晚唐士子们又是否知晓亡国之恨呢？杜牧之诗，看似是在咏史，实际上寄寓了对唐王朝命运的无限担忧。

又如《江南春绝句》：

千里莺啼绿映红，水村山郭酒旗风。南朝四百八十寺，多少楼台烟雨中。

酒旗与寺庙，是江南最为常见的景物。南朝之时，士大夫们或沉迷于饮酒作乐，或痴心于佛教修行，最终误国误民，相继身死国灭。如今杜牧来到江南，面对着遍布眼前的酒旗与寺庙，不禁回首旧事，感慨今昔。中晚唐时代，佛教的流行程度不亚于南朝，尽管唐武宗时曾经短暂推行过灭佛的政策，然而士大夫以及统治者们，依然沉湎于对长生、对来世的痴求之中，烟雨楼台之中，既浮现出沉重的历史图像，恐怕也预示着唐王朝的衰亡前景。

再如《过华清宫三首·其一》：

长安回望绣成堆，山顶千门次第开。一骑红尘妃子笑，无人知是荔枝来。

诗人的目光由前朝转向唐王朝自身，用唐玄宗取悦杨贵妃的一个侧面，展示唐王朝走向衰落的原因所在。杜牧虽着意于反思和批判，在诗中却不露痕迹，寓意尽在言外。“妃子笑”的背后，有多少百姓的哭泣，又有多少后人的感叹，诗意由此绵延不尽，令读者在持续的思考之中不禁深为警醒。

此外，杜牧的咏史诗，还有一个十分显著的特点，如清人赵翼所论：“杜牧之作诗……立意必奇辟，多作翻案语。”（《瓯北诗话》）所谓

“翻案语”，如以下几首：

《题乌江亭》

胜败兵家事不期，包羞忍耻是男儿。江东子弟多才俊，卷土重来未可知。

《题商山四皓庙一绝》

吕氏强梁嗣子柔，我于天性岂恩仇。南军不袒左边袖，四老安刘是灭刘。

《赤壁》

折戟沉沙铁未销，自将磨洗认前朝。东风不与周郎便，铜雀春深锁二乔。

第一首歌咏项羽，从传统观点来看，项羽刚愎自用丧失人心，灭亡乃是必然。杜牧却偏偏要为此翻案，认为他若能“包羞忍耻”，或许能“卷土重来”。

第二首歌咏“商山四皓”，据《史记》的记载，刘邦晚年本欲改立太子，吕后采纳张良之策，令太子刘盈礼聘“商山四皓”前来辅佐，刘邦见后，认为太子得到贤人支持、羽翼已成，于是放弃了废太子的打算。然而刘邦死后，刘盈暗弱，朝政被吕氏把持，若无周勃和南军将士拥戴刘氏，铲平诸吕，刘氏天下险些被吕氏窃取。杜牧诗言世事本无常，“商山四皓”巩固太子地位的功绩虽受赞赏，而从更长远的视角来说，他们的功绩很有可能反成罪过。

第三首歌咏赤壁之战。赤壁之战中孙刘联军因周瑜的火攻之计大胜曹军，奠定三分天下的局面。杜牧的目光却落在令火攻之计得以成功的东风之上，认为决定历史成败的因素很多时候不在于人的谋划，而在于侥幸与偶然，一反前人将破曹之功归于周瑜的看法。

以上咏史诗，皆一反固有认识，对历史故事别作新解。这样的写法却未必受到所有人的认可，如宋人胡仔就认为杜牧的翻案之作乃是“好异而叛于理”（《苕溪渔隐丛话》），认为杜牧只不过为了标新立异、博人眼球而已，其诗中所说不合历史常理，多是无稽之谈。

杜牧的翻案之作，固然也有标新立异的考虑，不过熟读史书、追求经世致用的杜牧，又如何不识得历史常理呢？他的翻案，或许也是为了寻求历史的其他可能性，从更深广的层面去寻求以史为鉴的奇计。毕竟当下唐王朝所面临的宦官、党争、藩镇等种种问题，在历史中都是致使王朝灭亡的大患，如果按照一般的历史经验，此时的唐王朝也离覆亡不远了。杜牧读史、感史之时偏好翻案的视角，何尝不是为了跳出一般的历史经验，试着在混沌不堪的形势中寻找其他的出路呢？

可惜唐王朝终归无法逃脱历史的定数。杜牧的“商女不知亡国恨，隔江犹唱《后庭花》”，写的是南朝陈灭亡的场景，晚唐沉迷于浮艳诗风不能自拔的轻薄文人们，实则也如同诗中的“商女”，伴随着他们《后庭花》一般的靡靡之音，唐王朝不可避免地走向了灭亡。中国在历经了盛极一时、绚烂多彩的唐代文明之后，又将步入衰弱与分裂的漫漫长夜。在黑夜到来之前，李商隐与杜牧，如同夕阳残照，散发出唐代文学乃至唐代文明最后一缕耀眼的辉光。

本章所引李商隐、杜牧诗文文献参考：

刘学楷、余恕诚集解《李商隐诗歌集解》，中华书局，2004 年

刘学楷、余恕诚校注《李商隐文编年校注》，中华书局，2014 年

吴在庆校注《杜牧集系年校注》，中华书局，2008 年